作者
顧西爵
Gu Xi-Jue

我站在橋上看風景

The view over the Bridge

不管妳心裡藏著什麼祕密，我只想告訴妳，
妳守妳的祕密，我會好好守著妳。

目 錄

【推薦序】 此間的風景

很多時候，青春死於哀傷。

愛情是一種暗疾，發作時間不定，惱人得很。病根在你的心底，但你就是不想治癒它。

但隱忍畢竟是痛苦的，所以那個叫蕭水光的女孩子，不顧一大院家長的驚詫眼光，在歡聲鼎沸慶賀子女高考得中的宴席上，突然站起來，對著暗戀已久的于景嵐說：「我喜歡你。」

那一刻的蕭水光讓我感動。雖然這在一本言情小說裡並不是多麼特別的情節。但我天生就不能抗拒一個主動去愛的女孩子，因為勇敢這件事，向來比我們想像的難。尤其在愛情裡，我們早已習慣了畏首畏尾，在一個人的等待中享受空歡喜。

然後，就是一次別離。不是景嵐哥哥上大學，與水光怎麼怎麼擦肩而過，而是景嵐的意外死亡。這同時也宣判了水光的相思無效。天真爛漫的歲月因此畫上了休止符。人很多時候就是被這些生命中突然的遭遇逼得刀槍不入——時隔三年的蕭水光，在大學校園裡，沉默如一座冰山，雖然樣樣出類拔萃，還會擒拿格鬥，卻把自己關在另一個世界裡，看起來彷彿「生人勿近」的女神。

是誰說的，我們都高估了自己對愛情的忠貞。分手後，當你還在進行著對前一任戀人輾轉反側痛哭流涕的「重複動作」，只能說，是下一個更好的 Mr. Right 還沒有出現。但對於水光而言，上天給她的是一份徹頭徹尾的不甘心。哪怕她能聽到于景嵐衝她吼一句「我並不愛妳，滾吧，傻妹妹」都是幸福的。

但她永遠聽不到。

所以，當另一個男人章崢嵐闖入她的世界時，我們可以理解水光一次次對這個男人的抗拒甚至傷害——雖然是無心的。一度，我們變得和水光一樣，在所有人的注視裡故作堅強，其實內心脆弱到不堪一擊，但仍然不敢伸出手去觸碰那唾手可得的幸福，不是不想愛了，只是有時候，不敢相信愛情。

也就在這個時候，顧西爵展現了她細膩過人的創作能力。將一個一男一女的單線條愛情故事講述得百轉千迴。傾注在其中的悲喜，也便有了格外龐大的力量，讓每一個置身愛情的人，都如同為拯救末日而負傷累累的英雄，充滿了大片式的感動。

他們為愛拚盡了全力，每個人都做了畫地為牢的蠢事。在一次次的言不由衷裡困鬥，像一場押了生死的賭氣。

在讓無數讀者心碎的離別裡，他們還要強拾心情，繼續把那個違心的自我扮演下去。「她不恨他，卻也殘忍地不想他過得太好。因為她過得不好。」

但真愛是最純粹的試金石，往往會撥開迷霧，驗明真相。原諒我的劇透，但是在顧西爵的筆下，蕭水光和章崢嵐，這是一對必須在一起的名字。

也許很多人會說，這只是一個言情故事，甚至是ＹＹ向的。但，誰的愛情不曾經是一個昂貴的、奢侈的、撒滿金黃色聖輝的美夢？在人間，還有什麼比一場讓靈魂交融的愛情更乾淨、更坦蕩？我們願意流淚，願意感動，願意跟著這一本本好看的愛情小說沉醉、忘我。至少說明，無論現實多麼不堪，無論個體多麼卑微，我們都還願意相信愛情。並且，至少有那麼一天，我們可以親自開啟它的旅程。

而且，最終，你會發現，青春並不會教會你很多事情。而愛情，才是你一生的導師。

當然，我坦白，近年來，我已經很少看這種溫馨派的「愛情小品」了，可能內心蒼老了吧，總覺得已經過了那種纏纏綿綿的年代，所以閒暇時光多用一些重口味的東西來打發。比如恐怖片，我幾乎一部都沒有落下過，連動畫片都是惡趣味的，比如特雷・帕克導演的《美國賤隊：世界警察》，以及最近才看的巴提斯・勒貢導演的《生命有限公司》。我真的不確定自己是否已經失去了一顆玲瓏的少女心。也正是在這種恐慌的心境下，我拿起了這本小說。

最終，我狼狽不堪的眼淚告訴我，姑娘，我還青春著呢。

好吧，那就一起為愛感動吧。

此間的風景，真的很好。

二〇一三年五月十六日　晚

楔子

給你的信

我很抱歉忍不住寫信給你，我知道這可能會對你造成困擾。抱歉，我只是……想念你。如果你不想再看接下去的內容，把它扔進垃圾桶也沒關係。但我一廂情願地當你看了，因為那樣我會好受一些。這兩天，胃一直不好，疼了一天兩夜了，我總想它疼著疼著就好了。

最近很忙，中午吃飯的時候雖然稍事休息，可還是覺得累得喘不過氣來，午休的時候，我帶著愛德華出去散步，我在那裡等了你好久才見到你，這是我一天中最快樂的時候。

你今天忙嗎？

我很想念你。

水光

二〇〇七年三月

你看信了嗎？看了對不對？我很緊張，一想到你可能會在看信的時候想到我一下，哪怕只是幾秒鐘，我也開心極了。

你今天穿的白毛衣很好看。

我沒有監視你，我只是……剛好從那裡經過。今天一大早便遇上你，讓我一天都處在非常好的狀態。

我依然想念你。

水光

二〇〇七年三月

今天身體有些不好受，應該說最近幾個月來都覺得不好。心情很低落。

我可能會離開這裡一段時間。

你今天過得順利嗎？

我想，一定是好的。

我很想念你。

水光

二〇〇七年十月

我坐在圖書館裡，坐在你對面。

看你拿起書離開，我笨拙地馬上抱著背包跟出去。

我很安靜，怕你看到我，又怕你……永遠看不到我。

現在是十一月了，晚上的風有點冷，路燈的光很幽暗，可是，能夠讓我看到你的身影，這就足夠了。

你在打電話，溫柔的聲音，輕聲細語的……

為什麼，我會那麼難過。

水光

二〇〇七年十一月

因為昨天晚上忙得太晚，所以乾脆等到了清晨，在晨光下給你寫信。我明天要出去一段時間，你會想念我嗎？我想，應該是不大會的。我死皮賴臉地給你寫這種信，多少讓你覺得有點頭痛吧？

所以，接下去幾天，你可能會因為沒有我的騷擾信件而鬆一口氣。

水光

二〇〇七年十一月

今天，我等了好久都沒有等到你。愛德華肚子餓了，我只能帶牠回家。

你去了哪裡呢？我等了你很久，手腳都冷了。

我很想念你。已經……太久沒有見到你。是真的太想念。

水光

二〇〇八年一月

我總是在想，我只要站在這裡看著你，總有一天你會注意。

可是，也許我錯了。

你走過的路，我永遠都是踩著你的腳印在走。

你說過的話，我永遠是在心裡反覆陳述。

而你卻不知道我在想什麼。

水光

我想放棄了，我覺得自己的狀態越來越差。
這份單戀太辛苦。
你太高高在上，我看著你總是覺得你很遙遠，很遙遠。
祝你……什麼呢？突然覺得你什麼都好，除了被我糾纏。
那麼，就祝你以後不會再被我糾纏。

二〇〇八年二月

水光
二〇〇八年四月

我站在橋上
看風景
The view over the Bridge

Chapter 01

年少的時光

蕭水光的老家是典型的西安大院，院裡一共三戶人家，雖不算親戚，卻有些革命感情，這革命感情自然是上一輩的。

水光這一代算她在內，院裡一共有四個小孩兒，兩男兩女，年紀都差不多。

蕭水光最小，一九九七年時，她十歲，于景琴十一歲，另外兩個男孩子同齡，羅智和于景嵐是十三歲，同一個大院的小孩子關係自然比外面來得好。水光雖比景琴小一歲，但兩人自小就是同班，性格又合，加上一起上下學的關係，更是添了一道感情。

而她跟男生的關係，因為羅智較為開朗，于景嵐稍顯老成，所以很多時候蕭水光會跟羅智湊在一起。于景嵐也習慣跟妹妹于景琴一起，他們兄妹關係融洽，景琴時不時在水光跟前誇她哥哥如何博學多才，如何刻苦聰明。好嘛，水光想，欺負我沒有哥哥可以炫耀，於是說：「是的是的，妳哥哥什麼都好，他是最棒的。哪天妳不要他了，把他讓給我，讓我也驕傲一次。」這時候總是惹得于景琴大笑。

蕭水光、羅智、于景嵐和于景琴是真正的青梅竹馬，從會認人開始就認識彼此，對彼此知根知柢。

水光上高中才跟景琴分開，到了不同班，羅智笑著說連體嬰兒總算分開了。

蕭水光高一的時候成績很好，都在班級前五名、年級前二十名，當然，能取得這種優異成績，中間自己付出了多少努力、耗費多少心血也只有自己清楚。

水光的同桌同學有一次在期中考試後說：「蕭水光啊，又是班級前五，妳運氣真好！」

水光想：同志啊，妳說我成績好是因為運氣，我完全不覺得開心啊，我多努力啊，每堂課都用心聽，晚上回家複習、預習、自習從不間斷，不到十一點不睡覺，完全是後天努力。當然，也不是說我不聰明，水光心裡補充。

那天下課，蕭水光靠在窗邊沉思，她分析自己，然後發現要比聰明，她比不過于景嵐，比運氣比不過阿智，比勤奮……不如景琴。景琴是上廁所都拿著唐詩宋詞、吃飯都會想相對論的人，永保年級前五名，兄妹倆都是厲害角色。

於是蕭水光生出一種悲觀，最後嘆了一聲：「我怎麼就這麼倒楣呢！」

蕭水光的同桌同學睨她一眼，說：「唷，得了便宜還賣乖哪？」

「小姐，妳怎麼老是戳我脊梁骨？妳怎麼不去針對年級第一名？」

大小姐「呿」了一聲，說：「鞭長莫及嘛，只好就近下手了。」

這耿直、嘴毒、擅長嫉妒的姑娘叫茉莉，姓湯，但她討厭她的姓氏，覺得特別俗，於是剛開學時就跟周邊人員指明，叫她就得去姓，直接喚「茉莉」，「莉莉」也成。好嘛，剛開學大家彼此的臉都還沒認熟，她已經被群眾親切地叫「莉莉」了，功力可見一斑。

近十年後，湯茉莉攬著水光的肩膀說：「蕭水光啊蕭水光，見到妳，我就像見到七、八點鐘的太陽，唯有妳見證我最美好的青春啊。」

這話說的，水光想回一句：我也是。卻因為覺得曖昧而作罷了。

高中的日子，蕭水光其實過得挺懵懂的，她唯一確定的事是，好好讀書考上某一所大學，以及她喜歡于景嵐。

後一件事要問是從什麼時候開始的，蕭水光自己也說不上來。他話不多，但她喜歡；他為她跟景琴補課時沉靜的眼神，水光更是喜歡。她還喜歡他身上乾淨的味道，喜歡他黑亮的頭髮，喜歡他說話時慢條斯理的語調……

唉，水光又習慣性看向窗外，這春暖花開時，總是容易思春。

老師拖了十多分鐘，最後一堂課總算結束，教室裡立即響起劈里啪啦收拾東西的聲音，回家的回家，住校的去餐廳吃飯。

蕭水光慢騰騰地把今天晚上要看的書放進書包裡，後門有人叫她，自然是于景琴。

「水光，走了！」

蕭水光出教室跟于景琴並排走著，邊走邊說：「肚子餓死了，小琴，書包裡有餅乾嗎？」

「沒，早上被我哥拿走了，他說今天有一場足球比賽，可能會餓。」

于景嵐是天才啊是天才，都高三了還有時間有心情有興趣踢足球。于景嵐喜歡足球倒很難得，畢竟這清清爽爽的男生，圍棋、游泳什麼的比較適合他。可她看過一場于景嵐的比賽，陽光照在他的臉頰上呈現出繽紛光影，青春從髮膚間洋溢出來，明媚得讓人怦然心動。水光的心動不是因為這一刻的耀眼，她是一點一點地積累，一點一點地收藏，好多年之後才變成了：我喜歡于景嵐啊。

蕭水光跟景琴一路說笑著往校門口走去，遠遠就看到于景嵐，挺拔的身姿站在夕陽中，旁邊是羅智，一走近就聽到羅智說：「今天太痛快了！這週的壓力太大，不是會考就是模擬考，果然運動出汗最能出悶氣。」

于景嵐點頭，他總是先看到蕭水光，於是朝她們招了招手。水光跟景琴走過來，景琴詫異地問：「今天怎麼那麼好心腸等我們？」

羅智說：「哥哥們什麼時候心腸不好了？」說著過來摟住蕭水光。「水光，幹麼低著頭啊？」

水光說：「我害羞。」

羅智「靠」了一聲，說：「媽呀，雞皮疙瘩都起來了。」

蕭水光本質挺文弱的，但因為從小跟羅智混在一起，再溫婉，還是有壞脾氣也會耍無賴，他自然最清楚。

水光笑了，然後捂著肚子說：「肚子餓了，餓死了，回家吧，我要吃肉。」

羅智說：「妳說妳一個女生動不動就嚷著吃肉，太難看了。」

「但確實是肉比較好吃，哎呀，想想就更餓了。」

小琴已經笑死了，說：「還是水光最誠實。」

羅智感嘆：「幸虧身材標準，沒有吃成肥豬樣，否則小心以後嫁不出去。」

這話啊，當水光很多年後成了那什麼——剩女，覺得羅小智這嘴真是烏鴉嘴。當然後來好幾年的生活沒讓她胖一分。當然當然，這些那些都是後話了。

羅智剛感嘆完，于景嵐從書包裡拿出一袋餅乾給水光，說：「水光，先吃這個。」

水光開心地接過，說：「謝謝！」

于景琴「咦」了一聲說：「哥，你沒吃餅乾啊？」

于景嵐說：「忘了。」

那年，于景嵐和羅智高考結束，之後要飛往其他市上大學。

他們都是金榜題名，大院裡擺了三大桌酒席，請了親朋鄰里來慶賀。羅智的大學在鄰省，不算遠，名校；于景嵐北上，自然也是一流大學，只不過很遠。

這年夏天蕭水光做了一件蠢事。在那棵大槐樹下，好多人喝醉了，水光好像也喝醉了，她緊緊捏著空的啤酒罐，看著身邊的人都在祝賀他，然後站起來，說：「景嵐，我喜歡你。」然後又輕聲重複一次：「我喜歡你。」

周圍安靜許多，那個比她大三歲，那個比她高好多的男生轉過頭看著她，他的眼睛是那麼黑，那麼沉靜，一如他給她補習時那樣，聲音也一如往常，平緩而溫和，他說：「水光，妳喝醉了。」

我喝醉了？水光後來跟大學同學喝酒，可以以一敵三，他們說：「蕭水光，女中豪傑，我他媽怎麼就沒見妳醉過！」

于景嵐啊，我從小就能喝酒，會喝酒，愛喝酒，你怎麼會不知道？

蕭媽媽尷尬地說：「小女孩瞎鬧呢，別理她別理她！」

長輩們都寬容地看著她。

小琴輕輕扯她的袖口。「怎麼了，水光？」

羅智望著她皺眉頭。

沒有人覺得這是好事，有不當回事的，有不相信的，有鬧騰的。

可水光還是看著他，一點一點地想：因為我比你小，你覺得不可靠，所以你不信；還是因為你不想接受，所以選擇忽視？其實你只要隨便給我一個理由，什麼都好，只要別那麼……忽視。

水光趴回桌上，舉了舉啤酒罐，說：「媽媽，我喝醉了。」蕭媽媽哭笑不得地拍了拍女兒的臉頰。

于景嵐和羅智在九月初離開，水光去送羅智，不為別的，她跟羅智的關係本來就比跟于景嵐親。

羅智趁他媽媽走開時跟她說：「水光，景嵐他不希望影響妳讀書，妳……等考上大學了……」

水光說：「就算我談戀愛也不會影響讀書。羅智，謝謝你的安慰。」

羅智嘆了一聲，說：「叫聲哥吧，我走得才安慰！妳從小到大都沒叫過我哥。」

水光笑了，說：「羅智大哥，一路順風，前程似錦。」

不管覺得累也好，惆悵也好，幸福也好，日子都會按著它自己的腳步過去，不會因為你的心情而停頓一下。高二的第一次大型考試，水光竟然驚人地考出全年級第三名，茉莉姑娘斜了她一眼，說：「邪門！」

水光心想，邪門總比狗屎運好。

那一天，水光去找景琴，景琴正在走廊上打電話，看到水光就拉著她，一邊往外走，一邊說著：「我第五名啊，哥要不要獎勵點什麼？」

兩人走到花臺邊坐著，水光仰頭看大樹下散落下來的光線，覺得大自然真是奇妙，然後她聽到景琴說：「水光這次是第三名！強吧？」

不知道電話那端說了什麼，水光卻被光線晃得眼花，她站起來說：「我回教室了，頭暈啊。」

景琴「啊」了聲，回過神時，水光已經跟她揮手道別。

水光隱隱聽到小琴跟電話那邊的人說：「水光頭暈，回教室去了。」

這不是糊弄別人，真的頭暈。水光回教室就趴在桌上，同桌同學推了推她說：「怎麼了？第一名還憂鬱？」

水光側頭。「莉莉小姐，我現在很傷心，再推我就咬妳了。」

湯茉莉又「呿」了她一次，說：「咬不死妳！」

某人……甘拜下風。

高二暑假來得特別快，去得特別慢。

假期第一天，水光在家睡了足足二十個小時才起來吃中飯，難得軍區休息而在家的父親看到她，搖搖頭對蕭家媽媽說：「我家閨女就是太嬌慣了。」

我不就徹底睡了一場懶覺，有必要這樣說嗎？水光腹誹。不過，蕭爸爸身為一名從一秒鐘裡的表現都能看出效率、毅力的軍人，睡懶覺的行為絕對是不合格的。

在父親的高壓下，水光匆匆吃完飯就跑到院子裡，看見于家的大門開著，昨晚小琴還說明天一早跟爸媽去爬山，這麼快就回來？水光想著就過去，先聲奪人：「這麼早就回來了，景……」那個「琴」字在見到裡面拿著水杯喝水的人後，微弱地改成「嵐」。

于景嵐看到進來的人，也停了一下才說：「水光，好久不見了。」

「也就半年吧，還好還好。」水光看到于爸、于媽他們還沒回來。「呃，你吃飯了嗎？」

「我剛到。」

水光說：「要不要去我家吃點，我爸爸媽媽都在。」

于景嵐溫聲說：「不了，景琴他們應該快回來了，我剛跟他們通過電話。」

接下來該說什麼？好像沒什麼好說的了。

「哦，我先回去了，景琴回來了我再過來吧。」

于景嵐看了她一會兒，輕聲說：「好。」

蕭水光現在特別怕夏天，怕暑假，她怕自己一不小心又白痴，說「我喜歡你」，怕對方說「你說什麼？我沒聽清楚」。

沒兩天羅智也回來了，那晚水光聽到大院裡有幾位長輩在乘涼，說：一眨眼，四個孩子都長大了，真快啊。

是呀，真快。

可是，這假期卻是那麼慢。

水光報了暑期散打班。水光六歲就被父親送去練武術防身術，那會兒家裡貼的獎狀大多是武術獎，因學習優異獲表彰的沒幾張。高中時蕭媽媽終於忍不住朝蕭爸大叫：「你還真把我們閨女當男孩子啊！行了，打打踢踢的都別學，趕緊讀書，考不上大學看我怎麼收拾你們父女倆！」

蕭家媽媽難得發威，一發威就威力十足，所以蕭爸爸不得不下了放生令，還水光自由。

小時候水光也覺得苦，別家姑娘都練芭蕾、拉小提琴、練毛筆書畫，她卻是每天壓腿踢腿，練拳紮馬步，痛啊累啊時都哭過，兩年下來好像也習慣了。雖然偶爾覺得累，但沒再為疼痛哭過。

有所成之後還覺得自己特猛特厲害，雖然嬌小，但打起架來，誰都打不過她。有男生欺負小琴，她能三兩下把人按在地上，不是比力氣，是比技巧，感覺那種勁與生俱來。

不過進了高中後就完全安分讀書，怕沒考上大學讓母親大人傷心，而且她確實有自己的目標，那目標太高，不努力不行。

水光第一天去散打班報到時，竟然遇到了茉莉同學。兩人迎面相見，後者「靠」了一聲，水光「哎」了一聲。

那天之後，茉莉同學再也不敢在任何考試之後推水光、酸水光，不得不說有時候暴力比道理更有效。

暑假慢慢悠悠地過著，而水光很忙，她忙著練散打，忙著為考進那所大學做準備。

所以這一年的暑假，羅智經常跟于景嵐抱怨說：「水光那丫頭整天不見人影，有必要這麼忙嗎？」

景嵐只是放下手中的書，眸光微微沉斂，有一些光亮從眼底輕輕掠過。

蕭水光的高三跟打仗一樣，她朝靠近他的目標一步一步走著，即使他看不見，即使他不在意。

二〇〇六年的六月分，水光嘔心瀝血，奮筆疾書，在最後一場考試完後走出考場，仰頭看著外面炙熱的陽光。

她拿出手機，第一次撥了于景嵐的電話。

那邊響了兩聲就被接起，沉靜的聲音傳來，他說：「水光。」

那一刻，水光覺得自己的眼睛紅了，溼潤潤的。

「于景嵐啊，我考完了。」

「嗯，我知道。」

「我……可不可以報你的學校？」

那邊停了好久，他輕聲說：「我等妳。」

于景嵐在二〇〇六年夏天過世，在回西安的飛機上。

二〇〇六年六月的那次航空事故，報紙和新聞都有報導，最後相關部門將其歸為意外事故。

「意外事故」。

蕭水光看著這四個字，四個字就讓那個乾淨安靜溫柔的人、那個讓她想念那麼多年的于景嵐再也回不來了。

水光坐在床沿，那一夜無眠。

那晚的大院裡，沒有人睡著。

二〇〇六年九月分，蕭水光到了這所北方的大學，她抬頭看著他看過的這片天空，說：「于景嵐啊，你說會等我，我就來了。我守了諾言，可是你沒有。」

水光是一個出色的女生，就算在這所人才濟濟的大學裡也很棒。她的成績一直很優異，她擅長很多東西，她會漂亮的武術，甚至唱歌也很動聽。所以蕭水光有不少追求者，但她都拒絕了。據蕭水光的室友說：水光有喜歡的人，也是咱們學校的，水光有時候還會給她男友寫信。

二〇〇七年的時候，水光養了一隻牧羊犬，叫愛德華，徵得宿舍老師同意，平時養在宿舍大樓地下室的隔間裡。室友們都喜歡愛德華，給牠備的伙食比自己的還豐盛，抽空就帶牠出去散步，讓無聊的大學生活不那麼無聊。

二〇〇八年的春天，水光自覺狀態越來越差。

她告訴自己，不要再踩著他的腳印走，不要再重複「他在等妳」；蕭水光，沒有人在等妳，沒有人……

其實，她寧願他永遠高高在上，也不要她離他那麼遙遠，那麼遙遠。

水光說，我放你自由了。

那天，水光接到景琴的電話，景琴在電話裡說：哥哥的遺物裡有一封給妳的信，也不算是信，我哥夾在他的書裡，是書籤。

水光：

陌上花開，可緩緩歸矣。

景嵐。

二○○五年夏。

水光哭得泣不成聲。

章崢嵐站在窗口看著教學大樓後方的花園中，那個女孩子坐在她經常坐的長木椅上，哭得傷心欲絕。

我站在橋上
看風景
The view
over the Bridge

Chapter 02

誰在誰的回憶裡

章崢嵐坐在窗邊，晒著太陽，懶懶地瞇著眼。他垂在椅邊的左手上夾著一根點燃的香菸，偶爾湊到嘴邊吸一口，很意興闌珊很空很無聊的模樣。

如果這場景換在冬日的午後、假期的家中，確實不錯，問題是此刻他背後有一群人在打仗啊。

技術室裡的其他幾名成員望著窗邊的人，不禁咬牙切齒深深腹誹，他們老大完全沒公德心，公司開得好好的，政府國企的單子都接不完，為什麼來大學技術支援？還連帶幫他們開發，最關鍵的是——分成那麼少，強烈懷疑他們頭兒跟這所名牌大學的校長有奸情！

大家一邊意淫聊表慰藉，一邊艱苦奮鬥，終於其中一名成員扛不住，哀號道：「老大，你快來救場啊，媽的，這系統有毛病啊有毛病！它能自己搞自爆啊！它怎麼不自己搞自慰算了！」

「噗！」一批人笑出來。

章崢嵐有氣無力地睜開眼睛，回頭看去，然後慢慢起身，將菸叼在嘴裡，朝喊叫的人走過去，拍了那人的腦袋一下，說：「笨得像熊似的。」

阮旗心口在滴血。「老大……傷自尊了。」

「哦？你還有自尊啊？」章崢嵐俯身瞄著螢幕，三秒鐘後，他說：「重做吧。」

「啊？」阮旗驚詫。

章崢嵐鄙視地說：「幹麼這麼看著我？都自爆還怎麼救？你真以為我是神？」後面一大群人都有一秒鐘的停頓，心裡同時說：「我當你是魔。」

章崢嵐在旁邊的菸灰缸裡擰滅菸頭，大搖大擺地往門外走。

坐在最旁邊的姜大國嘿嘿笑：「老大，你要回家了？」

章崢嵐手插口袋。「餓了，買東西吃去。」背後一片鬼哭狼號。

章崢嵐走出技術室，散漫地往樓下走，他的「小毛驢」停在門口的樹下。

章崢嵐本質上是一個非常懶的人，他絕對是古龍小說裡楚留香的現代版，能坐著就不站著，能躺著就不坐著。所以他喜歡開電動車，這喜歡是對比出來的，其中包括汽車要維修要保養要找車位要換檔，於是「毛驢」成了首選座駕，電動、方便還省油。

有得必有失，這位當年的天才在畢業後創業發達，在本市最貴地段買了一幢別墅，剛搬家半個月騎電動車回家時，經常被社區警衛攔下，以為是送外賣的。

章崢嵐長得像送外賣的嗎？當然不，章崢嵐外表端正，五官立體，身材健朗，偶爾英俊，這「偶爾」是當他西裝革履、態度認真、對一件事情真正上心的時候，那氣勢，用其他兄弟的話來說就是：簡直不是人啊！

章崢嵐拿鑰匙發動「毛驢」，輕巧地穿梭在這所名校的林蔭道中，這時是下午三點，學校裡走動的人不多。

章崢嵐是騎車也能發發呆、瞇瞇眼的人，所以當他看到前方並排走著的兩人之後，還若有所思地歪頭時，這就很不可思議了。

他盯著慢慢接近的其中一道背影，超過，然後看著後視鏡中慢慢遠去的臉——那是他數次在窗邊看過的女孩子。當他回過神發現自己皺著眉頭，咂咂嘴，突然想抽菸。

章峥嵐到了學校超市，一進去就問：「老闆，有菸嗎？」收銀臺前的大嬸打量他半天，嘀咕了句：「現在的大學生啊。」然後指了方向。「那邊櫃子上有。」

章峥嵐道聲謝，走到櫃子旁拿了常抽的牌子，當他轉身時又莫名想起之前那幕場景，覺得……很煩悶。

章峥嵐付了錢，走到超市門口，他看看天，然後靠在門邊懶懶抽出一根菸，又慢悠悠地點燃後吸了起來。

後面的大嬸搖頭：「小夥子啊，少抽點菸。」

章峥嵐回首。「大姊，現在讀書壓力大，不抽不行啊。」

被叫大姊的大嬸笑逐顏開，說：「這倒也是，現在的學生壓力都挺大的。」

章峥嵐跟大姊聊會兒，阮旗打電話過來，大叫：「老大，出事了！」

章峥嵐眼都沒抬一下：「什麼事？A３級別以下的自己搞定，這都搞不定就乾脆自慰。」

阮旗很委屈，說：「老大，不是我，是大國！他手癢就駭進校長的電腦，剛好校長來找你……結果一目了然，所以，呃，你趕緊來吧。」

章峥嵐「靠」了一聲，最後說：「我看你們是皮癢了。」

章峥嵐擰熄了菸扔進旁邊的垃圾桶，剛抬頭就看到剛才超過的兩個女孩子已經走到這裡。

蕭水光戴著耳機，輕哼著歌，旁邊的林佳佳鬱悶地說：「妳說妳，大二學期都要結束，還不快整理複習筆記，大夥兒都指著影印妳的呢。」

佳佳覺得最近室寶蕭水光同學有點不對勁，很不對勁，非常不對勁，因為一向認真乖巧奮發向上的水光妹妹突然……諱莫如深，神遊太虛，心術不正了！關鍵是妳什麼時候要整理筆記？

水光拿下耳機，說：「腹誹我什麼呢？」

「哎唷喂。」林佳佳手捧心。「蕭水光同學，我是深深地被您折服呢。」

水光略沉吟，說：「是嗎？來，折一下我看看。」

佳佳鬱悶。「水光，妳真的妖孽了。」

水光呵呵笑。「是，收了一個鬼魂在心底唄。」

兩人說著跟迎面走來的人錯身而過，蕭水光的感覺一向很敏銳，走過那人的一瞬間，她感覺到他的視線短暫滑過她的臉。走開幾公尺，水光才回頭看去，佳佳問：「怎麼了？認識的？」

「不認識。」水光覺得奇怪，那人……對她不順眼嗎？為什麼皺眉頭？

章崢嵐慢騰騰地回到技術室，最裡面毫無意外地是校長。

章崢嵐笑著朝衣冠楚楚的校長走去，路過姜大國時拍了拍他的後腦，用挺輕的聲音說了一句：「一個個都蠢得要死。」

姜大國同志大受打擊，一張國字臉瞬間蔫靡。阮旗趴在鍵盤上悶笑，章崢嵐將手上的那盒菸朝他扔去，阮旗「哦唷」了一聲，老闆發話了：「今天把系統弄完，沒弄完就加班。」

阮旗「嗷」了一聲，轟然倒地，坐阮旗隔壁的兄弟趕緊落井下石。「小旗啊，節哀順變。」

「節你妹啊！」

校長看著這群人，不由搖頭嘆息。「你們算是名校畢業，怎麼講話……」

章崢嵐笑道：「秦校長啊，怎麼有空上來看看？」

說到這裡，秦校長的臉拉長了，語重心長說：「崢嵐啊，我請你以及你公司的人過來幫忙，是要做點實質性的開發研究，不是讓你們來瞎鬧的。我們是百年名校，不比你在外面接觸的公司，你必須認真嚴格地對待。你說你的手下，我一進來，啊，在看毛片！年輕人看毛片情有可原，但在工作場合、在大學裡，這種行為絕對要杜絕。」

章崢嵐眨了一下眼睛，回頭望向阮旗，意思是「不是說駭了人家電腦嗎？怎麼成『看毛片』」。

阮旗也不解，看大國，大國茫然。

章崢嵐又想罵人，回頭對秦校長笑道：「您說得對，這種行為絕對不可取的。您放心吧，我一定嚴懲不貸，絕不會有下次。」為表可靠又加了一句：「我是您的學生，您還不信我嗎？」

秦校長「呵」了一聲：「就因為你是章崢嵐，我才不能全信。」

章崢嵐覺得傷心啊。

那天校長走時又說了句：「崢嵐啊，你是我接觸過最聰明的學生。」說完像是感傷似的搖了搖頭。

這是什麼意思？章崢嵐齜牙。

阮旗諂媚地靠過來。「老大，原來您也在這名校待過，我對您的崇拜之情氾濫猶如……」

「滾！」章崢嵐按額頭，然後回頭問大國：「怎麼回事，怎麼變成看毛片了？」

大國冤。「我是駭了他電腦啊，我……我點開的也是他電腦裡的東西，誰知道是毛片？」還沒放到關鍵地方因此沒看出端倪的人如是說。

「操！」這是兩名駭客、兩名天才程式設計師、一名使毒防毒高手以及章崢嵐同時發出的聲音。

章崢嵐覺得今天有點沒勁，決定早點走人，索性回去睡大覺。

當他走過一名駭客看到螢幕上的內容，停了停。「小張，女朋友啊？」

張宇回頭，靦腆一笑：「怎麼可能啊，老大，是這學校論壇上的，這主題是各系系花點評。嘿嘿，這女孩據說文韜武略樣樣精通，我欣賞一下而已。」

章崢嵐拍拍他的肩。「欣賞完了，別忘了正事。」

「你放心，老大，一定按時搞定！」

這幫人玩歸玩，能力效率絕對一等一，章崢嵐的確沒什麼不放心的。

他又看了螢幕上的照片一眼，以及照片下一大片優異獎項、能力特長，以及「蕭水光」。

那天，他知道多日來自己一直在窗後看著的人，自己在路上多次遇到的人，叫蕭水光。

之後又過了兩年時間。說短不短，說長不長。

好比章崢嵐依然做著ＩＴ產業的工作，用專業手腕經營自己的公司；蕭水光已經大學畢業，進入社會。

章崢嵐的優點不多，缺點很多，好比絕情、冷情、無情。他能在手底下一幫人嘔心瀝血三天三夜不眠不休趕任務時，蹺起腳戴著耳機聽音樂，再順便懶洋洋地說一句：「女孩們，快一點，嗯？」

幾名高手硬生生被那聲「嗯」噁心半天，然後繼續飲恨吐血地操作，外加十二分的幽怨仇視頂頭上司！

章崢嵐在眾目睽睽之下咳了咳，起身說：「你們忙吧，我出去散散步。」其實是菸癮犯了。

十月的夜晚有點涼颼颼的，朦朧路燈下還能看出稀薄霧氣瀰漫在空氣裡。章崢嵐手插褲袋、慢條斯理地穿過街道，走到離自家公司不遠的一家二十四小時營業的便利商店。

店裡除了兩名在深夜聊天打發時間的工作人員，沒有其他顧客。章崢嵐去櫃檯上挑了一包香菸和幾罐咖啡，然後慢騰騰走回來。店門再次打開，有人推門進來，章崢嵐下意識抬頭看一眼，那人裹著大衣，頭髮散著，神情有些睏，面色很白。她慢慢走過他的身邊，走到架子旁拿了兩瓶純淨水和一大包餅乾，然後到櫃檯前結帳。

章崢嵐停了一下才走到她後面排隊。店裡很安靜，只有工作人員刷條碼的聲音。章崢嵐無意間聞到她身上很清淡的香味，像一種水果，很淡，很清香。他看到她靠著櫃檯，頭垂得很低，像要睡著了。

她付了錢，提著袋子走出去。章崢嵐看著關上的門，回頭看服務生一一刷過他買的東西。他在便利商店門口點了一支菸，吸了一口呼出來，煙霧模糊遠處燈光下走著的背影，他心想，距離在那所大學見到她，應該有兩年多了吧。

這兩年裡，兩個人可能一直在同一座城市裡，竟從來沒有遇過。

章崢嵐吸了兩口菸後，慢慢往相反方向走去，最後消失在夜幕中。

蕭水光很睏，睏得要死，她已經連續加兩天班，在她準備大睡一場的時候，羅智風塵僕僕跑來，三更半夜將行李往她的客廳一扔，說：「蕭水光，我失戀了。」

羅智在她的房子裡翻箱倒櫃搜了一圈，最後說：「怎麼連水都沒有？吃的也沒有？」

水光剛回來，洗完澡後懶得燒水煮東西，披了外套去附近的店買，結果樓下常去的那家店關門，只得多走兩條街。水光回去後聽羅智心潮澎湃講了半小時愛情史，最後睏得要死的某人倒在沙發上睡著，羅智大哥表示很受傷。

蕭水光在一家科技公司上班，有業務時會很忙，好比前兩天；空的時候會很閒，好比現在。

水光趴在辦公桌上剝了一顆硬糖塞嘴裡，然後跟羅智通電話，電話另端人聲嘈雜：「寶貝啊，我在跟朋友的大哥喝酒，晚點再給妳電話！」說著就掛了。

水光想：好嘛，這城市來沒四次就有哥們一起喝酒，強人！

蕭水光收了手機，也不再掛心人生地不熟的羅智大哥會不會無聊，會不會餓死了。

下班之後，蕭水光去超市買了一些吃的用的，因為戴著耳機心不在焉，早了一站下公車，懊惱之餘往住處走去，對面有人撞她一下，害她抱著的水果散落在地。那人神色匆忙，對她連連抱歉，但看樣子在趕時間，對方看了眼時間，又連道兩聲歉，然後轉身快步走了。

水光也不介意，她蹲下去撿起地上的蘋果和柳丁，一一放進塑膠袋裡，直到一隻手幫著撿起遠處遺落的最後一顆蘋果。蕭水光抬起頭，這男人身形很高大，嘴上銜著一根菸，神情很淡漠。

水光接過他遞來的蘋果，說了聲「謝謝」。

那人從喉嚨裡「嗯」了一聲，水光覺得這人有些眼熟，但還沒來得及細想就聽到他身後有人叫了一聲「崢嵐」，她起身提著東西走了。

阮旗笑咪咪地攬住章崢嵐的肩說：「老大，拾金不昧啊！」

章崢嵐扯了扯嘴角，拿下他的手，說：「別動手動腳的。」

阮旗旁邊的中年人笑著說：「崢嵐，我跟阿旗談好了，反正你們辦事我放心！」然後看了看手錶，又說：「走吧，一起吃頓飯，讓你公司裡的員工一道過去，算是提前慶賀。」

章崢嵐笑道：「算了，還是把事情做完，大家再開香檳慶賀吧？」

中年人聽他這麼說，笑著說：「也行。」

送走大客戶，晚上章崢嵐被公司那幫小子拉去吃飯，又到酒吧喝酒。在一群人吵鬧說笑的時候，章老大顯得有些意興闌珊。

最後好多人都喝醉了，章老大不得不一一扛出去扔進計程車裡。扛完最後一人，他甩了甩手，揮走計程車，點著菸退到後面的扶欄上靠著，慢慢吸了一口。

他還記得兩年前的那一天，他剛完成大學的工作，收完工去常去的酒吧放鬆。他邊喝酒，邊跟酒吧裡熟悉的三教九流插科打諢，然後看到她——那個讓他在那年不由自主多留心思記住的女孩，彼時正喝醉了趴在吧檯上。

她看起來不像隻身跑來這種地方的人，可那時她身邊沒有人陪伴。有小混混過去從她身後抱住她，她抬起頭，眼神迷離，章崢嵐一看就知道她喝的酒肯定被人下了藥——長得漂亮，又獨自坐著，在這龍蛇混雜的地方，沒人動心思才有鬼。

他面無表情地看著，調酒師笑著問他：「是不是物色到新對象了？」

章崢嵐笑了笑，最後走到那邊將高瘦男人的手拿開，平淡道：「把她給我吧。」

男人轉頭見是他，退後一步：「嵐哥？」說完痞氣地笑了笑，走開了。

章崢嵐把手上的菸放到嘴裡，伸手將她扶起往外走。她含含糊糊地說難受，往他懷裡鑽，在門口邊的走道上，章崢嵐扶正她。「別亂動。」

那女孩子看著他，眼神木木的愣愣的，裡面好像有很多東西又好像什麼都沒有，她說「難受」，說「為什麼忘不掉」。

「妳想忘掉什麼？」

她沒再說，軟軟地倒進他懷裡。他原本決定帶她去醫院，那種藥吃下去危害說小不小，但他剛扶住她，卻被她伸到後腰的手弄得全身一滯。

「妳想我當君子就別再撩撥我。」

她不說話，在他懷裡顫抖。她的手是冰的，被它撫摸過的地方又似燒著了。

章崢嵐將她的手拉出來，她現在沒多少理智，而他不想乘人之危。

當她轉過身用柔軟嘴脣吻上來時，他突然發現自己的自制力其實沒有想像中那麼好。

她嘴裡有酒的味道，舌尖上也是，她喝的酒比他喝的要烈。章崢嵐把她攬到有盆栽遮住的角落，著著實實地回應她。他發現自己很喜歡那味道，烈的，苦的，甜的。

她的手抓著他的背，章崢嵐嘖了一聲，報復地咬了她一口，她吃痛，睜開眼，那雙眼睛裡迷迷茫茫水潤一片。章崢嵐發現那刻心如擂鼓，他低下頭覆住她的嘴脣，脣舌交纏。

酒吧裡嘈雜的音樂、酒精、隨處可見相擁相吻的人，這一切都讓章崢嵐有一定程度上的鬆懈，他也知道最主要的是他對懷裡的人動情了。

或者說動心。

他在最後燒起來的一刻推開她，說：「妳不知道我是誰，妳會後悔的。」

她的眼裡有淚滑下，她說：「嵐，你抱抱我吧，我難受……真的很難受……」

章崢嵐後來知道自己淪陷得很糟。

他把她帶到更深的角落，無人可見。

他吻她，問她舒不舒服。她輕輕笑，章崢嵐不知道那時自己眼裡也充滿笑意。他輕柔地把她抱起來，用手指在她身上製造熱度。當兩人終於又溼又熱，他習慣在鍵盤上飛舞操作的兩根修長手指退出她的身體，換作自己的下體慢慢侵入她。她喚了聲疼，章崢嵐停下來，他此時的額頭都是汗水，他沒想到她是第一次，咬著牙退出來，她卻抓住他的手臂，輕聲喚道：「別……」

章崢嵐心想：此刻不管她眼裡看到的是誰，他都不可能走了。他再次抬起她的臀部，嘗試著進入……兩人躁熱的身體相擁，交頸相纏，他感受到她的緊張和痛苦。

他在她耳邊低聲安慰：「疼的話咬住我。」

她確實咬了他，他的肩膀有血流下，她的腿上也有血絲慢慢淌下，空氣中有喘息，有情慾的氣味，一波一波伴隨著疼痛越來越濃重，久久不能消散……

章崢嵐睜開眼，胸口起伏不定，他坐起身發現腿間的濡溼，低咒一聲，抓亂一頭對於男人來說過於柔軟的頭髮。他重新倒回床上，望著天花板看了好一會兒，嘴裡又滑出一句：「Shit！」

章崢嵐最後下床，拿了手機跟阮旗通電話。三更半夜接到電話，如果是別人肯定當場發火，但沒辦法，誰教阮旗面對的是章老大，這東北爺們只能輕言細語地問：「老、老大，這麼晚……有何貴幹？」

「傳點片子給我。」聽不出什麼情緒的低沉嗓音。

阮旗想：片子？什麼片子？他也口隨心想地問出來。

「A片，三級片，毛片。」電話那端的答覆。

阮旗當即眼角抽了下：「老大，您半夜打電話給我就是為了這個？」

章崢嵐沒心情多廢話，只說：「開電腦傳過來，我現在要。」

阮爺原本想回：有必要這麼飢渴啊？當然也只是想想而已，不敢說。

章崢嵐坐在陽臺上望著遠方天際慢慢泛紅，椅邊菸頭丟了一地。

兩年前——是的，兩年前，他第一次在酒吧裡這麼失控，在離後門不到十公尺的角落一晌貪歡。

當他離開她的身體，她像昏迷又像是睡著了，癱在他懷裡。兩人身上黏膩溼熱，可他竟然一點都不覺得難受，甚至後來很多晚上，他只要想起當時那種溫度就能用手讓自己得到短暫的快樂。

他脫去外面的毛線衣替她擦去腿間的液體和血跡。她一直黏著他，嘴裡喃喃地像在說夢話。他扶高她一點，不讓她下滑，她伸手抱他的腰，手劃過他的後背讓他心口一悸。

他放柔聲音：「我抱妳去車上。」

她很聽話，讓他抱起來。

那天他把她帶回自己家裡，她那種情形自然不能回學校。他將她抱到二樓的主臥室，拿了熱毛巾幫她擦了一遍身體，他發現自己做這一切很自然，甚至不帶情慾，只是有些……有些溫柔。他後來去浴室洗澡，然後上床從她背後抱住她。她身上的味道很淡，像是一種水果的香味，很乾淨，很甜。

隔天他醒過來時，身邊的人已經不在。他起身披了睡衣慢慢走下樓，空蕩蕩的房子裡只有他一人。

他之後去過學校幾次，有一次在餐廳，他坐在她跟她室友後面的位子上，聽她室友說她有男朋友，他點的那碗麵一直沒有吃，只點燃一根菸吸著。校園裡的純真戀愛，而他是什麼呢？只是一個一夜情對象罷了。

章崢嵐到公司向來最晚，所以這天八點半不到，當大國跨進公司大門看到裡面的人時，還以為自己出現幻覺：「老大，你手錶走快了？」

章老大坐在他的位子上玩遊戲，很快的敵對方狙擊手全軍覆沒。章崢嵐回頭懶懶說：「我幫你衝了幾級。」

大國低頭看遊戲畫面，欣喜若狂：「老大，你強！打了通宵嗎！太感動了！」

章崢嵐起身：「兩小時而已。」

大國對著老大的背影深深地折服。

章崢嵐回到自己的辦公室，他坐在皮椅裡，雙腳架在桌面上，左右看了看，辦公桌上沒有香菸，手在身上摸了一遍，只摸出一個空盒子。他有些掃興地將菸盒捏成團，扔進旁邊的垃圾桶中。

他知道自己現在有點不正常，很不正常。他以為那一晚沒有刻骨銘心，可事實上他記得兩年前的很多細節，他記得她身上的味道，記得她說的每一句話，記得那種心跳，只是一直以為沒那麼嚴重……現在算什麼？再次遇到她，然後發現自己沒忘記她？章嶸嵐不免自嘲，他應該還沒那麼深情。

水光坐在拉麵館裡等羅智，中午時羅大哥一通電話，說：「我起來了！寶貝，請我吃飯吧？」

昨天水光回家，快要睡著時才聽到羅智歸家。她摸手機看時間，零點過十分，不免感慨羅智大哥比她這個在這裡駐留四年的人還混得開。

蕭水光點了麵先吃，羅智從家裡過來起碼要二十分鐘，再加上穿衣打扮，半小時跑不了。

水光一邊拿手機看新聞，一邊等麵，直到前方有陰影遮住光線，她剛抬起頭就被人潑了一杯冷水。水光看清人後站起身，那人還要揮來一巴掌，她輕巧地抓住對方手腕，淡淡道：「小姐，請自重。」

打扮時尚、面色陰沉的女人冷笑：「妳下賤地搶我男朋友的時候，怎麼沒想過要『自重』！」說完狠狠甩開水光的手。

水光抽了桌上的面紙慢慢擦臉，平靜道：「我沒搶妳男朋友，妳愛信不信。」「你們都當我是傻瓜嗎？我有的是證據！」那人說著，從包裡拿出一疊照片扔在桌面上。

水光瞟了一眼，不禁皺眉，第一張是她跟一個男人並肩走進酒店。水光現在看到這男的就頭痛，她上次去飯店跟他談完公事後，他圖謀不軌，她順手把他的手弄脫臼，之後此人一直在外造謠毀她的名聲，以至於他女朋友不止一次去她公司找麻煩。也幸虧公司裡的警衛盡職，對方沒罵兩句就被送出去，沒有對她造成太多不便，但水光知道部門裡的人或多或少在背後非議她。

水光突然有些倦，她說：「我沒有，更沒興趣摻和別人的事，所以請妳適可而止。」看到餐廳裡不少人注視這一幕，水光不想在此多留，可對方顯然還不死心，冷嗤道：「婊子還想立牌坊呢！」

水光覺得跟這類人完全溝通不了，索性走人，剛轉身就被那個叫孫芝萍的女人抓住手——其實並沒抓住，水光靈巧地掙脫了。一直站在孫芝萍身後、被叫來助威的男人這時走上前想擒住水光，卻被水光一記反手扣住手臂，人也被壓在桌沿，速度很快，甚至在場很多人都沒有看清楚那套流利的動作。

很多人沒看清楚，不代表所有人都這樣。坐在離那桌不遠的張宇就目睹這一切，而且是清晰目睹。

張宇之前一直在琢磨這女的怎麼有點眼熟，現在總算想起來了。當年公司接了一所大學的案子，他逛校園論壇時就留意過這系花，能文能武——確實是武，中國正宗的武術。照片下列出的獎項數不勝數，讓他頭一次覺得漂亮女生再加上蓋世豪俠的功夫，連他這男生都不禁崇拜。

此刻他算是見識到這女孩子的真正身手，很帥。

張宇拿出手機拍下來，突然「啊」了一聲：「對了！新遊戲的宣傳！」

張宇回神，剛站起身就看到那系花鬆了擒拿術，朝門口走去，他二話不說就追上去。在結帳臺邊追到人，剛要伸手拍她肩膀，對方卻像先一步感知到他的舉動，轉過頭來。

那一刻張宇竟然退了一步，她表情很淡，卻莫名有一股冷凝之色。

「小姐，我……」張宇拿出名片遞過去。「我沒別的意思，只是覺得妳的身手很棒，我想跟妳合作，哦不，是我們公司想跟妳合作，是關於遊戲的……」

水光沒有接名片，只說：「我沒有興趣。」

張宇向來不是輕易投降的個性，更何況今天難得有點開竅的感覺，怎麼也不會放棄。「小姐，我真的很有誠意想與妳談談。」他硬是把名片塞到她手上，輕輕一笑。「請務必與我聯繫。」

他先一步把錢放在結帳臺上：「第十桌，不用找了。」說完推門走了。

水光看著手裡的名片，搖頭，隨手放在櫃檯上，然後回頭看了一眼，站在她之前吃飯那桌旁的兩人面色難看。

水光剛出餐廳就看到從計程車下來的羅智，兩人之後去了附近的公園，吃的是外帶漢堡。

羅智挺鬱悶的，說：「小姐啊，我千里迢迢過來，妳就請我吃漢堡？」

水光吸著柳橙汁，看著草坪上玩耍的孩子，以及陪在孩子身邊的家長。

「羅智，你有夢到過他嗎？」

羅智剛開始沒反應過來，明白她說的「他」是誰之後，笑了笑，很淡：「我說沒有，妳信嗎？」

水光微笑：「我沒有，我一次都沒有夢到他。我這裡……」她輕輕按著心口。「這裡每天都難受得要命……每天，每天想的都是那個名字，那個人。為什麼一次都沒有夢到他？你說……是不是他不想來見我？」

羅智看著她，心疼地摸她的頭：「傻瓜，景嵐他怎麼可能不想見妳，他最想見的就是妳。」

水光想哭，所以她用手蓋住眼睛，輕聲說：「哥哥，我覺得我過得很糟糕，你看到我這樣……我這樣子……你一定很失望……但是，我也不知道該怎麼辦……以前我跟在你們後面，看著他的背影，有追逐的目標，有憧憬，那麼多年都在憧憬。我甚至想，就算不能與他並肩一起走，只要能看著他，我也覺得……可是……後來，我沒了目標，我不知道自己該做什麼……」

羅智將身邊的女孩攬進懷裡。

水光難受，她的青春只因為那個人美麗過，奮鬥過，充實過，可那人不在了，她該怎麼辦？

「哥哥……我該怎麼辦？」

我站在橋上看風景

The view over the Bridge

Chapter 03

掌心的紋路

章崢嵐喜歡風和日麗的天氣，有點陽光，帶點風，坐在無人的辦公室裡或者家裡的天臺上小憩一番，沒人打擾，沒有電話，伸手可及的地方有菸，這段時光他會覺得很舒坦。

所以當他被辦公桌上的座機再次吵醒後，他有些不怎麼舒坦地接了電話，那聲「喂」也說得有點不痛快。

電話那端是章老太太，章老大的母親，她完全無視兒子的情緒，淡淡道：「你何時回家一趟？如果不把家當家，那麼告訴我一聲，我不再勞心外面還有一個兒子。」

這番話說得章崢嵐坐直身子，頭痛道：「媽，您又怎麼了？誰又惹您老人家動氣了？」

章太太在電話那頭輕哼一聲，說：「除了你這風流成性不顧家的兒子還能有誰？你爸爸給你物色了一個對象，人家論品行論才能樣樣比過你，你這週回家來見一見。」

章崢嵐按著額頭，他哪裡風流了？

章崢嵐剛想推說「我這週事情多」，可章太太對他知根知柢地說了：「你要是忙，我們過去見你也成。我這身老骨頭多折騰折騰，如果去得早，也算是合了你們的意。」

章崢嵐哪還敢多說，苦著臉應下來，掛斷電話之後撿起手邊的菸點燃，狠狠吸了一口。

他之後讓祕書進來，讓她在工作安排表中排出兩天時間，他要回趟老家。雖說家就在本市，城南城北的差別。

祕書表示知道，她剛要出去，章崢嵐又叫住她，說：「小何，妳跟外頭的人說一聲，晚上我請客，去外面吃飯。」
原本一本正經的女孩馬上笑了：「好的，章總！」
祕書一出來就對外面一群菁英男樂呵呵地宣布：「老闆心情超級差，於是晚上打算破財請咱們去吃飯！」
一夥人愣了一下都歡呼出聲，老大行事隨心所欲且喜怒無常，從某種角度來說是好事情。章崢嵐喜歡揮霍錢財，喜歡呼朋喚友，喜歡熱鬧，喜歡人多來沖淡一些內心深處的孤獨，當然最後一點是別人不知道的。
章崢嵐有時候也會想，他究竟想要什麼？他這一生太順利，成功得太輕易，春風得意馬蹄疾，將近三十年幾乎沒有讓他心裡留痕的挫折，可他為什麼還覺得不滿意？
他在煙霧中想到那個晚上的溫暖，充實得讓他手心微微地發麻。

晚上公司一幫人結隊去飯店，章崢嵐坐在阮旗的車裡，右手支著窗口，心有所想。阮旗原本想問老大上次傳過去的片子如何，如果不夠看，他還有足夠的儲備，又礙於後座坐著的小何，所以只笑著說：「老大，思考什麼呢？分享分享！」
章崢嵐過了良久才回頭瞟他一眼，說：「想你最近做事的效率讓我想換人。」
阮旗的方向盤一滑，馬上又穩住，乾笑著說：「最近女朋友驕縱得厲害！回頭……回頭一定快馬加鞭！」
章老大遇魔殺魔，殺完了又回歸到無我狀態。
後頭的張宇一直在跟何蘭聊遊戲，這時抬頭說：「說到這個，老闆，我們今年跟人合作的那款大型遊戲專案，我前幾天遇到一個非常帥的美女，打算讓她當這遊戲的形象代言人，你意下如何？」

阮旗搖頭。「老張，這年頭遊戲都是由明星來代言的，你別在路上逮誰就是誰！」之前拿著張宇手機看照片的小何笑著說：「我也覺得挺合適的，再說都找明星打廣告多俗，而且那些熟臉看著沒什麼好聯想的。」

小何把手機遞到前面的副駕駛座：「老闆。」

章崢嵐側頭看了一眼，接的動作很閒適，看完手機上的兩張照片才幾不可聞地「嗯」了一聲：「再說吧。」

他把手機遞回去，張宇接過。「也行，唉，反正那系花沒搭理我。」

阮旗聽出一點端倪。「怎麼，你認識的？」

「談不上認識，以前見過，有印象而已。」張宇說：「那女生讓我有點崇拜，她的武術是國家一級的……反正厲害！長得又青春明朗！又是一流大學畢業的，我後來還查過她的底細，家底殷實，她爸是真正的軍官，總之讓我覺得上帝造人真是有些偏袒！你說她這樣的應該沒什麼缺的吧？不搭理我也正常，正常。」

阮旗聽著好笑。「你這小子不會迷上人家了吧？」

張宇一張老實面孔義正詞嚴道：「你別亂說，我是純粹欣賞！」

一直沒吭聲的章崢嵐這時開口：「行了，說這些無關緊要幹什麼？」

老大對此沒興趣，一夥人岔開話題，沒有人注意一路上章崢嵐都沉靜如水。

蕭水光跟公司遞了辭呈。她知道在餐廳裡的事不會輕易收場，果然隔天孫芝萍就去了她公司，這次鬧得格外凶，水光發現周圍的人看著這一幕鬧劇，心裡麻木疲倦。

公司不會因為一名剛來的員工就跟客戶拆夥，所以只能含蓄地讓這名員工走人。水光也很明白，所以她在主任還沒說之前就把辭呈遞上去，她不習慣讓人趕。

水光沒工作之後，在家睡了兩天兩夜。期間羅智幫她帶外賣，她每次只爬起來吃了兩口，然後繼續睡眼矇矓地回床上睡覺，讓羅智哭笑不得。

羅智在床邊拍她的臉。「寶貝，妳不會打算睡死在床上吧？」

水光沒理他，她只是想一次睡夠本。

第三天，水光終於起來了，她去浴室洗澡洗頭，換了一身清爽衣服。羅智從外面回來就看到坐在客廳裡看電視的蕭水光，她看到羅智，笑著說：「我請你吃晚餐吧？」

兩人叫計程車去了市區一家飯店，結果這家名聲在外的店在黃金時段人滿為患。水光聽服務生說要領號排隊，就沒興致了，拉著羅智的手，附到他耳畔說：「我們換別的地方吧？」

羅智見等的人確實不少，正要點頭，後面有人拍了他一下。「小羅？」

羅智回頭見到是誰，馬上笑道：「國哥？」

此人正是大國，他前幾天跟羅智吃過飯喝過酒，在這裡碰上，馬上樂著說：「真巧啊，也來這裡吃飯？」

羅智點頭說：「是啊！不過沒位子了。」他看到大國身邊還有人。

大國說：「我跟同事來聚餐。」大國正要再說什麼，後面的張宇上前來，對羅智身旁的蕭水光說：「嘿，又見面了！」
水光一下子沒想起來這人是誰，所以表情淡然，倒是羅智有點意外。「你們認識？」
旁邊的小何也眨了眨眼，心說：真巧，這不正是老張手機裡照片上的女孩子嗎？
這會兒有服務生過來請示。「章總，我帶你們去包廂。」
最左側，單手插在口袋裡、神情慵懶的男人點了點頭，大國見老大要走，不由問道：「老大，讓我這朋友跟咱們一起吃吧？人多熱鬧。」
章崢嵐側頭平淡說了聲：「隨便。」
大國馬上笑著問羅智：「小羅不介意吧？」
羅智有白吃的飯當然不介意，不管是否是熟人，更何況男人很容易打成一片。水光在一旁頭痛地嘆了一聲。
進包廂前，水光先去了趟洗手間，進來時包廂裡的人都已落坐。包廂很大間，人也不少，水光一望就找到羅智大哥，他正跟兩旁的人說笑。水光腹誹一聲「沒義氣」之後，只能找其他空位。之前跟她打招呼的男的正看著她，水光想起這人是上次給她塞名片的人。
「嘿，這邊！」一名身著橘色衣裝的女孩子朝她招手，水光想了想，走過去，坐下時手臂不小心碰到坐在另一邊的男人手臂，對方移開一些。
水光輕聲說：「抱歉。」
「沒事。」
這聲音很低沉，水光不知怎麼有種似曾相識的錯覺。她偏頭看過去，對方的側臉很立體，英俊而沉毅。

那男人感覺到她的注視，轉過頭來，水光馬上轉開視線。

之前叫水光過來的女生笑著自我介紹：「我叫何蘭，妳叫我小何就行了。」

「蕭水光。」

「水光？是水光瀲灩晴方好的『水光』嗎？」

水光聽她的解釋，笑了笑，算是默認她說的話。

「那人是妳男朋友吧？很能活躍氣氛。」小何指了指羅智。

水光朝羅智的方向看過去，說唱俱佳，遊刃有餘，笑著說：「他一向很吃得開。」

小何點頭。「你們看起來很相配，感覺上就是一冷一熱。」

水光心想：我冷嗎？

飯吃到一半的時候，水光旁邊的男人起身。有人問：「老大要幹麼？」

「去外面抽根菸，你們慢慢吃。」

章崢嵐出來後就站在走廊的一扇窗邊點菸，沒一會兒，包廂裡又有人出來。章崢嵐見是她，微微愣了愣，她猶豫一下，走到他面前低聲問了一句：「我是不是見過你？」

章崢嵐看著她，最後說了一句：「可能吧。」他的話很平淡，還有一些疏離。

水光想自己真的魯莽，她只是覺得與他似曾相識。

當水光決定離開時，章崢嵐卻叫住她。

「妳會看手相嗎？」他問了一個完全不相干的問題。水光不解，但還是點了點頭，她相信鬼神，也喜歡研究命盤。

章崢嵐伸出手，輕聲道：「妳幫我看看手相吧。」他的語氣一直像是跟一個陌生人交談，做的事卻讓水光不明所以。

他的手掌勻稱，骨幹分明，手指修長。水光踟躕著，這樣的行為委實突兀，可面前的人沒有放下手的打算，她最後伸手輕握住他的指尖，微微低下頭，他的手心紋路清晰，可見沒有大波折，一帆風順，生命線愛情線事業線都極好。

水光不由想：這樣的人應該就是所謂的「貴人」吧？

「你的手相很好，中途即便有一些不順利的，最終都會化險為夷。」水光說完要放開他的手，卻被他反手握在手心，那手心有些燙，有些汗溼。水光心跳了一下，想抽出手，可對方抓得很牢。

「我想知道，哪裡會不順利？」

水光好一會兒才明白他的意思，但手上的溫度和力道讓她很不自在。「你……先放手好嗎？」

他像是沒有覺得這樣的情形怪異，甚至傾身靠過來，低低道：「妳說我像誰……嵐嗎？」

水光這一刻不是因為他的貼近而僵立，而是因為他說出來的話，幾乎無措地望著他。

他的頭髮很軟，額頭光潔，左眼下方有一顆小小的痣，讓他平添幾分多情。

她想起他睡在她身邊安靜的樣子……他的手交纏著她的五指，溫潤氣息吹拂著頸項……她慌亂地抽出手，下床時腳有些無力，這樣的情形讓她自厭、沮喪，她沒有回頭再看他一眼，因為不願記住床上的人。

「你……放手。」水光知道自己的臉色一定蒼白無比。

他就那麼看著她，最後慢慢鬆開手，他似乎看明白一些東西，眼中浮現幾絲冷然。

章崢嵐朝包廂走回去時，與正巧出來的羅智擦身而過，羅智客氣地說了句：「章總，抽好菸了？」

章崢嵐面無表情地點點頭，推門走進包廂。

羅智見水光站那裡一動也不動，走過來拍拍她的頭：「丫頭，怎麼了？」

水光收拾紛亂不堪的心緒，勉強搖了搖頭。

羅智的性格雖大剌剌，但有些地方還是很敏感的，見她情緒不好，猶豫著問：「還要進去嗎？還是咱們先回去了？」

水光第一次不想逞強。「羅智，我想回去了。」

那個人與她相濡以沫過一夜，親密到讓她無法不動聲色地與他面對面。

羅智去包廂裡打招呼，說是有事情得先走，非常不好意思，他跟章崢嵐說：「謝謝章總您請客了！」

章崢嵐看過去，淡淡地說了聲：「不客氣。」目光沒有在羅智身旁的水光身上停留一秒。

等他們一走，張宇惋惜不已：「怎麼走了呢？」

小何笑道：「張哥，你跟她真是挺有緣的嘛，之前咱們才說到她就碰上了。不過，我覺得你要跟她套交情還是從她男朋友著手吧，這女生我感覺……呃，有點不太好親近。」

張宇朝大國問道：「你怎麼認識他們的？」

大國說：「我只認識小羅，不認識他的女朋友，小羅是我弟弟的大學同學，來這邊玩過幾次。我弟一直在升學，他則是大學畢業就工作，家境不錯，前途很好。話說回來，這小子挺有能耐嘛，哈哈，女朋友也那麼漂亮！」

張宇憾憾的：「唉，這麼說機會渺茫了啊。」

大夥一起笑他，果然是心術不正吧？

張宇趕緊澄清，純欣賞純欣賞，不敢褻瀆！

章崢嵐從飯店出來就跟大家分道，攔了車原本要回住處，卻讓司機中途轉去酒吧。這是他最常來的一家，這時間的人還不多。他走到吧檯前的高架椅坐下，調酒師過來跟他打招呼：「好久沒見你過來了，最近很忙？」

「還好。」

「還是老規矩，皇冠威士忌？」

章崢嵐頷首，他從口袋裡拿出菸順利點著，回頭去看池子裡三三兩兩舞動的人，緩緩吸了一口再吐出菸。調酒師把威士忌放在他面前，說：「心情不好？」

章崢嵐回過頭來，笑了笑。「沒有。」

調酒師從身後的櫃子上拿了一根菸，藉著他的菸火點燃，兩人沒再說話，直到有人點酒，調酒師走時說了句：「最近老畢手上有新貨，章老闆你有興趣可以嘗嘗。」

所謂「新貨」類似於搖頭丸之流的迷幻藥物，章崢嵐很少碰這些軟性毒品，不過不介意碰。

他不由扯了扯嘴角，他章崢嵐適合泡夜店，適合揮霍，唯獨不適合傷春悲秋。

所以那晚有人跟他調情時，他沒有拒絕。

在過道上，那妖嬈美女主動獻上紅唇，章崢嵐下意識偏開頭，不過下一秒他輕輕咬了咬對方的頸項。

美麗的女人笑著仰起頭，撫著他的側臉：「我今天真幸運，是嗎？這麼帥的帥哥……你的眼睛真漂亮，黑得像子夜。」

昏暗的過道上，在有屏風遮掩的角落，女人攬著高大男人的肩膀，當她的手慢慢下滑探入他的衣服時，他按住她的手。

「怎麼……」

「噓，別說話。」章崢嵐柔聲打斷她，他把身前的人抱在懷中，只是抱著，臉埋入她的髮間，很安靜。

她不知道他為什麼突然停下來，可這樣依賴的姿勢讓她不想打破，這魅力獨特的男人讓她動心，從他剛進酒吧開始就是如此。

過了好久，她聽到他在她耳畔輕輕呢喃：「妳身上的味道很好聞，像一種水果。」

她微笑：「像什麼水果？」

他沒再說，最後鬆開手臂，眼裡不再有之前的放縱。

「Sorry。」

她歪頭：「為什麼要說對不起？因為突然對我沒興趣了？」

章崢嵐有些尷尬，他按了按太陽穴，說：「如果妳不介意，我請妳喝一杯酒？」

美女嫣然笑道：「也行，不過，我不是一杯就能打發的。」

章崢嵐莞爾：「當然。」

這週五，章崢嵐開車回父母家。他的車庫裡有一輛幾乎全新的越野車，平時不怎麼開，就是回老家時用。他開出社區，按下車窗讓風吹進來清醒一下腦子，昨天開始有點感冒，不過不嚴重，就是有些頭痛，大概是夜裡睡覺著涼。

章崢嵐心想：難得虛弱一回，不知道章老太太能不能網開一面？

一小時後回到城北老家，父母住的是十幾年前的公寓，三十多坪大，上世紀八〇年代的裝潢，大前年翻新過一次。其實章崢嵐多次提議父母買間新房，但章老太太不同意，說這裡是根據地，不能輕易走。

章老太太是老公務員，固執得厲害。她說的話在章家舉足輕重，所以她要兒子相親，向來隨心所欲的章老大也不得不回來應付。

章崢嵐一進家門，老太太看到兒子就冷著聲說：「三五九請的，總算回來一趟了。」

章崢嵐笑著上去摟了摟母親：「才一個多月沒見，您又年輕了。」

章母再想嚴肅也不禁笑罵出來：「就知道油嘴滑舌！」

「這是實話，您在我眼中是最靚的美女。」

章母推開兒子：「好了好了，午餐還沒吃吧？趕緊洗手吃飯。」

此時章父從廚房端出最後一道湯，看到兒子笑道：「來了。」

章崢嵐叫了聲「爸」，然後去洗手間洗手。一家三口坐著吃飯，章母三句不離相親的事情，章崢嵐咬著排骨含糊點頭。

吃完飯後，章崢嵐到自己房間裡，他這次回來也有點事情。他在房間裡找了一圈，翻箱倒櫃之後一無所獲。

章母已經洗完碗筷，邊擦手邊走過來：「找什麼呢？」

章崢嵐笑道：「以前的一件舊衣服。您忙吧，我自己找。」

「什麼樣式的？」

章崢嵐看著床上一堆舊衣，略為沉吟：「米色的毛線衣。」

章老太太過去拉開衣櫃最下層抽屜，一邊找一邊說：「你穿衣服一向考究得很，怎麼突然找起舊衣服？」

向來臉皮很厚的章崢嵐用手搓了搓臉。「找不到就算了。」

章母已經翻出來，遞給兒子。「是這一件吧？」

章崢嵐伸手接過，低聲道：「是。」

我站在橋上看風景
The view over the Bridge

Chapter 04

寫給自己的半條簡訊

水光坐在陽臺上看著漆黑夜空，沒有星辰，沒有月光，黑暗可以讓她無所顧忌地袒露自己的情緒。

她曾經那麼恨上天的不公平，為什麼不是別人，偏偏是他？她後來也恨自己，恨明明說好等她卻沒有守約的人。水光有時候覺得自己就像神經病，她開始幻想一些東西，從小到大，太多的記憶，她要勾勒他是那麼輕而易舉，可這些東西在清醒後只是讓自己更加空虛和絕望……

水光第二天醒過來，看時間是九點多，之後又想起不用去上班，在床上呆坐好一會兒才下床去洗手間。她看到鏡子裡那雙浮腫的眼睛，用冷水洗了好久。

盤腿坐在客廳小沙發上看電視的羅智見到她從房裡出來，說：「起來了？」

水光坐到他旁邊：「羅智，你回去吧。」

羅智一愣：「幹麼趕我走啊？要走一起走。」

「我不會走，至少不是現在……羅智，我在這裡挺好的，真的。」

羅智摸了摸她的頭：「行了，妳不走我也不走。」羅智見她還要說，就索性說白了：「我走，行！但一定會把妳扛回去！」

水光無奈，知道他牛脾氣發作，說什麼都不管用，最終問：「你的工作怎麼辦？」

羅智攤手。「舊的不去新的不來，接下來咱們兄妹要一起找工作了。」

水光在週末去一家蛋糕店買點心給羅智時，遇到一個許久未見的朋友。對方看到她，快步走過來。「蕭水光？」

水光笑道：「好久不見，阮靜。」

阮靜也「呵」的笑出來：「是啊，有一年多了吧？」

阮靜說：「妳趕時間嗎？如果不趕，找地方坐下來喝杯茶吧？」

水光自然不急，兩人去了蛋糕店對面的一間飲料店。

阮靜與蕭水光第一次見面是水光讀大二、阮靜讀碩二的時候。水光牽著愛德華散步，中途在林蔭道旁的木椅上坐下，之前坐著的女生笑道：「妳的狗真漂亮，牠叫什麼名字？」

「愛德華。」

那女生愣了愣，隨後大笑道：「我能說世界之大無奇不有嗎？我的狗也叫愛德華，不過牠在老家，與我隔著十萬八千里。」

兩人就這樣聊了起來，可能是投緣，又是在同一所大學，之後也經常約出來喝茶聊天，這個女生就是阮靜。

阮靜說自己來這邊求學是要逃避一個人。

蕭水光笑了笑，她說：我來這邊是為了找一個人。

兩人當時都沉默下來，直到阮靜笑著說：「看，每個人都是有點『心病』的。」

是的，每個人都有心病，伴隨不一樣的疼痛。阮靜的疼痛看得見，可以抵抗，蕭水光的疼痛是沉斂的，窒息的。

阮靜畢業後去了別的城市，她說要多走走，遊學探險，增長一些見識。

兩人再見，就是一年多後的現在。

在茶香縈繞的茶室裡，水光聽阮靜聊了一些這一年多來的見聞，她去過的地方、遇過的人，她說得很平淡，蕭水光莞爾：「妳怎麼有點大徹大悟？」

阮靜笑道：「大多時候，人一旦經歷過一些東西，就會將後來的很多事情看淡了。」

水光點頭。

阮靜說她這次回來是參加同學兼朋友的婚禮，順便重遊故地，見到蕭水光是意外的收穫，之後問起水光養的愛德華如何了。

「我室友幫忙養，我住的地方不能養寵物，她家在郊區，我偶爾去看看。」

阮靜跟蕭水光一直是君子之交淡如水的關係。

「水光，我一直想問妳，妳……找到妳要找的人了嗎？」

水光低著頭，額前幾綹短髮垂下來碰到睫毛，一顫一顫的：「阮靜，妳相信命嗎？相信上天註定的一些東西，即使妳再怎麼努力也終究一無所獲，哪怕……哪怕只是一場夢。」

阮靜看著水光安靜地轉著手中的紫砂杯，突然有些心疼：「我相信好人終歸會有好報。」

水光隱約笑了笑。「謝謝妳，阮靜。」

阮靜也有點尷尬。「這俗濫的話能讓妳一笑，也算是有些微之功了。」

「不俗，我也希望得到好報。」

水光的手機響起，她看是羅智，按了接聽鍵，對方問她去哪裡，怎麼大半天還沒回來。

水光說跟朋友喝茶，過一會兒就回去。她掛斷電話後，阮靜就問她是不是趕著回去。

「沒關係，是我哥，他以為我走丟了。」

阮靜不由想到自家家姊，忍不住笑道：「家裡有兄弟姊妹就是比較熱鬧，但管得也多，感同身受！」

水光說：「他是擔心我把他蛋糕弄丟了。」

阮靜大笑。

水光手邊的手機又響了，這次的號碼很陌生，她朝阮靜抱歉地點頭，拿起來接聽。

「蕭小姐嗎？」

「……是。」

「妳好，我……我是張宇，蕭小姐，我們見過兩次，我冒昧打電話給妳，還是希望妳能考慮我上次的提議，關於遊戲的。蕭小姐妳可能對遊戲不太瞭解，或者我表現得讓妳有所誤解，我保證我們公司絕對是正規的！」

水光想起這人遞名片給她，在飯店又見過一次，可她記得他們沒有交換過電話號碼。

「你怎麼知道我的號碼？」

「呃……那……我查的，蕭小姐，我們ＧＩＴ公司真的很有誠意希望能與妳合作一次，請妳務必再考慮一下。」

對方好說歹說，水光真的沒有興趣，但說的人完全沒放棄。水光頭痛，只希望早點結束通話，所以最後虛應一聲說會考慮，對方說了一句：「我等妳的消息。」這才收了線。

阮靜從蕭水光的回覆中聽出一點端倪：「有公司想挖妳嗎？」

「不是，是找我拍什麼遊戲的照片。」水光有些無奈。「可能只是玩笑而已。」

「什麼公司？」

「ＧＩＴ。」

「ＧＩＴ？」阮靜倒是驚訝了一下。

「有什麼問題嗎？」水光隨口問了一聲。

阮靜沉吟著說：「這公司在ＩＴ行業裡挺有名的，不過我之所以知道，主要是因為創辦人是我們的校友。」

說到此阮靜就笑了：「說起來那人挺傳奇的，他是我們研究所早我們兩屆的學長，雖然跟我不是同系，我也只聞其名，未見過其人，但他名聲確實挺大。他大學讀的是咱們祖國的第一名校，後來被『請』到我們學校來讀研究所，才華聲譽可見一斑，可他似乎不在意這些浮華外衣，讀了一年就去創業，後來就是典型的成功案例。當時我們的研究生導師乃至系主任、院長還經常拿這位章崢嵐章學長作為正面教材激勵後輩，殊不知章崢嵐才在學校裡待了不到一年就走人，根本算不上是他們培育的弟子，這也算是中國教育界可笑又可悲的點。」

一直聽阮靜說完的蕭水光輕聲問：「他的名字……是哪三個字？」

阮靜在紫砂杯蓋上倒了點水，用手蘸水在桌上寫了「章峥嵐」。

水光看她寫完最後那個「嵐」字，心微微抖了一下。

原來那麼巧嗎？

但，也只是覺得巧而已。

兩年前的那一晚，在水光的記憶裡一直是模糊的，她只記得痛和一種如水的溫柔，即使清醒後也刻意忽略那一晚的所有細節和感受。她不願去記床上抱著她的人是誰，因為不是她想的那個他，那麼痛也好、溫柔也好，她都不想在意，就當……就當是作了場錯誤的夢。

她跟阮靜喝完最後一杯茶。

阮靜說自己參加完婚禮可能要回家一趟，因為家裡一直在催，而且她爺爺身體不好，住了院，雖說是老毛病，但確實擔心，所以要回去看看。

蕭水光祝她一路順風。

阮靜在茶座門口與水光輕輕抱了一下，說：「蕭水光，祝妳也一切順心，得償所願。」

水光目送計程車駛遠，才轉身朝住處走去。

章峥嵐週六的相親是在對方遲到半小時後開始的。溫婉的女孩子到了之後連聲道歉。

「沒關係。」章崢嵐紳士地幫她拉開椅子，原本意興闌珊的後者發現他本人居然如此帥氣之後，微微紅了臉：「謝謝。」

章崢嵐伸手招來服務生，問女孩：「要喝點什麼？」

「果汁吧。」

章崢嵐跟服務生要了果汁和咖啡，在之後的交流中，女孩一直很可親，偶爾問一些問題。

「你平時喜歡做些什麼？常看電影嗎？我挺喜歡看電影的。」

章崢嵐笑道：「是嗎？我還好。」

對方微笑：「下次如果有機會，一起去看電影吧？」

「可以。」

章崢嵐對任何人都是從容的，這一次卻無法心平氣和地等時間過去，但不管在煩惱什麼，對外他還是能做到有禮有度毫無破綻。

他的手指輕輕摩挲著咖啡杯，與女孩子閒聊，直到張宇打來一通電話。他跟女孩說了聲抱歉，按了通話鍵接聽。

「老大，嘿嘿，您在忙嗎？」

章崢嵐「嗯」了聲：「有事？」

「也沒什麼事，我今天跟那位蕭小姐通了電話，問她關於為遊戲拍宣傳照的意思。對不起頭兒，先斬後奏，我真覺得那人合適。」

章崢嵐摩挲杯沿的手指不自覺停下來，過了一會兒問：「她說了什麼？」他發現自己竟然有些緊張！

「她沒具體答應，但會考慮。老大，如果她答應參與，用她可以嗎？」

章崢嵐平淡道：「隨你。」

張宇一聽頭兒沒意見，立刻阿諛奉承地說：「老闆英明！」

章崢嵐掛斷電話，下意識咬了咬嘴唇。對面的女孩見他面色突然沉靜下來，不似先前樣子，猶豫著問：「你……是不是有事要忙？」

「嗯？」章崢嵐回過神來，下一刻他站起身。「不好意思，我有點事情要先走。」他揚手叫來服務生結帳。

對方一時有些措手不及，但章崢嵐已經客氣地跟她頷首：「見到妳很高興，再見。」

當章崢嵐回到車上，他靠在椅背上閉目好一會兒，才轉頭看向副駕駛座上放著的袋子，裡面是一件舊毛衣。他的雙手握著方向盤，頭慢慢靠上去，嘴裡嘀咕一句：「我真是瘋了。」

章崢嵐的感冒加劇，週一去公司上班時，連說話都是啞的。大國他們對此驚訝不已：頭兒這種千年妖人竟然也會感冒？

「老大，您昨晚裸奔了嗎？」阮旗問。

章崢嵐擺擺手，意思是哪裡涼快閃哪裡去，他現在喉嚨難受，話都不想多說。

他讓祕書泡一杯熱茶給他，就進了辦公室。

大國看著合上的門，說：「奇了怪了，老總最近很不尋常，你們有沒有覺得他連罵人都懶得罵了？」

眾人笑他：「欠虐了吧？」

小何端茶進去時，看到老闆站在窗邊抽菸，她將熱茶放在桌上。「章總，你的茶。」

章崢嵐回頭。「哦，謝了。」他走到辦公桌後坐下來，翻開文件，見祕書還在。「還有事嗎？」

小何笑咪咪道：「老闆，我星期六看到您去相親，那對象不錯哦，靚女。」章崢嵐跟員工的關係一直很放得開，只要不影響正常工作，什麼都好說。

章老大擰滅手中的菸，懶洋洋道：「哦？這麼巧。」

「我剛好跟男朋友也在那裡吃飯，您匆匆忙忙走了，那女孩失望極了。老闆，這樣的美女您都不甩？太暴殄天物了。」小何惋惜不已，又忍不住問道：「您那天那麼急著走，是去哪裡？」

章崢嵐抿口熱茶，慢條斯理道：「實話告訴妳，我突然覺得配不上對方，自慚形穢就走了。」

小何「哈」了一聲：「不信。」她抱著托盤往外走，在門口時又回頭說：「老闆，其實您有心上人吧？」

章崢嵐笑道：「這都讓妳看出來了？」

夕陽西下，一輛越野車停靠在社區外的路邊。

章崢嵐告訴自己，只是碰巧路過這裡，並不是有意探尋什麼。雖然他的確用不正當手段查過她的地址，也知道她住的地方在他回家的路上，甚至離他公司並不遠……

他拐進這條路的時候，只是想來看看，沒奢望能見到。

此時是下班時間，社區門口進出的人漸漸多了。車裡的電臺播放著音樂，可悠揚的音樂不能讓他放鬆，反而使他越來越焦躁。

他覺得這樣的行為有些可笑，甚至是莫名其妙。正當章崢嵐打算啟動車子離開時，見到從馬路對面走過來的人，他慢慢放下手。

那人走得很慢，及肩的頭髮簡單紮在腦後，眼睛微垂。他記得她的神態一直很平靜，跟人說話時偶爾會微笑，很淡。

章崢嵐看著她漸漸接近他的車子，此刻的心情有些複雜。他希望她看到他，也有些擔心她看到他。

可當她從他的車前走過，走進社區裡時，他又明顯失望。當那身影即將消失在視線裡時，他鬼使神差地推開車門追上去。

章崢嵐跟在她身後幾公尺遠的地方，夕陽將兩人的影子拉得細長。

他知道這樣跟下去，要跟到她家裡。

如果叫一聲「蕭水光」不知道會怎麼樣？章崢嵐想，肯定不會是「見到你很高興」。

他停下腳步，與她的距離慢慢拉遠。

蕭水光這幾天一直在忙著面試，每天從外面回到住處，總要先在沙發裡躺一會兒，才起身做飯、吃飯。羅智比她更忙，整天不見人影。

這天從早上就開始下大雨，水光沒有接到通知，沒有面試，閒著無事將屋子打掃一遍。傍晚時接到羅智的電話，於是匆匆出了門。

蕭水光抱著羅智要的資料夾，一手撐著傘，走出社區沒多久就聽到有人在她身後按了聲喇叭。水光回頭看過去，車子開到她的旁邊。

車裡的人搖下車窗，看著她說：「上車吧。」

水光看清楚那人，下意識退後一步，輕聲道：「不用。」說完轉身繼續往前走。

車子跟上來，章崢嵐皺著眉頭說：「這種天氣叫不到車，妳去哪裡？」

「……不用，謝謝你了。」水光不曉得這人要幹麼、為什麼會在這裡？可對方已經下車追上她，原本要抓她的手在碰到前又馬上收回。

「這樣的天氣坐公車、叫計程車都不方便。妳要去哪裡，我送妳，我……」章崢嵐牽強地笑笑，最後說：「妳看我都淋溼了。」

水光見面前的人沒撐傘就跑出來，肩部和頭髮已經溼透，對方見她看到自己的慘狀，搓了搓臉，用可憐的聲音說：「拜託，再這樣下去我要成落湯雞了！」

水光心想：你完全沒必要下車。想歸想，水光從來不是冷心腸的人，她將自己的傘移過去一半。「你上車吧。」

章崢嵐原本因為她撐過來的傘而心裡一動，可聽到她說的話又忍不住皺眉：「妳那麼不想見到我嗎？」章崢嵐說完就後悔了，他不想跟她發脾氣，事實上也沒立場發脾氣。

雨水打進來，弄溼兩人的衣服。

水光撐著傘的手被冷風吹得冰涼，她希望他快點走，他卻站著一動也不動。直到他口袋裡的手機響起，他接聽，對方說了什麼，他淡淡道：「去，有熱鬧幹麼不去？」

水光最終看著那輛車開走，嘴角有絲苦笑。

阮靜在朋友的那場婚禮上見到章崢嵐，她想上星期才說起這位功成名就的學長，今天就碰上，不能說不巧。她是新娘一方請來的，據說新郎的家庭地位挺高，邀請不少本市有身分的人物，看來章崢嵐就是其中一名。

因為沒什麼認識的人可聊，所以阮靜拿著酒杯冒昧湊上去打招呼：「章學長。」

章崢嵐轉過身，他一身剪裁合宜的深色西服，頭髮抹了髮油梳在腦後，看起來異常英俊幹練。阮靜以前只看過他的照片，如今見到真人，不由心想：這樣的人應該就是及時行樂的角色。

他的聲音低沉：「妳是？」

「叫你學長，自然是因為在同一所學校待過的。」阮靜笑著伸出手。「你好，我是阮靜。」

章崢嵐伸手回握一下：「妳好。」

阮靜說：「章學長當年在學校名聲在外。」

章崢嵐笑道：「那些都不過是虛名，以訛傳訛罷了。」

阮靜笑出聲來，說：「也要有虛名才行。」

之後阮靜看著兩位新人在酒店大堂中央走儀式，她問：「學長什麼時候結婚？應該快了吧？」

章崢嵐挑眉。「怎麼？想給我介紹對象嗎？我尚且單身。」

阮靜笑了。「是嗎？不過我認識的女生不是在室的，就是尚未入世的。」

章崢嵐哈哈大笑。

沒多久有人過來跟章崢嵐喝酒，在一圈老總中，阮靜悄聲退出來。她回到原先的位置，旁邊的女生靠過來說：「嘿，剛剛跟妳聊天的人是誰呀？」

阮靜眨了眨眼，看向章崢嵐的方向，心說：這樣的角色怎麼可能沒對象？

當天晚上婚宴散了之後，阮靜從酒店裡出來，又碰到章崢嵐，對方明顯喝醉了。阮靜看他開車門的手不怎麼穩，走過去說：「學長，你喝醉了吧？還是叫輛車回去，安全點。」

章崢嵐見是她，笑道：「我沒事，妳還沒走？要不要送妳？」

阮靜搖手。「別，我不想死於交通事故。」她最後說：「算了，學長，我送你回去吧，你這樣不適合開車。」

章崢嵐也覺得狀態不佳，不過讓女士送實在不紳士。

阮靜看出他的顧慮，說：「我剛回來這邊，好久沒逛過，能開一次保持捷卡宴看看這城市的夜景，也算是我賺到了。」

章崢嵐無語，之後將車鑰匙給阮靜，說：「那麻煩妳了，改天請妳喝茶。」

上車後，阮靜說：「喝茶？行啊，不過後天我就回家了，走前我還要去見一位朋友。」阮靜半開玩笑道：「要不然學長您都請了？」

坐在副駕駛座上的章崢嵐按了按發疼的太陽穴，無所謂道：「可以啊。」

阮靜已經發動車子，平穩前行，想起蕭水光，一向不八卦的她不禁道：「說起來我那朋友也一直單身，獨自在這邊。如果學長你真的沒對象，要不我順水推舟介紹給你？」

章崢嵐只是笑了笑。

阮靜也想，這行為可能有點唐突了。

後來車子一路過去，章崢嵐告訴阮靜地址後，說：「阮靜，我先瞇一會兒，到了叫我一聲，辛苦妳了。」

「行，你睡吧。」

章崢嵐很快睡著了，放在車上的手機響起來，阮靜為了避免吵醒他，想拿過來替他接聽，結果剛通就掛了，而阮靜按回主頁時不小心按到簡訊欄。

一條寫了一半的簡訊幽幽亮著：如果能回到過去，是不是願意把那一夜無限延長……

我站在橋上看風景

The view over the Bridge

Chapter 05

妳說的不算

羅智的工作確定了，他學的是室內設計，與人合夥弄了一間小工作室，先接一些案子來做。羅大哥的夢想是未來要讓千千萬萬的人，甚至是建築開發商都以他的設計為樣板。

水光聽完點點頭，提出一點：「合夥人？」一開始就有合夥人了？這效率真可怕。

羅智笑道：「上次我跟國哥吃飯喝酒時，經他介紹認識的人，結果跟我一拍即合！所以心動不如行動，馬上就開始籌備，哥厲害吧？」

羅智確實厲害，到哪裡都能混得如魚得水，這一點水光深信不疑。

在羅智大哥開啟事業新篇章時，水光的工作還沒有著落。不過她也不急，一來要找到合適的工作並不容易，再者她覺得自己現在的狀態不是很好，雖然之前投簡歷的公司裡有讓她面試的，她都去了，但總覺得不在狀態內。

下午，水光接到阮靜的電話，阮靜說她明天就走了，走前想跟她再見一面，因為下次相見不知道是哪年哪月。

「是嗎？要走了嗎？」水光有些不捨，她對阮靜有不同於他人的情誼，阮靜瞭解她不願讓別人知道的一部分自己，她輕聲說：「走前讓我請妳吃頓飯吧？算是為妳餞別。」

阮靜笑著說：「不用，有人請了。妳只要過來，讓我見見妳，我的朋友。」

水光聽她說還約了別人，有些遲疑：「妳與人有約了，我過去方便嗎？」

「有什麼不方便的，只是吃頓飯。來吧，妳不來，我走得也不圓滿。」

水光同意了，阮靜講了地址後說：「水光，今天晚上六點見！」

辦公室裡，章崢嵐看著手上的工作文件，心思卻在開小差，直到落下的菸火燙到手指才回過神來，不由低咒一聲。章崢嵐把菸擰滅，沒耐心看資料，隨手扔在一旁。他靠到椅背上，抬手按了按太陽穴，昨晚喝的酒不多，卻讓他這一天都很難受，不由想自己是未老先衰還是怎麼的，這麼不濟了？

祕書小何敲門進來，把幾份文件放在他桌上。

「章總，國哥他們走了，讓我把這些檔案拿給您，您一週之內批示就行。」最近老闆氣壓不對，都沒人敢接近。「章總，我也下班了。」

章崢嵐「嗯」了一聲，祕書出去時，他忽然想到什麼，問道：「對了，小何，妳家在金色年華社區嗎？」

小何點頭：「是的。」

他的手指摩挲扶手，最後起身道：「我送妳回去吧？」

小何眨了眨眼：「您要送我？」

章崢嵐拿起椅背上的外套穿上：「有什麼問題嗎？」

小何笑道：「沒有，我只是有點受寵若驚、受寵若驚！」

章崢嵐走過來，拍拍她的肩說：「走吧。」

小何能坐好車而不用擠公車回家，自然很樂意，兩人來到停車場。在車上，小何忍不住誇讚老闆的車。章崢嵐只是笑了笑，說：「妳男朋友要是不介意，以後我可以常送送妳。」

「他當然不會介意，能省兩塊錢呢。」小何半開玩笑。「老闆，您這算是員工福利嗎？」

章崢嵐笑著說：「妳就當是我日行一善吧。」

小何無語。

在社區門口放下小何之後，章崢嵐終於卸下笑容，心裡不免自嘲：日行一善？呵，究竟是行善還是行惡？他覺得自己真是學不乖，一再犯傻，而且還是水準特低的那種。

章崢嵐將車子停在社區門口一會兒，之後想起與阮靜的飯約，再次看了有人進出的門口一眼，發動車子離開了。

章崢嵐晚到十分鐘，由服務生帶著過來。「Sorry，我遲到了。」他把外套脫了掛在椅背上，與阮靜對面而坐。

阮靜笑說：「遲到總比不到好。」然後又說：「學長，我把喝茶改成吃飯，您不介意吧？」

「沒關係，吃飯實在一點。」章崢嵐見四人桌只有他們兩人。「妳不是說還有朋友？」

「嗯，她去洗手間了。」

「哦。」章崢嵐虛應一聲，他招來服務生說：「給我一杯普洱。」

阮靜揚眉。「我還以為學長你更偏好咖啡呢。」

章崢嵐笑了笑：「這兩天胃不大舒服。」

阮靜忍不住揶揄：「聽說成功人士多少有點胃病，果不其然。」

章崢嵐搖頭。「妳這是以偏概全，沒見那些達官貴人都是體態雍容嗎？」阮靜捧腹不已。

兩人說笑的時候，面朝走道的阮靜看到回來的人。「來了，水光。」

聽到這名字的章崢嵐僵了僵背脊，他輕輕放下茶杯，慢慢抬起頭，他聽到對面的阮靜說：「水光，這位是章崢嵐章學長，上次還跟妳聊過。」

在桌旁站定的人看到他時，臉上的驚詫不比他小，他苦笑：是了，這表情太清楚，見到他是驚訝，是不願，是退避。

場面靜了下來，阮靜感覺到氣氛不同尋常，可一時揣摩不出什麼，此時有服務生經過，她攔住說：「服務生，我們點餐。」

有其他人在場，章崢嵐不願把自己的情緒表露出來，他收了收表情，原本想笑卻發現有點難度，又忍不住看了蕭水光一眼。

水光低頭坐著，避開與他的眼神相遇。如果知道阮靜約的另一個人是他，她想自己斷然不會來，那是一場錯誤，又何必一再相見，平添難堪。

阮靜點了兩道菜，隨後問另外兩人。章崢嵐將手上的菜單翻了一遍，他在吃的是老手，此時卻一樣都挑不出，於是把菜單遞給斜對座的人。

水光沒有接，只輕聲道：「我不挑，你們點吧。」

章崢嵐拿菜單的手稍稍收緊，他把菜單還給服務生，隨口報了幾樣菜。

阮靜笑道：「學長是這裡的常客吧？」

章崢嵐勉強扯了扯嘴角：「來過幾次。」

上菜時，阮靜去洗手間，終於只剩下兩人。水光轉著手中的杯子，她不喜歡這樣的單獨相處。

章崢嵐沉默一會兒，才低聲詢問：「妳要是不想看到我，我可以走。」

「不，不用……」水光心想，就算要走，也不該是你走。

章崢嵐本是八面玲瓏的人，面對她卻變得異常口拙。對面的女孩子一直不急不躁，不卑不亢，卻猶如一塊最堅硬的磐石，碰了會覺得冷，不碰又壓在心裡沉甸甸的，進退維谷，不知如何是好。

阮靜回來時，菜已經上了幾道，她笑著說：「這餐廳的效率倒是不差。」

吃飯時，阮靜見水光是左手拿筷，不由好奇道：「水光，妳是左撇子啊？」

水光隱隱笑了一笑：「小的時候……跟別人學的，後來就成習慣了。」

章崢嵐看向她纖細的手，他想起那次讓她看手相，觸摸到的溫度好像還留在指尖，他咳了咳轉開頭。

「學長，說起來我跟水光都是你的學妹，雖然關係遠了點。」

「是嗎？那挺巧的。」

那天的晚餐在阮靜協調下勉勉強強落了幕。

離開前，阮靜有些頭痛地說：「我還有一攤，在前面的酒吧，走過去就行。學長，你送水光回去吧？」雖然阮靜或多或少察覺到兩人的暗湧，但當時沒有想太多，她只是擔心水光的安全。

蕭水光想要拒絕，身邊的人比她先一步道：「好的，妳路上也注意安全。」

阮靜頷首，然後對水光說：「蕭水光，我們後會有期。」

水光淺淺點頭：「好，後會有期。」

阮靜走後，水光原本想跟章崢嵐說她要自己回去，可他輕輕碰了碰她的手臂，說：「走吧，晚上天涼，別著涼了。」

這樣溫柔的說詞讓水光不由有些恍惚。他總是說：水光，天冷了多穿點，別著涼；他說：水光，別看書看得太晚，早上起不來；他說：水光啊，別跑太快，我在這裡；他說……

水光慢慢蹲下來，手捧住臉，淚水滑過指間，她在哭，卻沒有任何聲音。

章崢嵐一愣，他踟躕地蹲下去，伸手撫過她的頭髮，伸到腦後將她攬過來擁抱在懷裡。

她的崩潰毫無預兆，他將她帶到車上時，她才漸漸平靜下來。

章崢嵐翻箱倒櫃找了一包未拆封的溼巾遞給她，水光接過，說了聲「謝謝」。

「要喝水嗎？」他見車上那瓶水是他喝過的，前面有一家商店，章崢嵐說：「我去買水，妳等等。」

「不用了，謝謝。」水光的聲音有點嘶啞。「謝謝你。」

一起一落又回到原有軌跡，章崢嵐搓了搓臉。「我……送妳回去吧？」

「謝謝。」

章崢嵐心想：我要的不是謝謝，從來就不是。

車子前行，一路無話。水光在社區門口下車，她轉身說再見時，對方輕聲問了一句：「蕭水光，那一晚對於妳來說，真的什麼都不是嗎？」

蕭水光站立在黑幕中，風吹過她的頭髮，那句話在耳畔飄過，類似呢喃。她的雙手垂在兩側，微微抓緊衣角。他追究那一晚是出於何種原因，她不想知道，可她只想把那一頁翻過去，再不重提。

所以她說：「什麼都不是。」

那天晚上水光回到家裡，羅智剛從浴室出來，看到她，不由問道：「怎麼了？一副心神恍惚的樣子，飯吃了嗎？」

「吃了，我有點累，先睡了。」水光進了房間，她走到床邊坐下，看著窗外的夜幕。那人就這樣了吧，不管過去如何，從今往後，以前種種都譬如昨日死，更何況他們之間本就沒有什麼。

水光那一夜睡得很不穩，作了夢，夢裡朦朦朧朧一片看不真切，她只記得自己一直在一條路上走，看不到盡頭，也回不去。

隔天中午章崢嵐去公司，他走進辦公室，臉色難看到極點，還咳嗽個不停。小何見狀馬上去泡茶，心裡琢磨著老總昨天送她回家還好好的，怎麼才隔一晚就像病入膏肓似的？

此時大國他們也在交頭接耳。「不對勁，從沒見過老闆這狀態。」

「該不會是咱們公司遇到什麼危機了吧？」

「手頭的事情做都做不完，有危機也是捧著大把錢早死的危機。」

一名駭客提議：「要不我查查老闆的私人電腦，說不定能找到什麼線索？」

阮旗罵了句「神經」：「你解得了他的防火牆，我今年的獎金雙手奉上。別到時候偷雞不成蝕把米，累及咱們全體週末無休。」

這時從老總辦公室送完茶出來的小何，苦著臉宣布：「頭兒說今晚加班。」

剎那間哀叫聲此起彼伏，紛紛罵阮旗「烏鴉嘴」。

章崢嵐坐在辦公室裡，菸一根一根地抽，可抽得越多，咳得越厲害，越難受，然而不抽更難受。

直到內線電話響起，他伸出夾著菸的手按了免持聽筒，祕書小何說：「老闆，周先生來了。」

章崢嵐按滅香菸，揉了揉臉。「請他進來吧。」他起身去窗邊將窗子都打開，讓風吹散室內的菸味。

來人推開門，屈起兩指意思地敲了敲門。「章總，有空接見我這老同學嗎？」

章崢嵐勾勾嘴角，伸手示意他。「坐。」

周建明笑著走到辦公桌前的皮椅上坐下，看到桌上菸灰缸裡的菸蒂，不免搖頭。

「抽菸抽這麼凶，你不怕自己得肺癌？」

章崢嵐已經按下內線讓祕書送兩杯咖啡進來，才說：「戒不了，就抽著吧。什麼事還勞你特意跑來一趟？」

對方笑道：「你的前任女朋友回國了，她讓我來約你吃飯。我昨晚打電話給你，你『嗯』了兩聲就掛了，我怕你沒聽清楚，親自再跑一趟，免得沒約到你，那個誰就拿我尋開心。」

章崢嵐停了停。「誰？」

周建明無語：「章崢嵐，你這話說出來真不怕天打雷劈啊！人家掛念你兩年多，回國第一件事就問我你的動向，聽說你沒女朋友，馬上要求約你吃飯，其心不言而喻。」

章崢嵐覺得自己真是……腦子混了，他按了按眉心：「別瞎講，江裕如回來了？怎麼沒打電話給我？」

「人家不好意思打直球唄，說真的，你們當年好端端的怎麼突然掰了？裕如說是她有錯在先，可我怎麼看怎麼不是，江裕如走時淚灑機場，你就抽了支菸，回頭說句『一路順風』，完了，是個人都覺得你辜負她。」

之後小何進來送了咖啡，章崢嵐端起咖啡杯抿了一口，之前喝茶感覺嘴裡都淡得發苦。「裕如她回來了，那就一起吃頓飯，我做東。」

「行啊。」周建明笑道：「我就等你這句話。」說完也拿起咖啡喝了一口，直誇章總這裡的東西就是好。

周建明走後，章崢嵐俯身從抽屜裡拿出感冒藥吃了，雜七雜八也不想了，開始做事。

江裕如跟他的關係就跟周建明一樣，同是碩士班的同學。至於後來兩人交往，主要是畢業後的幾次聚餐上。雙方在學校時沒意向，反倒是出社會後「情投意合」，兩人性格很合，聊得來，家庭背景、受教育程度相當，興趣又相投，自然而然走到一起。曾經一度考慮結婚，畢竟兩人年紀不小，家裡老人也在催，所以覺得結婚也沒差，不過最後結局以江裕如出國告終。

章崢嵐說了一句：「行，一路順風。」

江裕如說：「章崢嵐啊章崢嵐，我起初懷疑你跟我在一起，是因為我符合你爸媽的要求，現在我明白了，原來真是這樣！」

章崢嵐笑道：「我捨不得也沒辦法，妳要去找妳的初戀，我總不能阻攔，破壞真正兩情相悅的感情。」

江裕如哭笑不得：「不知將來是誰能抓住你這個浪子。」

章崢嵐這天覺得工作效率實在不高，下午索性將事情交代一下，去醫院吊了一瓶點滴。晚上如約到了飯店，他剛從車裡下來，就被人從身後抱住。

「親愛的，我想你了，天天想，夜夜想，想得都快發瘋了。」

章崢嵐微微一揚眉，回身見到江裕如一張笑臉，然後說：「裕如，妳胖了？」

江裕如一愣，握拳打了他一記。「你怎麼說話的？」

後面的周建明哈哈大笑：「章總，你不知道女人有三不能說嗎？年齡、體重、學歷。」

江裕如說：「怎麼還有學歷？本姑娘的學歷不比你們差啊。」

「行行，您是才女，美女，青春美少女！」三人說著進了飯店，當天的晚餐除了章崢嵐、周建明、江裕如，還來了幾個老同學，都是熟門熟路，所以吃得很隨意。

期間有人來跟章崢嵐喝酒。「崢嵐，怎麼喝茶呢？來來，咱倆乾一杯！」

章崢嵐擺手。「喝不了，沒見我喉嚨都啞了嗎？」

周建明笑道：「早發現了，崢嵐，你這是積勞成疾，還是為情所傷？」

章崢嵐懶洋洋道：「只是感冒，你也能說那麼多。」

周建明嘿嘿笑。「人都這麼講的，當然如果是你章崢嵐，不可能是積勞成疾，更不能是為情所傷。」

有人附和說：「對，崢嵐是咱們所裡出去的王牌，才華所向披靡，至於風流倜儻更是不在話下！」

江裕如搖頭：「我說你們，阿諛奉承，噁心不噁心？」

有男的立刻答：「不噁心！崢嵐，你公司缺不缺人，我剛辭職，要不老大您收留我吧？」

章崢嵐聳肩。「行啊。」

大家起鬨的時候，章崢嵐低頭看了看桌子下的手機。江裕如靠過來說：「我看你看手機好幾回了，暗度陳倉看誰呢？」

章崢嵐笑著將手機放回口袋裡，說：「看時間而已。」

江裕如盯了他好一會兒，說：「崢嵐，我覺得你變了。」

章崢嵐放鬆地靠在椅子背上。「哦？哪變了？說來聽聽。」

江裕如搖頭。「說不上來，感覺上……變了一些。」

旁邊的人看到他們交談，忍不住逗道：「舊情人說什麼？是不是打算重修舊好？」

江裕如說：「章崢嵐我體驗過了，這段數太高，控制不了，我有自知之明。」

周建明也說：「崢嵐的女朋友確實換得勤，眾所周知嘛。」

周圍人笑鬧的時候，章崢嵐無可奈何地笑了笑：「行了啊，別誹謗我名聲。」

一頓飯吃到八點多，章崢嵐離開飯店的時候，周建明他們還要去唱歌，他推了：「今天就算了，頭昏腦脹，你們去吧，回頭把帳單拿給我報銷就行了。」

眾人見他沒多少興致，而且臉色確實不好，就沒強迫，萬分感謝章老闆付帳之後，與他揮手道別。江裕如走時說：「崢嵐，我們再約。」

章崢嵐拍拍她的手臂：「行。」

章崢嵐上了車，在車上待了好久才發動車子。

蕭水光洗完澡，也洗好衣服，羅智還沒有回來。水光去廚房把涼好的飯菜包上保鮮膜，放進冰箱，然後將垃圾打個結，到房間拿了外套披上，打算出門扔垃圾。剛開門出去就感覺到前方昏暗過道上有個人靠牆坐著，水光嚇了一跳，退後一步，透過走道裡朦朧光線看清了那人。

對方緩緩站起身，只走前一步就與她近在咫尺。他額前髮絲有幾綹垂落，眉心皺著，面色看起來有些倦怠。

水光一時不知如何應對，僵立在原地。章崢嵐探出手，雙手輕輕抓住她的袖邊，頭慢慢靠到她的肩膀上，他說：「蕭水光，妳說的不算。」

羅智回來的時候，在樓梯上與走下來的人迎面碰見，不由愣了一愣：「章老闆？」

章崢嵐點了點頭，從他身邊經過，徑直下樓。

羅智又回頭看了一眼，心說：國哥公司的老闆怎麼會在這裡？他一進門就忍不住說道：「我剛才竟然在樓梯看到國哥他們公司的老總了。」

站在桌邊倒水的蕭水光，手上動作停了停，她含糊「嗯」了一聲，才回頭說：「晚餐有準備你的，放在冰箱裡，你還沒吃的話，拿出來熱一下就能吃了。」

羅智說他已經吃過了，他走到水光身邊也倒杯水喝了一大口。

「累死小爺我了，工作初期什麼事都要親力親為，像打仗似的！」說到這裡，羅智笑問：「水光，妳要不要乾脆去我那裡幫忙？妳看，我缺人手，妳也要找工作，還不如跟著哥哥混，有肉吃。」

水光搖頭：「我學的又不是設計，你那邊的工作我做不來。」

「這年頭有多少人的工作是學有所用？再說妳的專長是電腦，設計主要也是從軟體這方面著手，哥相信以妳的聰明才智，很容易就能融會貫通了。」

水光不為所動，依然拒絕：「不了，我還是自己找吧。」

羅智鬱悶，他這哥哥當得完全沒威信沒號召力還是怎樣？最後只能嘆息道：「行，如果有困難，隨時歡迎來投奔老哥的懷抱。」

兩人說完，羅智就進浴室沖澡了。

水光坐在餐桌前看著自己的指尖，她不明白，那人究竟意欲為何？

他似乎有名有勢，又是年少得志，應該無所或缺，何必跟她糾纏不清？

他跟她說到底就是一場露水情緣，天亮了就該散了，可是今天這樣的發展……水光知道可能不會輕易斷得了。

我站在橋上
看風景
The view over the Bridge

Chapter 06

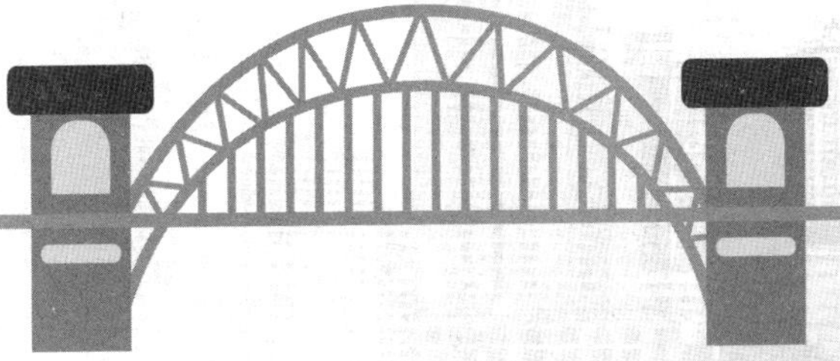

意中人

次日清晨，水光接到大學室友林佳佳的電話，電話那頭的人聲音聽起來渾渾噩噩，不甚清楚。

水光問清地址，趕到娛樂城時，那片在深夜時分燈紅酒綠、歌舞升平的場所已沉靜下來，顯得有些寂寥。偶爾有人從裡面出來，臉上帶著通宵的疲倦。

水光再度打電話給林佳佳，卻沒人接聽了。

她心中擔憂，這座娛樂城她沒有來過，但聽以前的同事說起，這裡原是一名大馬商人投資的，後來因為債務問題轉手給道上的人。現在除了經營餐廳、酒吧、KTV這些正規場所，還多了一些隱祕的活動場所。

這時佳佳打電話過來，口齒不清地說：「水光，妳來了嗎？我在四樓，四樓的KTV……我跟服務生說了，妳上來，他們會帶妳過來……」

水光依言上了四樓，剛出電梯門就有服務生跟她說：「妳是林小姐的朋友吧？我帶妳去她的包廂。」

KTV走廊上的燈光不是太亮，水光依稀看到一些包廂裡還有人。

那些玩了一晚的人橫七豎八地躺在沙發上。她記得大學時也跟室友通宵唱歌，說是找樂子，其實感覺並不好受。

水光在記彎彎曲曲的路時，望到前方一處昏暗角落裡有一對糾纏的身影，她沒有窺視的意思，所以馬上移開視線。但別開頭的剎那，暗處的男人也望來一眼，與她不經意對視一秒，隨即拉著身邊的女人進入身後包廂。

那一秒，水光感覺到對方的不友善。

又過了一個轉角，服務生終於在一扇門口停下，說就是這裡。水光道過謝，她推門進去，裡面酒味很濃，大螢幕上還在放歌，是張惠妹的〈剪愛〉，但關了聲響。

水光在跳動的光線中找到窩在沙發角落的林佳佳，她跨過地上橫著的兩人，走過去拍佳佳的臉：「喂，醒醒。」

林佳佳艱難地睜開眼睛：「水光……妳來了。」

水光皺眉，這股酒氣能醉倒一頭牛。她扶起林佳佳，後者醉醺醺地靠在她身上，還不忘跟地上的人揮手道別：「我朋友來了，我走了，下次再喝。」

那些人模模糊糊地「嗯啊」幾聲，水光小心地避開他們，拖著人走出去。

有服務生過來幫忙，見那客人實在意識不清，領人的又是小女生，便就近扶進旁邊供內部人員使用的電梯。水光道過謝，當電梯門合上時，她才感覺到身側有別人，下意識側頭，卻見那人直視前方，面無表情。

水光只看了一眼就回過頭，但她敏銳認出這人是之前在過道上遇到的男人。

水光微微低頭，不想引起注意，身邊的佳佳嘀咕著：「水光……到家了嗎？」

「沒。」

「哦，水光寶寶……謝謝妳啊……」林佳佳說著身子又要滑下去，水光扶起她，她又咯咯笑道：「水光啊，我會好好養妳家愛德華的……」

水光「嗯」了一聲，林佳佳又咕咕噥噥一陣，水光也聽不清楚她說什麼。電梯終於下到一樓，那男人先行走出電梯。

蕭水光扶著林佳佳出去時，才發現這是娛樂城後面的街道。這個時段，這條狹窄單行道上來往的人並不多，計程車更少。水光在等車的片刻裡，無可避免看到一輛黑色轎車駛過她旁邊，當它就要過去時，林佳佳突然捂嘴乾嘔兩聲，身子失控地往前衝去。水光一顆心吊在喉嚨口，她伸手去抓已來不及，林佳佳被車門帶了一下，摔在地上。

同一時間黑色轎車也踩了急煞車。水光飛跑過去察看林佳佳的傷勢，佳佳痛苦地呻吟，血從她額角流下。

「佳佳！」

車上的人也下來，看到這樣的情形，眉宇緊皺，最後他說：「上車。」

水光抬頭，他的表情很清晰地表明不想惹這種事，但他還是說：「先送她去醫院。」

林佳佳被突然的疼痛弄得清醒大半，雖然意識依然朦朧，但也知道發生什麼，她指著前方的男人說：「你不許走……撞了我……媽的，賠錢！」

對方臉色陰沉，眼中閃過鄙夷，水光知道他把她們當成訛錢的人。

水光向來是正直認真的人，被這樣誤解，心裡不免有些難堪。但此刻這條街上沒有一輛計程車經過，而佳佳的傷口一直流血，她只能低聲道：「麻煩你送我們去醫院……」

對方沒有立刻答覆，當水光以為他要轉身離開時，他冷聲說：「上車吧。」

水光道了聲「謝謝」，她吃力地將林佳佳扶起來。那男人猶豫一下，幫忙將人放在後座。

一路上車內無人說話，佳佳也難受得沒精力找人「賠錢」。水光用面紙按住她的傷口，聽她一直說疼，心中焦急，幸好很快到了醫院。水光扶林佳佳下車時，那男人拿出幾百塊給她：「我想妳清楚，這意外事故責任並不在我。」

他給錢是施捨。

水光咬了咬脣。「不用。」

男人看著她們進了醫院大門，沒有再多留一秒就上車離開了。

水光等林佳佳進了醫療室包紮，才在走廊裡的椅子上稍作休息。

她閉上眼睛，心想：今天可真是糟糕的一天。

中午時，祕書來敲門，詢問批示文件的老闆午餐是不是跟大國他們去外面吃，還是幫他單獨訂餐。

章崢嵐頭也沒抬，說：「我還有事要出去，妳不用幫我訂了。」

小何忍不住「咦」了一聲，開玩笑說：「老闆，您最近的作息，不知道的還以為您趕著跟情人約會呢。」

章崢嵐手一頓，心想：是啊，我要去幹麼？又沒有人約，他煩躁地揉了揉頭髮。

「算了，妳跟大國說，午餐我跟他們一道過去。」

「呃……好的。」

祕書出去後，章崢嵐起身在辦公室裡走了兩圈，想抽菸又克制住，最後跌坐在會客的沙發上，不由想起昨天晚上自己做的事情，雙手撐住臉，絮絮低語：「我到底在幹麼……」

當天中午跟大國吃飯的除了公司的兩名工程師，還有大國的一名死黨，這人章崢嵐認識，以前一起喝過幾次酒；另一人是羅智，這讓章老大有些意外，情緒也稍微波動一下。

章崢嵐得知羅智跟大國的朋友合作開公司，大國是中間人，也投資一點錢進去，不過是小數目。大國說他是無產階級，然後轉頭問資本家：「頭兒，你要不要也參與？」

章崢嵐對這類跨行投資一向沒有多大興趣，不過今天難得開口，說：「你們公司的資本額是多少？有多少員工？」

他看的是羅智，所以羅智認真答道：「章總，你有興趣的話，我可以做一份詳細報表發給你過目。至於員工，目前只招了五名，打算過段時間公司上軌道之後再擴招。」然後簡單說了下對於這家公司的理念和規劃。

章崢嵐聽了說：「挺不錯。」

羅智不解，大國已經眉開眼笑地拍他的肩：「老大說『不錯』就是沒問題了！恭喜你，頭兒絕對是大股東。」

羅智確實受寵若驚，跟合夥人一道舉杯敬了章崢嵐，章崢嵐說自己感冒還沒好，以茶代酒。

之後的飯桌上，一幫男人插科打諢，葷素不忌，中途大國隨口問起羅智的女朋友，羅大哥一愣之後，說：「你說那丫頭啊？剛才發簡訊給我，她一個朋友受傷，她在醫院陪著。還有國哥，她是我妹，不是女朋友。」

大國驚訝地望著羅智，最後說：「你妹妹比你好看多了。」

羅智大笑：「是啊。」

在周圍人談笑的時候，章崢嵐兀自啜茶。一開始他就知道羅智跟她的關係，畢竟他要查點什麼並不難。不過他沒有深入探究她的生活，他想瞭解她，但不想瞭解得太透徹，他不承認這是膽小的行徑。

他從不曾害怕過什麼。

可是，章崢嵐看著茶杯裡沉在杯底的茶葉，他想起自己昨夜在黑漆漆的過道裡，他拉著她的袖子，他說：蕭水光，妳說的不算。

她將他的手慢慢拉下，她的聲音很低：「你何必呢？」

他苦笑，意料之中，卻是說不出的難受。

是啊，何必呢？他們的關係開始於一夜情，她避之如蛇蠍，他卻像著魔似的一步步深陷其中，不知所措。

他又忍不住抬起手搓了搓臉，有些自嘲地說：「是我犯賤，來這邊唱這齣戲給妳看。蕭水光，妳當初認出我是誰的時候，是不是特別懊悔？」

好一會兒之後，他才聽到她說：「我已經忘了那一晚，也請你忘了吧。」

他望著她，他們之間靠得很近，近到可以感受到彼此的呼吸，又像是隔著千山萬水。

他下意識伸出手，她拘謹地貼著牆，撇開頭，剛好避開他的碰觸。

他的手停在半空，萬分尷尬，最後慢慢握緊收回，感冒發燒讓他口中苦澀：「如果我說我忘不了呢？」他說了那天的最後一句話後，轉身離開。

有人看章崢嵐一直不插話，不由開玩笑道：「老大，您只是得了感冒吧？怎麼我覺得連性子都變了？高深莫測啊。」
章崢嵐輕「呵」了聲，懶得理睬。
羅智問道：「章總做IT多少年了？」
章崢嵐看了他一眼，說：「也沒幾年。」
大國給老大斟茶：「頭兒，我記得咱們公司是二〇〇五年創辦的吧？」
羅智讚嘆道：「才五年就有這樣的成績，佩服至極、佩服至極！」
大國一直是章崢嵐的腦殘粉。「頭兒那水準，那魄力，那手腕，成功成名是理所當然的！」
章崢嵐不以為然，羅智卻熱情激昂地敬酒：「章總，我太服您了，我先乾為敬，您隨意！」
章崢嵐確實喝不了酒，用茶回敬：「你年輕有衝勁，不出幾年，成就不會比我差。」
羅智哈哈大笑：「先謝謝章總的金口吉言了。」
吃完午餐出來，章崢嵐要去醫院吊點滴，所以單獨走了。
醫院裡，林佳佳包紮完傷口，因為醉酒一直昏昏沉沉的，又多留院半天。
蕭水光在旁邊陪著，長時間的等待讓她精神疲乏，就從皮包裡拿出MP3聽音樂。
林佳佳醒來時，看到身邊的人戴著耳機打瞌睡，好笑之餘也是萬分抱歉。她推了推蕭水光，水光睜開眼：「醒了？」

林佳佳乾笑道：「水光，這次又麻煩妳了。」

水光拿下耳塞，說：「我沒什麼，妳自己感覺怎麼樣？還難受嗎？」

「額頭還有點疼。」佳佳摸了下包紮的傷口，喃喃道：「真疼，以後不會留下疤痕吧？」突然想起什麼。「對了，水光，撞我的車主呢？」

「走了。」

「走了？妳有沒有要求賠償？不會白白放人走了吧！」

「佳佳，算了吧，錯不在他。」

林佳佳扼腕不已。「唉，就算不是他的錯，他開車，咱們是行人，要他賠點錢也很容易……」

蕭水光任由她唸唸有詞，看她精神好了不少，便決定將半天的住院手續辦好，然後回家睡覺。她真的有點累了，昨天晚上幾乎沒睡好。她讓林佳佳起來整理一下，先出去了。

當她走到收費處時，不期然看到一道熟悉身影，不由停住腳步，心中暗想：怎麼會這麼巧？水光想避開，但對方已經轉過身來，兩人在昨天「不歡而散」後再次打個照面，水光從他眼中也看到幾分意外。她低頭走到窗口，將病歷遞給裡面的護理師。

「我來吊點滴。」水光拿回病歷和收據時，身後的人突然說了一句。

她依舊避開與他的視線交流，低不可聞地「嗯」了一聲。這樣的場景多麼彆扭，多麼不合情理，可他們就像電影鏡頭裡唯一靜止的兩人，相隔不遠，各懷心緒，卻又無話可說。最後他的腳尖動了動，走開了。

章崢嵐的確是來吊點滴的，遇到她也的的確確沒預料。即使聽說她在醫院，即使來前也想過會不會那麼巧的碰上，可機率畢竟小之又小。顯然上天很「厚待」他，只不過老天的安排，只是讓他看到她一次次的漠視。

章崢嵐這輩子幾乎還沒碰過釘子，一路順風順水，年輕時聰明好勝，鋒芒畢露，沒有後悔和失望，如今卻一再被那方面的情緒打壓，讓他不禁荒誕地想自己是不是真的入了魔障，才一而再，再而三地討不痛快？

就算……她出色，可出色的人何其多，為何偏偏對她念念不忘？如果那種說不清道不明的感覺是愛，那麼他有些害怕，因為那感覺太強烈。

章崢嵐深深閉了閉眼睛，腦子裡一閃而過的是那張牽動他夢境的臉。兩年前的相遇短暫如曇花一現，這兩年裡他潔身自愛，不再遊走，以為只是厭倦，卻不知原來是自己早已將心遺漏，除了她之外，再也無法將就別人。

現在命運讓她站在他面前，是幸，抑或是劫？

蕭水光在醫院門口跟林佳佳分別，因為林佳佳再三說自己沒事，一個人回去就行，水光也不再勉強送她。

坐上計程車回家時，她想起早上那個人。

那人的眉宇間竟跟景嵐有三分像，說話也冷靜無情。哦，不，景嵐不無情，他只是比別人懂得隱忍，懂得先失而後得……真自私，是不是？

水光看著照後鏡裡的自己，半長不短的頭髮好久沒修剪過，她俯身拍了拍司機的椅背。「司機，送我去最近的美容院吧。」

章崢嵐目前無須在公司時刻坐鎮，從醫院出來，他抓著一袋藥走到車邊，剛坐進車裡想著要去哪裡，或者找人出來喝杯酒，正好排遣煩悶的情緒，就接到媽媽的電話，說是到他住處，讓他即刻過去一趟。

章崢嵐挺意外的：「媽，您怎麼……還特意過來了？」

「既然知道我是特意過來的，別讓我乾等。」章老太太說一不二，跟兒子說了最好半小時之內到，之後俐落地掛了電話。

章崢嵐是真的頭痛。「這老太太越來越難伺候了。」不得不放棄大白天喝一杯的念頭，驅車趕回住處。

他原本想過老太太有什麼花招，卻萬萬沒料到老人家竟然帶著一個女人過來。章崢嵐進門看到客廳裡其樂融融坐著聊天的兩人，抬手按了按眉心。不過即使疲於應付，還是笑著叫了聲「媽」，對那女孩也禮貌地點頭。「戚小姐，好久不見了。」

外人在場時，老太太對兒子一向是好臉色的。「來了？來來，小戚你見過的，前陣子大家都忙，沒聯繫吧。你們年輕人也真是的，整天只顧著工作，忙忙碌碌不知道為了什麼。」

章崢嵐心想：老太太完全針對他呢！戚敏是上一次的相親對象，上回走得急，沒有跟對方說清楚。

戚敏也挺不好意思的，即便對他有意思，找上門來卻是太唐突，雖然是老太太打電話找她過來。「你工作挺忙的吧？」

「他啊，就是瞎忙。」老太太暗中朝兒子使了使眼色，起身道：「好了，你們年輕人坐著聊聊，我去廚房裡看有什麼水果可以吃。」

戚敏要幫忙，馬上被老太太制止。「妳坐著，坐著，多聊聊！」說著笑容滿面地朝廚房走去。

章崢嵐有些無奈，不過招待人也算是他的強項。

「戚小姐今天休息？」

「哦，輪休。」她覺得近距離看他似乎更英俊。「你的房子裝潢得真漂亮，是你自己設計的嗎？」

「不是，是我朋友幫忙弄的。」

兩人聊了一會兒，章崢嵐見母親還未出來，就說：「我去廚房看看，妳坐。」

章崢嵐剛進廚房，正在慢條斯理洗水果的老太太皺眉：「你怎麼過來了？」

「媽，妳這棋下得太明顯了。」

老太太將水果一一裝盤，瞟了兒子一眼。「這麼好的女孩，你見了一面就將人晾在旁邊，是存心跟我作對還是怎麼？我跟你說，這小女生我看了很喜歡，你樂意也好，不樂意也好，都給我好好相處！」

章崢嵐哭笑不得。「您這是打算屈打成招啊？」

「我是為你好！」

章崢嵐漫不經心地回答：「媽，如果我已經有中意的人呢？」

Chapter 07

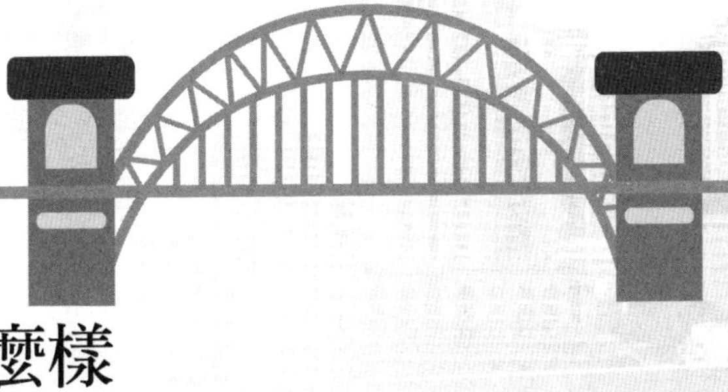

你到底想怎麼樣

章崢嵐說那句話時有點猶豫和尷尬，畢竟這種經歷算是首次。可當他說出來後，心裡突然輕鬆好多，像是有了一種依託感。

章老太太在公家單位服務過，接觸的人何其多，看人很犀利，兒子又是自己一手帶大的，此刻兒子的神情顯然不像往常在說笑。老太太把手擦乾，慢慢道：「你是說真的？她是哪裡人？姓什麼名什麼？做什麼工作的？」

章崢嵐搖頭。「媽，您這盤查法怎麼像人口調查似的？」

老太太責備道：「什麼人口調查？我兒子的心上人，我難道不能問問？」

章崢嵐笑道：「行、行，您要問什麼儘管問，她姓什麼是吧？她姓蕭，至於她的工作嘛，她跟我是同一所大學畢業的，專業也一樣。」

老太太聽罷還要問，章崢嵐卻舉手阻止：「媽，您再問下去，外面的客人要等久了。」

章老太太被兒子一手攬著肩，一手拿著水果盤出去時，嘴裡嘀咕道：「你是怕我多問，還是怕外面的人等久了？」

章崢嵐心想：老太太可真犀利。

當天章崢嵐送母親和戚敏回去，老太太覺得挺可惜的，小戚各方面的條件都不錯，她很中意，可兒子的心思顯然不在她身上。章老太太在家門口下車，讓兒子送人回家，走前拉兒子過來說了幾句話：「你如果無意就跟小戚說說清楚，別拖累人家。」

章崢嵐點頭表示心中有數。

戚敏感覺到章崢嵐對她的禮貌友善，又覺得有些疏離，在快到家時，她忍不住探了口風：「你對我沒什麼興趣吧？」

章崢嵐熟練地打方向盤，和煦地說：「妳挺好，真的，用我媽的話來說，就是各方面都比我好。」

戚敏是聰明的人，他這麼說表明那句反問句成了肯定句。「……我想知道為什麼。」

章崢嵐將車子停穩，他對戚敏說聲「抱歉」，手指摩挲方向盤，平靜道：「我喜歡一個女孩子兩年多……我現在才知道，如今我不想再失去她。」

水光終於應徵到一份工作，薪水雖然一般，但貴在工作量不大，比起之前的工作要時常出外談業務、時常加夜班，她更喜歡現在這份的簡單工作。

從面試的辦公大樓出來，走到站牌處等公車，心裡想著事情，下意識摸自己的頭髮，發現已經剪短。「我都忘了。」她喃喃自語，摸著耳朵旁的碎髮，接著水光的視線無意看到左前方等車的人群裡有一名男子伸手偷前面人的錢包。

以前經常聽人說公車上被人偷了手機、皮包，親眼看到還是第一次，水光見周圍有人察覺到，但沒人敢出聲，她沒多想，走過去抓住小偷的手腕。那男人一愣，沒料到有人多事，惡狠狠瞪著她：「妳找死啊！」

男人掙開手，竟還想要動手，水光卻淡淡警告：「我學了十幾年的武術，除非你是少林寺出來的，否則一定打不過我。」

那人臉上露出忌憚，雖然不確信她是不是唬他，但周圍人都在指指點點，嘀咕幫襯女孩子，到底不敢作亂，一邊大罵，一邊走了，之前險些被偷的人對水光連連道謝。

「不客氣，舉手之勞。」水光看到她等的公車來了，上車前聽到人群裡有人在說：「剛才她好酷啊。」

下班時間的公車堵得厲害，水光回到家已是一小時後。她剛進家門就發現不止羅智在，還有其他人，他們看到她都笑著起身。

羅智先開口：「水光回來了，國哥和張宇兄妳都見過了吧？今天國哥他們過來，是有點事要跟妳談，來，妳來這邊坐。」

水光已經猜到是什麼事，之前張宇多次打電話給她，希望她參與他們公司遊戲的宣傳活動，水光每次都是婉轉拒絕，可對方顯然不輕易死心。老實說她挺不明白的，中國人那麼多，要挑符合條件的人不會少，怎麼偏偏要找她？

果不其然，大國帶張宇親自到訪，為的就是這件事。水光想要拒絕的言辭，因為羅智從中周旋而一時說不出口，最後羅智說：「國哥放心，這丫頭最近一直閒著，隨時可以去幫忙！」

水光想：吃裡扒外的好兄長啊。

「我剛找到工作，再過兩天就要上班。」

張宇跟大國互看一眼，大國說：「蕭小姐，我們不會耽誤妳太多時間的，如果順利，只要一、兩天就可以了。」

水光後悔，早知道就說明天要上班。

羅智拍了下水光的肩膀。「乖，聽話。」然後對大國說：「國哥，我明天陪水光去找你們，具體事項到時再討論？」

張宇是最開心的。「好，太好了！蕭小姐，我們明天見！」

這件一直懸而未決的事就這樣莫名敲定。等兩人一走，水光就對羅智道：「你到底搞什麼鬼？」

「寶貝，妳應該多認識一些人。」羅智語重心長。「再者國哥那公司，妳只要去一趟，稍微出點力，嘿嘿，就能賺不少錢，多好。」

水光雖然不樂意，但事已至此，不想再爭辯。

她回房間後躺在床上，良久，伸手到枕下摸到一張書籤，細細撫過上面的字跡紋路。

「你說，我是不是真的應該如羅智所說，走出去多認識一些人……然後把你忘掉？」

章崢嵐早上九點多從家裡出發去公司，昨晚難得的好眠讓他今天狀態好了不少，連帶感冒也有所好轉。

他原想昨天去找她，最終沒去。他考慮很多，目前他處於被動，操之過急遠不如從長計議，穩步前行。

章崢嵐進公司後，小何泡了茶跟進辦公室，把幾份剛收到的傳真和熱茶遞給老闆。

章崢嵐說聲「謝謝」，隨手翻看傳真，說道：「大國來了嗎？來了讓他進來一下。」

「國哥和老張跟人簽合約，就是上次跟我們一起吃飯的女孩子，蕭水光，她同意參與《天下》的宣傳。」

「誰？」章崢嵐手上的動作瞬間停住。

「蕭水光。呃，老闆，有什麼問題嗎？」
「……沒有。」章峥嵐咬了下唇，問道：「她現在在我們公司？」
「是，在會客室裡，她男朋友也在。」
過了一會兒，章峥嵐才說：「我知道了，妳先去忙。他們出來時，妳跟我說一聲。」
小何說了聲「好的」就出去了。
章峥嵐坐在辦公椅上看資料，可顯然心不在焉。最後起身在辦公室裡走了一圈，習慣性往口袋裡摸菸，才發現自己有一段時間沒抽菸，身上根本沒貨。

水光從會客室裡出來，見到的第一個人竟然是迎面過來的章峥嵐。
其實不該意外，這裡畢竟是他的公司。
當章峥嵐走近，她身後的羅智已經熱情打招呼：「章總。」
章峥嵐「嗯」了一聲，視線掃過蕭水光，隨後落在大國和張宇身上。「在談《天下》的宣傳事項？」他手上還拿著茶杯，拇指摩挲杯沿，看起來很從容。
「對，老大，合約簽好了。」張宇笑著將合約書遞給老闆。
章峥嵐接過，翻了一下，合上後，朝水光伸出手，客套道：「蕭小姐，我是GIT的負責人，合作愉快。」
水光一直懊悔蹚這渾水，此時這種感覺更盛幾分，她不知道這算什麼局面。
在周圍幾人的注視下，她不得不伸手回握。她原只是想碰一下就鬆開，但對方伸前一些抓住她的手，握得有些牢。這場面讓她想到曾經相似的一幕，他讓她看手相，事後握住她的手，一樣的燙人和堅定。

目送兩人離開，章崢嵐才轉身朝辦公室走去。

「老闆，合約書！」

章崢嵐將資料夾往身後隨手一丟，正好丟進張宇懷裡。

張宇手忙腳亂地捧住，站定後看著章老闆走進辦公室關上門，他嘀咕著對身邊的大國說：「頭兒這是高興，還是不高興？」

大國聳肩：「老大的心思你別猜，猜了也白猜。」

章崢嵐進到辦公室，在皮椅的扶手上靠坐一會兒，最後直起身走到窗邊，從五樓望下去還算能看清楚。

水光剛到樓下就跟羅智道：「我自己回去，你去忙吧。」

羅智一聽這語氣就知道他家妹子生氣，水光極少生氣，但生起氣來挺可怕的，好長一段時間不理人。

羅智晃了晃手上的合約書，笑著說：「好了好了，這會兒應該覺得特爽才是。妳看，妳只要明天去攝影公司拍一下照，最多忙兩天，就賺得比我之前半年的薪水還高，這樣的好事簡直是天上掉餡餅！再說，妳最近兩天還空著，就當幫幫國哥他們的忙，財義雙得，多好！」

「不是這問題。」水光皺眉。

「那是什麼問題？擔心拍不好嗎？放心，哥相信妳的能耐！」

水光看著他，最終搖搖頭。「算了。」已然不想再多說什麼。

「那就是沒問題了？」羅智笑著把合約書遞給她。「之前我看這合同時，老實說還以為他們將數字打錯了，這公司有多賺錢啊。」

「合約你拿著吧。」水光見有計程車行駛過來，伸手招了招，然後對羅智說：「我要去朋友那邊，你呢？要回公司嗎？」

「回公司，妳找哪個朋友？」

「以前的室友，我之前養的一條狗是她幫忙養，這兩天好像生病，她叫我去看看。」

羅智無語，道：「妳什麼時候去養狗了？妳不是一向不喜歡毛茸茸的動物嗎？景嵐才喜歡養狗……」最後的話，羅智停滯在喉嚨間，水光卻像是沒聽到，只說：「車來了，我先走了。」

「哦，好，妳路上小心點。」羅智看水光上車，直到車子開出一段距離，他才抬頭看了天空一眼，輕聲罵了句：「媽的，你乾脆讓她跟你走算了。」

林佳佳的家在郊區，計程車開了半個多小時才到，水光付錢時有點心疼，應該多走幾步路坐公車的。

這一帶算是郊區，住宅建築零零散散的，路邊開著一些小店鋪。

水光來這裡四、五次，算熟了，她走進林佳佳的院子時，被跑出來的大狗繞得動彈不得。

「好久不見了。」水光摸牠的腦袋。

「水光，來了！」佳佳笑著走出來，因為受傷「破相」，這兩天請假在家休養。

當林佳佳看到水光的新髮型，驚訝一聲：「妳怎麼把頭髮剪短了？」她上下打量蕭水光。「不過，真的是短髮比較適合妳，漂亮啊，女俠！」

水光無語，道：「妳也不差，額頭好點了嗎？」

林佳佳按了按頭上的白紗布，說：「疼倒是不疼，就是有些癢。」

「會癢就說明快好了。」

水光問起大狗的狀況，林佳佳說可能是前兩天吃壞肚子，現在應該緩過來了。

兩人進到客廳，林佳佳的母親端出茶和點心，水光連連道謝。林母很樸實，笑了笑就進廚房忙了。

林佳佳見水光逗著大狗，踟躕著靠過來問：「光兒，我今天叫妳來，其實主要是想問妳，妳還記得上次撞我的車主嗎？」

「怎麼了？」水光心想，她不會還沒死心，要索賠吧？

「唉，不是，我上次不是趴在後座嗎？然後座位上有東西磨到我的腰，我就迷迷糊糊拉出來抓進手裡。」林佳佳從口袋裡拿出一條白金項鍊，墜子是精巧的十字架，上面鑲嵌著細小的鑽石。

「這……」

「我真的不是偷！我是……真是無意識一直抓在手裡，我後來想了好久才想起這鍊子是怎麼在我身上的。」林佳佳把項鍊擺在桌上。「水光，妳說……唉，這怎麼辦？」

水光也覺得事出突然，她微微沉吟，當時無意間看了對方的車牌一眼，她稍微一想，隱約記了起來。「車牌好像是……我去查一下吧，應該能查到車主。」

她見林佳佳眼珠亂飄。「要不我去還吧？」

「真的嗎？太好了！」佳佳汗顏。「我怕對方將我當成小偷給滅了。」

「妳不怕我被滅了？」

林佳佳大笑：「妳啊，不會被人滅的，也不會有人滅得了妳。」

水光搖頭，怎麼將她形容像野獸？原來在別人眼裡，她是何等打不死嗎？

章峥嵐熬到下班，關了電腦，他拿起外套挎在臂彎裡，走到外面時對小何說：「小何，我順路，送妳回家吧？」

幾名菁英男面面相覷，心裡立刻一陣嘀咕。

「靠，老大想追小何？」

「太明顯了！」

「小何妹妹不是名花有主？老大要當小三嗎？無恥啊無恥！」

「老大……追小何？怎麼有點不和諧的感覺呢？」

章峥嵐不管別人怎麼想，就算有人有膽說出來，他照樣無視。

小何的心思比較淺顯：小姐我工作認真嚴謹，人品又好，老闆給點員工福利很正常，再說之前順路過一次，熟門熟路。小何提起背包，向同事們說拜拜之後，隨老闆走人。

留下身後一群菁英男搖頭嘆息：「世風日下啊世風日下。」

有人說：「頭兒跟小何妹妹……完全不配啊。」

一個工程師也這麼覺得：「我覺得，今天來的那女孩子，就是今天來簽約宣傳咱兒子《天下》的女的，跟老大倒是挺配的，站在一起是不是感覺很和諧？」

有人笑道：「那更是八竿子打不著的兩人吧？」

在一群八卦男眾說紛紜，莫衷一是的時候，章老大正朝著他的「是」開去。

章崢嵐心裡其實沒把握，戀愛不是沒談過，可他不得不承認這次有點棘手。計較半天卻只是想見到人再說，可見到又怎麼辦呢？他不知道。

他覺得現在自己的狀態是「見到了緊張，見不到想著，傷神得要死」。他索性開了音樂，小何道：「哇，老闆，你也喜歡聽海莉・薇思特拉的歌？我還以為只有女孩子才愛聽這麼柔的聲線。」

章崢嵐「嗯」了一聲。「剛聽，不錯。」

小何難得找到同好，忍不住興致盎然地跟老大聊起音樂，章崢嵐雖然心有所思，依然能做到應付自如。

車子開到目的地，小何意猶未盡，下車後還不忘說：「老大，咱們下次再聊吧。」

「行啊。」

小何走後，章崢嵐靠到椅背上。

他在這社區的門外不下五次停靠在這棵梧桐樹下，等著同一個人。來時馬不停蹄，到了又舉足不前，早上那次毫無預計的短暫相遇雖然措手不及，卻是欣喜，可自己來找她，似乎沒有一次善終。

幾次前車之鑑多少讓章崢嵐有些徬徨，她要是又不理不睬呢？這是極有可能的；或者直接讓他走人，這也是有可能的。章崢嵐發現自己對她這麼瞭解了，而這種瞭解讓他很洩氣。

要不……乾脆直接抱住她，對她表白？章崢嵐搖頭，這種方法的成功機率大概是負值，要不還是慢慢來吧？可慢慢來，恐怕十年後都沒什麼進展。

章崢嵐想了很多對策，最後都被他一一否決，拇指摩挲方向盤，心說：想那麼多無濟於事，既然明白自己的心意，對她好不就好了？

水光在中午從林佳佳那裡回來後，一直在家忙碌下週新工作要準備的東西。羅智打電話回來說晚餐在外面吃，還要開夜工，讓她自己吃飯。水光想自己一個人做飯、做菜太麻煩，索性下樓去買掛麵來煮。

賣麵的小店在社區大門口旁邊，她一走進去，與剛買一包菸正要出來的人迎面撞見，兩人都是一愣。

水光嘆息一聲，這樣的巧合……未免太多。

對方的表情平淡，至少表面上是如此，但在無人能看見的側影裡，那高俊的男人稍稍捏緊手中的菸盒。

水光自然不會注意到這些，這時小店老闆叫了一聲水光：「小妹妹要買點什麼？」

「給我一把掛麵，謝謝。」

「好。」老闆笑道：「好久沒見妳來買東西了。」

水光輕聲「嗯」了一聲，以前她一個人住，經常來這邊光顧，因為方便，而且油鹽醬醋什麼的都能買到。後來羅智過來，她經常被催著去超市採購，牛奶、水果都要準備，卻不見他多吃，反倒是她吃得比較多，因為怕過期。

水光要付錢時，身後有人先遞錢給老闆。

「啊……不用。」水光慢一拍地拒絕。

「沒事。」他從喉嚨裡含糊一句，把錢放在玻璃臺上，那老闆猶豫道：「這位先生要替她付錢是吧？」

「對，不用找了。」

「你……唉，不用的……」水光皺眉，不知怎麼應付這種事，她要自己付錢，卻被章崢嵐抓住手。

「沒關係的。」他故作自若地說：「只是順便。」

雖然突兀，但這確實是一件小事情。水光不動聲色地抽出手，心說：他要付便讓他付吧。她拿了麵，朝老闆勉強笑了笑，往店外走去。

章崢嵐低了低頭，最終追了出去。

天還沒有黑，夕陽拉長兩人的影子。

水光走進社區大門的時候，被人拉住手腕，因為很突然，她嚇了一跳，轉身看到是誰時，下意識就皺眉。

「你……」

章崢嵐咬了下脣，說：「我還沒吃飯。」

「嗯？」水光這聲回應完全是下意識。

章崢嵐也暗罵自己不知所謂，什麼還沒吃飯？可再次開口時，又說：「這麵也算我一份，不介意一起吃吧？」

水光難以置信地望著他。

章崢嵐被看得不好意思，可他發現自己的心情居然比之前放鬆。她的表情看起來很驚訝，這樣很好，章崢嵐心想：只要不是視而不見，什麼都好。

他接過她手上那裝在紅色塑膠袋裡的掛麵。「走吧。」

水光站著沒有動，這不光是莫名其妙，簡直是……水光是氣惱的，可那人走在前面，甚至還回頭催促她。

水光不瞭解他，所以不知道他走的每一步都帶著幾分緊張。

但章崢嵐想，她會跟上來的，畢竟那裡是她的家；他也知道自己的行為很狡猾，很不君子，但如果這樣有用，做小人又何妨。

水光走在離他幾公尺遠的後方，雖然不情不願，但路只有一條，沒有辦法。到住處樓下時，前面的人停下來等她，水光在離他兩公尺遠的地方駐步，她慢慢開口，聲音有無奈：「你到底想怎麼樣？」

章崢嵐安靜一會兒，訕訕道：「我真的餓了。」

水光哭笑不得。「外面吃飯的地方很多，我想你應該不缺錢。如果你要那把麵，拿走吧。」

章崢嵐遇過很多棘手的客戶，都沒有像現在這樣讓他無從施力，她三言兩語就把所有可以走的路都堵死了。

「我餓了，只是想吃頓飯，沒別的意思。」

這話說出來，章崢嵐自己都覺得毫無條理，毫無可信度。吃飯？她說外面多的是地方讓他吃飯；沒別的意思？呵，那麼明顯的意圖，連瞎子都看得出來！

水光漠然。「你走吧。」

章崢嵐苦笑，難受得要死。「你走吧」，簡直像是她對他的口頭禪，可他偏不走，不想走。

有人經過都會有意無意望過來一眼，俊男美女又面無表情，多半是吵架吧？

水光不想被人觀看，只想回自己的住處，她從他身邊繞過去時，他咬牙說了一句：「我喜歡妳……不管妳信不信。」水光愣愣地轉身看他。

章崢嵐站在那裡，表情認真而彆扭，他抓著手裡的塑膠袋：「我原本不想說，這種話……妳大概也不喜歡聽，可我說了，因為我不希望妳明明知道卻假裝不知道。」

他轉身正對著她，一隻手也抓住她的衣袖：「反正我不走。」

水光覺得不可思議，這人……未免太不可理喻，明明看起來那麼正經嚴肅，就像上午那時候。他們的拉扯又引來路人注意，水光想將他的手拉開。

「你先放手。」

「那妳煮麵給我吃。」

水光無語不已。「你……」開了口卻不知道該怎麼說。

如果一個人打定主意死纏爛打，她除了將人打暈之外別無他法。所以當章崢嵐被一股巧勁摔倒在地時，他簡直不能相信，他張大嘴望著天空，隨即哈哈大笑！

水光已經朝公寓走去，章崢嵐坐起身，扭頭朝蕭水光的背影喊：「水光，妳是不是女人？」這語氣如果仔細品味，竟含著溫柔和寵溺的。

水光的腳步略一停頓，走上樓。

章崢嵐剛才被摔時沒有感覺到痛，現在倒有些疼，尤其是腰股，他站起身揉了一下，心說：還真是下得了手。他彎身撿起地上沒散出袋子的掛麵，走到一旁的小花壇坐下，懶洋洋地點了一支菸。

天有點暗了，他抬頭看到公寓裡的一層亮了燈。他想著想著又想笑，單手搓了搓臉，偏頭看到旁邊的塑膠袋，不知道她今天會不會不吃晚餐？

水光被這齣意外鬧得有些情緒波動，她進屋後就坐在沙發上想起心事，想著那人，心裡多少有些彆扭。他跟她發生過關係，身為女人，再冷淡再想竭力裝鴕鳥也無法真正忘記這種事。

水光不傻，那人的態度很明顯，可是喜歡……有人真的能因為性，或者幾面之緣就喜歡一個人？

門鈴響起時，水光的第一反應是他，不由皺了皺眉。鈴聲停了一會兒又再度響起，水光起身走到門邊從貓眼裡往外望，卻是完全不認識的人，她猶豫著打開門，問道：

「有事嗎？」

「送外賣。」小夥子將一袋東西遞過來，是打包好的三菜一湯，水光沒有接。

「我沒有訂外賣。」

「有人訂的，錢付了。小姐您拿一下吧，我還要去送別的單子呢。」

水光不得不接過對方塞來的袋子。她看著那小夥子匆匆跑下樓，站了一會兒，進屋後將袋子放在餐桌上，忍不住搖了搖頭。

「章崢嵐，你到底想怎麼樣？」

我站在橋上
看風景
The view over the Bridge

Chapter 08

道高一尺魔高一丈

水光晚上作了夢，夢到小時候坐在樹上，而景嵐站在樹下，他笑著向她伸開雙臂，說：「水光，跳下來吧，我接住妳。」她義無反顧跳下去，他抱住了她。

當她抬頭時卻發現抱住她的不是景嵐，而是另一個人，章崢嵐，他笑得很輕很柔，他說：「妳看，我會抱住妳，不會讓妳摔著。」水光慢慢轉醒，那一夜無眠。

早上水光起來做早餐。昨晚羅智很晚才回來，她沒去叫他，自己吃了起來。沒多久羅智就起來了，一出房門看到水光就笑著說：「早啊，我還想叫妳，今天妳要去拍照，沒忘記吧？哥陪妳去。」

說到拍照，水光就頭痛。這是一件挺欠考慮的事，她一直很為難，如今白紙黑字答應了，臨時變卦又做不來。

「我會去，你自己忙自己的事吧，不用陪我。」

「不行。」羅智一邊剃鬍子，一邊從廁所探出頭。「我妹頭一次拍大片，哥哥怎樣都得陪著，萬一有人看見妳漂亮，想輕薄妳，有哥在，啊，立刻安全！再者我上午閒著，看看攝影公司有沒有美女，好來一段豔遇什麼的。」

「看來後者才是你的主要目的。」

「是啊！」羅智大笑。

水光和羅智到攝影公司時，ＧＩＴ一名據說是美工部的人員已經在了，看到他們就來做自我介紹，說明會全程陪同拍攝，做相應的形象指導，然後他讓身後那名攝影公司的女接待員帶蕭水光去化妝。

羅智跟水光比了一記大拇指之後，留在休息室裡跟GIT的陳姓男子聊天。羅智向來與人聊三分鐘就能勾肩搭背，所以很快他就跟老陳聊起來。

老陳說：「這攝影公司跟我們GIT是長期合作夥伴，很熟了，拍這種小片還是小意思，三兩下就搞定。要是拍宣傳短片什麼的就要麻煩得多，當年我們拍過一組系列宣傳片，起碼磨了有兩個月吧。」

「不難就行，我就怕我妹子初來乍到手生。」

「這大可放心，蕭小姐外形好看，拍宣傳照主要就是看外形氣場。」

羅智大笑。「多謝陳哥對舍妹如此誇讚。」

兩人說著就扯到遊戲，男人講到遊戲多少都會有些激動，隨後聊到他們公司最厲害的遊戲高手——章老闆。羅智對章崢嵐的印象一直停留在有點「天之驕子」的感覺，跟小時候看景嵐的感覺有些相似，不過景嵐溫和，章崢嵐似乎要隨興恣意得多。

「下次有機會一定要跟章老闆這高手好好討教討教！」

陳哥搖頭說：「跟老大玩會神經衰弱的。」

不久，有攝影師過來跟老陳探討拍攝方案。羅智是門外漢，聽不懂也沒什麼興趣，索性出去看他妹子是否化完妝。

他由一名工作人員帶著來到化妝間，一進去竟然看到之前說到的章總，一身深色正裝西服，神情閒適地靠坐在椅子上，手中翻著時尚雜誌，旁邊有人泡了一杯茶水端過去。「章總，我們老闆半小時後就到。」

「不急。」

羅智挺疑惑的，不知道章老闆怎麼會在這裡，又是幾時過來的？想到老陳說的「拍這種小片」需要老總來坐鎮嗎？或者章老闆跟老陳一道來的？轉念一想又覺得不可能，他剛跟老陳聊那麼久，沒聽說他們老總來了。

羅智打了招呼：「章總。」

章崢嵐抬頭見是他，笑了笑：「你也來了？」

「是啊，陪我妹過來，順便來見識見識。」

「嗯。」

羅智見偌大的化妝間裡人來人往，就是沒見著水光，於是問道：「章總看到我妹妹蕭水光了嗎？」

「她在裡間換衣服。」章崢嵐放下雜誌，拿起茶喝了一口。

「哦。」羅智隱約覺得哪裡怪怪的，章老闆的姿態和語氣好像透著一絲占有意味？不過他粗神經，沒細想，坐在章崢嵐旁邊的一張椅子，等水光換完衣服。

「對了，你跟蕭水光從小就認識？」問話的是章崢嵐。

羅智點頭。「對，從小就認識。」

「是嗎？那挺好的。」

此時在更衣間裡的蕭水光心情複雜。之前，也就是她跟服裝師進來換衣服前，章崢嵐走進化妝室。這裡來去人員雖多，但都是基層，基本上沒人認識章總，而引他進來的人帶他到椅子上坐下，就去泡茶。
水光從鏡子裡與他的視線對視一秒，隨即不再看他。好像意外太多之後，再有什麼驚訝也不會太意外。
為她化妝的女士輕聲問她：「那人是妳男朋友嗎？很有型呢。」
水光不曉得對方從哪裡得出這結論，微微一怔，隨即訕笑：「不是的。」
那化妝師又說：「他一直在看妳。」
水光沒有從鏡中探尋他是不是在看她，如果他存心來找麻煩，怎麼也躲不掉。這人是披著正經外衣的無賴。
但這名無賴在別人眼裡是菁英，是有為人士，是幾乎不能輕率搭訕的人。他從容地靠在椅子上，隨手拿著一本雜誌翻看，可大多時候他在看她，儼然像是一位耐心等著女友化妝的成熟男士。
他之後走來站在她們身後，微微俯身到水光耳旁，望著鏡中的人說：「妝好像太濃了點？」
水光瞪著他，他笑了笑，對化妝師道：「她妝淡一點要好看些。」
化妝師愣是一下子沒反應過來，過了好一會兒才開口：「這可能不行，她要拍的是……」
「沒事，我說了算。」
水光被他的靠近搞得心裡不平靜，她往旁邊挪了挪，不知道該說什麼。這裡人不少，她實在不想惹人注意，最終壓低聲音道：「你去坐好。」

章崢嵐低頭，抿嘴笑，最後咳了一聲說：「好。」

化妝師等章崢嵐坐回椅子上，忍著笑意對水光說：「妳男朋友真聽話。」

水光乾乾道：「他不是我男朋友。」

這樣的戲碼到何時才結束？她現在很後悔，接這份工作本身就是大錯特錯。

化妝師猶豫妝要濃一點還是淡一點，最終問：「蕭小姐，我想問一下，妳男……不是，那男人是誰？」

水光徹底改淡妝後被推進更衣室，她聽到化妝師在說：「GIT的老總，天啊，我跟他合作那麼久，今天才見到真人。」

有人笑說：「妳跟他合作？阿MO姊妳扯遠了吧！」

「是，我激動啊！哎呀，老實說我更喜歡他女朋友，我喜歡她的顏，哈哈！」

水光聽著那兩道低聲談論的聲音，有些無可奈何，也察覺到藉由說明他的身分來撇清彼此關係，卻是弄巧成拙。

她從更衣間出來時，看到羅智也在。而羅智一見到水光，幾乎立即站起身吹了一聲長長的口哨。他雖然一直覺得他家妹子挺漂亮的，卻沒到驚豔人的程度，不得不承認化妝、衣著真的能化腐朽為神奇，這簡直是武俠裡出來的綽約多逸態、輕盈不自持、俊眉秀眼、顧盼神飛的俠女嘛！

「漂亮，都快認不出來了。」羅智走上前打量。

水光勉力一笑，只希望趕快拍完照片，讓她回歸到原先的生活。

跟上來的章崢嵐看著面前的人，什麼都沒有說。

有工作人員過來讓蕭水光去攝影棚，水光剛要跟過去，有人扯了扯她衣袖，不動聲色卻足以引起她的注意。她側頭看到章崢嵐目不轉睛看著她，隨後他笑了笑，鬆開手，語氣平常地說了句：「去吧，別緊張，就跟平時拍照一樣。」

水光覺得這語氣太親暱，周圍的人因為這句話而看向他們。她本不想理，但不作聲更會讓他人在意，就含糊「嗯」了一聲。

這時一個人走進化妝室，腳下生風，神采奕奕，看到章崢嵐馬上滿面笑容地迎上來：「章老闆，久等久等。」

章崢嵐面對來人，對方遠遠向他伸出手：「今兒是什麼風將您吹來了！」章崢嵐回握那人的手，懶懶笑道：「我公司有新片在這邊拍，我過來看看。」「哈哈，這種小事，您大老闆還親力親為啊！」對方拍了拍他的肩膀，顯然兩人關係很熟。

這位滿面紅光的中年人士正是這家攝影公司的負責人，在場的工作人員紛紛叫他一聲「厲總」。

厲總說：「這位是章老闆，GIT的老總，IT界的神人，他的片子都要用十二分的心拍，不得有絲毫怠慢。」

章崢嵐搖頭說：「行了啊。」

厲總笑著要領他去上面的辦公室聊，章崢嵐說等會兒，回身對蕭水光說：「我去跟厲老闆談點事，等一下就下來看妳。」他說完朝旁邊的羅智點下頭，然後隨著厲總出去。

等他們一出化妝間，厲老闆忍不住開玩笑：「怎麼？章總，剛才是跟誰報告行蹤啊？」

要是以前的章崢嵐，擺擺手就算了，這次他笑著說：「那是為我公司拍新片的模特兒，老厲，還要你多多關照她。」

老厲一聽，驚訝之餘立刻點頭道：「那當然，一定一定！」老厲之後想起那模特兒，確實是漂亮。

蕭水光這邊被章崢嵐剛才一番說辭弄得無所適從，好在其他人似乎沒有覺得那話很突兀，羅智也只是笑呵呵說了句：「章老闆這人挺關心手下員工的。」

水光鬆口氣的同時也有些好笑，他關心員工？如果只是這樣就好了。

當天的拍攝很順利，他們進到攝影棚後，攝影師和老陳也準時到場就位，一幫人馬很快進入狀態。水光雖然是第一次拍這種類似於藝術照的片子，可她沒怎麼緊張，如老僧入定，眼觀鼻，鼻觀心，把它當成是一項任務，完成就行，就像她兒時耍一套拳，從出手到收手，不拖泥帶水，乾脆俐落。

那攝影師一直說「好！」、「很好！」、「Very good！」之類的話，水光只當是這類職場裡必要的鼓勵性說辭。

中途羅智接了通電話要回公司，走前朝水光比個手勢，示意有事就打電話聯繫。水光笑了笑，那抹笑容被捕捉進膠片裡。

水光拍完一組照後，工作人員讓她到座位上休息，茶也替她泡好。水光忙說了聲「謝謝」，不多時有人過來坐在她旁邊，說：「累嗎？」

水光沒看他，心裡嘆了一聲。好像每次面對他總有一種無力感，不知道拿他怎麼辦，現在則更是如此，漠視、拒絕，似乎都沒用。

章崢嵐不在意她的視而不見，心情挺不錯地坐在一旁，長腿伸著，微微向她的方向傾斜。

「剛才跟老厲談了談之前拍的那兩套片子，一套還不錯，一套不行，之後拿給妳看。」接著他又說：「昨晚沒睡好，今天又起得早，之前在上面談事情老犯睏，現在好多了。」

水光覺得著實荒唐，他跟她說這些幹什麼？可如果她起身走開，也許他還會跟上來，水光發現自己竟然有點瞭解他的行為模式，而這種瞭解讓她備感頭痛。

此刻走過的人看向他們時都會善意地笑一下，尤其對章崢嵐很恭敬。章崢嵐處得自在坦然，水光卻越來越尷尬。

她決定起身，他伸手輕按住她放在桌上的手，說：「別走，陪我坐一下，我馬上就回去了。」

水光看他一眼，抽出自己的手，倒也不再動了。

章崢嵐心想：這是明明白白等著我早點離開。於是嘆息一聲，又說：「我下午來接妳，他們大概四點就結束了。」

水光皺眉看向他。還沒等她開口說什麼，他先站起來，手指輕輕碰了碰她的側臉，說：「就這麼定了，到時我過來接妳。」

章崢嵐的性情很自我灑脫，這會兒也是隨興自信的樣子，脣邊還帶著笑容；可只有他自己清楚這表象下是含著緊張的，反正對著她就那樣，就像他之前說的一大堆廢話。他對無關緊要的話題從來連口都懶得開，原來緊張起來真的會話多。

水光被他的碰觸弄得一滯，跟著站起身：「你別……我是說你不用來。」這算什麼？

章崢嵐看她下意識扯住他衣角的手，笑了，低聲道：「那妳想怎麼樣？或者再早點？我看看能不能抽出時間。」

水光真的是啼笑皆非，有這麼顛倒是非的人嗎？可他站在自己面前，無賴得理直氣壯，又風度翩翩。

章崢嵐雖然覺得自己挺下三濫的，不過他心裡高興，他想這算是走火入魔了吧？她的道行高，沒關係，他再魔高一丈。

章崢嵐想完，臉上笑容又深了幾分，他說：「水光，我得走了，妳先放手好嗎？晚點我來接妳。」他其實一點都不想她放手，也不急著去公司，事實上不去也沒事，但他得走了，見好就收，否則她得生氣了。

蕭水光注意到自己的手，立即鬆開，眼下這局面像是她在無理取鬧。

她能對他說什麼？好了，到此為止，或者請你自重，有用嗎？她不想再跟他有口舌之爭，隨便他吧，他想怎麼樣就怎麼樣，難不成他來了，她還真的跟著他走？只不過多點麻煩而已。

章崢嵐，他最近在她腦海裡越來越鮮明，甚至在夢裡都出現，這不好，她不喜歡。

章崢嵐見她皺著眉頭，不言不語，擔心她是不是生氣了。

此時他不再多說什麼，只笑著道：「那我走了。」

老陳從見到自家老闆進門起就驚訝不已，再看到他跟蕭水光之間的「互動」便完全傻眼，等老大出了門，他才回過神來，喃喃自語：「這算大新聞吧。」

這算不算大新聞暫且不說，對於蕭水光來說卻是一樁實實在在的惱人事。

章崢嵐呢？在車上吸了一支菸，才發動車子朝公司開去。

路上，他聽著音響裡女歌手柔和地唱著：「Hold my hand and I'll take you there...」他的嘴角微微揚起，低語一句：「蕭水光，妳的品味很不錯，我很喜歡。」

蕭水光完成那天的拍攝任務，從大樓裡出來時，看到馬路對面那輛車子旁站著的人，深色西服已經褪下，質料頗好的白襯衫襯托出挺拔身材，頭髮向後梳著，露出英俊面孔。他心無旁騖望著這邊，看到她時笑了笑。

這樣的場景就像是兩人約定好在這裡不見不散。

水光當時只是搖了搖頭，旋步朝公車站的方向走去。

當然，她也知道不可能輕易擺脫。

很快後面傳來一聲「蕭水光」，他穿過馬路跑到她身後：「我陪妳坐公車。」

水光並不去理他。

身後的人也不說話，很安分，就這麼跟著。

一前一後，英俊的男人陪著短髮女孩子，在外人眼裡就是一對出色安靜的情侶，但兩名當事人卻是各懷心思，並不平靜。

到公車站時，他笑著問她：「我們坐幾路？」

她沒有搭腔，也不看他，章峥嵐也不介意，站在她旁邊問道：「直接回家嗎？要不要先去吃飯？」

水光笑了，卻是苦澀的。她剛才一直低著頭，這時候抬起臉，淡淡看了他一眼：「你究竟怎麼樣才能放過我？」她的語氣裡有無奈和疲憊，是的，她覺得累，莫名的工作，生活的方向，心裡不曾癒合的傷口……還有，此刻站在她面前的人。

Chapter 09

你教我怎麼不去在意

章崢嵐聽到這句話的時候，心裡瞬間一冷，面上的笑容也漸漸淡去。
「不，是妳怎麼樣才能放過我？」他喃喃開口，眼底的落寞讓他看起來有些無助，卻也異常孤注一擲。「蕭水光，妳教我……教我怎麼樣不在意妳，不去想妳，不去作踐做戲，不要只想到妳的溫度才能讓自己得到高潮，也不學傻子一樣沒頭沒腦地到妳住處等，妳教教我。」
水光聽他一股腦說完，口氣沒有溫暖，冷得嗆人，說的話又讓人面熱氣恨！在站牌處等車的人不多，可即便只有兩名旁觀者也足以讓水光感到無地自容。
幸而車來了，那兩人上去了，水光這才氣惱地開口：「你怎麼能說出那種話？」
「那妳說出那種話又算什麼？」他的話裡帶著指控，她不能這麼對他，她怎麼能用一句話就將他打到原處？他不能接受，也很不痛快！
那蠻橫的姿態就像錯的都是她。
水光覺得這情景簡直太好笑了，胸口卻因堵著氣而一句話也說不上來。
明明要弄清楚的事，卻被他三言兩語攪得沒了方向，這人實在太亂來！
水光有一種被逼到盡頭的挫敗：「算我求你……求你別再在我身上浪費時間，我給不了你任何東西。」
章崢嵐低低道：「是不是浪費時間我自己知道，只要妳別趕我走。」
耍了橫，他又服軟。
有車子過來，水光不想在這裡多停留，她沒有看是幾路車就上去，投了硬幣就往後面的位子走，剛坐下就聽到司機說了聲「先生，請投幣」。

她氣惱卻也毫無意外地看到章崢嵐跟上來，可他身上沒有零錢，上車後就站在那裡，如墨的眼睛看著她。

水光轉頭看窗外，告訴自己，她完全不用理他，沒有任何理由去理他。

司機不耐煩的聲音又響起：「先生，投幣，兩塊錢。」

章崢嵐冷淡道：「我身上沒現金。」

車廂裡開始有窸窸窣窣的說話聲，他們都看著那名高大的男人，他神情冷峻，面無表情，就這麼望著後方座位上的女孩子，那女孩子卻面無表情。

所以有人猜測：是小倆口吵架了？

那女孩子看都沒看他呢。

那男人挺帥的呀！

有人說：「司機，趕緊開車吧。小倆口吵架呢，那兩塊錢就算了啊。」

水光向來是規規矩矩的女生，哪裡能忍受被人如此品頭論足。

她捏了捏拳頭，最後還是走了過去，不過沒有看他一眼，投了硬幣就往回走，而身後的人只一愣就馬上跟上來。

章崢嵐並沒有激進地坐她身邊，而是坐在她後面的位子上。

公車終於開動，車廂裡偶爾有人往他們的方向望。水光寒著臉一路看著窗外，直到感覺身後有手伸向她的腦側，她下意識地轉身，冷聲道：「你幹麼？」

章崢嵐攤開手，挺無辜地說：「妳頭髮上有一根線頭。」

水光看著他手心的紅色線頭，正是她今天穿的薄毛衣顏色，她抿了抿嘴，轉回身。

後座的那人倒是忍不住微微笑了笑。

氣氛有些微妙。

車子在下一站上來很多人，很快兩人的身邊都坐了人，水光第一次因為周遭有陌生人加入而鬆了一口氣，此時也注意到這輛車是去市區的。水光想到剛拍完照時跟羅智通電話，大哥讓她回家前去超市採購，家裡的食物差不多沒了。她心想：既然都在車上了，先去市區的超市一趟，至於那人就隨便他怎麼樣吧。

水光在沃爾瑪那一站下車。

她進超市時，那人也走到她身邊，他好像完全忘了之前兩人的不愉快，事實上他們從來沒愉快過，可他自然地接手她的推車，溫和開口：「我已經好久沒逛過超市了。」

水光悶不吭聲，推了另一輛車，章崢嵐訕訕地鬆了手裡的推車，跟上走出去的人。

說到逛超市，章崢嵐確實沒亂說，的確好久沒逛。他平時買東西都是列張單子，讓祕書小何去操辦，晚上就提回家。

此時章崢嵐跟在蕭水光旁邊，在超市裡閒逛，興致很好，時不時還問水光要不要買點這、買點那，蕭水光只當耳旁風，自買自的。章老大即使沒得到一聲回覆也絲毫不在意，見水光去蔬果區挑蘋果，他就幫她選紅的。

水光見他毫無章法地往透明袋裡放蘋果，最後不得不出聲阻止：「夠了。」

章崢嵐聽到她說話，就笑了。「好，還要買點別的嗎？梨子或者奇異果？」

「不用了，你……」水光想說「你別跟著我了」，但對方轉身去選梨子，下一秒她的視線被與章崢嵐錯身而過的一個人吸引住。

水光不確定是不是上次那名撞了佳佳的車主，所以她下意識走前兩步，那人也剛巧往她的方向側頭過來，兩人視線相交，都認出對方。水光本是有事要找他，所以覺得遇到正巧，但對方的眼神裡卻清晰地透露出一絲惱意。

水光見他要走，她追了過去：「等等。」

那男人看著面前的人，眉頭皺起，開口的語氣並不友善：「有事？」

水光盡量忽視他眼中的輕視，思索著開啟話題：「上次謝謝你把我朋友送去醫院。」

那人「呵」的一聲低笑。「妳現在想要訛錢，我想未免晚了一點。」

「不是……」水光苦笑，事已至此，多解釋也無益，她開門見山道：「你有一條項鍊在我這邊，十字架的……」

沒等水光說完，那人上前一步抓住她的手臂，急聲問：「那條項鍊在妳那裡？」

水光被抓得一疼，下一瞬有人幫她格開那隻手。章崢嵐將水光拉到自己身後側，平靜的姿態卻有幾分凌厲。

章崢嵐的身高比那人要高些，他微微瞇眼盯著那人：「有事？」口氣也是相當不友善。

那人看看章崢嵐，又看向蕭水光。「妳說項鍊在妳那裡？項鍊呢？」

「什麼項鍊？」

那男人看向問話的章崢嵐：「她拿了我的項鍊，呵，手腳可真乾淨。」

水光心一沉，面露難堪，但身旁的人直接說：「你講話注意點，什麼項鍊？老子真金白銀堆給她，她也未必會看一眼。」

有經過這邊的人側目看過來，水光不想把事情弄大，她扯著章崢嵐，對那男的說：「項鍊我沒帶在身上，抱歉。如果可以，你把聯絡方式給我，我會盡快還你。」

「我跟妳去拿。」對方幾乎是脫口而出，這是水光第一次在這個人眼中看到除了嘲諷之外的其他情緒，她一瞬明白了：那條項鍊對他非常重要。

章崢嵐冷笑道：「開玩笑。」

可那天確實像開玩笑，水光帶著那人去家裡拿項鍊。她只是想將一件事情了結，而章崢嵐想當然跟著一起去，只不過始終面色不善。

他們出超市後坐上那男人的別克，水光坐在後座，這種局面多少有些荒誕，但她想：能解決事情就行。章崢嵐坐在副駕駛座上，除去不善倒是很從容，當他看到前車窗上貼著的一張特殊標示時，扯了扯嘴角：「原來還是警務人員。」

這句話說出來之後，水光和那男人都是一愣，那人立刻從照後鏡裡望了水光一眼，水光也想起第一次見到他是在什麼地方，而他又在做什麼。暗暗驚訝之後，她不動聲色，這世道多一事不如少一事，他是何種人跟她沒有任何關係。

所以水光那天把項鍊拿下來給他，等他接過項鍊，不置一詞離開後，她鬆了一口氣。

當她轉身時，才發現自己鬆懈得太早，最頭痛的還在後面等著她。

章崢嵐坐在花壇邊，見那車子駛遠才起身，拍了拍屁股後的灰塵，走過來說：「下次再有這種事情，妳別把人帶到家裡，即使是員警也不安全。」

水光心想：你又算什麼呢？

「還有事嗎？」她問了一句，希望他也能快點離開。

章崢嵐哪裡聽不出她話裡的意思，但他毅然當無知。他心裡譴責剛才那男人無端端攪了他的局，不過又想：也算是快馬加鞭到她家樓下。章崢嵐告訴自己，這回怎麼也得堅持到最後，更上一層樓。

所以他先下手為強地拉住水光的手腕，往公寓裡走。「剛才妳不是買了一些冷凍食品嗎？得趕緊放冰箱裡……」

水光反應不及就被他拉走，她的住處在三樓，很快就到門口。門開著，玄關處放著半滿的沃爾瑪購物袋。

章崢嵐二話不說就提起那袋東西，往袋裡一看，說：「冷凍餃子有點融掉了，冰箱在哪裡？」水光的住處不大，裝潢得也很簡潔，兩室一廳，章崢嵐一眼就找到擺在廚房口的單門冰箱。

他徑直往裡走。

水光第一次碰到這樣的人，說他無賴都已經……

她跟進去。「你……行了。」她想要拿回袋子，或者只想阻止他沒完沒了的行徑，到此為止。

可那高大修長的身形顯然為難她，他輕易躲開她的手，笑著說：「妳別動啊，妳去坐著，乖。」

蕭水光突然被這句話驚得一跳，呆呆地站在原地。

章崢嵐放完東西，轉身看著蕭水光還站在原地目不轉睛看著他，他心下一慟。那一慟連手心都麻了，半晌咳了一聲說：「怎麼了？」音調柔得連自己都要認不出來。

水光就這麼看了他好一會兒，搖頭說：「沒什麼。」

章崢嵐頭一次被這麼重視，搞得他萬分緊張，主要是這待遇與之前的落差太大，就好比經常吃檸檬的人突然啃了口青蘋果，都是甜死人的。

他見蕭水光走進廚房裡，他猶豫著沒有跟上去。現在氣氛有些奇怪，他擺明了死賴進來，她雖然沒趕他，但絕對不歡迎，所以還在鋼絲上走的人不能太得意。

他左右看了看，最終選擇退到客廳的沙發上坐著。

這屋子實在不大，兩、三眼就看完所有目所能及的擺設，所以沒一會兒章崢嵐就沒耐心，眼睛動不動往廚房瞟，心說：怎麼還不出來？

直到裡面傳來「匡啷」一聲，他跳起來就衝過去：「怎麼了！沒事吧？」

水光撿起地上的電鍋蓋，她看著門口的人，半晌皺眉道：「你還沒走嗎？」

章崢嵐愣了愣，尷尬地紅了臉，隨即吶吶道：「妳今天如果趕我出去，我真的沒錢吃飯，我下車前只帶了手機和鑰匙。」他說完還從褲袋裡掏出一串鑰匙晃給她看。

水光想起之前他在超市裡搶著刷卡付帳，覺得這人真是能睜眼說瞎話。

他見她沒反應，「嘖」了一聲說：「來者是客，蕭水光，妳不能趕客人走。」說著他走來接過她手上的蓋子，到水龍頭下沖洗乾淨，蓋在準備妥當的電鍋上。

水光看他歪頭拉出插頭，往牆上的插座一插，嫻熟地按下煮飯鍵，然後轉身笑著問她：「接下去做菜是吧？我幫妳，要做點什麼？哦，菜還在冰箱裡，我去拿。」心裡只有無語的分。

「不用……」

「妳想吃什麼？我們好像買了點牛肉，要不然吃小米椒牛肉？妳這有小米椒嗎？再隨便炒兩道菜就行了，今天我們兩人吃吧？不用做太多。」他一邊說，一邊打開冰箱來翻找。

水光看著這人，心裡完全沒有辦法。他說是客，哪有客人的樣子，完全是主人。水光知道趕也趕不走，說又說不聽，百般無奈之下就當沒看見。

可那麼大個人擺在那裡，怎麼可能不在意？

水光看著他要將冰箱裡所有能做成菜的食材都拿出來，不得不阻止：「那些用不著的，你……你還是去外面待著吧，我一個人來就行了。」

章崢嵐拿東西的手停了停，他側頭笑道：「那我幫妳，妳說要什麼？」

水光搖了搖頭，把一些東西放回去，只拿了兩束青菜、一盒牛肉和一盒豆腐。

章崢嵐立即說要幫她洗菜，水光看他的手指修長白淨，平時除了動鍵盤的指節生了一些薄繭外，完全是十指不沾陽春水，她道：「你還是去客廳坐著吧。」

他是不怎麼擅長家務，可洗一把菜還能難倒他？明顯瞧不起他。章老大不高興了，從她手裡拿過青菜，站在流理臺前，捲起袖口就動手。水光也不想為這種事跟他爭，洗爛了只是浪費一把菜。

她把牛肉盒打開，到他旁邊的另一個水龍頭下洗乾淨，然後放進碗裡，加上蠔油、胡椒粉、料理米酒……

章崢嵐偏著頭看她，笑著說：「原來事前還得加料，我都不知道。」

水光不理他，他也說得挺起勁：「哎妳說，牛肉是跟青菜炒，還是單炒？」

水光忍了一下，道：「你吃過牛肉炒青菜嗎？」

章老大還真的想了想：「好像沒有。」

水光忍不住笑了一聲：「單炒吧，放點辣椒。」

章崢嵐第一次看到蕭水光在他面前笑出來，當即有點愣愣的，直到水光皺眉提醒他：「你袖口溼了。」走神的人才注意到袖子不知什麼時候滑落下來，已經被水沖溼。

「還是我來吧。」水光放下醃製好的牛肉，要過去接他的工作。

章崢嵐原本想說「不用，我來」，可當她走過來，兩人靠得很近，他硬生生把嘴邊的話嚥回去。水光洗菜很快，很周到，一片葉子一片葉子地洗，之前他洗的那棵被她拿回來洗過，章崢嵐有些尷尬地摸了摸鼻子。

水光洗完菜，準備炒牛肉，章崢嵐跟前跟後想幫忙，卻礙得她走來走去地繞彎；她要拿瓶醬油，他站在前面，她都要繞到他後面去拿。

章崢嵐心裡有些不是滋味，不能叫他幫忙拿？頭一次覺得自己招人嫌，又不想出去，權衡一番索性退到廚房門口看她。

水光一點都不喜歡被人觀看，忍了再忍，終於開口：「你不能去外面嗎？」

他笑道：「妳忙妳的，我不打擾妳。」

這還不算打擾嗎？水光以前也是倔強脾氣，現在也是，就是壓抑住；這會兒不禁耐不住性子，走過去當著那人的面甩上門。

章崢嵐碰了一鼻子灰，按著被撞疼的額頭，卻是笑了。
水光做完菜出來，還是不死心地問了一句：「你不能回自己家吃嗎？」
章崢嵐一聽，放下遙控器站起來就說：「妳現在趕我走就不厚道了，我都幫妳洗菜了。」說完主動幫忙端盤子、盛飯。
水光發現自己竟對他的這些無賴話有些習以為常，懊惱又束手無策。
那頓晚餐，兩道炒菜，一道涼拌豆腐，是章崢嵐吃過最有滋有味的一頓飯。雖然吃飯時對面那個人一言不發，不過他想這樣很不錯了，至少吃上了飯。
不過晚餐過後，蕭水光便起身送人，連一分鐘都不多給。
「飯也吃完了，你走吧。」
章崢嵐想：最後一口飯還在喉嚨口，沒下到胃裡就趕人，這未免太不近人情。
他正想說點什麼妄圖多留一會兒，對方已經去開門。章崢嵐沒遇過這陣仗，一時間不知道是氣還是笑，他很不情願地走過去，想開口說：「不能讓我消化消化再走？」結果對方輕輕推他一把，他人在外面，而下一秒，門也如期關上。
章崢嵐目瞪口呆，氣苦不已！
這、這算什麼？扔隻流浪貓也沒這麼乾脆的。
他下意識就敲門，不知道敲開門要說什麼、做什麼，反正就敲！
砰砰砰，砰砰砰！
好半天門才被打開。
章崢嵐剛才還挺有氣勢的，看到眼前站著的人就蔫了，咳了咳說：「那什麼……我的手機……」

「什麼？」

「我說我的手機掉在沙發上。」

「哦。」水光把門關上了。

章崢嵐不可置信，忍不住咬牙嘀咕：用得著這麼……還真把我當洪水猛獸啊！他心想：反正都丟臉丟成這樣，索性完全不顧臉面，正準備再接再厲敲到她再開門為止，水光先開了門，伸出手將手機遞給他。

「沒有別的了吧？」

「呃，沒了。」

水光關上門。

章崢嵐看著再度關上的門，無語凝噎。

蕭水光知道自己做得不留情面，可有些事拖不得。她既然不想沾就不應該一退再退，免得最後觸了底線。

水光心不在焉地做完瑣事，洗完澡躺在床上，看著外面黑下的天。她告訴自己今晚什麼都不要想，不管是讓她有些煩心的章崢嵐，還是那個久夢不到的鬼魂，什麼都不想，就好好睡一覺。

可往往越想讓自己快點睡著卻越是清醒，她甚至莫名想起那年在酒吧裡的一些片段，讓她羞惱不已，怎麼會突然想起這些？水光在床上輾轉反側兩個多小時，最後起身去客廳倒水喝。

她走到飲水機旁時，看到玄關處有光線從門下方的縫隙裡照進來，是外面樓道裡的節能燈亮著。這棟公寓一共是四層，樓上那戶人家已經移民，水光心想：莫非是羅智回來了？

她走過去打開門，抬眼看到坐在通往四樓樓梯上的章崢嵐，愣是嚇了一跳。蕭水光的嚇不是驚嚇，而是太意外！

「你怎麼……還沒走？」

章崢嵐站起身，臉色無辜：「車鑰匙。」

水光明白過來後，有點內疚，她估算時間，有三個小時了吧？

「你怎麼不敲門？」

「我敲了，妳沒理。」

水光心想：敲了怎麼會沒聽到？後又想：可能那時自己在洗澡，但為什麼不敲久一點？這人不是一向挺有毅力嗎？水光最不願欠別人的，讓他等了三個小時，她多少有些愧疚。

「鑰匙放在哪裡？」

「不知道，反正落在屋子裡，可能在沙發上吧。」章崢嵐看著她的表情，突然有點抓到關鍵，笑著跟進去。「有嗎？我坐得腳都麻了。」

水光在沙發上找了一圈，在邊角裡找到鑰匙。「有，在這。」她起身走回來把鑰匙遞給他，章崢嵐看著那串鑰匙，突然有些礙眼，慢吞吞接過。

「水光……」說話的當口，羅智哼歌的聲音從樓下傳來。因為門開著，所以聽得很清楚。水光心一跳，當即看向章崢嵐，他的表情倒是沒啥變化，還問：「是妳哥嗎？」

蕭水光眉頭深皺，這局面斷不能讓羅智看到，不管是出於何種原因：「你先去我房裡，快點！」

章崢嵐被推得一踉蹌，老大不願意。「我幹麼要躲起來？我又不是見不得人。」說是這麼說，但看著門也挺樂意，半推半就被推進去。

水光關上自己房門後，就看到羅智進來了。

「怎麼大門開著？」

「回來了？我……剛剛出來倒水，聽到你的聲音，就把門開了。」這話裡有漏洞，好在羅大哥不是喜歡探究細節的人，再加上他此時只想洗澡，就一邊關門，一邊脫了西裝。

「今天忙了一整天，出了一身汗，全身黏答答的，我去洗澡了。」羅智走過她身邊時，關照地摸了摸她頭。「妳也早點休息。」然後去房裡拿了換洗衣物進浴室。

水光舒了一口氣，回頭看向自己的房間。她推開房門進去時，就看到章崢嵐坐在床沿翻著一本相冊，她一滯，立刻奪回來。

「我還沒看，這麼緊張幹麼？」章崢嵐笑著抬頭看她，兩人貼得很近，水光察覺過來，要退後一步，對方卻拉住她。

水光感到自己手臂上的那隻手有些燙人，房間裡很安靜，他坐著，她站著，外面不知何時亮起的月光從窗戶裡投進來，照在兩人身上，無端端多了幾分曖昧的氣息。水光掙脫起來，他不讓，甚至靠上前想抱住她的腰，水光驚得不輕！

「你做什麼！」

他笑了，低低地。「我只是想抱妳一下，妳就嚇成這樣，如果我想吻妳，妳會怎麼樣？」

章崢嵐剛才抓住她只是下意識的，可碰到她的剎那，他發現自己……竟那麼渴望。是啊，她是那個每晚腐蝕他心智的人，此刻她在他面前，那麼近，他太想要她，封閉而曖昧的空間給了他足夠的勇氣，也漸漸釋放他心裡的魔。他愛她，她知道嗎？

水光對上他的眼睛，他的眼幽深得看不見底，她突然有些不敢看他，暗中使勁卻被他一一化解，她氣惱：「你放手，你這樣算什麼？」

「水光。」他叫了她一聲，似水的溫柔。「我想吻妳。」

水光有兩秒的失神，被他拉著跌坐在床上，他的唇輕輕碰了她的。水光腦子裡的某根弦緊繃得頭昏腦脹，她舉手想用力甩他巴掌，他抓住她的手，兩人一時失衡都跌在床上。章崢嵐半壓著她，他看著她，眸色如墨，聲音低啞：「乖，等我吻好了，妳要怎麼打都行。」

「你、你要不要臉面？」水光氣極，想推開他，掙扎中，腳踢到床頭櫃上的鬧鐘，「匡啷」一聲那鋼製老鬧鐘摔在地上。

「水光？」羅智的聲音從外面傳來，顯然是羅大哥沖完戰鬥澡，出來聽到聲音。

水光驚得心狂跳如鼓，她捂住嘴巴，她上面的人卻低低笑了笑。他拉開她的手吻她，慢慢地吮她的唇，帶著挑逗和引誘，最終被挑起情慾的是他，那麼輕而易舉。

「水光，妳沒事吧？我好像聽到什麼聲音啊？」羅智在外邊敲了兩下門，似有進來的意思。水光頭昡目昏，一是害怕門外的羅智進來，二是被身前的人鬧的。她終於偏開頭，平緩著聲音說：「我沒事……鬧鐘不小心掉在地上……我睡了，你早點休息。」

「哦，好。」外面的人停了一下，拖鞋聲漸遠。

章崢嵐靠在她的頸項，他的氣息有些燙人，手輕輕碰觸她的腰，水光動彈不得，惱紅了臉：「你敢！」

「我不敢……」他的聲音沙啞得不行。「但是……請等一下。」

水光不明所以，直到聽到身下窸窸窣窣的聲音，以及他漸漸炙熱的呼吸，水光明白過來後，臉漲得幾乎要滴血：「你……」

「噓，等一下，就一會兒……」兩人貼得太近，她幾乎可以感受到他手的動作，她不敢動分毫，緊緊閉著眼睛，惱羞不已！

在最後，她聽到他叫了她的名字。

「你怎麼能做這種事情？」她幾乎叫了出來，怎麼有人可以無恥到這種地步！

章崢嵐輕靠在她身上，放縱過後的嗓音慵倦而性感，同時也帶著淡淡的笑。

「妳這麼大聲，不怕又把妳哥引過來？我是不介意被捉姦在床的。」如果不是房裡只開著一盞節能壁燈，光線太暗，就可以看到這個無恥到這種地步的人，臉也是燒紅的。

水光壓著聲音咬牙切齒：「你給我起來！」

她氣瘋了，章崢嵐此時也很識相地退開身。水光隱約看到自己褲子上的一些白色液體，臉色難看到極點。章崢嵐已經抽了床頭櫃上的面紙為自己收拾好，又抽了幾張想幫她擦，被她伸手擋開了。

Chapter 10

我就在這裡

氣氛突然靜下來，章嵘嵐抬眼偷瞄著她，水光面若冰霜，她自己拿過那盒面紙抽了好幾張，用力擦去褲子上的東西。這局面章老大心裡或多或少有點窘迫，他心裡暗罵自己：怎麼沒半點克制力！他心思轉了好幾道彎，覺得抵賴還不如從實認錯討罰。

「咳，那什麼……妳打吧。」

他伸手過來，水光一怔，下意識把他推開，力道其實不大，但章嵘嵐全無防備，他就是主動讓她打，再加上側身坐在床的最邊緣，所以一下子被推下去。

章嵘嵐跌在地上，不知道撞到什麼，發出一聲悶響，水光一跳。她不是擔心他，而是擔心聲音被羅智聽到。

直到確定門外沒有動靜，水光這才看向地上的人。

章嵘嵐正低著頭，一隻手按著額角，只聽他「嘶」了一聲，說：「流血了。」水光並不想理會，事實上她還在生氣，但她看到他指縫裡有血流出來，而壁燈明顯照到的床頭櫃一角也有清晰的血跡，她暗惱這人真麻煩！

最後蹲下去撥開他的手，那傷口在左眉眼的上方，所幸沒有傷到眼睛。她看傷口不是很深，只是破了層皮，但不知怎麼，血流得很凶。水光轉身從後面抽了幾張面紙來按住，惹得那人又倒抽一口冷氣，咕噥道：「不能用面紙，會黏住傷口。」

「你閉嘴。」

章嵘嵐乖乖閉嘴，嘴角還帶著笑，水光去床頭的抽屜裡拿了兩片OK繃幫他貼上。這一刻對於章嵘嵐來說是多麼的彌足珍貴。

水光處理好便要起身，但他抓住她的雙臂，傾上前，頭輕輕靠在她的肩膀上。

「水光……」他想如果這是作夢，那就久一點，再久一點，或者索性別醒來。可這畢竟不是夢，蕭水光拉下他的手，她很清冷地說了一句：「你走吧。」

章崢嵐心裡一涼，馬上又想：蕭水光就是隻紙老虎，表面上看起來冷漠固執，好像百毒不侵，其實心很軟。章崢嵐不知道自己怎麼會有這種篤定，但這讓他很安心，心裡也更加柔軟。

「好的，我走。」他起身，水光防備地退後了一步。

這讓章崢嵐又洩氣又好笑，看來這次真的做得太過界，可確實是情難自禁。

水光一直面無表情，她開了房門，外面客廳沒有燈光，顯然羅智已經回房睡覺。章崢嵐慢騰騰走到門邊，跟著她走在後面，他想這回要安分點，結果還沒走出兩步就撞到什麼東西，發出一聲不算輕的聲響。

稀薄的月光下可以看到蕭水光正回頭皺眉看他，章崢嵐尷尬：「呃，我人生地不熟的，撞到東西也是難免，要不然妳幫我開燈？」他本意不是想找麻煩，他只是想跟她多說話，可那些話聽在水光耳裡完完全全是要脅，水光抓住他的手臂就往大門口走。

章崢嵐再次站在大門外，他才反應過來，自己又一次被像瘟神一樣扔出來，聽到裡面門落鎖的聲音，深深覺得這女人很絕情。

章崢嵐第二天心情不錯地去公司，原本打算處理公司裡的重要事項就去老厲那邊，但在公司樓下見到江裕如。

他走過去，朝正跟他拋飛吻的美女笑了笑：「怎麼過來了？」

「小女子久等不到您約我，索性來守株待兔。」對方很開朗，過來挽住他的手臂。

章崢嵐莞爾：「這兩天我事忙。」

江裕如看他的神色，又看到他額角的OK繃。「你的額頭怎麼了？」

「沒什麼，不小心撞到了。」

江裕如嘖嘖稱奇：「撞傷了還笑那麼開心。」

章崢嵐說：「我開心不就是因為妳來了嗎？」

江裕如連忙擺手說：「您這種話我可不敢當。」

兩人說笑著走進公司時，在場的GIT員工都驚訝一下，老大心情很好是一，老大身邊還親密地挽著一個美女是二。

等章崢嵐他們進到辦公室，阮旗先開口：「頭兒的女朋友？」

大國點頭：「怪不得昨晚我跟老大報告事情，他口氣很好，還找我話了下家常，問我結婚幾年，我兒子都三歲半了！」大國又喜又悲。

有人大膽猜測：「頭兒不會想結婚了吧？」一石激起千層浪，無聊枯燥的IT男們就老大的好心情、婚姻、挽著的美女進行激烈討論，得出的結論是：雖然老大的心思很難猜，但照這情況來看還真有一點可能。

「我們家小何妹妹怎麼辦？」有人說。

泡了茶要敲開老闆門的何蘭笑罵：「關我什麼事？」

在辦公室裡，江裕如謝過祕書上的茶，拿起章總辦公桌上的一輛水晶汽車模型把玩，說道：「男人喜歡水晶，真稀奇。」她如果記得沒錯，章崢嵐家裡擺著不少水晶飾品，這男人該說他奢侈，還是有某種情結。

「妳喜歡可以拿去。」

「真的啊？」江裕如確實挺中意這個。「算了，君子不奪人所愛。」

她把東西放回去，等祕書出去，她靠在椅子上，看著面前成熟英挺的男人，說道：

「崢嵐，你不問我在國外那幾年發生什麼嗎？」

章崢嵐很大度：「這是妳的事情，如果妳願意說，我自然願意聽。」

江裕如笑嘆：「說你體貼吧，事實上你比誰都絕情，我們好歹交往一陣子，但你看，你已經完全退到旁觀者角度。我不來找你，你不會去找我；我主動找你談心，你卻是悉聽尊便，真打擊人。」

「我這是不強人所難。」

裕如「呸」了一聲，嚴肅道：「章崢嵐，你愛沒愛過我？」

章崢嵐無語。「好端端發什麼神經？」

江裕如說：「咱們在一起的半年從頭到尾就是神交，我甚至一度懷疑你在外頭的風流名聲都是假的，但你女朋友換那麼勤，我也是『有目共睹』，章崢嵐你告訴我，是不是我的問題？我太強悍了，所以你們都不覺得我也需要安慰，需要呵護的？」

章崢嵐微揚眉：「怎麼了？火氣那麼大？還有，什麼叫我女朋友換那麼勤？」這名聲到底怎麼傳出去的？

「難不成你章崢嵐是專一的？你交往過的女的，其實一個都沒碰過？」

章崢嵐「嘖」了聲，竟沒回話。

江裕如睜大眼睛，不可思議。「不是吧，章崢嵐？你來來去去那麼多女人，別告訴我你還是處男。」

「滾！」章崢嵐啼笑皆非。

江裕如自然不相信章崢嵐是善男信女，她收了情緒，慢慢說：「崢嵐，我在國外那兩年過得不好，我們又嘗試著在一起，可太多事情物是人非。曾經的美好在我們變得成熟世俗之後就成了幼稚，開始無法忍受對方那些屢教不改的小缺點，會為了一些雞毛蒜皮的事而吵架……漸漸覺得彼此是哪裡都討厭，最後在變成仇人前，我們決定分開。」

江裕如說完，長長嘆了一聲：「初戀還是留在記憶裡最美好。」

章崢嵐笑道：「看來我今天是代人受氣。」

江裕如這時也笑出來，說了句「sorry」。「最近幾天壓抑，想找人敞開心說說話也找不到，只想到你。」

「看來我面子夠大，有什麼不痛快的儘管說吧，朋友一場，我犧牲一下無所謂。」

江裕如半開玩笑：「章崢嵐，其實你真的不錯，就是太花心了。」

章崢嵐哈哈一笑，這時桌上的手機響起，他看是厲總，跟裕如說聲「稍等」，拿起來接聽，對方笑問：「章總，今天你公司的片子還要拍半天，但我沒看到你們的模特兒過來，是不是另外有安排？」

章崢嵐當即站起身：「她沒有去？」

「對，我沒看到，是不是有別的事啊？」

章崢嵐沉吟：「我知道了，謝了老厲。」他掛斷電話，走到窗邊翻出電話號碼就撥過去，他一直有她的電話號碼，只是從來沒撥過，確切地說是不敢。

響了好久沒人接，章崢嵐不由擔心：她在哪裡？不會出事吧？終於在語音提示前，電話接通了。

「喂？」

章崢嵐心一跳，隨即問道：「妳在哪裡？」

那邊許久沒有聲音，章崢嵐下意識拿開手機查看手機信號，沒斷。「喂，喂喂？」

「有事嗎？」

她的聲音本是很清冷的，但透過電波傳過來，多了一分低啞，聽起來有些溫柔。章崢嵐不禁心跳加速，他覺得自己大概是真的老了，這麼不濟。

「妳今天沒有去攝影公司？」

對方靜了一會兒，才說：「我跟攝影師說過了，上午我有事，下午再過去。」

章崢嵐脫口而出：「什麼事？」

對方停了一下，問：「你還有事嗎？」聽口氣顯然要掛電話了。

章崢嵐左思右想也想不出還有什麼事能說，自然不能腆著臉講些無關緊要的，最後裝模作樣地說句：「沒事了，我晚點再打給妳，妳忙吧。」

剛說完就聽到忙音，章崢嵐忍不住「嘖」了一聲。他笑著回身時，看著他的江裕如緩緩說：「章崢嵐，你愛上誰了嗎？」

愛？如果是以前，章崢嵐肯定會說：「怎麼可能？」可現階段這狀況，連用「愛」都不足以形容，他是求而不得，是心心念念，不顧顏面。

他覺得蕭水光是上天派來剋他的，當年他沒心沒肺，現在是掏心掏肺。問題是他掏心掏肺了，人家也不理他。

章崢嵐想到這裡不由有些胸悶氣短，再次感嘆自己是真的老了嗎？他問江裕如：「妳看我老嗎？」

江裕如一驚再驚之後，倒是淡定了：「你要我誇你嗎，章總？或者讓你那些前任來證明你的魅力？」

章崢嵐算服了她。「可不可以別扯到我以前那些事了。」

江裕如大笑。「現在想守慎正名，晚了！」

蕭水光剛掛斷電話，對面的男人就笑著說：「不好意思，很忙吧？我只有週末才有空閒……」

水光搖頭說：「不忙，你找我……我很高興。」

「我這兩年都在國外，其實早就應該來找妳了。」那男人感到抱歉，他慢慢說：「景嵐他去世之後，我們都很懷念他。」

「嗯。」她原想說「謝謝」，但最後沒說。

那人回憶道：「我們這間寢室一共四個人，景嵐雖然話最少，為人也內斂，卻是最有才華的。」

他道：「我們知道妳，是因為有一次寢室裡打牌，景嵐什麼都拿手，就是賭博很手生，輸得一塌糊塗，後來自然吵著讓他請客。他付錢的時候，我們看到他的錢包裡有女生照片，都很驚訝。班裡、系裡對景嵐有意思的女生不少，但他很委婉地拒絕，我們一直認定于景嵐是一心向學、清心寡欲的典範，沒想到早已心有所屬。我們鬧景嵐帶妳來給我們看，他當時笑著說：『現在不行，再等一年吧。』我一直記得他說那句話時的神情，很自信，很知足。」

水光只是低著頭聽著。

他說：「景嵐那年走之前，讓我幫他帶了一樣東西。」他從旁邊的背包裡拿出一只絨盒，遞到水光面前。

水光接過，她的手冰涼，心卻很沉靜。她打開盒子，是一件心形的琉璃掛飾，裡面嵌著一顆水滴。

「我老家是山東淄博，那裡盛產琉璃，景嵐有一回聽說，喃喃自語道：『身如琉璃，內外明澈，淨無瑕穢。』我們笑他，想心上人了？他竟然沒反駁，說，是啊，很想。」

水光撫著那墜子笑了笑。

「景嵐每次心情好，請客吃飯，都是你們高中什麼什麼考試放榜的時候。」那男人想笑卻笑不出來，他嘆了一聲。「我第三年就交換出國，所以一直沒機會把東西交給妳，雖然知道妳後來考進我們學校。那時系裡外派的名單上，景嵐排在第一位，但他拒絕，如果他去的話，可能會因為忙些事而在學校裡多留一段時間，那麼也許——」說著突然停住，這話太不該說，男人暗罵自己沒腦子。

「蕭小姐……」

水光像是愣住，過了好一會兒才說：「你能跟我再多說一點他的事嗎？」

對方看她的神情恢復之前的平靜，鬆一口氣，他道：「妳想知道什麼？只要我記得的，我都可以跟妳講。」

「你趕時間嗎？如果不趕，能不能……從頭跟我說？」

對面的人看著她，有些心疼：「好。」

中午，章崢嵐跟江裕如吃完午餐，散場後直接開車去攝影公司。他跟老厲通過電話，知道她還沒來，就沒進去，而是在外面等。

章崢嵐心想：她來了可能還在生氣，怎麼辦？不過他想到那幅場景，並不覺得為難，反而有些想笑，要打要罵都可以，只要不是視而不見就行，章崢嵐覺得自己現在「要求」可真低。

在攝影大樓的門口等了將近兩個小時，看手錶從半小時一看變成十分鐘一看，還是沒等到人，心裡忍不住腹誹：蕭水光，妳怎麼沒時間觀念？下午的上班時間最遲不過兩點，都幾點了還不來？

期間有一名攝影公司裡的高層職員進大門時，跟章崢嵐打招呼：「章總，找厲總嗎？怎麼不進去？」

「沒，等人。」

對方不好細問，客氣地笑一笑就進去，一小時後這名員工外出辦事，看到章崢嵐還在，於是問：「章總，您等的人還沒來啊？要不先進我們公司坐坐？」

「不用了。」

半小時後此人再次回來，看到章老闆。

章老闆也尷尬了，最後回到車裡等。

車上那張光碟放了一遍又一遍，夜幕降臨時還是沒有等到那人出現，路旁的燈都已亮起，時節入冬，入了夜，天氣涼很多。章峥嵐開了車上的暖氣，手摩挲著方向盤。發脾氣嗎？沒，只是覺得等得有點委屈。

章峥嵐最後拿出手機，再三猶豫之後，這一天第二次撥了那組號碼，可很久之後，只聽到手機的系統提示音：「您所撥打的電話暫時無人接聽。」

章峥嵐皺眉，他按掉，又重新撥過去。

這次對方沒過多久就接聽了，她說：「我在學校裡……你能來接我嗎……」

她的聲音帶著明顯的嘶啞和濃濃的倦怠，像是哭過。

「水光？」章峥嵐的心一下子吊起來，還沒問「怎麼了」，對方已經斷線，像是手機掉在地上。章峥嵐幾乎立刻放下手機，發動車子。

「學校？學校？是她念的大學嗎？」

章峥嵐轉了道直奔而去。

一路飆到一百多到學校門口時被警衛攔下來，告知「外來車輛不得入內」。章峥嵐二話不說扔下車子跑進去，可學校那麼大，她會在哪裡？

天已經黑了，幸好校園裡路燈多，他一邊跑一邊四處張望，十二月分的低溫，他卻跑得汗流浹背。

尋了十幾分鐘一無所獲，章峥嵐心裡焦急，經過一條長木椅時，突然想到一個地方！他趕到那幢教學大樓後方時，終於在長椅上看到他苦苦等候、找尋的人。

夜間的霧氣朦朧了路燈，也朦朧了她臉上的溼意，章崢嵐站在十公尺遠的地方。這一幕讓他像是回到兩年前，那時他站在窗邊看到她哭，不明白是什麼事情能讓一個人哭得那麼傷心，那麼絕望，而他現在依然不知道，可那無關緊要，他只是不想見她哭，從始至終。

章崢嵐走過去坐在她旁邊，然後輕輕將垂著眼簾的人擁在懷裡。

她全身都涼透了！

「這麼冷的天妳穿這麼單薄？感冒就有妳受了。」譴責的話說得是萬般小心翼翼。

水光沒有反抗，整個人像是發洩一通後虛脫了，她說：「你不是走了嗎……為什麼又回來了？」

章崢嵐愣了愣，慢慢道：「我沒走。我哪裡也不去，就在這裡。一直在。」

她放鬆了，說「冷」。

章崢嵐脫了外套裹在她身上，抱著她輕聲問：「水光，我們去車裡好嗎？」

Chapter 11

一往而情深

蕭水光神思有些恍惚，她沒動也沒說話，只是覺得身邊人的味道讓她安心，所以就這麼靠著。

章崢嵐不敢有大動作，此刻她靠自己那麼近，這是多麼奢求的一件事。他連話都不敢多說，就這麼靜靜地擁著她，她的呼吸吹在自己頸項，讓他有些意亂情迷。

水光太累了，她不受控制地想，去幻想，曾經的畫面一幅一幅地從腦海中閃過，最後定格在他們年少時。她還記得有一年入冬也是這麼冷，早早下了雪，景嵐拉著她的手走在雪地裡，一步一步，她那時候就想，如果這條去學校的路永遠走不完該有多好？

蕭水光沉浸在那些真實的、不真實的片段裡，漸漸模糊意識。章崢嵐一直不敢動，他之前出的那身汗已經乾了，晚風吹來瑟瑟發冷，可他心裡卻是暖意橫生。他享受著兩人相安無事的寧靜，直到很久之後懷裡的人沒有任何聲響，他才輕輕叫了一聲：「水光？」

水光睡著了，她哭了一通，筋疲力盡。章崢嵐低下頭，透過不甚清晰的路燈光線看到她蒼白的臉，他看了好久，最後靠過去吻了吻她的額角。

「妳睡吧，我抱妳去車上。」

這樣的冷天氣，校園裡沒幾個人出來走動，所以章崢嵐抱著水光一路過去，沒有惹多少人注意。

他將人小心地放在副駕駛座上時，傳達室裡的警衛倒是走過來問了一聲：「你們這是……怎麼了？她沒事吧？」

章崢嵐做了一個噤聲的動作，關上車門才道：「沒事。」他之前著急，下車時連車鑰匙都沒拔，應該是警衛一直看著，他道謝：「剛才多謝您了，幫忙看著車子。」

警衛見這一看就是社會菁英的男人講話很有禮貌，笑著說：「這種好車子你也敢扔下就跑，我還以為出什麼大事。」那大叔說著看向車上的人。「是女朋友生病了吧？」

章崢嵐的心思全在水光身上，他又說一句「謝謝您了」，點了點頭，繞到車的另一邊上車。

警衛大叔看著那輛保時捷卡宴開走，感嘆一聲「有錢人唷」。

有錢人章老闆沒將車開出太遠，拐出學士路沒多久，將車停靠在路邊，因為蕭水光睡得不安穩。

章崢嵐停穩車，伸手過去摸她的額頭，還是有些涼。他將蓋在她身上的西裝外套拉高一些，暖氣也調高兩度，又怕椅子不夠低，她睡得不舒服，俯身過去幫她把椅背再放下一點。

他要退開時，水光抓住他的手臂，輕輕呢喃：「你別走。」

章崢嵐哪裡禁得住這種局面，當即不動，嘴上也柔聲道：「我不走，哪裡也不會去。」

這條道上車輛稀少，偶爾有一輛經過，車燈折射進來照在她微顫的睫毛上。章崢嵐忍不住低頭吻了一下她的眼瞼，水光潛意識皺眉，章崢嵐微微揚起嘴角又去吻她的眉心。

水光不舒服地發出嘆息聲，鬆開手，他拉回她的手又重新按回去。章崢嵐的唇移至她的耳邊低聲道：「水光，妳抓著了就別想放……不管妳原本想要留的是誰。」

章崢嵐帶蕭水光回了自己的住處，理由很充分，他總不能擅自主張在她身上翻鑰匙，然後擅自主張開她家的門。

一路過去，水光一直處在睡睡醒醒的狀態，皺著眉頭，意識並不清楚。章崢嵐有些擔心，所以開車也時不時看看她。

當他在自家門口停妥車，過去幫她解開安全帶，摸她的額頭時，發現她在出虛汗，當時心一緊，好在沒有發燒。章崢嵐馬上抽了面紙為她擦汗，之後抱她進屋，將她放在主臥室的床上時，想想還是不放心，翻箱倒櫃找出溫度計，一量是三十七點八度，高了點，洗了毛巾蓋在她額頭。

水光喃喃夢囈，說「冷」，說「你在哪裡」。

章崢嵐坐在床沿，手指撩開黏在她臉頰上的幾根髮絲：「沒事的，我在這裡。」

之後他打電話給認識的一位醫生，那醫生趕過來已是半個小時後，檢查完說是有點著涼，不礙事，吃點藥，晚上多蓋條被子睡一覺就沒事。

章崢嵐謝過，送醫生下樓：「改天請您吃飯。」

對方笑道：「你別太緊張，她大概是精神有些疲勞，又受了涼，所以才夢夢醒醒的。」

「好，謝謝你。」章崢嵐送走醫生。

他回到房間裡，去櫃子裡多拿一條被子蓋在她身上，又幫她換了額頭上的水袋，這才去浴室洗澡。出來後上床躺在另一側，他從背後擁住她，聞到她髮間清淡的香味時，他覺得自己從未這麼滿足過。

他抱著她絮絮說著愛語，說他小時候就是天不怕地不怕的，可現在只要面對她就畏首畏尾，說自己十九歲領全國的創新科技獎，也沒有像見到她時那麼緊張。

他說：「水光，我會對妳好，一定對妳好，只對妳好。」

情不知所起，卻一往而情深。

隔天，章崢嵐一夜好夢醒來，發覺身邊空落落的，幾乎一下子坐起來，他的第一反應是：她走了，如同兩年前，理所必然。

可當他轉頭看到窗邊站著的人，他有點不敢相信，所以一時間呆呆坐在床上，沒了反應。

章崢嵐過了好久才下床走過去。

蕭水光看著窗外，不知道在看什麼、想什麼，有些出神，但這樣的畫面已經讓章崢嵐太過動容。

她沒有走？這代表什麼？

他不敢想得太美好，也止不住升起一點希望。

他忍不住伸手從後面輕輕攬住她，他想說「蕭水光」，他想說很多的話，像昨天晚上那樣全然袒露他心口的情緒，可此刻她是清醒的，他一絲把握都沒有。可能他說一句話她就不想聽，或者乾脆將他推開，掉頭走人。

章崢嵐想：自己竟然也有這麼沒自信的一天。可他真的太需要她的一點回應，哪怕是走向他一小步的接近。

蕭水光從他抱住她時便回過神，她想拉下他的手，章崢嵐下意識收緊一些。

水光嘆道：「你放開手。」

章崢嵐聽到她說話，不安的情緒莫名緩和，還埋在她頸邊微微笑。

「妳昨晚還要我別放手。」

說來也奇怪，蕭水光對他不理不睬，他就慌張失措；但一旦水光給點甜頭，和他說幾句話，即使不是好話，他就馬上無賴起來。

水光沉默半晌才說：「你放開手吧。」

章崢嵐剛想拒絕，她輕聲道：「我餓了。」

這聲「我餓了」讓章崢嵐愣了好一會兒，之後笑了。

「那我去做早餐，妳想吃什麼？粥、麵條，或者麵包、牛奶？還是中餐吧。」他在她側臉上親了一下，這動作完全是無意識的，他自己都沒注意到，然後要去樓下。

水光卻被這太自然而然的吻弄得一懵，而章崢嵐走到門口又想起什麼，返回來：「忘了先帶妳去洗手間。我去找牙刷、毛巾給妳，牙膏妳就用我的，可以嗎？」

水光被他拉著手帶進浴室，進去後章崢嵐才鬆開手，擰了熱水龍頭先將冷水放掉，然後到旁邊的小櫃裡拿出新的刷牙洗臉用品。「我先幫妳用熱水泡一下，妳再用。」

章崢嵐洗了一只未用過的白瓷杯，灌了熱水浸泡牙刷，又將毛巾在熱水下洗了兩遍，才絞乾後暫放在旁邊的陶瓷器皿裡。

章崢嵐剛起床，還穿著睡衣，頭髮也是東翹西翹的，卻笑著洗弄，蕭水光看了沒阻止，也沒有說什麼。

他弄完後看向她說：「好了。」看到淋浴房時，他咳了一聲，道：「妳要洗澡的話，沐浴用品都在裡面的架子上。」

蕭水光淡淡應了聲，雖然沒帶多少情緒，章崢嵐聽著卻滿心喜悅，他說：「我去下面準備早餐，妳好了就下來。」他出去的時候，很體貼地帶上門。

水光站在盥洗臺前，她看著鏡子裡的自己，最後低嘆一聲：「我究竟在做什麼？」

蕭水光走到樓下時，只聽到廚房裡傳出「丁鈴噹啷」的聲音，她原本想說一句「謝謝」就要走了，一時的迷惑畢竟代表不了什麼。可當她走到廚房門口，看到裡面的人正在手忙腳亂地找杓子，又不小心碰到旁邊的碗，兩只碗就這樣摔碎在地上，他嘴裡低咒一聲英文，側頭看到站門口的人時，不好意思地摸了摸臉。

「妳下來了？」他說著要蹲下去撿碎碗，水光皺了下眉，走過去說：「我來吧，火上的粥溢出來了。」

章崢嵐抓住她要碰碎片的手。「這會傷到手，我來！妳幫我看著粥吧，我好像水放太多了。」章老大這輩子第一件悔恨的事是沒學家務，原本想表現，卻弄得一團糟，真丟臉。

水光抽出手，她先關了電磁爐，水退了下去，看到一小碗米多放一倍的水，她不想多管，轉身說：「我要走了。」

撿碎片的人「嘶」的一聲，傷到手指，章崢嵐抬頭，極為尷尬：「那什麼，這會傷到手……」

說他IQ一百五十以上真沒人信，蕭水光不知道章崢嵐兒時就被稱為天才兒童，長大更是不得了，如今完完全全算得上是白手起家的風雲人物，可不管怎樣，此時蕭水光看著他只覺得無語。

她見他還蹲著不動，不由說：「你不起來沖一下傷口嗎？」

章崢嵐「哦」了聲，站起身走到水光旁邊的水槽時，站著沒動，手撐在水池邊緣，低聲道：「吃完早餐再走吧？」

蕭水光其實不喜歡這樣的氣氛，說不清道不明，卻惹得她有些心煩意亂。她往旁邊退開一些，章崢嵐馬上伸手抓住她的手臂。

「妳別走。」上一句話的口氣還能勉強算得上平靜，這一句明顯透著焦急。

水光看著他手上的血沾在自己的衣袖上，他們之間好像總是在拉拉扯扯，她退他就進……他為什麼要對她執著？

「章崢嵐。」蕭水光第一次當著他的面叫他的名字，讓當事人身體一僵，他一是悸動她叫他的名字，二也是感覺到她的語氣，後面要說的不是他想聽的話，讓他繃直神經。不過沒關係，再糟糕不就是「什麼都不是」，他不介意。

說不介意，可講穿了是掩耳盜鈴，終究怕她甩手離開。章崢嵐咬牙，覺得手上的痛有些緩解緊張情緒，不由苦笑，到三十歲才發現自己竟是有自虐傾向的。

他等了好久，都沒有聽到身前的人再說下去。

蕭水光之前想說：「我跟你不可能。」可誰和誰又是有可能的？她跟景嵐嗎？于景嵐已經死了。

水光看著袖口上越來越多的血，她問：「痛嗎？」

章崢嵐從早上開始就一再被意料之外的事弄得愣怔，好半晌才說：「不痛。」隨後嘴角浮起笑，小心試探。「妳不走了？」

水光說：「……你先去把傷口處理一下吧。」

章崢嵐笑著就轉身沖洗傷口，也看到她衣袖上被他抓過的地方沾了不少血跡，馬上說：「妳的衣服我幫妳洗？」

水光看了他一眼，後者識相地閉嘴。

等他弄好，水光已經把地上的碗片撿起來扔在一邊的垃圾桶，不是摔得很碎，所以沒有太多細小的瓷片。

蕭水光起身時就看到章崢嵐站在旁邊看她，他認真說：「水光，還是妳比較厲害。」

水光在心裡搖了搖頭，她將鍋裡的水倒去一半，蓋上蓋子開火，然後對他說：「你看著粥，我去洗一下袖子。」

不管她是出於什麼原因突然改變態度，他只知道自己又被救贖一次，雖然這樣說很矯情，但確實是這種感受。

蕭水光走出廚房後，有幾秒鐘的出神。

當她要走進玄關處的洗手間時，有人從外面開門進來。

來人不是別人，正是章老太太。她拔了鑰匙抬頭看到水光，愣了愣，顯然沒想到兒子的住處有女性，而且還是一大早。不過老太太畢竟老練，馬上收了驚訝表情，平易近人地開口：「我是崢嵐他媽媽，他在吧？」

水光有些措手不及，她猶豫著想回頭叫廚房裡的人，老太太已經換了鞋笑咪咪地走上來：「小姐妳姓蕭吧？」

蕭水光不明白她怎麼會知道自己的姓，但還是點頭。

章太太上上下下打量她，眼裡有著探究，但很慈愛，當她看到水光袖子上的血跡時，立刻關心道：「怎麼了？受傷了？」她握起水光的手，水光有點不自在。「我沒事。」

下一刻章峥嵐的聲音傳來：「媽，您怎麼來了？」章老大原本想說「又來了」，尚且還留了幾分精幹，沒出口成錯，惹老太太白眼。

老太太看到自家兒子，很難得給了笑臉，說：「昨晚被你的電話吵醒，說要你爸從江南帶來的退燒藥茶，大半夜的我跟你爸早就睡了，哪裡願意起來給你送茶啊！就趕在你上班前拿來了，這是……誰感冒啊？」老太太精明的視線在兒子和面前的女孩子之間轉動。

章峥嵐「嘖」了聲，看到老太太放在玄關矮櫃上的袋子，笑道：「辛苦您了。」應對自家老太太，章峥嵐自認還行，他其實面對誰都遊刃有餘，只對蕭水光才常常覺得理屈詞窮，捉襟見肘。

老太太見兒子右手上清晰的傷口，又想到女孩子的衣袖，一時猜不出這唱的是哪齣。

水光站在中間，有些侷促，跟老太太說了聲「我去下洗手間」就走了。

等水光進了洗手間，老太太才走過來看著兒子說：「你不會只是一廂情願吧？」

這位老太太不知當年識破多少「反動派」，眼神也忒毒，章崢嵐雖然不會承認，但確實是如此，他單相思，可又怎麼樣？至少他現在很清楚自己要什麼。

老太太聞到粥味，走向廚房：「還會做早餐了啊？」

章崢嵐往玄關處的洗手間看了一眼，跟上去挺認真地問老太太：「媽，您覺得她怎麼樣？」

「好，可我看人家連正眼都不瞧你一眼呢。」

章崢嵐吐出一口氣，站定在察看粥的老太太旁邊，壓低聲音說：「要不……您幫幫您兒子？」

老太太瞥了他一眼。「唷，你這少爺還有一天要我來幫忙啊？你的手是怎麼回事？別是蠢到用苦肉計了？」

章崢嵐覺得在目前這問題上，老太太顯然占了上風，不過只要能在這事多一分勝算，怎樣都行。

「行不行，一句話？」

老太太闞小火，直視身邊高大的兒子：「你是真心中意這女孩？」

「非她不可。」

老太太之前還有點懷疑自己這沒定性的兒子是不是只想走馬觀花地談一場戀愛，應付他們兩老，現在她倒是有些擔心，擔心自己兒子，這神態顯然是一頭栽進去，卻不知道人家是什麼想法。

老太太嘆道：「我以前幫你算命，算姻緣，一說『有想』，又說『求則得之，捨則失之』，真成。」

章崢嵐是社會主義天空下長大的優秀青年，品行又偏隨興恣意，對這種命理學說一向是一笑置之，不信也不在意，此時倒是被「求則得之」弄得心中一動，差點問出「有說怎麼樣才能求得到」。還好，還沒到病急亂投醫的地步。

老太太說：「行了，去看看她好了沒，好了就叫她吃早餐吧。」

章崢嵐一聽，笑了：「老佛爺千秋萬載，壽與天齊！」

老太太笑罵：「正經點，也許人家就是看你嘻皮笑臉才不搭理你。」

章崢嵐往外走時側頭說了一句：「我在她面前再正經不過。」老大已經忘了自己那些無賴行徑。

蕭水光正洗著，外面有人敲了敲門，開門進來的是章崢嵐。他將吹風機遞給她，水光慢了一拍接過，他又笑著問她：「我幫妳吹乾，還是妳自己來？」

水光總被他搞得措手不及。「我自己來吧。」

「好。」

他說完「好」就沒說別的，可也沒出去。

水光擰著袖子上的水，盡量忽視身後的人，他倒是完全不覺得這樣站著尷尬，還走上一步說：「我來吧，妳這樣擰，回頭吹乾了肯定起皺。」他說著握住她的手腕，拿來旁邊的一條乾毛巾，力道拿捏精準地幫她吸乾水。

水光抽了一下沒抽出手，還惹得對方說了句：「妳別亂動啊。」

水光對著這人總有啞口無言的感覺，當看到他虎口上的傷口時，還是出聲說了一句：「怎麼不貼OK繃？」

章崢嵐朝她一眨眼。「不礙事，我是男人，這點傷算不得什麼。」說著那無賴勁又上來了。「不過臉上最好別受傷，妳看，前天被妳推下床撞的傷口……」然後拉著她的手按在自己的額頭上。「妳摸摸看，都留疤了。」

這親暱的說辭和舉動讓水光全身不自在，接著聽到他說：「幸好不是很嚴重，否則就破相了。」

水光忍不住道：「你又不是戲班裡唱戲的，要那麼好看的臉做什麼？」

章崢嵐失笑：「要好看的臉勾引妳啊。」

水光就知道這人說不了幾句便會不得要領，幾次也習慣了，乾脆當沒聽見，掙脫開他的手，轉身把吹風機插上，後面的人靠上來說：「還是我幫妳吧。」

「你不能先出去？」

「不想出去。」章老大說得臉不紅氣不喘。

水光實在不願為這種沒意義的事爭論，開了吹風機想快點吹乾了事，而後面立著的高大男人看著鏡子裡她半垂著有點惱意的臉，笑著伸出手在鏡中輕輕拂過她的輪廓，橙色的暖燈、隆隆的聲響，融在此情此景裡竟是那般曖昧動人。

蕭水光從洗手間出來，被老太太叫到餐桌邊坐著。

老太太雖然和藹可親，卻是非常能說會道，所以一向對長輩很敬重很聽話的水光在應付老太太之餘，沒有多少心思想別的，好比她想走了。即使之前有一刻的動搖，但現在他的長輩來了，她不想再多留，可現實卻因為那長輩讓她留下來。

老太太握著她的手說：「叫水光是吧？老家在哪裡？」

「西安。」

老太太點頭說：「那是中國古都之首哪，蘊藏多少文化，怪不得將妳這孩子生得那麼水靈。」老太太講起西安最典型的代表兵馬俑，水光聽著，忍不住笑道：「其實沒有您說得那麼厲害，它是很偉大的發現，但西安除了兵馬俑，還有很多值得稱頌、觀賞的文明古蹟。」

前一刻被老太太叫去盛粥的章崢嵐端了粥和小菜出來時，看到水光的笑臉，有點嫉妒起自家老媽。

水光見到他，下意識收了笑意。

老太太還在跟水光說：「我這老太婆還有一年就退休，等我退休可要去一趟西安。我家老頭子倒是去過，回來跟我說『好』，嘿，說完好就沒了。」老太太講完，自己先笑了。

章崢嵐坐在水光對面，他給每人擺好粥，看了她一眼，才看向母親說：「下回妳要去，我陪妳過去。」

老太太朝兒子擺手：「你啊，現在說得好聽，到時候肯定又會說忙啊、事情多啊抽不開身。」

章崢嵐心說：老太太不是答應幫忙嗎，怎麼拆起臺來了？他見水光雖然不說話，卻是端起粥來吃，心裡鬆了一鬆，這感覺像是自己小心飼養的一隻……時時退縮的貓咪，不敢大手大腳，就怕把她嚇走。如今這局面讓章崢嵐欣慰不已，他忍不住又想去碰她，真真切切的碰觸，好在克制能力還算高人一等，沒有真的冒失。

一頓早餐吃得平和，老太太一直跟水光聊天，問蕭水光的愛好、平時的娛樂。水光說到自己平時就上班，沒什麼娛樂的時候，老太太連連感慨：「妳跟崢嵐還真是大相逕庭，他在家裡從來待不住，喜歡往外跑，也不知道外面那些花紅酒綠的場所有什麼好？」

「媽。」章崢嵐不得不冒昧打斷母親，這太扯後腿了。「我什麼時候在家待不住了？」他哪一回不是一下班就回家，除了有應酬，除了心情不好時。

「我打電話給你，你哪次不是說在外面喝酒？叫你回家也是，推三阻四！」老太太批判完兒子，看向水光時神情和藹太多。「孩子，以後妳若跟我兒子在一起，要好好管他。妳是好孩子，我看得出來，崢嵐比妳大點，可沒妳安分。」

「媽。」章崢嵐著實哭笑不得，看來老太太專挑他壞的講，不過那套說辭雖然有誹謗之意，他倒一點也不反感。

水光的動作緩了下來，她不意外老太太說這些，感覺到對面那人的視線，水光第一次在心裡問自己：「我跟他算什麼？」

我站在橋上看風景
The view over the Bridge

Chapter 12

戀愛中的男人

水光不知道究竟跟他算什麼。

他們本該是陌生人，卻比任何人都親密過。清醒時第一次見到他，聽到他說：我像嵐嗎？她措手不及，因為他說到的名字，也因為他是那晚的人。

對於那夜，她一直只記得那人模糊的輪廓，那刻的清晰讓她心慌，甚至後來每一次見到他都無法真正靜心。她跟他有過一夜的放任，她表現漠然，並不表示她無動於衷。

不是無動於衷，又是什麼？

他說會對她好，只對她好，她曾經對于景嵐也這麼說過，她笑著說：「景嵐啊，我會對你很好很好的，真的！」景嵐那時摸著她的頭說：「傻瓜，我是妳哥哥，應該是我對妳好才對。」她當時在心裡說：我對你的好，跟你對我的好不同。

對一個人好，只對一個人好？多傻的想法，他什麼時候會明白、什麼時候會回報，都無法預料到，也許以為能預料到的時候，他已經不在了，那還不如……從始至終什麼都別想到、別知道。

她無法釋懷，走不出去……她需要人拉一把，可這想法太自私，他說會對她好，這種好又會持續多久？能久到等她走出過去？

水光緊緊握著手裡的筷子，在心裡說了很多遍「對不起」。她抬起頭看向對面的人，聲音低得幾乎聽不見：「你等一下能不能送我去公司？」

水光說完這句的時候，希望他沒聽見，希望他拒絕，她第一次做這種事——利用人，她感到愧疚和自厭。

但章崢嵐聽見了，他的所有注意力都在她身上。他不敢相信，他完全沒有想得那麼好，思潮起伏，差點要去拉她的手，還好注意到老太太在，沒有失態。

別說章崢嵐，連章母也有些許驚訝。她雖說幫兒子，但也要女方真的願意，所以她不偏袒誰，每一句話都說得很客觀，希望女孩子心裡有點底，然後再有決定。老太太覺得這事還有得磨，沒想到這麼快就有成效，不免意外。

不過見兒子的神情，章母心說：就算這女孩還是懵懵懂懂的，但兒子這邊顯然不用多琢磨，不由感慨一句，這世間還真是一物降一物。

水光放下手中的碗，她心裡是亂的，要起身時，對面的人比她先一步站起來。她愣了愣，章崢嵐也「咳」了聲，說：「要去哪裡？」

水光在自己家養成吃完飯就將碗放到廚房裡的習慣，剛剛站起來，一是心神不定，二是慣性使然，此刻望著對面那人，想到自己說的那句話，不禁有點拘束：「我去放碗。」

老太太笑道：「碗放桌上吧，沒事的，我等會兒一起收拾。」然後朝兒子說：「你別光站著，要是吃好了就去換衣服，然後送水光去上班吧。」

章崢嵐之前下樓做早餐時，在一樓洗手間用拋棄式刷牙洗臉用品匆匆收拾過，但身上的衣服還是家居服。

「好。」他表情還是自然的，事實上從她說出那句話時，他就無法再平靜，他對水光說：「妳等等我。」就朝樓上快步而去。

水光被章母重新拉著坐下來，老太太笑著說：「吃飽了嗎？」

「嗯。」

「我這兒子以前老是說什麼『君子遠庖廚』，下廚做早餐還真是頭一遭。」

水光不知道老太太想說什麼，所以只輕輕應了一聲。

老太太看著她，口氣依然很慈愛，但也帶了一分鄭重。「孩子，不管妳現在是怎麼想的，但務必請妳……別對他太殘忍。」

水光怔了一下，隨即臉一下子因羞愧而紅了，想開口卻無以為繼，老太太只是包容地拍了拍她的手。

章峥嵐換完衣服下來時，只看到老太太在抹桌子，沒見到蕭水光，跑過去往廚房一望也沒人，當下神色一凝，轉頭問母親：「媽，她人呢？」

「毛毛躁躁幹什麼？」章母搖頭。「人家幫我收了碗筷，先去外面了……」

章峥嵐臉上一鬆，復又皺眉。「去外面做什麼？也不怕冷……」他三兩步拿了玄關水晶器皿裡的車鑰匙，回頭朝老太太道：「媽，我走了，您等會兒出門把門帶上就行了。」

老太太點頭。「把我拿來的茶也帶上，誰感冒就給誰喝吧。」

章老大心說：果然薑還是老的辣。

章峥嵐剛出來，就看到花園裡望著遠處出神的蕭水光，那單薄身影讓他下意識脫了外套披在她身上。

水光被突如其來的溫暖氣息包裹，她回頭時，那人說：「早晨的霧氣涼，妳昨晚低燒剛好，別又凍著了。」

水光望著他，好一會兒沒說話。

章崢嵐也沒再開口，嘴角含笑。

當冷風吹來，蕭水光看到面前的人微微一抖，要把身上的衣服拿下來還他，他伸手按住她的手。「我沒關係。」

水光還是把衣服扯下來給他，章崢嵐當時幾乎不敢接，就怕她又把球打回來，說「算了」。正當章崢嵐心裡又七上八下時，水光開了口：「你穿著吧……也別著涼了。」

章崢嵐笑了起來。「妳關心我。」他說的是陳述句。

他就這樣，面對蕭水光時只要對方給一點甜頭，他馬上就嘻皮笑臉，之後就接過衣服。「我去開車出來，坐車裡就不冷了，妳等我。」

水光看著那背影跑開，捫心自問：我能做到嗎？不愧對任何人？

章崢嵐很快將車子從車庫裡倒出來，他開到水光前面的路上停下，按了喇叭，然後俯身到副駕駛座的窗口微笑地朝她招了招手，那一刻有晨光照在這男人的髮膚間，讓他看起來是那麼神采飛揚。水光走過去，拉開車門坐進車裡，章崢嵐一直看著她，臉上帶著笑容、溫暖和包容。

不知為什麼水光有點無法正視那道目光，她避開他的視線，而後者欣賞完了，最後垂頭低低咳笑一聲，說：「水光，妳得告訴我妳要去哪裡？」

「……」

路上，章崢嵐想緩和氣氛，打開音響，當高音質的低柔嗓音播放時，不只水光有點意外，章老大自己也愣了下，不知怎麼就有點尷尬，正要關掉音響，水光說了句：「放吧，挺好聽的。」

章崢嵐笑了。

水光說：「拍攝的事，你跟攝影公司說一聲，我下週末會過去。」

「好，這是小問題。」他熟練地拐彎，車子駛上大路，說：「妳的公司離我那裡挺近的，離妳自己的住處倒是有點遠。」說完反應過來，馬上舉了一隻手。「我沒別的想法。」

水光看了他一眼，就一眼，轉頭看向窗外，章崢嵐訕訕然。

後一秒水光手機響起，她的手機從昨晚就放在皮包裡，而皮包放在樓下。她翻出來看到顯示的名字，才後知後覺暗說一聲「糟糕」，昨晚忘了跟羅智打招呼，事實上也無法打招呼，她接起來時就是一通轟炸。

「妳怎麼搞的！整晚不接電話，去哪裡了！妳做事有沒有腦子！妳知不知道我很擔心妳！」

「對不起，羅智……我昨晚住在朋友家。」

對面的人也是擔心過頭，心急如焚才發了脾氣，此刻知道她沒事，鬆口氣，不免追究起來。「住在誰家裡？妳那大學同學家？」

在封閉的車廂裡，電話那頭的聲音又比較大，水光不知道旁邊的人是不是也聽到了，她偏頭看了他一眼，開車的人表情很平靜，只是眉眼間帶著幾絲輕淡笑意。她含糊

「嗯」了一聲，對面的人說：「妳有事不回來，可以，但也得跟我打聲招呼吧？我還以為妳被什麼流氓綁架了！」

「咳咳！」嗆出來的人不是蕭水光，而是旁邊的司機。章崢嵐止住咳，挺平常地輕問了句：「妳哥？」

水光沒回答，聽羅智又講了一些話，不外乎以後晚上住外面要提前知會一聲，免得他大把年紀擔驚受怕之類的，水光一一應完，掛斷後，司機開口說：「妳哥挺有意思啊。」

水光嘆了一聲：「你剛剛開錯方向了。」

之後多開了兩條街繞回去，雖然是小失誤，但章崢嵐臉上有些臊，他一隻手摩著方向盤說：「妳八點上班吧？」他說這話的意思是他不會讓她遲到的，以及轉移話題。

水光看他開車三心二意，不免說：「你好好開車。」

章崢嵐訕訕的，但心情很好，他把手邊那袋藥茶遞給她，讓自己恢復從容。「這茶妳泡來喝，沒副作用的。還有，今天別吃辛辣的。」

「……謝謝。」停了一下，水光只能這樣說道。

章崢嵐一笑，原想說「跟我客氣什麼」，想想太輕浮，就改成最中規中矩的回答：「不客氣。」

爾後，章崢嵐時不時搭兩句話，水光聽到就應一聲，沒聽到或沒意義的話就沒搭理，就在這樣一種不算太融洽但還算平和的氣氛中，車子開到目的地。

要下車時，水光又道聲「謝謝」，但章崢嵐拉住她，她側頭，他笑著說：「不夠誠意。」水光還沒反應過來，他靠過來在她額邊輕吻一下，「好了。」

水光握著車門把的手有些僵，她後來推門下車，看著車裡的人朝她溫和地說「再見」，然後開車離開，她發現自己竟然緊張了。那一刻，她不知道自己是因為謊言而緊張，還是別的什麼。

相比蕭水光的茫然，章崢嵐卻是太肯定自己的方向，並且知道該怎麼做，好比現階段，他雖然激越、心思湧動，卻知道萬萬不能急於求成而自亂陣腳。不過剛才那吻好像太衝動，一細想又笑出來，再次看了照後鏡中越來越遠的那道身影一眼，章老大很煽情地自語一句「才下眉頭，卻上心頭」。

章崢嵐這天進公司，是個人都看得出來老闆心情好得不得了。所以他一進到辦公室，外面的八卦再度high起，從上次的「頭兒有女朋友了，大概要結婚了」演變成「肯定成了，大概要當爸了」。

大國說：「說真的，真沒見老大這麼笑過，他以前都是要笑不笑的。」

阮旗也感慨道：「頭兒不會這麼回家帶孩子了吧？」

有人罵阮旗。「你帶孩子，我還能想像；老大？抱歉，我還沒那想像力。」

「當年的英雄啊，我的偶像啊，也難過美人關啊。」

「老實說，那女的也很普通嘛。」

「妳嫉妒了吧？」

小何算說了句人話：「你們夠了，老闆喜歡什麼樣的都是他自己的事情，反正我是真心覺得老大在談戀愛，我們女人的直覺一向準。」
張宇「啊啊」兩聲，說：「老大都談戀愛了，我卻還是單身，傷不起啊。」
「老張，你不是對上次那女的，就是你好不容易跟她簽合約的系花美女一直念念不忘嗎？何不趁此……攀交攀交？」
「滾，她是我偶像！」
在外頭一夥人瞎猜的時候，章崢嵐坐在位子上沉思。剛脫了外套，白色襯衫上的領帶也扯鬆，就這麼靠在椅背上，有幾分雅痞味道。他一手撫著額頭，一手夾著一枝筆，有一下沒一下地敲著紅木桌。
小何泡茶送進去，他都沒察覺，前者不得不出聲：「老闆，茶。」
章崢嵐抬頭看了一眼，說：「放著吧。」
小何點了下頭要出去，章老闆說了句：「等等。」被點名的女生又回來，聽候老闆吩咐。
章崢嵐低頭想了兩秒，說：「妳跟妳男朋友交往多久了？」
小何愣是一下沒聽清楚。「啊？」
章崢嵐淡然地看著她說：「妳來那麼久了，我沒跟妳談過心，我這上司做得有點欠人情味，今天隨意聊聊，回答好了，年終獎金加一倍。」
哇靠！這是小何當時的心聲。
她仔細一想，又覺得老大真強大，明明是糊弄人的話，也可以說得那麼理所當然，完了又加句讓人沒得退也不想退的後話。

「嘿嘿，老闆，我跟我男朋友交往三年了，大學那時就在一起的。」

「挺好。」章崢嵐頷首，示意她講下去。

小何想了想，說：「是他提出交往，我覺得他人還不錯，我跟他的性情、愛好也挺合拍的，就答應了。」

章崢嵐「嗯」了聲，道：「你們剛在一起時，都做些什麼？」

這算性騷擾嗎？「呃，不就是牽牽手吃吃飯看看電影逛逛街這些。」

章崢嵐沉吟一會兒，說：「好了，妳去忙吧。」

小何端正面容出去時，心裡卻是驚駭：「不是吧，頭兒不會談戀愛！」

不久後，小何又被叫進老總辦公室，第二次章老大問的是：「妳男朋友約妳出去的時候，通常是怎麼開頭的？」

小何愣怔之後答：「喂，有空嗎？出來吃飯。」

章崢嵐想都沒想，搖頭說：「不行。」

小何糾結，什麼不行？「我們都是這樣說的，要不然就是『天氣不錯，一起出去逛逛啊』類似的。」

章崢嵐擺擺手說：「算了，妳出去吧。」

被招之即來揮之即去的祕書出來後，心說：這不會是還沒搞定吧？

相比章崢嵐的「無所事事」，水光這天卻是忙碌的。剛到新公司報到，要熟悉新環境、認識同事，雖然第一天需要處理的工作不多，可零零散散的事不少。所以當章崢嵐在九點左右打電話過來時，正在翻公司歷年資料的水光下意識按掉。

另一邊的人看著手機好半天。

何蘭第三次被招進老闆辦公室，被問及「妳男朋友掛妳電話，妳怎麼辦」時，她已經驚訝到麻木，因此脫口而出：「老闆，以你的相貌、身材、身家，哪個女的會不接你電話！」

章老大掃過去一眼，小何「呃」了聲，挺了挺背脊說：「如果我男朋友掛我電話，我肯定不理他了！」

章崢嵐深深皺眉，這次話都懶得說，直接擺手。

小何匆匆出去後，也深深吐出一口氣：「那女的我一定要見識見識，太佩服了！」

中午時分，手機上第二次顯示尾數是四個五的號碼時，水光遲疑一下接通：「我今天很忙，你別一直打過來。」

對面停了一秒，笑著說：「我才打兩通。」然後他輕聲問她：「妳午餐能出來嗎？我帶妳去吃飯。」

「不了。」說完水光又覺得太不近人情，所以又說明一次：「我今天比較忙。」

章崢嵐自然失望，但表面還是成熟體諒。「好的，妳記得吃午餐。」他還想說點什麼，對面卻沒多留戀地掛斷電話，章崢嵐嘖嘖有聲。「還真是冷酷。」

水光中午跟著同部門的女主任去公司對面餐廳吃飯，尾聲時有人過來跟她打聲招呼：「妳好。」水光抬起頭，看到站在她們桌邊的正是跟她有過幾面之緣的那位員警。

水光不奇怪在公眾場合遇到認識的人，她奇怪的是這人竟會來跟她打招呼。

那人朝水光旁邊的主任點頭，回過頭跟她說：「妳能跟我過來一下嗎？」他說這句話的時候是誠懇的，但她還是問了聲：「有什麼事？」

對方微斂眉，才低低道：「請幫我一個忙。」

水光這時候也發現，在他身後離他們五、六公尺遠的地方，坐著的兩位長輩和一個成熟幹練的女人都看向她這方向。

那一刻水光有點明白是怎麼回事，她第一反應是拒絕，她犯不著蹚這渾水，也沒有理由。

那人卻在她開口前先一步拉住她的手臂，神情懇切。「拜託妳。」

水光被他拉著起來，剛要走，她輕巧地掙脫，男人訝異地回頭看她。

水光站在那裡，她說：「抱歉，我幫不了你的忙。」

面前的男人穿著考究，眉宇間總有股化不開的憂鬱氣質，此刻則更甚。他最後自嘲地笑了笑，退後一步說：「是我冒昧了。」

在他轉身時，水光不知怎麼，突然說了一句：「如果你喜歡的人還活著，那就去找她吧，至少你還有地方能找她。」

那道背影僵了僵，他沒有回身：「她……跟死了又有什麼差別。」說完就走了。

水光看著男人回到那邊，他沒有坐下，好像跟他們說了兩句話，隨後拿起椅背上的外套就往外走。水光與那桌的年輕女人瞬間對視，對方朝她笑了笑。

水光轉回頭時，對面的主任好奇地問了聲：「那小夥子是妳的朋友嗎？」

水光平淡道：「不，不是。」

吃完飯，水光跟女主任平攤結帳時，她注意到那邊的人已經走了，而她放在桌上的手機也在此刻響了一下，是一條簡訊：妳吃完飯了嗎？

蕭水光拿起，回覆：剛吃好。

章崢嵐正跟公司員工開會開到尾聲，手上握著電話，他剛發簡訊出去，其實並沒有抱希望。正當他打算將手機收進口袋時，簡訊的提示音響了一聲，他立刻查看，螢幕上簡單的三個字讓他嘴角慢慢揚起。

他抬了抬手制止說總結的大國。「差不多了。」然後說：「午餐想去哪裡吃？我買單。」

會議室裡的人雀躍不已，紛紛歡呼：「頭兒，今天是什麼事，又請客？」

「心情好。」章崢嵐輕描淡寫道，然後起身，資料夾一合就扔給旁邊的阮旗，帥氣離場。

我站在橋上
看風景
The view
over the Bridge

Chapter 13

我們試試看吧

章崢嵐那天下午一到時間就衣冠楚楚風度翩翩地離開。

「是誰說的？頭兒認真起來還真是帥得不是人。」眾人看著那風衣一角揚起一道瀟灑弧度消失在大門口，又一致感慨。「不過，公司老大第一個下班，真是人心不古，江流日下。」

章老大原本是想三、四點鐘就走人的，後一想覺得太不矜持，所以耐著性子等到五點，最後幾分鐘簡直是看著鐘錶過的，那個心焦啊，他後來自己想想都覺得臉上有熱氣，完全跟剛懂愛的毛頭小子一樣。

章崢嵐從停車場倒車，他看到後視鏡裡自己嘴邊那笑意，不由伸手拍了拍臉。「章崢嵐，沉穩點，沉穩點。」

就這樣一刻不得休地趕過去，到辦公大樓下，下車跟警衛說要去幾樓的某某公司，卻被告知這公司的人都下班了。

章崢嵐當即「靠」了一聲，警衛臉色一凝，正想說：什麼態度呢？章老大已經著急問道：「離你們最近的公車站在哪裡？」來之前他想過打電話，又擔心她覺得煩，所以忍住沒打，也想給對方一個小驚喜。雖然他知道在她看來大概既不驚也不會喜，沒想到撲了個空，當下手忙腳亂。

警衛對於一看就卓爾不群的人其實也沒膽子凶，而對方應該真有要緊事，所以他抬了抬下巴說：「出去右轉，走五十多公尺就有站牌。」

章崢嵐道聲謝，回身正要撥電話，手機先響了。他一看螢幕上顯示的名字，一愣，接通：「水光？」

「嗯。」語氣如同往常，並不熱絡。章崢嵐卻笑了。「妳在哪？」

對方好像嘆了一聲：「馬路對面。」

章崢嵐猛的抬頭，看到蕭水光站在辦公大樓對面的那條街。在零零散散的人流中，她站在透射著朦朧燈光的櫥窗前，裹著黑色大衣，圍著一條淺色圍巾，手上拿著手機，正靜靜看著這邊。

章崢嵐那一刻心中悸動——看到她比什麼都好，這如果不是愛，什麼才是？

如果說當初的開始是失誤，如果說那兩年的難以忘懷只是不經意，那現在的心旌搖動、無法放手便再清楚不過，那種積年累月的掛念是朝思暮想，是經歷過那人後再也找不到別人可以替代。章崢嵐對著電話，笑著說：「妳等我？」

蕭水光收了電話，她看著笑得很明朗的男人收了手機，上了車，上車前好像還跟警衛說了什麼。

他開車到她旁邊時，下車走到她面前，嘴角帶著見到她後未曾淡去的笑容：「我還以為妳走了。」

水光「嗯」了聲，算是應話，章崢嵐又問：「肚子餓嗎？去找地方吃晚餐？」中午沒約到，晚上怎麼也要共進晚餐，他已經想了好幾家不錯的餐廳可供選擇，不過吃什麼無所謂，只是一定要一起去。

章崢嵐覺得自己有點黏人，但黏人就黏人，看不到人太牽腸掛肚，卻聽到眼前人說：「我回家，你自己忙吧。」

英氣的眉微微皺了一下，隨即說：「我跟妳回去。」

水光微沉吟，章崢嵐看她的樣子，忍不住「哎」了一聲：「蕭水光，妳不能朝三暮四！我現在受不了刺激，妳如果讓我走，我肯定跟妳沒完。」

水光無聲好一會兒，才道：「我只是覺得你應該很忙。」

章崢嵐聽著這話，鬆了眉，笑著拿過她手上的皮包。「我能有什麼忙的。」說著去開車門引她上車。

水光只好說：「我要先去市場買東西。」

「簡單，我帶妳去。」

逛菜市場對於章崢嵐來說是生平頭一次，不是說章老大養尊處優，他對自己感興趣的東西，就算幾天幾夜不眠不休的琢磨都不嫌累，對於不能引起他興致的，他連碰一下都懶得碰。好比說做菜，既然對進廚房沒興趣，連帶著買菜也完全不碰。

不過章崢嵐跟著蕭水光做什麼都興高采烈，一步不離，話也多，就怕漏了什麼細節而可惜。

水光上次跟他逛過一次超市，對他亂七八糟的問題已經免疫。

他說要買魚，硬要選最大條的，但這時間菜市場的人最多，高俊身影站在人群裡就像鶴立雞群，一身名牌裝束更是讓一些人側目。

來往的人就看到這手神俊朗的男人站在魚攤前，扯了扯身邊要挑蛤蜊的女孩袖子說：「水光，我們買魚吧？蛋白質豐富。」

蕭水光看都沒看他。「這鰱魚太大，吃不完。」

「沒關係的，吃不完就剩下。」

水光聞言瞥了他一眼，他笑意更深：「好吧，不能浪費，那麼我多吃點，保證盡力吃完。」

水光實在不想惹起別人的注視，低頭選蛤蜊，輕聲道：「你別吵我。」

章老大被說教了卻笑得更開心，還不死心。「買一條吧？回頭我幫忙料理。」他其實想要享受兩人一起做一件事的過程，結果這話剛說出來，那攤販就說：「先生，我們可以幫忙殺魚。」搞得章崢嵐無言了。

水光一笑，沒說什麼，她讓攤販秤了蛤蜊，然後說：「幫我抓一條鯽魚，小點的。」攤販一邊秤蛤蜊，一邊笑說：「小妹妹，妳男朋友要吃鰱魚，妳就買一條給他嘛。小倆口吃不完就煮半條，另一半醃了隔天吃，不就行了。」

「男朋友」這詞，水光聽了一頓，章崢嵐聽著則是萬般稱心如意。他笑著拉回水光的手，接過攤販遞來的袋子，把整鈔遞過去，大方地說不用找，使得那攤販傻眼。章崢嵐牽著水光的那隻手沒再鬆開，後者稍稍掙了下，對方抓得更牢。

章崢嵐沒有看她，不慌不忙地跟攤販說：「她說什麼是什麼，你就殺條鯽魚吧。」

之後章崢嵐一直牽著水光的手笑著走過去，看著兩旁的攤位，側頭問她要什麼。水光被他弄得買菜也綁手綁腳。「你一直抓著我的手，我怎麼買？」

章崢嵐說：「妳可以讓我幫妳買，為妳服務，我什麼都願意的。」

水光並不領情，說：「你不會挑。」

「那妳教我，我學習能力很強的……」然後舉例說他自己二十歲學車那年，就是人家講一遍，他上去就會了。

水光隨他沒頭沒腦地胡扯，想不著痕跡地抽出手，卻被對方順勢五指交纏，他舉起兩人的手，將她的手背靠近自己的脣邊。「別搞突襲。」

他說話的時候嘴脣輕輕摩挲她的皮膚，讓她不自覺地縮了縮手，這種親暱讓水光不太坦然，悶了一會兒說：「癢。」

水光從小就怕癢，小時候跟景琴鬧，論「身手」小琴自然比不過她，但小琴一旦趴在她腰上撓癢，她就只能求饒。

章崢嵐想了一下，然後將她的手放在口袋裡，隔著布料輕按，說：「妳看，總會有辦法的。」他的意圖很明顯，反正不放手。

水光看著他，半晌後說：「章崢嵐，你很緊張嗎？」

章老大確實緊張，一路怕她退縮，怕她甩手，怕她說暫停，總之看起來晏然自若，實際上心神不安。以前的老練全無蹤影，此刻被說中還紅了下臉。

這樣一個男人，對於蕭水光來說卻多了一分憂愁。

後來兩人買完東西，上車前，水光望著他說：「你不用對我那麼好。」

章崢嵐一愣，笑道：「我樂意。」

他樂意，他願意為她做任何事。

之後一路上水光沒有再說什麼，她心裡的人死了，而她身邊的人在做她曾經做過的事情。水光到自己住處時，緩緩說了一句話，她說：章崢嵐，我們試試看吧。

章崢嵐聽到那句話的時候，心中激越萬分，可他表現出來卻是平靜，這大概就是物極必反，他甚至還回了聲「好」。

然而等水光推門下車，他跟下來才想到忘了拿車鑰匙，連忙又開門拔車鑰匙，按開後車箱，關門時卻差點夾到手指。水光從後車箱拿出買的東西，走到他身旁也有點不自在，遲疑一下才問：「你跟我上去嗎？」他那麼不屈不撓地跟來，自然要上去，可此時她那麼問，意義完全不同了。

他笑容燦爛地拿過她手上的東西，說：「走吧，我肚子也有點餓了，等會兒我幫妳洗菜，這次一定一片一片洗……」

水光不由看向他，後者極其自然地一笑說：「我緊張。」

水光無言，上樓的時候她走在前面，章崢嵐走在後面，他看著眼前人纖細的背影，及耳的短髮，看著她被樓道裡的白燈照著的側臉……好像只要是她身上的，不管是什麼都能讓他意動情牽。他忍不住伸手抓住她大衣的下襬，一直到了三樓門口才不動聲色地鬆開手。

蕭水光從皮包裡拿出鑰匙，正要開門，身後的人靠到她肩膀上說了一句：「水光，妳這次不會再趕我走了吧？」那親暱帶笑的姿態讓水光心中一動，隨後一本正經道：「你再油嘴滑舌，我就趕你走。」

他笑著舉手說：「一定不油嘴滑舌。」這語氣就是得了便宜還賣乖。

水光開門進玄關，看到客廳沙發上坐著兩個人，當場有點愣住。

她身後的人也有些意外，不過姿態從容。章崢嵐本質上是對誰都意興闌珊，不怎麼當回事的，例外就是蕭水光。屋裡的羅智看到進門的人也驚訝站起身，叫了聲「水光」，然後朝章崢嵐打招呼。「章總？」

章崢嵐撇過臉朝身邊的人溫柔地笑了笑，才回頭說：「都在啊。」

他說的「都在」並沒有語病，因為另一個人章崢嵐也認識，是大國的兄弟老邵——羅智的合夥人，目前他也是新開公司的合夥人之一。

老邵對章崢嵐很敬重，此時走上來：「章總，你也來了？我們剛才還說到你，這兩天我們接了兩筆單子，算大的，想給你過目，順便徵詢你的意見。」

章崢嵐笑道：「你們這行的東西我不是特別懂，你們決定吧。」他說的時候，水光接了他手上的袋子，她此時不敢面對羅智，便直接朝廚房去了。

章崢嵐很自覺地沒亦步亦趨，他看著水光沒入廚房，才面向房子裡的其餘兩人：「怎麼都站著？坐啊。」

另兩人瞬間有種主客顛倒的感覺，羅智簡直是苦苦思索不得，他家水光跟……章總？先不說他一直覺得章崢嵐是有點深不可測，看似隨和卻很難親近的一個人，更不用講水光她本身的問題。

這兩人實在讓他想不到，也可以說是無法想像，羅智張口欲言半天，反倒是章崢嵐先朝他開口，他說：「水光她有點感冒，家裡有藥吧？等會兒吃過飯，你再讓她吃點藥，免得又復發。」

「哦……好的。」羅智頻頻點頭，心裡混亂得像麻花。這種說辭，他想將他們的關係想成清白的也不可能。

旁邊的老邵也聽出端倪，暗暗吃驚：章崢嵐哪，多麼難伺候難搞定的人，今兒跟大國聊天時聽說他們老闆可能要結婚，他完全當玩笑話，原來竟是真的？對象還是小羅的妹妹？

章崢嵐一直是一臉坦然，不過三個男人「冷場」多少有些無趣，就隨意問了幾句關於新公司的事情，男人們說到公事馬上就活絡，講起來都是一套一套的。

蕭水光在廚房心神不寧地忙碌，外面隱隱約約傳來不太清晰的談話聲。她有些恍惚：該如何向羅智解釋？水光沒有困擾多久，因為沒一會兒就有人進廚房，進來的是章崢嵐。

他笑著走到她身邊。「說好了幫妳忙，我來吧。」

水光下意識問：「你怎麼過來了？」章崢嵐眨了眨眼，說：「我想妳了。」她搖頭。「你就不能好好說話嗎？」後者嘆口氣。「蕭水光，我對妳說的都是肺腑之言。」

「……」

水光發現這人總是能把她的思緒帶到別的地方，而忘了要說的重點。

最讓水光意外的是他們在廚房時，竟然沒有人來打擾，包括羅智。水光以為他會進來問她，就算不問，至少也會來看一眼。

正一片一片洗菜葉的章總微側頭，靠近水光溫聲說：「我告訴妳哥了，我在追妳。」

水光抬頭看他，眼睛睜得有點大。

章崢嵐微笑著辯白：「我們一起進來的，我不說，妳哥應該也察覺了，而我習慣將一些事情『坦白』。」

章崢嵐是天生散漫卻帶著一股隱祕強勢的男人，也是典型最常說「隨意」卻是最不能隨意交代的人，就像是他的、他要的，他不會允許模稜兩可，更何況是讓他孜孜以求、輾轉難眠的蕭水光。

本以為先斬後奏，她會生氣，卻聽她問了一句：「他怎麼說？」

「嗯？」反應過來就牽起嘴角，認真答：「他說挺好。」

羅智大哥當然不會這樣說。

當時章崢嵐靠著沙發跟他們聊天，舉手投足自信成熟，泰然自若。老實說羅智將章崢嵐看作奮鬥目標，才比自己大兩歲卻有如此成就，不能說不讓人豔羨和敬佩，就算是聰穎過人的景嵐到他這年齡也未必有這番作為，而這樣一個人物跟他誠摯請求：「小羅，我在追你的妹妹，追得有些辛苦。無論你對此持什麼觀點，我只想說我對蕭水光再真心不過，也希望你不要左右她的想法。」

感覺到和直接說破的衝擊力差別很大，所以羅智愣然，什麼都說不出口，只愣愣地點了點頭。

那天的晚餐氣氛說平常也平常，說怪異也怪異。

水光一直沒說話，一向能說會道的羅智大哥也變得話很少，聊得多的反而是兩個「外人」。

章崢嵐是心情好就多說一些，當然跟「緊張話多」又是另當別論。至於老邵雖然也驚嘆，但緩過來後知道要好好招呼章總，如今又多了一層不得了的關係，他們新公司的未來可以預見是如日方升。

吃完飯，時間尚早，口沫橫飛、還在興頭上的老邵提議打牌，羅智在公司裡忙裡偷閒，常跟老邵他們玩兩把來放鬆，一頓飯後「兒女情長」的那條筋也粗了，便道：「行啊。」

章崢嵐無不可地點頭，不過他先體貼地幫水光收碗筷，另兩人去找牌時，他彎腰，白淨修長的手在她眼前晃了晃，問：「想什麼呢？」

水光在想今天發生的這一切，那麼突兀又順理成章，當她看到靠近的英俊臉龐，心頭不知怎麼一跳，偏開頭說：「沒什麼。」

章崢嵐眼眸微閃：「我還以為妳在想我。」他說得不響，但足以讓蕭水光聽到。

章崢嵐看著抹完桌子走入廚房的人，內斂的眼裡滿是笑意。

後來羅智從他的拖箱裡翻出兩副撲克，三個大男人移駕到客廳裡鬥地主。章崢嵐沒玩過，但羅智講了一遍規則，他就說：「行，發牌吧。」

老邵徵詢：「章總，要賭點錢嗎？小賭怡情。」

羅智附和說：「可以，不過老邵，輸了別賴帳，上次那五十塊還沒給我。」

章崢嵐無所謂，他之前想幫忙洗碗，結果被趕出來，水光說：「你就不能不跟著我？」

某人笑吟吟地被「趕」出來後，聽到老邵叫他：「來來章總，打牌打牌！」兩把牌下來，章崢嵐已經摸透其中門道，打得越來越順，老邵疑惑，「章總，你真的是第一次玩鬥地主？」

章崢嵐接過老邵遞來的菸，夾在指間，對方要幫他點，他擺了擺手。老邵不解，但縮回拿打火機的手，只聽章崢嵐說：「最近在戒菸。」就是手還是有點癢，所以拿著過過癮。他打出一副 full house，手上還剩一張，說：「你們應該沒比這大的牌了，給錢吧。」

羅智連連搖頭。「我這麼好的牌都被關在裡面了。」從口袋裡掏錢，只剩下幾枚硬幣，剛起身要去房裡拿皮夾，看到從廚房走出來的水光，下意識喊了聲：「光兒，借哥點錢！」

水光聽到他們賭錢，皺了皺眉，但還是從皮包裡拿錢過來要給洗牌的羅智，羅智忙著就努嘴說：「十塊啊，給章總。」

水光拿出十塊遞給章崢嵐，章崢嵐一直看著她，此時抬手接過錢，輕笑道：「謝謝。」暖和乾燥的手指似有若無地碰觸她有些涼的手，水光縮了縮，不自覺又瞪了他一眼。

章崢嵐的笑容更大，他想，他怎麼就這麼喜愛她呢？

Chapter 14

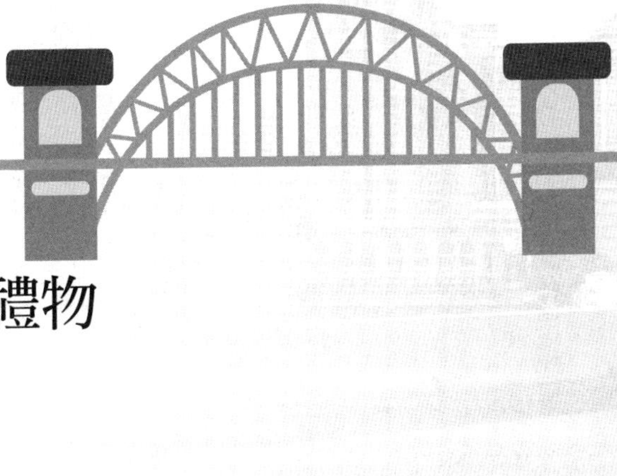

最好的生日禮物

那天在蕭水光的住處裡，三個大男人打牌打到九點多才散場，章崢嵐中途接了幾通電話，都是「章總啊在哪逍遙呢，要不要出來喝酒」之類的。章崢嵐第一通接到這種電話時，當即看了為他們端茶的蕭水光一眼。

水光從小父親的家教就嚴，所以此時就算三個大男人又是抽菸又是打牌，她也會客氣地端上茶。章崢嵐接過那杯茶，笑著道了聲「謝謝」，等她走開，才不動聲色地對電話那頭的人說：「沒空，行了掛了。」

「嘿老同學，您在忙什麼？這種時辰不會是早早窩家裡了吧？」

章崢嵐抽了一張牌扔出去：「周建明，有話就快說。」

對方樂了：「不是說出來一起喝杯酒嗎？」

章老大面不改色說：「三更半夜喝什麼酒？沒事早點回家吧。」

對面頓了頓：「你是章崢嵐嗎！」

章崢嵐笑道：「行了行了，忙著呢，沒事就掛了。」

被掛電話的周建明看著手機半晌，回頭驚訝地對江裕如說：「嵐哥讓我們早點回家，這平時最能呼朋喚友的人居然不出來玩！」

江裕如喝了口啤酒說：「也許在談戀愛了吧？」

旁邊有人笑道：「大學那會兒，我們寢室裡嵐哥最常說的話就是『談戀愛就是浪費時間』，江姊，不是說妳浪費時間啊，是嵐哥太絕情！他那時還說『弱水三千，我只取一瓢』，女朋友換得比誰還勤！所以，嵐哥這種人物不可能談什麼戀愛，八成是懶得出來應付咱們而已。」

江裕如似乎非常不以為然。「如果你們見過他……算了算了，一群大老粗說了也不懂。」

眾人表示江小姐性別歧視！

江裕如「呵」了聲：「還別說，我比你們還好奇呢，究竟是什麼樣的女人能收了章崢嵐？」

一向從心所欲，無所顧忌的章崢嵐接到三通類似的電話後，索性關了手機。

此時水光剛進房間，羅智打出一張牌，回頭望了關上的房門一眼，又看了看對面的章老闆，猶猶豫豫地問：「章總，您跟我妹……是認真的嗎？」

其實羅智想問的是：你跟我妹到底是怎麼回事，怎麼會在一起？這太突然了！是認真的，還是在跟他們開玩笑？畢竟之前完全沒有任何蛛絲馬跡……

想到這裡，羅智突然回憶起在樓道裡遇過章崢嵐的那一次，腦子裡剎那間閃過什麼，驚訝過後倒是有些說不清的尷尬情緒冒上來，差點出錯牌。

章崢嵐的臉上看不見一絲波瀾，他笑了笑，說：「小羅，我是真的喜歡你妹妹。」或者說他是沉迷吧？不知道，反正是心神都被牽著走。

這麼直白的話擊得兩名旁聽者面面相覷，羅智其實不太好意思去探究更多，畢竟感情是個過於敏感的話題，即使其中一個是他的妹妹、他的青梅竹馬。他心裡想：如果水光能喜歡別人，那是只好不壞的事情。

羅智笑著出牌，開玩笑道：「章總，您今天贏了不少，改天得請吃飯哪？」

章崢嵐很大方。「行。」

老邵放了牌，呵呵笑道：「那我輸得心裡舒坦多了。」

水光在房間裡翻了會兒書，聽著外面的交談聲，有些不適應。好幾年了，周圍沒這麼熱鬧過，也沒有因為有某個人在家而覺得無所適從。

後來水光拿了衣服去浴室時，正好碰上某個人，他剛洗完手，抽了面紙邊擦手，邊轉身出來。水光捧著睡衣停在門口，章崢嵐對上她，愣了下，然後笑著說：「洗澡了？」

水光「嗯」了聲。「你好了嗎？」他站在那裡不動。

「哦，好了。」章崢嵐看到她手裡的睡衣，經過她時還是抓住她的手腕，側頭說：「再拿件外套進去吧，出來的時候披上。」完了又補句：「免得著涼。」

水光想，她手上的睡衣褲已經是很厚實的冬款。

蕭水光沒有再折去拿外套，不過她出來時，牌局已經結束，羅智大哥的合夥人老邵不知何時已離開了。

章崢嵐靠著餐桌喝茶，羅智窩在廚房裡，大概又是餓了，在煮消夜。

一時間客廳裡只剩兩人，水光兩鬢的頭髮因洗澡弄溼，黏著臉，她不自在地想去撥，章崢嵐放下茶杯走近，接了她手上的毛巾。「怎麼洗澡不戴浴帽的？」他幫她拭去髮梢的水，眼神說不出包含多少沉斂又顯而易見的情緒。

水光說：「我自己來吧。」

章崢嵐很配合地把毛巾還給她，說：「等一下妳要送我下去。」

這條件提得太牽強，不過水光還沒來得及開口，章崢嵐就低聲說：「否則我就在這裡 kiss you goodbye，我先聲明我很樂意選後者。」

這話說得太義正詞嚴，水光都不知道該做出什麼反應。章峥嵐見她沉默，笑著要吻上來，水光一驚，連忙退後一步說：「你別鬧。」

這三個微帶斥責的字讓他心旌搖曳。「那妳要送我下去。」

這人在她面前就是活脫脫一無賴，死乞白賴的，水光甕聲甕氣：「你不認識路嗎？」

「不認識。」他注視著蕭水光，慢慢笑起來。「好了，逗妳的，別慌了。」

他伸手撩開她眼前的幾絲短瀏海。水光一向不太喜歡跟人肢體接觸，可能是從小練武養成的習慣，可面對眼前這人總會失措，她盡量無動於衷地忽略這些親密舉動。

可章峥嵐呢？只做這些細枝末節的動作已屬竭盡全力克制了。他多想更充實地擁抱她，吻她，證實今天發生的一切都是真實的，而不是他自己虛構出來的。

然後章峥嵐生平第一次很弱智地問了一個問題，他說：「水光，我們真是那種關係了嗎？」

蕭水光面無表情地看他一眼，章峥嵐神情極其無辜：「妳看，我在妳家待那麼久，妳都沒理睬我，我多無助。」

「你不是跟他們打牌打得很開心？」水光道出事實。

章峥嵐的聲音雖然聽不出異樣，但神態顯然是開懷的。他拿了外套，拉了她的手往門口走。

水光看了廚房一眼，那邊已無聲響，但沒見羅智出來。

「你做什麼？」她低聲問。

章峥嵐很好脾氣地轉頭勸誘：「送到門口好不好？我想跟妳說幾句話，就幾句。」

雖然是問句，但手抓得那麼緊，就怕她不樂意。水光想再說什麼，但最終沒開口，任他拉著來到門口。

章崢嵐要將外套披她身上，水光推開他的手說：「不用了。」又加了句：「我不冷。」他笑：「水光，我今天晚上可能會睡不著，怎麼辦？」

此時在廚房裡的羅智大哥猶豫好久要不要出去，想了半天還是窩著。之前章總直接收了牌，對老邵說：「今天就到這裡吧，下次請你們出來吃飯再玩幾把。」老邵是多會看眼色的老江湖，馬上起身伸了懶腰，看了手錶說：「唷，這麼晚了，我差不多要走了，明兒還得起早上工呢。」

之後羅智送老邵出去時，後者拍了拍他肩膀。「小羅，資產上億的妹夫啊，壓力大嗎？」

羅智笑罵：「我有什麼好壓力大的？」

確實，在這場「關係」中，壓力最大的應該是資產上億的章總。章崢嵐站在那裡笑著看了水光一會兒。「明天中午我去妳公司找妳吃飯？」

水光含含糊糊地「嗯」了一聲。

「蕭水光。」他上前抱了抱她，懷中的人有點繃緊，章崢嵐的手掌安撫她的背，他的臉靠在她的頸側，輕聲訴說：「我愛妳。」

水光依舊沒有回應，章崢嵐最後放開她，笑容不變，很紳士地說：「那我走了，妳早點休息。」

水光看著那道背影消失在二樓樓梯口，過了好久才返身回屋。

那一刻上了車裡的男人，他抬頭看著三樓亮著燈火的窗戶，終於點了支菸，慢慢吸了一口，吐出來。在煙霧嫋嫋間，他淡淡道：「蕭水光，我愛妳就夠了……無論妳是否認真。」

章崢嵐抽完菸，最後開車走了。

水光睡覺前收到一條簡訊，很簡單的兩個字「晚安」。水光窩在被子裡，對著發出幽幽光線的手機螢幕，最終將號碼標上名字：章崢嵐。

章老大到家時，在家門口見到江裕如。她坐在大門前的臺階上，手上拿著一罐啤酒，另一隻手還夾著一支菸。

章崢嵐走上去將人扶起說：「怎麼找我都不事先打電話給我？等很久了？」

江裕如抖了抖手腳說：「沒多久，剛跟周建明他們散夥，不想回家，就來看看你這舊情人，順道嘛……」裕如說著往他後面那輛車裡望了望。「來看看你的現任情人，怎麼，沒帶回來？」

章崢嵐笑了笑。「亂說什麼？」

江裕如靠在他肩膀上。「章總，你這回有必要這麼保密嗎？你以前交女朋友，不是第二天就帶出來跟我們喝酒？」

「江裕如，妳是不是喝醉了？」章崢嵐笑著接過她手上的啤酒，扶正她，拿鑰匙開門。

江裕如看著這個高大男人，這理智到近乎有點冷酷的男人會愛上什麼樣的女人？她內心五味雜陳。

章崢嵐將人扶進屋裡，這時身邊的人好像清醒點，江裕如擺擺手，站直身說：「我沒事，哎，章崢嵐，我有好幾年沒來過你家了吧？」

章崢嵐將鑰匙扔進門口櫃子上的器皿裡，啤酒順手放在一旁，一邊脫外套，一邊朝裡走，笑說：「倒茶給妳，妳隨意。」

江裕如慢騰騰跟進來，左看右看：「典型的樣品屋啊。章總，普洱茶，謝謝。」剛進廚房的人喊一句：「沒有，綠茶吧。」

「嘖，你就是這麼招待客人嗎，章老闆？」江裕如跟過去，章崢嵐灌滿一壺水正在燒，他轉向門口的人說：「真的沒有，不然將就一下，喝純淨水？」

江裕如玩著手裡那根燃著的女士香菸，半晌開口：「崢嵐，我想結婚了。」後者一聽，低聲笑道：「那是好事，誰那麼幸運受妳這文武雙全的大美女青睞？」

恍惚之間，江裕如竟有種說不清的失落，她以前跟章崢嵐在一起是因為覺得彼此「合適」。

合適這概念在現代人的觀念裡就是條件、學歷相當，有共同的話題，外貌相匹配就差不多，往往忘了感情這種最原始最純粹的東西。

江裕如說不清她對章崢嵐是懷有什麼樣的感情，在她那段最困難、最迷茫沒有方向的時期，是他幫了她。他說情傷這玩意兒時間久了會自癒的，再不然找個人靠靠，找份精神支持，當是分散注意力，而他可以大度地當那個人。他那時確實幫了她很多忙。

她以前跟章崢嵐不熟時，一直覺得這人輕浮又高傲，他成名較早，之後也是一路凱歌。用通俗的話來說，就是小時候被稱為天才兒童，再大點就是天才少年，進大學是資優生，一整個菁英成長史。大學那時多少名師想收他為弟子升研升博，可他跌破眾人眼鏡，讀研究所讀到一半就肄業去創業，結局是沒有意外地名利雙收。

他一開始就站在高處，從沒掉下來，高傲恣意情有可原，可事實上呢？江裕如與他相熟後才發現，章崢嵐的高傲和輕浮都是出於性情懶散，不是真的目中無人，只是他感興趣的東西實在太少，大多時候都在應付，應付人應付事，也應付自己。

其實江裕如不敢說她有多瞭解章崢嵐，但她知道章崢嵐很聰明，而當一個人聰明到一定境界時，他表現出來的永遠不是他內裡真正的東西，比如笑容，比如感情。

他對她的感情，沒有男女之情，即使他從始至終對她都照顧得很周全。

江裕如接過那杯剛泡好的綠茶，微微笑了笑：「章崢嵐，我原本是想如果你有一點遲疑，我就倒追，現在看來是沒有一絲希望了。」

章崢嵐的表情不太意外，溫和道：「怎麼？打算移情別戀？我告訴妳，我很花心的。」

江裕如優雅地轉身，朝客廳沙發邊走去，章崢嵐尾隨其後，不忘問句最近如何。

「好，沒工作沒對象，你說好不好？」

「我們第一學府出來的江大才女還怕找不到工作，找不到對象？」章崢嵐隨意地落坐在江裕如斜對面的單人沙發上，拿起茶几上的空調遙控器開了暖氣。

他的五指骨骼修長，又天生皮膚白淨，所以整隻手看起來特別漂亮。他整個人放鬆地靠在椅背上，沒有一絲約束。
這就是章崢嵐，自我而隨興，而這樣的人愛上的人又是怎麼樣的？
江裕如轉著手中的茶杯：「崢嵐，如果我提早兩年放棄那份感情喜歡你，你會不會……」
「江小姐，這玩笑不好笑了。」章崢嵐笑著打斷她。「愛一個人的感覺很踏實很安定，不是二選一，也沒有如果。」說到這裡他停了停，語氣變得有點低柔。「更不是將就和替代。」
房間裡靜默一會兒，直到江裕如感慨地說：「這麼感性的話竟然有一天能從你章崢嵐的口中聽到，太難得了！」
章崢嵐知道她恢復之前的明朗，跟她有一搭沒一搭地開了幾句玩笑。後來江裕如想起什麼，說：「對了，章總，忘了跟你說聲『生日快樂』，不過沒有禮物，原本想撲在你臉上的蛋糕也在酒吧裡被我們消滅光了。」
章崢嵐笑了一下，很短暫，但看得出發自內心，他說：「謝謝，我今年已經收到最好的禮物了。」
江裕如此時此刻才真的肯定章崢嵐心裡有人。之後江裕如沒待多久就走了，章崢嵐原本要送，江裕如笑道：「行了，我自己開車過來，再者沒有三更半夜讓壽星送的道理。」
章崢嵐確認她只喝了四、五罐啤酒，才放心放行，他幫她關上車門後，拍了拍車頂說：「小心開車。」

路燈下，章崢嵐一手插在口袋裡，昏黃光線勾勒出一道修長身影。江裕如收回視線，笑著擺手，發動車子。

章崢嵐看著那輛紅色現代開走，轉過身，他開了手機，未讀簡訊、未接來電劈里啪啦湧進來，毫無意外都是約他喝酒慶生的。章崢嵐略過了，他一邊按了寫簡訊的欄位，一邊不疾不徐往家門口走。

在手機上，他原本打了「睡了嗎」，想想覺得太俗套就刪去，打上「我到家了」，又一想這會不會顯得自己太不獨立？於是又刪去，重新打「快十點了，妳早點休息」。

這時章崢嵐已經進了家門，他一邊換拖鞋一邊關門一邊搖頭說：「這會不會顯得我太獨裁了？」於是又刪除重來。

「水光，今天我生日。」他盯著這七個字半天，最後笑著一一刪去，打上「晚安。」考慮一遍它的合理性與安全性後，發送出去。

蕭水光那一晚睡得極好，她在心事重重的情況下竟然能睡得那般沉，一夜安眠到天亮，很難得。她的睡眠品質一直差，這樣一通好覺讓她隔天起來臉色很好。

水光站在廚房裡煮粥，羅智打著哈欠走進來。「早。」

「起來了？」

「嗯，餓死了，這粥好了嗎？」羅智去拿碗筷，水光用杓子攪拌了下，看差不多了，接過碗盛了一碗給他，遞過去時低聲問了句：「羅智，你有什麼話要對我說嗎？」

一向大剌剌的男人深沉了一下，說：「我只要妳開心就好。」說完就捧著碗去外面，不一會兒傳來一句。「真香，我們家光兒煮道粥都比樓下的粥店好吃！以後誰能娶妳，是那人上輩子修來的福氣，真的。」

水光聽著笑了，心裡竟不禁想到章崢嵐……她也不知道他們能走到哪一步？

七點半，水光下樓去上班，在大門口看到一輛深色SUV，下意識駐了步。當她看清那車不是那人的那輛時，暗自鬆口氣。水光是真的不曉得該如何跟他相處，尤其在那樣的關係下。

章崢嵐原本起個大早想去接她的，但後一想覺得太緊迫盯人，幾經考慮中途作罷。所以那天到公司的時候，時間還很早，公司裡只有祕書小何一人早早到了。她一見老闆，不由驚訝道：「章總，您怎麼那麼早？」

章崢嵐懶懶地「嗯」了聲，徑直走向辦公室，手放在把手上，又回頭說：「小何，妳今天穿得很漂亮。」

何蘭目瞪口呆地看著那扇紅木門合上，心說：老闆這是心情好，還是不好？

章崢嵐的心情自然是好的，就是有點糾結。關係好不容易確立了，竟然連去接女朋友都不敢，不過他一想到「女朋友」這詞就忍不住笑了。

Chapter 15

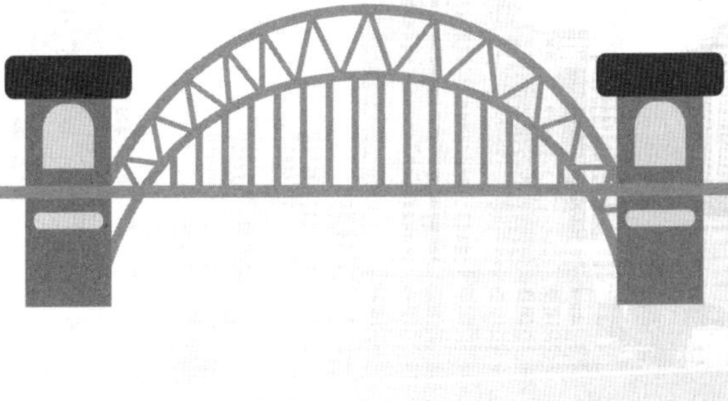

第一次約會

昨晚大致沒怎麼睡，所以章崢嵐讓小何泡了咖啡進來。

「章總，遲到地跟您說聲『happy birthday』，我才來不到一年，不瞭解行情，罪過罪過，不過據說大國他們昨晚沒約到您老人家啊。」何祕書因為被誇漂亮，所以說話有點阿諛，再見老闆翻文件也明顯帶笑的神情，不由造次問道：「鐵定跟情人出去了吧，畢竟是那種特殊日子？」

章崢嵐抬起頭，何蘭直起身說：「老闆，您的咖啡。」

章崢嵐笑了笑，然後問：「怎麼，對我私生活那麼感興趣？」

「沒，沒。」何小姐心裡想的是：全公司上下關於您的八卦，誰不感興趣？資產夠多，人夠酷，又出手大方，雅痞又不乏紳士，這種人物，只要他願意，生活肯定精采。問題是他們老大的生活太過意興闌珊，所以難得有風吹草動，哪怕捕風捉影也會被拿來流言蜚語，沒辦法，ＩＴ工作者都太無聊了。

所以這造成一個現象，就是老闆的八卦很多，但真相很少。

上次負責遊戲包裝宣傳的老陳還造謠過老闆與他們簽合約的女的有關係，不過這項猜測馬上被人否定，說是：「老大雖然很風流，但不至於殘忍到對見過兩次面的人就下手吧？」

女人的靈敏度不尋常，就何蘭自己的感覺是老闆在談戀愛，不過對象應該不是那位江小姐，至於究竟是誰就不得而知。但可以確定的是對方很「厲害」，老闆最近的特殊表現，她親眼所見。

當然這些都是猜測，真相一直沒浮出水面。

反正時間還早，何祕書剛想再跟老闆聊兩句套套口風，桌上的手機響起，章崢嵐一看，臉色頓時一變，確切地說是驚喜：「喂？」

蕭水光剛在公車上接到拍遊戲宣傳片的厲總電話，對方問她能否晚上過去拍接下去的部分，因為這週末攝影師都要外出，然後章總的片子應該是急用的，怕拖不起，最後對方很突兀地說了一句：「不然蕭小姐妳問章老闆，如果不趕就緩到下週末？畢竟晚上讓妳抽時間過來，我也不好意思。」

厲總從開說到掛斷，水光都接不上話，只中間提了句「你可以自己問他的」，結果厲總說：「章總是我們的大客戶，得罪不起。」在意味深長的餘音裡，厲總又道：「不好意思，蕭小姐，我這邊又有電話進來，先這樣了。」

蕭水光無語，下公車的時候，她不得不撥了那人的號碼。

熟悉的男音透過電波傳進耳膜，水光有點不知如何講。

「你現在忙嗎？」

章崢嵐已經走到窗邊，一心一意打電話：「不忙，有事？什麼事？妳說。」那口氣是恨不能掏心掏肺，赴湯蹈火。

「遊戲的宣傳片子急嗎？能不能延到下週末拍？」

「宣傳照片？不急，老厲找妳談了？」

「嗯。」說完她停了一會兒。「沒事了，我掛了。」

章崢嵐下意識叫住她：「哎等等！妳早餐吃了嗎？到公司了嗎？」

「吃了……剛到門口。」

章崢嵐笑著說：「那就好，我中午過去找妳。」

何蘭在一旁看得一愣一愣的，章老闆何時用這種語氣這種姿態跟人說過話，說的還是這種雞毛蒜皮的肉麻話！

等章老闆收線，突然注意到辦公室裡還有人，對微微張大嘴的祕書說：「小何，還有事？」

此時的章崢嵐神采煥然，喜形於色，英俊沉毅的臉上多了一種特別的光采，讓小何看得有些失神，忙說：「啊，沒事了，老闆我先出去了！」

後來何蘭一直感慨：「幸虧我有男友，否則說不定就變節了，阿彌陀佛！」

章崢嵐當天中午過去，路上打電話給水光，沒人接，鬱悶地在那嘀咕：「如果妳敢放我鴿子，我以後就天天一早蹲在妳公司門口，不對，應該是一早就蹲在妳家門口……」說著自己就笑嘆了。「唉，想想而已，不敢吶。」

章崢嵐到時才十一點，他先前從公司早退時，引得底下一幫員工哀號：「老大越來越不敬業了。」他甩了幾張鈔票出去。「午餐，多退少補。」

在一片歡送中，章老大向後擺了擺手，灑脫走人，只隱隱聽到身後一句：「老大兒子滿月了吧？」

章崢嵐將再次無人接聽的手機扔在副駕駛位子上，他搖下車窗，微探頭出去望了望辦公大樓的某一層，看到白熾燈仍然亮著。

這時大門口的警衛走過來，這輛名牌車很好認，加之車主讓他有印象，主要是這人上次走時，指著雲騰公司的新職員對他說了句：「那是我女朋友。」
「又來等你女朋友了？」警衛一來就說了一句，有半開玩笑的成分。
章崢嵐笑了笑，從身上掏出一包香菸，遞過去一支。「是啊。」
警衛接過那支中華，臉色不怎麼嚴肅。「他們公司是十一點半吃中飯。」
「我知道。」
警衛從軍綠大衣的口袋裡掏出打火機點上菸後，跟章崢嵐聊了起來。章崢嵐等著也心焦，就陪著聊，打發時間，順便摸摸底，好比那公司的男員工多不多之類的，後來不知怎麼就聊到股票。章崢嵐在股票方面只隨便玩玩，統共投了一、兩萬進去，但很精通，他做事向來是研究透徹才會沾，即使只是玩票性質。
那警衛倒是痴熱分子，但沒技術，大概運氣也不好，買的股從來是虧多升少。章崢嵐是高手，從中指點一二，對方連連點頭，受益匪淺，到最後連傳達室裡坐鎮監控錄影的另外兩名警衛也來湊熱鬧，跟章老大取經驗討門路。
所以水光跟同事下樓時，就看到那輛眼熟的車子旁鬧哄哄圍著幾個人，而坐在車上的那人手肘閒適地靠在車窗邊，與外面的人有一句沒一句地聊著。
水光身邊的一個女同事脫口而出：「保時捷卡宴哪。」另一名男主管竟還認出車主。「章總？」男主管跨步上前，章崢嵐一側頭看到那一行人，幾乎是第一眼就掃到最左邊的蕭水光。旁邊的幾名警衛已自覺散去，章崢嵐開車門下車，朝叫他的人看去一眼，認出是誰，打招呼：「楊經理。」
「章總，真是你啊？我還以為我看錯了。」

水光學的專業跟章崢嵐是一樣的，她現在這公司主要是為企業做電子信箱、網站建設這類，說到底還是IT行業，而同行的人多多少少認識，更何況是名聲顯赫的章總。

楊經理跟章崢嵐寒暄兩句，終於忍不住問他怎麼大駕光臨了。

章崢嵐眼睛轉向蕭水光，水光沒什麼表情。他朝她微微一笑，回頭對楊經理說：「等我朋友。」

楊經理是精明人，眼珠左右一轉就看出端倪，主要是章崢嵐那神情太明顯，他心說：剛來的小蕭竟是章老闆的朋友，她還到他們這小公司上班？

此時蕭水光心裡沒有如表面上平靜，一是擔心那人在大庭廣眾不知分寸，二是單純地見到他，心裡有些波動。

水光還沒想好怎麼應對這局面，章崢嵐已經朝她走過來。他嘴角帶笑，語氣柔和地同她說了聲「嗨」。

然後水光聽到楊經理說了句：「章總，我們先過去了。」她身邊的同事也若有所思地看了她一眼，陸續走人。

等人走得差不多，水光看向面前神清氣爽的男人，終於開口：「你到哪裡都有認識的人嗎？」

章崢嵐抓起她的手，將她兩隻微涼的手合在自己的雙手間，吹了口暖氣說：「抱歉，蕭小姐，妳找了個比較出名的男朋友，物品既出，概不退換。」

水光困窘，嘴上已回道：「不滿意總可以退吧？」

章崢嵐盯著她看了好一會兒，然後大笑著抱住她。「不能退，蕭水光，妳要是退了，我肯定每天哭給妳看！」

蕭水光無語片刻。「走吧，我餓了。」

蕭水光每次的「我餓了」總是能讓章崢嵐從心底最深處升起暖意，他不禁想：愛上一個人真是不可思議，簡單的一句話就能牽動神經末梢，輕易沉淪。

後來到餐館後，章崢嵐停穩車就忍不住傾身靠過來。水光愣怔一下，她剛偏開頭，對方已經將脣貼到她耳邊輕聲誘惑：「水光，我想吻妳。」

水光一聲不吭，背有些僵，手抵在他胸前。「你別鬧了。」

章崢嵐低聲笑出來，氣息撩動她耳際的髮絲。「我愛聽妳說『你別鬧』，我愛聽妳說『我餓了』，蕭水光，妳說我怎麼能那麼愛妳呢？」

狹小的車廂裡，曖昧迷離的氣氛，水光只覺得不知所措。「你亂說什麼？」

「我說，我愛妳，蕭水光。」他說完那句就對著紅潤的雙脣吻了下去。

他隨著自己的心、自己的渴望去侵入那片天地。

未經歷過情事的蕭水光只能被突如其來的攻擊弄得連連失守。

除去最後腰身被一記技巧的拐撞而全身無力地倒在女友身上，可謂嘗盡甜頭的章崢嵐進到餐廳後，對服務生點餐時都是笑容燦爛，堪比××形象大使。他問水光要吃什麼，水光沉默，她想起那刻的情形就覺得懊惱，那人一亂來就完全不管不顧！

章崢嵐微笑著望她，等不到回覆也不介意，自行點了幾樣。他在點菜是行家，最後將菜單遞還給服務生時，和悅地說：「麻煩快點，我女友餓了。」

「……」

章崢嵐笑道：「還有想吃的嗎？可以再點。」

水光不是看不出他放下身段獻殷勤。「……不用了。」

「好，等會兒不夠再點。」

水光心想：兩人五道菜，怎麼可能不夠？

剛才回頭又重新走開的女服務生心中感慨：「她男朋友好聽話啊。」

聽話的章老大為心上人倒上茶，笑著說：「先喝點茶，潤潤喉。」

蕭水光一時找不出措辭回應，只好低頭喝茶，額前的短瀏海微微遮住她的眼睛。其實水光的面容很清秀，又有一股純粹的英氣，高山澗水、林下風氣都不足以來形容章崢嵐眼裡的蕭水光。章崢嵐手指習慣性地撫觸茶杯口，讓自己的心緒看起來不那麼顯而易見。

「水光？」叫出這一聲的是林佳佳，她快步走到桌旁，訝異地看了水光對座的章崢嵐一眼，又回頭看向蕭水光，神情曖昧。「好巧，光兒，跟朋友吃飯哪？」

水光也挺意外，站起身說：「妳上班了嗎？怎麼到這裡吃飯？」林佳佳的工作單位離這有點遠。

「我約了客戶在這邊談事情，他們還沒到。」之後她又望向章崢嵐。「不介紹一下嗎？水光。」林佳佳笑咪咪地轉向好友。

水光還不知道該怎麼說，章崢嵐的聲音先響起，彬彬有禮。「是水光的朋友吧，妳好，我是章崢嵐，水光的男朋友。」他起來落落大方地伸出手，林佳佳一愣，立刻回握，臉上竟然還不爭氣地被對方那友好笑容擊得一紅。「你好，我叫林佳佳，是水光的大學同學。」

「是嗎？」章崢嵐笑著。「挺有緣的，我也是你們那所大學出來的。」

林佳佳這次不止訝異，簡直是目瞪口呆，腦子裡閃過什麼，衝口而出：「真的嗎！你就是水光一直交往的那個同校神祕男友！」

水光臉色一變，章崢嵐也幾不可見地皺下眉，不過下一秒他莞爾道：「看來她對我的事情很保密。」

林佳佳直笑道：「是啊！從來不願帶出來讓我們瞧瞧！原來神祕男友這麼帥，帥哥，得請吃飯啊，我再叫我們寢室另外那兩個女人，我們宿舍以前都是誰交了男朋友要請吃飯，水光這傢伙一直拖欠著，這回總算被我逮到了。」

章崢嵐很慷慨：「吃飯？當然，隨時都可以。」

佳佳朝水光眨眼。「妳男友比妳知趣厚道多了，不過這麼帥的男友，原諒妳一直藏著不帶出來。」

水光之前一直望著章崢嵐，此刻才慢慢說：「你們要不要互相留個聯絡方式？」

章崢嵐彷彿愣住了，隨後笑得前俯後仰。林佳佳倒是不明就裡，後來一想水光應該不是吃醋吧？只有章崢嵐再清楚不過話裡沒有一絲醋意，只是她單純覺得要吃飯就留個電號號碼。

佳佳剛想解釋，手上就有電話進來，原來是她的客戶過來。她講完電話，對水光說：「我要去應酬了。光兒記得請我們吃飯，看妳這麼寶貝妳家男友，我們也不會砍得太厲害，放心。」

佳佳用眼角餘光又偷瞄對面的男人，心裡再次感嘆：水光這男朋友真性感。

章峥嵐對林佳佳說：「佳佳，讓水光聯繫你們，我隨時都有空。」

一向大剌剌的林佳佳被那聲「佳佳」惹得紅了臉，連聲說：「ＯＫ，ＯＫ！」然後又朝水光補充：「水光寶寶，別再賴帳了，先走了，拜拜。」

水光此時只能點頭。「好。」

章老大還衝人家揮了下手，說聲「慢走」。

等林佳佳離開後，菜差不多上齊了，章峥嵐幫水光舀了一碗高湯。「先喝點湯。」

水光望著他。「你對你以前的女朋友都這麼好嗎？」自己也不明白為何開啟這樣的話題，也許想轉移心裡又冒起來的那份悲傷，也許她是真的想知道他是不是對誰都這樣好。

章峥嵐低頭一笑。「這問題……我現在先保密，等妳以後真正想知道，我再跟妳說。無論是什麼，只要妳想知道的，我都會對妳坦誠。」這種語氣這種神情，如果深入研究便如同誓言。「好了，吃飯吧，別餓著了。餓壞妳，心疼的是我。」

他的話總能讓她無從接起，索性不再說什麼。水光沒有發現，這種無言的時候，她的悲傷也淡了。

總體來說，初次約會的頭一頓飯，如果滿分是十分，章峥嵐給自己打八分。之後送女友回公司時，他表現得很得體，沒有不屈不撓，只說了聲：「上去吧，下班我過來接妳。」

後來幾天，兩人幾乎都是這樣的相處模式，中午他去找她，到外面吃飯，他總能找到很好的餐館。晚上去她住處吃，水光做飯，他在旁邊打下手。水光被他弄得有些抓不住重點，又找不到可爭議的地方，雖然覺得沒必要天天見面，也只能任憑他去。

頭兩天羅智在家碰見章老大，之後就乖乖自動迴避，不再當電燈泡。

所以這天下班接到蕭水光後，章崢嵐便提議：「今天妳哥應該也不在家，要不然我們在外面吃晚餐，之後再去看電影，票都買好了。」意思是妳不去就白白浪費了。

蕭水光還在猶豫，章崢嵐已經先一步說：「一張票六十塊錢哪。」

水光隱忍了下，還是說道：「你不是很有錢嗎？」

「妳知道，親愛的，現在娶老婆很花錢，要有房有車，還要銀行裡無貸款有存款。說起我的存款，娶老婆應該是夠的……」

到這裡，水光閉嘴了。

至於那場電影自然去看了，蕭水光覺得每次自己都會輸給對方的無賴，然後被他牽著鼻子走。

影片選的是剛上映的一部愛情片，當時奉命為章總訂票的何蘭感嘆不已：「竟然能拉著看諜戰片都興致缺缺打瞌睡的老闆去看愛情文藝片，不得了，真是不得了。」

殊不知是章老大硬拉心上人去看愛情片，爆米花也是他吵著要買，在人潮不斷的前臺處，水光實在不想惹人注意，快速買了一份就拖著他走人。

章崢嵐笑著握緊那刻拉住自己的手。「水光……」

「嗯？」水光下意識回頭，詢問地看他，章崢嵐搖頭。「沒事。」

水光莫名其妙，進到影廳裡找到位子後，她鬆手坐下，身後的人嘀咕句什麼她沒聽清楚，坐下後沒兩秒，章崢嵐又靠過來說：「水光，我渴。」

這人的事情還真多！水光從自己背包裡拿出礦泉水，她習慣隨身帶瓶水。

章崢嵐笑著接過半瓶水，擰開蓋子喝了兩口，還回去時說了聲：「甜的。」

影廳裡的燈光已經調暗，所以蕭水光臉上因他那聲曖昧的「甜的」而升起的尷尬躁意沒有讓對方看到。水光暗暗咬牙，再理他，她就不是人！

他們看的那部電影叫《約定》，講的是一對戀人在年少時海誓山盟，卻在成年後因為學業和一些零零散散原因，陰差陽錯地一直分開。中間兩人在一家咖啡館相遇，有過短暫的甜蜜時光，到頭來卻是男主角為事業而與女主角分手，最終娶了富家小姐，也順利當上那企業的接班人。

再後來，女主角住了院，那是她從小就有的病，遺傳自她母親，而她的母親未活過三十五歲。她從小就知道自己的病，永遠過不了正常人的生活，自然也包括不能擁有愛情。

所以她告訴自己，他不要她，很正常，沒什麼好傷心的，不要哭，不必哭。她在醫院裡把所有積蓄拿出來時，醫生告訴她已經有人墊付她全部的治療費用，她問是誰，因為年邁的父親沒有多少錢，而且她沒讓父親知道自己嚴重到需要住院。醫生說對方是匿名的，所以不得而知。

女主角在醫院裡的最後那段時間一直在回憶年少時光，畫面一幅幅重播。

他說會保護她，說會陪著她走，甚至說要賺錢治好她的病⋯⋯到頭來，原來那些承諾都不過是年少時的謊言。

那時男主角正對著富家小姐一字一句地說：「我不會去看她……我只要很多的錢，足夠多的錢。」

水光看到這裡只覺得好笑，自以為是的偉大，真自私是不是？她望著前面的銀幕，不知何時好笑得溼了眼眶，她就這麼靜靜看著那場戲演下去。

章崢嵐起先只知道這是愛情片，不清楚劇情；他在昏暗光線裡看著她落淚，如果知道這會讓她哭，他想他不會帶她來看這部電影，至少不是現在。

沉默一會兒，他傾身下來，小心地盡量不去擋住她看著前方的視線，吻了吻她的脣。水光神思不在，所以沒有被似有若無的親吻所驚動。

章崢嵐用舌尖舔去她脣上的溼意，一點一點地加深吻，水光微微顫抖了下，但她的思緒還是朦朦朧朧，不甚明朗，他的舌頭已乘勢探入她微張的脣內。

水光「唔」了聲，不由自主地顰眉。神思清明時，那聲要叫出的聲響就被悶進口中。章崢嵐擁緊她一些，水光無從推搡，惱羞地咬他的舌，章崢嵐吃了痛，只是悶悶笑了下，退出來又重新吻上去……

他之前只是想逗逗她，現在逗回來了，又發現這種事情不能輕易做，太容易上癮。

直到水光終於把身前的人氣急敗壞地推開，之前放在她腿上的那盒爆米花都已撒落在地。

「你夠了。」就算再氣惱，水光的聲音也不會很大，但聽得出有些火氣。

他們坐在靠邊偏後的位子，旁邊一圈沒多少人，再加上環境又暗，所以這邊的暗湧沒有讓人注意到。

「好像不怎麼夠。」章崢嵐臉上帶著笑，再次無賴地欺近，手扣上她的後腦杓，脣已經嚴嚴實實覆蓋上來。這次的吻比之前激烈得多，水光要推拒，雙手又被他用單手牢牢抓住，單比力氣，她連他的一半都不到。水光無計可施，恨死了，卻只能被他予取予求，氣息交融，輕喘交纏，之前的悲傷情緒已經消失殆盡，太過親密的相濡以沫弄得她心慌意亂！

好一會兒之後，章崢嵐退開一些，勾著嘴角將頭靠在她的肩胛處，像是克制什麼，低啞地說了句：「糟了。」

蕭水光格開他，用力抹了下嘴脣，在跳動的光線中瞪著他。

她不知道自己此刻眼中恍若沾了水，脣更是被吻得紅豔，章崢嵐有一種潰不成軍的無力感，身體這麼輕易就有反應，自己都覺得孬。

空氣中飄浮著不安定的氣息，水光閉了一會兒眼睛就要站起身，章崢嵐抓住她，語氣可憐：「別走，再等會兒。」

水光被他拽住，想起身都起不來，他過熱的呼吸甚至近得在耳旁，她惱紅著臉。

「你先放開。」

「不放，我這回親了妳兩次，放了，妳肯定走了。」他老大很有自知之明。

水光幾乎要被氣笑了。「你怎麼能那麼……」

「說話口無遮攔，行為不知檢點，是吧？」章崢嵐很配合地自我批判，然後試探性地鬆開手。「不走了？」

水光不答，縮回手抓住自己的背包，但沒走。

章崢嵐當即神情輕鬆不少，但馬上愁腸百結，他想：男人的慾望真是不看場合，不過看人倒是完全對了。以前從未有過這種經歷，現在對著蕭水光簡直是隨時隨地發情，章崢嵐心想：忍忍應該就過去了。

蕭水光的心思早不在電影上，她又沉浸在一種徬徨狀態。水光是很簡單的人，她想做的事情就會去做，不想做的就不去做，包括喜歡人也是。可對章崢嵐，她拐了好幾道彎，她的出發點不光明，每次面對他的心情也很矛盾，她想接受他，試著接受他，可她腦海裡總有一道身影揮之不去。

「章崢嵐……」

章崢嵐起初以為是自己幻聽，側頭看到她正看著他，雖然心裡雜七雜八的慾念已經壓下，可畢竟做賊心虛，掩飾性地咳了一聲才說：「怎麼了？」

「你會愛我多久？」水光這句話說得很輕，好像風一吹就能吹散。

章崢嵐一時沒反應過來，等他回神後，做了記深呼吸，說：「當我的愛成為妳的幸福，到我們老去。」

那一刻銀幕上剛放到女主角病逝，男主角在病床前落淚，背景音樂渲染著那份憂傷和絕望。

「一輩子嗎？」水光的聲音裡透著絲迷茫。「一輩子有多長？」

「在我心裡一輩子就是一生一世一對人，妳說呢？」

水光沒有說話，章崢嵐也不期望她說什麼，他只要她聽，她能聽進去，能感受到他的想法，就是很好的開端，其他來日方長。

章崢嵐抬起手用袖角幫她拭去臉上的淚痕。「妳的年紀比我小，想得卻多，又難溝通，真是我遇過最難對付的。」剛說完章崢嵐就覺得這話說錯，他想表達的是她總讓他沒轍、讓他六神無主，可說出來成了自己搞定過很多女人。

「喂，我是說我這輩子只喜歡妳一個，蕭水光，我說真的，反正我把話放這裡了！」前半句還帶點深情款款，後半句就有點像撂話，他的聲音有點大，引得坐得相對較近的幾個人看過來。

水光的表情沒有太大波動，她好像在思考，又好像只是走神。

章崢嵐勁頭上來，有點打蛇隨棍上：「水光，妳好歹說點什麼吧？我怎麼說都乖乖回答妳的問題，又友情，不對，又愛情奉送兩句話，妳不想跟我一唱一和，『嗯』一聲也可以啊。」

水光淡淡皺眉說：「你別吵，我在想。」

章崢嵐閉嘴了，含笑看向銀幕，沒一會兒又問：「想好了嗎？」

好久之後，章崢嵐聽到身邊的人說了一句：「回家吧。」

此時的電影已接近尾聲，男主角出了車禍，送往醫院，生死未卜。

回去的時候章崢嵐在想，水光說回家，是回她家還是他家？這是個問題。

「要不要去我那裡喝杯茶？」

水光扭頭看了他一眼，然後回頭看窗外。

被秒殺的章老大在下一個路口默默轉動方向盤，朝她的住處駛去。

水光只是在坐車時不太想說話，習慣使然，小時候爸媽帶她出去，或者學校帶去春遊、秋遊，她就是一路看窗外風景。于景琴經常說她骨子裡有點文藝細胞，只可惜從小走了條武道，不過沒有絲毫違和感，反倒更多了吸引人的味道。

到目的地時，剛才一直望著窗外的水光回過頭來，說：「我能問你一件事嗎？」

章崢嵐一愣。「妳說。」

「你在大學為什麼要讀電腦相關科系？」

章崢嵐眨了眨眼。「怎麼，突然對我的事感興趣？」然後言無不盡道：「這專業挺有挑戰性，你知道我們那時候，高中，上個世紀末的時候，對IT的概念還很生疏，我剛接觸就覺得挺有意思的，算得上是當時最讓我感興趣的一件事，所以……」

水光看著他，得出一個結論：「你做事全憑一時興起。」

「哎不能這麼說啊蕭水光小同志。」章崢嵐笑著伸手撩了撩她的短瀏海，「我每件事都是做到最圓滿，沒後路可走才收手，從來不會半途而廢。」

水光推開他的手，嘆了聲：「你不能正經些說話？」

章崢嵐微笑一下。「沒辦法，對著妳，我總想碰碰妳。」這話裡有話，意味深長著，水光抿了抿嘴說：「我上去了。」

章崢嵐抓住她。「喂，我錯了，我錯了還不行嗎？」但這次未能得逞，水光輕鬆地反手掙開，章崢嵐倒沒有驚訝，他笑著「喂」了聲。「好歹給我這車夫男友一個告別吻吧？」

「你不是吻過了？」已經下車的人並沒有回頭。

章峥嵐單手撐著副駕駛座的窗框，望著那道姣好背影，笑容越來越大，最後情不自禁喊了一句：「蕭水光，明天見，等妳明天的吻啊！」引得經過的人無不側目。

水光腳下步子一頓，臉上有些紅，惱的，暗暗咬牙。「我真是傻。」

水光回到住處，羅智已經回來了，一看到她就問：「怎麼臉紅紅的？」

水光一聲不吭進了房間關上門，羅智抓後腦杓。「哇靠，這脾氣……好幾年沒發作了吧？」

水光小時候被誇文靜有之，知書達禮有之，但老實說脾氣也不小。所以那時候景嵐常說，光兒不發脾氣的時候最乖，發脾氣了就是最難安撫的。

水光一進房間就趴在床上，悶了一會兒，手在移動時不小心碰到枕頭下方的一張紙，臉上的熱度漸漸退下去。

「于景嵐……他在說那些話的時候，我好像真的忘了你。」

Chapter 16

愛和信念

「她竟然是那誰誰誰的女朋友？」這句話是水光第二天在公司有意無意間聽得最多的一句話。「她」指的就是蕭水光本人，「那誰誰誰」自然是據說很有錢、IT界沒多少人不知道的、很有名望、很有頭腦的章崢嵐章總。

水光對著電腦文風不動地做事，直到桌上手機響起，正是那誰誰誰。接起，那聲音帶著笑傳來：「在幹麼？」

「接你的電話。」

對方笑出聲。「水光，今天可能見不了面，我要去趟省外，明早回來。」

水光輕「嗯」了聲。

章崢嵐有點受傷。「妳不安慰安慰我？」接著涎皮賴臉地跟水光扯了半天才依依惜別，不知道的人還以為老大要去赴義，水光也挺無語。特別是收線前那句「妳等我啊」，讓她忍不住笑了下。

章崢嵐回到車上，之前趴車窗看老闆打電話的阮旗好奇問了：「頭兒，誰啊？打通電話都能讓您笑成這樣？」

「想知道？」

「想，想！」

章總說：「把一個那麼簡單的案子搞成那樣，還要我親自出馬，還有心思打探我的私事？」

阮旗默默垂首，愧不可當，後座的大國笑著向章崢嵐遞了支菸，他搖了搖手。「在戒菸。」

大國和阮旗同時驚異地「啊」了聲，還是大國先開口：「好端端的幹麼想戒菸了？」
「讓自己少一個被拒絕的理由。」
車上的另兩個人更是目瞪口呆，剛發動車子的阮旗差點猛踩油門！
章老大這次難得好心解釋：「你看，要是我喜歡上一個女的，她說我討厭抽菸的男人……」
「靠！」阮旗笑出來。「頭兒，你要我們啊？」
章崢嵐笑而不語，逕自低頭玩手機，阮旗剛好看到觸控式螢幕上打出的一行字：我不在要記得吃飯。
阮旗哪裡見過老大這樣「居家」過，腦子裡閃電般閃過一個念頭：不會真如他們八卦般，老闆打算上演一套閃婚生子的戲碼吧？
「老闆，你真有女朋友了？」
章崢嵐沒抬頭，只微微揚眉：「你們不是連我兒子滿月都知道了嗎？」
「靠！」阮旗笑噴。
水光收到那條簡訊，只搖了搖頭，心裡倒嘀咕了句：「你不在，我反而吃得多。」
這一整天蕭水光都很忙，隔天是週末，她想把手頭現有工作都做完，所以晚上將近六點才回到社區，在住處樓下碰到一對夫妻吵架。旁邊三三兩兩的人圍觀，水光想從花壇另一邊繞到公寓裡，卻看到那丈夫動手，女人的哭聲更是呼天搶地，水光見不得男的打女的，心裡還有點猶豫，人已經過去抓住男人要揮下來的手。

後來蕭水光再次無比懊悔自己行動快於思維的「見義勇為」。

當時那男的惱羞成怒，推開她要跟那女的撕扯，嘴上罵得更難聽，還說要去家裡拿刀殺人。有人報警，員警來時，水光剛把男人制伏，她將人交給員警，那氣喘吁吁的男人還在紅眼大罵，也罵水光多管閒事，說自己打老婆又怎麼了！說自己就算殺了她，外人也管不著！

水光面無表情，剛想走，卻被一名員警攔下，對方道：「不好意思，這位女士，能不能麻煩妳跟我們去局裡做一下筆錄？」

半小時後，水光坐在警察局裡，問她問題的是一名小女警。水光盡量配合回答，但基本都是不清楚，她只是蹚了趟渾水的局外人，那兩名一路鬧騰過來的當事人則不知道被請到哪裡。

那小女警笑說：「聽說是妳制住那男的，妳的身手很好啊！」

水光笑了笑，她有點累，不知道什麼時候能結束回去。這時小女警站起身，朝她身後喊聲：「梁隊長！」

「妳去吃晚餐吧，這裡讓我來。」

「梁隊長，那怎麼好意思……其實馬上就好了。」

「沒事。」

蕭水光聽聲音有點耳熟，轉頭不由感嘆真是巧，總是在不太好的場合遇到這個人。

他等小女警起身，便坐到位子上，小女警將筆遞給他後，很拘謹地跑掉了。

對面的男人低頭翻了翻已經記錄的東西，抬頭問：「妳經常這麼……熱心助人嗎？」

水光苦笑：「不常。」

男人盯著她好一會兒，最後說：「蕭水光是吧？不介意我再問妳幾個問題吧？」他的問題並不刁難，結束時還伸出手向她說：「多謝妳的合作。」水光只點了下頭，沒有回握，他也不在意，收回手，叫了旁邊的一名警員過來。「送這位小姐出去。」他說完像想到什麼事，轉向水光說：「對了，蕭小姐，妳住在兩名當事人樓上是吧？三樓？男當事人以後可能會找妳的麻煩，這種例子很多，妳要多加小心。」說的是關照人的話，語氣卻透著一絲惡質，水光能從他平淡的聲音中隱約感受到。

水光說：「我會的。」

男人看著她，一直到水光走出大門，他起身回到自己辦公室，沒一會兒拿了外套走出來，從二樓下來的一名中年警官見到他，問了聲：「成飛，要走了啊？」

梁成飛看過去，說：「副局長，我今天先回去了。」

「你值了兩天班，該早點回去好好休息一下。」

水光從警察局出來後走到路邊叫計程車，天已經暗下來，路旁的路燈亮起，此刻還算晚間交通高峰時段，路過的幾輛計程車上都有人，她打算去路口坐公車。沒走幾步，身後有車子跟上來，按了喇叭，水光回頭就看到一輛別克。

那人將車開來就說：「要不要送妳一程，蕭小姐？」

這人對她說話總帶點刺，雖然聽起來很客氣，水光心想不知道自己哪裡得罪他？

「不用，謝謝。」

梁成飛也不意外她的拒絕，臉上還帶著笑意，不疾不徐地說：「上車吧，也算是相識一場。」

水光看著他，她原本想說「我們不算認識」，可想想連這也懶得說。他對她莫名有敵意，她又何嘗想跟這些人多交流一分？

「不用了。」她走開時，身後的人沒再繼續說，沒一會兒車從她身邊開過。水光看著車子駛遠，這場景讓她想到那次章崢嵐在雨裡跟她說「妳看我都淋溼了」，是他自己跑下來卻又裝得異常可憐，而她明明知道，卻做不到全然不聞不問，甚至在他面前，她總有些不知該怎麼辦才好。不像面對剛才這個人，可以毫無顧慮地冷漠以對。

究竟是出於什麼原因才會有這種不同？難道只是因為那場酒後的放縱？

水光想到這裡便伸手撫住額，怎麼會有這樣的失誤……

下一秒，水光抬起頭差點撞到一個人，她嚇了一跳，當看清人時，臉上閃過訝異：「你怎麼……」

「驚喜嗎？」對方笑容粲然，隨後迅速地抓住她手臂打量她一番。「妳沒事吧？」

水光心想：能有什麼事？可看著他緊張過頭的表情，下意識搖了搖頭。

章崢嵐鬆口氣，手一下滑，拉住她的手就往停在對面路邊的車子走去，邊走邊說：「妳真是嚇死我，我回來就去妳那裡，找不到人，下樓時碰到鄰居，才知道妳因為勸架而被帶到警察局。哪個癟三將妳帶過來的？我非讓他們主管辭了他不可！還有，妳好好的勸什麼架，萬一傷到自己怎麼辦？以後別人打架，妳別管，知道嗎？」

「……你好囉嗦。」這話完全是陳述，沒有抱怨，更沒有親暱撒嬌之類的。

章崢嵐鬱悶，他想她一天了，回來的第一時間聽到「三樓的那位小姐因為勸架被帶到警察局」，真是心驚肉跳！

上車後，被嫌囉嗦的章老大直接抓了她的手按在自己心口處。「妳摸摸看，我的心臟現在起碼跳到每分鐘一百二十下呢！」

水光只覺得掌心下明顯的搏動讓她有些倉皇，他按得不牢，她抽出手說：「你不是說明天回來嗎？」

「想妳了唄。」說完就很殺風景地傳出肚子叫聲。「嘖，我還沒吃飯。」

水光不由抿嘴笑了一下，說：「我也還沒吃，要不要去吃麵？」

「麵？行啊。」章崢嵐心情愉悅了。「哎，我跟妳說，其實我最喜歡吃的就是麵，像拉麵、刀削麵、炒麵、滷麵……」

一路「麵」過去，水光扶額頭。

兩個人去的是一間店面不大，但裝潢挺別致的麵館，是水光帶路，這附近飯館多。這個時間點，馬路兩邊的停車格幾乎沒空位，蕭水光在麵館門口下車，關上門後俯身對車裡的人說：「我先進去點餐。」

章崢嵐笑道：「沒良心啊，不跟我同進退。」見她轉身走了，馬上喊過去：「妳還沒問我要吃什麼！」

水光頭也不回說：「你不是什麼麵都要吃嗎？」

章崢嵐笑趴在方向盤上，最後發動車子去找停車位。等到他停好車，吹著口哨下來，就被人從身後拍了下肩膀，回頭一看是老同學周建明，後者笑咪咪地道：「我就說這車眼熟，章老闆也來這裡吃飯哪？」

章崢嵐朝後面走來的人笑著微一點頭：「嫂子。」

手上牽著一個四、五歲小女孩的微胖女人正是周建明的太太，章崢嵐在聚餐上見過幾次。周太太也微笑著朝他頷了頷首，然後對身邊的女兒說：「璐璐，叫叔叔。」

周建明的女兒顯然性格比較像爸，立刻開朗地喊聲：「叔叔好！」

章崢嵐疼愛地伸手摸了摸她的頭。「乖。」

周建明問：「崢嵐，你一個人吃飯的話，要不跟咱們一起去？我在火鍋店訂好位子了。」說著指了指斜對面的一家店。

章崢嵐說：「約了人了。」

「唷，誰這麼大的面子，能請動您這尊最近大門不出，二門不邁的大佛？」

章崢嵐好笑，這幾天推去一切娛樂活動就成良民？原來這是好與壞的定義？此時沒多少興致回應老同學的調侃，直接說：「好了，我要過去了，你們吃吧。」他朝兩位美女擺下手就想走人。

難得見到一向懶懶散散的章崢嵐這麼急，周建明好奇了，拉住他問：「搞什麼鬼？你趕著結婚？說，約了什麼大人物？女的吧？新女朋友？」

周建明原本是瞎猜，沒想到章崢嵐只揚了揚眉，沒反駁，這下老周激動了：「章崢嵐你不厚道啊，交了新女朋友也不給我們看看，藏著算什麼呢？走走走，我們跟你一起過去！不管是何方神聖，今天我一定要見識見識，咱們一起吃！」

拒絕也好，推託也好，章崢嵐有的是辦法，可他一想，卻是回道：「也行。」然後將小女娃抱起來。「走吧，跟叔叔吃麵去。」

小女娃也不怕生，再者章崢嵐長得俊，自然討女生喜歡，包括現在越來越早熟的小女孩。

「叔叔喜歡吃麵啊？爸爸說冬天吃火鍋才好吃。」雖然喜歡這個高大、笑起來很好看的叔叔，可是有意見還是要說，爸爸教她的。

章崢嵐捏了捏寶寶的臉說：「是啊，叔叔最喜歡吃麵。還有，妳爸爸的話是不對的，火鍋吃多了容易生寄生蟲，會得潰瘍。」

「嘿……」後面當爹的喊起來。「別破壞我在我寶貝閨女心目中的地位。」

「我在樹立她正確的世界觀。」

周建明作勢要抱回女兒。「我女兒的世界觀我會樹立，你要樹立就自己生一個！」

「我想生，也得人家願意才行。」章崢嵐這話說得不輕不重。以前他腦子裡完全沒結婚生孩子這概念，現在結婚這念頭想了好幾十遍，而生孩子則是今天第一次想到，竟然覺得十分不錯，很不錯，如果是他跟她的孩子，該有多機靈多可愛？他想著，心裡的暖意就一波波湧上來。

聽到這句話的周建明驚得差點絆了一跤。章崢嵐，這在當年被第一學府電腦科系譽為最才智過人，卻也最不安定的人想生孩子？

「你想生孩子了？」

章崢嵐沒接周建明的話，只是笑著逗小女娃。「璐璐那麼漂亮，給叔叔當花童好嗎？」

小女孩歪頭。「什麼是花童？」

「花童就是別人結婚時，在他們前面撒花開路的人。」

周建明哭笑不得。「夠了夠了，我說崢嵐……你想結婚了？」

一夥人已經走到麵店門口，章崢嵐單手推門進去才說：「是的。」他抬頭便看到坐在靠窗位子的人，背對他的方向，仍有些距離，而他卻能在人群中一眼就找到她。章崢嵐喜歡這種感覺，微笑著朝那邊走去。

呆愣的周建明被老婆碰了下手臂。「愛上了當然就會想結婚，你那麼大驚小怪幹麼？」

這種時候反倒是不瞭解章崢嵐的人一下子點到關鍵。是啊，不管是誰，愛上了想結婚了，很正常啊。

周建明望向章崢嵐走去的方向，那裡坐著一個短頭髮的女孩子，外套掛在椅背上，穿著一件淺色系毛衣，望著窗外，給周建明的第一感覺是靜。

水光見到章崢嵐抱著一個小女孩過來，後面還跟著兩個顯然是孩子爸媽的人，意外是一定的。

她站起來，章崢嵐將寶寶放在她對面的位子上，很自然地朝她笑了笑，說：「有朋友要跟我們一起吃。」

章崢嵐側身指了指兩人，對水光說了周建明他們的名字，之後摸了摸小女娃的頭說：「周璐，璐璐。」最後才對周建明他們道：「蕭水光，我女朋友。」

周建明殷勤地伸出手。「妳好妳好。」能讓章崢嵐態度如此不同的女朋友，甚至點明說要結婚，往深處思索就是他自己說的「那一瓢水」，等同於見了傳說中的人物。

水光想著要不要回握，周太太就汗顏地把自家老公的手拍掉，對水光說：「妳好，水光，叫我黎姊就行了。」

水光叫了聲「黎姊」，期間似有若無地看了章崢嵐一眼，對方只是笑。水光無可奈何，卻是連自己都沒注意到她對他那聲女朋友自然而然地接受了。

因為突然多了人，章崢嵐讓服務生換了包廂。

一家三口坐一邊，章老大當然是拉著水光坐在他身邊。璐璐一直好奇地看著水光，最後說：「阿姨真好看。」

周太太笑著摸女兒的頭說：「丫頭有眼光啊。」

章崢嵐看著水光，坦然大方，還笑說了一句：「應該是我有眼光才對。」惹得周建明忍不住接話：「炫耀起來了？我說崢嵐，你怎麼追到這麼出色的弟妹？」

「死纏爛打囉。」章崢嵐為每個人倒茶，說的是實話，可除了被死纏爛打的人，其他人顯然當他敷衍。周建明轉向水光問：「蕭小姐，妳跟我這老同學是怎麼開始的，說來聽聽說來聽聽！」

水光苦笑，這是真的苦笑，最終說：「太久了，不記得了。」章崢嵐在她說那句話的時候微揚眉，摸了摸臉頰。

周建明訝異。「原來很早就認識了？」他竟然沒見過這號人。

「行了。」章崢嵐開口。「點的麵怎麼還不上來？餓得胃有點難受了，老周你去催服務生。」

「行，我去看看。」

周建明剛出去，水光見章崢嵐確實按著胃部，不禁問了聲：「你真的胃痛？」

章崢嵐想借題發揮，但有外人在也不好太誇張，便點頭說：「有點。」這是實話，他胃本就不好，今天中午在外省才吃兩、三口，沒胃口，之後拚死拚活回來，就是想到心上人那裡蹭飯，卻是一波三折。

水光皺眉。「你別喝茶了，等會兒讓他們拿一杯溫水進來。」

這時剛好有服務生敲門而入，跟進來的還有周建明，先上的是璐璐和蕭水光點的兩碗麵，在服務生出去時，章崢嵐笑著叫杯溫水。

之後的三碗麵陸續上來，在小包廂裡「兩家人」圍著吃熱氣騰騰的麵，倒很有幾分味道。

小周璐吃東西的時候更是話多，扭來扭去不安分，喜歡吃筍乾，就要去爸爸、媽媽碗裡夾。但父母點的麵裡不多，水光的三鮮麵裡筍乾最多，就一根一根挑出來給她。

小女娃很喜歡這阿姨，一邊咬著筍乾，一邊說：「阿姨妳的手錶好好看，我也有一塊，也是藍色的，不過是米老鼠的。阿姨喜歡看《喜羊羊與灰太狼》嗎？最喜歡裡面的誰啊？我最喜歡美羊羊了……」

水光對這活潑的小女孩滿有好感的，跟小周璐有一句沒一句地聊著，正巧水光在家裡無意間看過幾集動畫片。

章崢嵐望著跟小女娃說話的人，她多數是聽，偶爾點點頭，還會笑著說：「是嗎？挺有意思的。」

有人在桌下踢了踢他的腳，章崢嵐回頭看到周建明朝他笑得曖昧，對方不發聲，用口型說：「你飢渴啊！」

章崢嵐「嘖」了聲，用相同方式回話：「你管得著嗎？」

行，他是老大，想怎樣就怎樣的典型人物。周建明笑著點頭，不過整頓飯下來，那女孩的茶杯永遠會及時添上熱茶，連帶著旁人也享受到章老大斟茶的福。她要拿面紙時，他會早一步遞給她，她放在椅背上的衣服滑下來，他拿了放妥在自己椅背後，照顧得無聲無息、細緻入微。周建明心說：這哪是章崢嵐，完全是二十四孝男人嘛！

一夥人吃完麵出來，章崢嵐去付帳。出門後，周建明一家三口子鬧騰騰走在前面，章崢嵐跟水光在後面，看到被爸爸抱著的璐璐扭著身子唱兒歌，水光不由笑說：「她的精力好充沛。」

章崢嵐莞爾，靠過來低語：「要不然我們也生一個？」

水光看向他，章老大這回沒被秒殺，牽起她的手放進口袋裡。「當然，生孩子之前要先結婚，否則就成私生子，那可不行……」

水光沒有抽出手，雖然有點不自在，在他說到「私生子」的時候開口說了句：「你想太多了。」

章崢嵐受傷。「蕭水光同志，妳不會想玩過我就拍拍屁股走人吧？我以結婚為前提在跟妳談戀愛，妳要是玩玩就太不厚道了，我的身心都給妳了。」

水光告訴自己要忍，最後還是咬脣道：「你是雙子座吧？」人前人後判若兩人。

章崢嵐笑。「沒，射手的，典型的顧家男人。」

前面的人喊了起來：「你們接下來有什麼活動嗎？」喊話的是周建明。

章崢嵐問身邊的人：「他們大概要去喝茶，我們是回家，還是一起過去？或者妳想去別的地方逛逛坐坐？」

水光其實想說：你跟他們去好了，她自己回家，結果還沒等她說，章崢嵐又道：「要同進退啊，老大。」

蕭水光被那聲「老大」弄得很是無言，通常不是別人這麼叫他的嗎？

「我回家。」

「行，回家吧。」兩人已經走到周建明他們面前，章崢嵐說明緣由，「沒興致，我們先回去了。」章崢嵐的說辭永遠是那麼直接明瞭，連半點藉口都懶得找，他老大沒興趣活動，只想回家陪女友。

後來周建明上車後感慨連連：「真是不看不知道，一看嚇一跳。章崢嵐這等角色也有一天被收拾得服服貼貼，我今天算是見識到了。」

「我倒覺得那女孩子對他挺體貼的，一聽他胃不好就叫他別喝茶。」周太太接話。

「呵呵，很好啊，兩情相悅。」

再過兩天就是耶誕節，所以街道兩旁的不少店面已掛上霓虹燈，貼上「聖誕快樂」的祝福標語。章崢嵐以前對西洋節日沒啥感覺，現在倒是有點想法，問身邊也在看窗外的人。「妳這週日有空嗎？」

蕭水光有點出神，沒回頭「哦」了一聲，也不知道有沒有聽進去。

章崢嵐側頭看了她一眼。「發什麼呆呢？嗯？」

水光總算回過頭來，說：「我喜歡冬天。」

章崢嵐笑道：「妳不怕冷啊。」頓了一下。「我說……明天是週末，現在還早，要不要去我那裡坐坐？就單純坐坐，我沒別的想法。」想法是一定有的，正常男人每天對著心上人不胡思亂想才怪。但章崢嵐很好地克制，不想讓剛建立的關係因為理智外的情動而破壞，但真要說嘛，絕對有想法。

沒等到回覆，章崢嵐忍不住催促：「怎麼樣？給句話嘛。」偏頭看蕭同志竟然又望著窗外發呆，讓章崢嵐著實哭笑不得。「妳沉默，我就當妳答應了。」笑著打方向盤朝自己住處開去。

車輪滑入別墅後院的停車處，音樂的停止讓水光收回心思，也終於發現車子不是停在自己住處的社區，而是他家。剛想問身旁的人，對方已經下車繞過來幫她開車門，笑容很真誠。「我問過妳了，妳沒反對。」

水光無言，下車後說：「我自己叫計程車回去好了。」

「好個屁！」章崢嵐難得不文雅，二話不說拉著人回家。「我家裡是有豺狼野獸還是妖魔鬼怪，讓妳這麼不想來？」

「……妖。」

章崢嵐笑出聲來。「我是妖，妳就是佛，專收妖的，行了嗎？」

水光來過章崢嵐的住處兩次，一次已經不復多少記憶，一次是生病，他帶她過來，隔天起來還懵懵懂懂地看了他很久。

兩年前她看著這張臉是躲避，兩年後她看著他是一聲嘆息，其中的情緒連自己也說不清楚。

進到客廳後，章崢嵐去廚房幫她倒溫水，讓她坐著，想做什麼就做。

水光前兩次過來並沒有用心看過他的住處，這時候打量一番，只覺得簡約，也乾淨得出奇——對於一個男人來說。

水光看到茶几上擺著一件鉛筆盒大的鋼琴水晶模型，拿起來看了看，發現鋼琴頂部還刻著幾個英文單詞：Love and Will（愛和信念）。

她放回去時，身後的人說了句：「這應該是我高二那年去美國參加夏令營的時候買的。」

章崢嵐走到水光旁邊落坐，把手上的陶瓷杯遞給她，自己拿的是一罐咖啡。「要看電視嗎？」

水光捧著杯子點了點頭，不看電視只坐著也挺傻的，結果剛打開，上面暫停的畫面讓兩人都愣了愣。這是一屆全國武術比賽，確切地說是二〇〇三年的，是她第一次拿到全國級獎項，她站在最高的領獎臺上，那時她十六歲，笑容燦爛。

水光盯著螢幕好一會兒，章崢嵐也一時忘了要關掉或切換到TV，其實現在關也有點尷尬，都被抓包了，正想解釋或者掩飾一下，水光倒是先笑著說：「我都忘了還有這種紀錄。」

她多久沒有這樣笑過了？

水光一直在理清一些事情，那些有關於他的記憶，她不是不想忘，只是十八年的每一天她都跟他在一起，從懂得喜歡開始，心裡頭就埋了一顆種子，細心呵護，慢慢澆灌，盼著它發芽結果。最後他說等她，等了那麼久的幸福，原以為終於等來了，卻毀滅得那麼徹底，連一絲一毫的餘地都不留。

什麼都沒了。

于景嵐去世時，她只有這麼一個念頭。

已經四年了，景嵐去世時還那麼年輕，如今有多少人還記得畫面裡一閃而過的出色少年？

所以那麼多年她想忘記他，又如何真正捨得忘記他？這種矛盾折磨得她陰沉得不像自己，她想走出去，卻又捨不得放手。

「老是在我面前恍神，我會生氣的。」章崢嵐的手指纏入她的短髮，輕輕笑道。

水光的眼眶有些紅，他已將她擁入懷裡，有點心疼，有點悵然若失，也有點無奈。

「蕭水光，蕭小姐，不管妳心裡藏著什麼祕密，我只想告訴妳，妳守妳的祕密，我會好好守著妳。」

「你為什麼對我這麼好？」沒有人會無緣無故對人好，她對景嵐的思慕是滴水成河，慢慢聚集，就算沒到刻骨但足以銘心，那麼他呢？

「為什麼？妳就當上輩子妳是仙人，我是一隻風華絕代的男妖。妳救了我，朝夕相處彼此傾心，但礙於仙妖殊途，最終被活活拆散。但在分手之前我們約定下輩子到人間當一世的平凡夫妻，我們來續上輩子的緣。」

「……」

「好好，我錯了，不亂說話。」章崢嵐笑著把要退開的人擁回來，電視機已被他關掉，兩人之後安靜相擁，顯得有些溫馨。

水光沒有動，感受著他身上散發出來的熱度，他溫潤的呼吸在她耳邊輕輕拂過。其實除了這個想要嘗試的男人，蕭水光沒有跟任何男性這麼親密過，包括景嵐。跟景嵐最親近時，也不過是互相拉手在雪地裡走了一路。

如果水光知道此刻這個男人在想什麼，可能會直接甩手走人。

章崢嵐想做愛……不是靠著想她而手淫，更不是起了慾念去壓制，甚至跑去沖冷水澡。他是正常男人，面對心愛之人當然想動手動腳，畢竟這是他生平第一次動心。

章崢嵐不覺得對愛的人動情動慾是可恥的事情，他愛她，想得到她，渴望身心結合，這是人之常情。想起與她的第一次，雖是時過兩年，但時常不經意地回憶起，那種圓滿讓他幾乎沉淪。

當章崢嵐在天人交戰的時候，水光下意識靠近他一些，不知為何他的味道讓她覺得安心，也減少胡思亂想。

章崢嵐心裡直咒兩聲，從來沒想到自己竟會這麼敏感。他調整一下坐姿，不動聲色地問：「又在發呆？」

「沒有。」水光說。

章崢嵐一笑：「難道在想我？」

這回蕭水光沒再回話，章崢嵐有些遺憾。「我很想妳。」簡直是牽腸掛肚，為什麼會愛？其實這問題他自己也說不清，他就是想找這麼一個人，然後對她無限好。

「水光，如果我現在吻妳，妳會不會打我？」

「……」

「明天是週末。」

蕭水光直起身子看著他，後者沒有「強留」，甚至還拉開一些距離，笑容可掬地任由她看，左眼角的那顆淚痣讓這個男人看起來多情風流。

她在他身上尋求一些解脫，他要她的回饋？

當水光湊過去覆上他的嘴角時，章崢嵐呆在當場，水光點到為止之後退開。章崢嵐下意識地拉住她的手臂，他的眼裡璀璨生輝，然後掌握主動權吻上她的唇。

水光前一刻的心態是要對這個人好一點，要慢慢習慣與他相處，可這人……他的舌尖已探入她唇齒間。水光第一反應是想咬他，最後卻莫名忍下來，這算是回報或別的？水光也說不清楚。

蕭水光的放任給了章崢嵐難以言喻的激越，他順著她的唇一路吻上她的耳畔，他像是中邪，說了一句：「我想要妳。」

水光喘著氣，眉心皺起，才要說什麼，章崢嵐已經勾住她的脖子與她繼續親熱，水光完全不是他對手，唇間的相濡以沫讓她意識渙散。章崢嵐沒有太激進，但吻得細密，讓對方無從想其他，包括抗拒，他知道他乘虛而入，也有點硬來，可那點理智終究抵不過心裡潛藏已久的魔鬼。但畢竟是對著捧在手心裡的人，在熱吻的間隙還是發出低低的詢問：「我想要妳，可以嗎？水光，我們是男女朋友，親密是天經地義。」問是問了，又加了一句對症下藥的誘導。

果然水光的遲疑又給了色慾熏心的男人足夠的可乘之機，章崢嵐拉著她的手腕環在自己腰側，看起來像是彼此相愛的兩人相擁相吻。

水光覺得自己浮浮沉沉地踩不到點，也忘了要用武力，任由他滋生出無限曖昧。

章崢嵐對於蕭水光的不反抗欣喜不已，沉啞的聲音移到她耳邊緩緩說著愛語，水光喘息著，氣息拂在章崢嵐臉邊，勾得他心癢難熬，只想更深地索求那份甜蜜。

「我要走了。」曖昧流動的間隙聽到水光的低語，章崢嵐一愣，抱緊她，咬牙切齒道：「妳想看我死嗎？」

水光腦子裡一團亂，心還在沒規律地跳動。「章崢嵐……」她伸手推他，他索性將她的手抓過來咬，又怎麼可能捨得真的咬下去，只是含著水光的手指，用舌尖一一舔過。蕭水光心裡一麻，要抽手，章崢嵐哪會讓她得逞，輕咬了咬她的食指，眼睛直勾勾看著她。

水光的臉比之前更紅，有氣也有羞。畢竟是女孩子，而且她對待感情一直是保守而克制，除了對景嵐的暗戀，可以說完全沒談過戀愛，結果一開始就碰上章崢嵐這種角色，被弄得手忙腳亂太正常不過。

章崢嵐總算鬆開手，但沒有讓開的意思，甚至還貼近一些，俯身親了親她的頭髮。水光以為要結束了，卻發現被他壓在沙發下，她咬牙，懊惱自己次次對他放鬆。

「你放手，我要走了……」

「不放。」

水光惱羞，屈起腿踢他，但因為受了限制，不知道踢到哪裡，只聽他哼咒一聲，眼光直接垂下來，竟帶著幾分幽怨。「妳還真是狠。」水光不明所以，章崢嵐抓住她的手往受傷處而去，當蕭水光意識到什麼，中途狠命抽回手。「你流氓！」

章崢嵐沉沉笑了出來。「這樣就流氓？那這樣呢？」他說著舔上她的嘴唇，間或一吮，順勢而下微開的衣襟都含著明顯的情慾。

在水光還沒氣得罵出口時，他又進一步流氓地脫掉自己的衣服，奇妙的是那舉動沒有絲毫猥瑣感，反倒性感出奇。

只不過水光沒心情欣賞，只想一腳踹他下去。「你是坐檯的嗎？」

章崢嵐噗的笑出來，埋首到她頸間，緩緩吹氣。「妳就買了我唄。」

水光偏開頭，章崢嵐嘴邊露出笑，手下沒停，身上還剩的襯衫已經半開，精幹結實的胸口袒露出來，他不容分說，牽她的手來到自己的後腰背上，說道：「妳上次抓得我身上留了好多疤。」

水光隱約知道他在胡說什麼，不過她現在更惱的是自己竟然每次都被他牽著走，第一次有些孩子氣地順應他的話，去抓他的背，引得某流氓抽口冷氣。「妳真的抓了？」

下一秒眼中始終含笑的章崢嵐坐起身，將身下的人提抱起，讓她坐在自己身上，水光下意識「啊」地叫出一聲。

等坐穩，蕭水光要掙脫下去，兩人姿態太親暱，她橫跨在他的大腿上，手撐著他裸露的胸口，結果她才剛動就被強行制止。水光看到眼前人的面色有點潮紅，危險地瞇著眼，隨後漸漸逼近，水光瞪著眼前放大的俊朗臉孔，此刻因那顆淚痣，看起來有些魅惑。

「想不想嘗嘗頭牌的味道？」說完章崢嵐吻住她，這次有點急迫，像是要竭力慰藉一份等待水源太久的乾渴。

等水光反應過來，人已經被帶進太過強勢的感官體驗裡，生嫩的蕭水光面對卯足了勁勾引她的章老大，勝算微乎其微。

Chapter 17

沉淪的心

如果說章崢嵐這人沒有城府就是笑話。他能有今天的成就，能隨心所欲地生活，需要多少的能力可見一斑，這自然包括勾引心上人。

在水光推拒前，章崢嵐右手揑著她的手腕往自己心口引，左手已滑入她的毛線衣下襬。

水光自知不妙，但被他搞得暈頭轉向，腰在他的手下微微抖動一下。「你別……」

如果是別人有這樣的無賴行徑，她是不是已經直接將人打暈？水光發現自己對他意外地容忍，可這人實在讓人生氣。

但章崢嵐豈是生一下氣就能打發的人，更何況又是這種箭在弦上的時刻。他簡直恨不能二話不說綁住她吃掉，可終究不敢雷厲風行，只小口小口地誘著。

章崢嵐的唇從她身上離開，他一直注意她的表情，此時她的臉有些紅，但還不至於神思不清，甚至看得出明顯氣惱著，鼻尖上冒著點點細汗。他喜愛地咬了咬她的鼻尖，水光驚得一跳，他的手伸向她背脊撫著，一句句說著親密話，當他的手指毫無預警地滑入她的裡衣，輕輕碰觸她的裸背，水光一瑟縮，他還皺眉柔聲問：「有點涼是嗎？」

水光吃力地控訴：「很冷。」

章崢嵐笑了，帶著溫情，帶著歉意，也帶著幾分步步為營的狡猾。「等一下就熱了。」下一刻水光感受到有堅硬的東西頂著自己的腹部，反應過來後連耳朵都燒紅了，這個流氓！

這樣的肢體交纏付諸武力都是綁手綁腳，水光又被束縛得徹底，抓撓推搡對他沒有任何用處。這人沒練過武術，但絕對學過跆拳道之類的。

水光嘴裡沒示軟，卻有一種兵敗如山倒的感覺，看他完全不知廉恥的樣子，更是氣得哆嗦：「你怎麼可以……」

章崢嵐眼眸幽暗。「我可以，因為我愛妳，而妳也喜歡我。」

水光不知道該怎麼說，臉紅心跳。

他靠著她的肩膀，熱氣呵出，伸手拉著她的一隻手按到他的慾望上，低聲求：「妳碰碰它……」

水光腦海裡嗡嗡直響，碰到之後才猛然驚覺，而他像是一時起意的逗弄，隨她脫開手。

接下來發生的事，水光猶如處在渾渾噩噩的半昏迷狀態，被他帶著躺在寬大的沙發中。他笑著拂開她額前的瀏海，吻了吻她的額頭，然後直起身跪在她身前脫了衣褲，等水光反應過來時，他又壓上去。

周身都籠罩他的氣息，水光心慌意亂，要開口，對方的舌尖已輕易頂開她的牙關，一路掃蕩，強烈刺激口腔，她幾乎無法喘息，遺漏的聲音漸成呻吟。這讓章崢嵐更是心神蕩漾，迫不及待地想占有她，讓自己解脫，也讓她快樂。

幾乎全裸的男人張揚著勻稱健朗的身形，他拉她的手到自己的腰股處，眉眼滿含情意，輕輕舔咬她的耳廓。「水光，妳什麼都不用做，只要好好享受，嗯？」

水光咬著唇，她不會撒謊，他的親吻讓她有歡愉的感覺，但他的手段太卑劣，問是問了，行為卻不含糊，甚至更加得寸進尺。

「章崢嵐……」

回應她的是又一記綿長的吻，然後是點點輕啄，帶著喑啞的聲音。「我想要妳，水光。」這是他第二次這麼說，這一次顯然比前一次更貪渴。

水光慌了，被他帶得越走越遠，但她不知道這究竟是對是錯。

章崢嵐，章崢嵐，現在滿腦子都是他。

她想接受他，可這太快了，只覺得這人可惡可恨！

水光的失神只是讓章崢嵐又進一步得逞，在她身上製造熱意、痕跡，水光微張嘴喘氣，奇妙的戰慄感讓她想要抓住點什麼，像一條離了水的魚兒。

章崢嵐度了口氣給她，哭笑不已地拍了拍她的臉，語氣寵溺得都要透出水來：「傻瓜，呼吸都不會了嗎？」

水光無力瞪著他，章崢嵐笑，手搭在她後腦杓，又是吻又是愛撫，像在享受一道唯一對他口味的大餐。

夜才開始，章崢嵐一步一步誘情勾心，請君入甕，水光就像砧板上的魚肉，完全沒了後路，連對方幾時將她的雙手禁錮在頭頂都沒注意，好久之後回過神來，已被褪去不少衣物。水光又羞又惱，抬腳要蹬他，可全身酥軟得完全提不起勁，只讓罪魁禍首抓住腳，環上他的腰身。

章崢嵐輕咬她的唇。「妳會快樂的，我想讓妳快樂……」

水光身上還有一件長版棉襯衣，遮住一點修長的腿，章崢嵐勾著她的底褲褪下來，敏感的水光寒毛都豎起來了，悶悶支吾幾聲，只想推開他。

可章崢嵐這時怎麼可能停得下來，他已是滿頭大汗，手都有些顫。「我愛妳，我愛妳，水光，給我好嗎？」

「章崢嵐……」水光腦中空白一片，除了叫眼前這個人的名字，她想不到其他。

章崢嵐吃力勾起嘴角，吻了好幾下她的身體。「對，我叫章崢嵐，是我在抱妳，我愛妳，只愛妳……」

當章崢嵐終於扶著慾望慢慢推入她身體時，水光情不自禁地低叫出聲，指甲嵌入他的皮膚。章崢嵐紋絲不覺得痛，卻不敢再深入，停在半途，煎熬難耐，汗水從肌腱上淌下，落在她的頸間，水光眼中蒙上了一層水氣，勾得人要走火入魔。

「我慢慢動，好不好？」沙啞的嗓音幾乎聽不真切。

水光咬著發白的唇，只希望不要發出那些不似自己的聲音，眼裡水潤一片，章崢嵐心疼得要死，可要他不做還不如真的去死。他一邊摩挲她的脊背讓她放鬆，一邊調整兩人姿勢，終於在抱起她一些時趁勢深深沒入，那刻的圓滿險些就讓他提前結束這場渴求已久的性愛，真是要命！

「啊，水光……」

蕭水光覺得全身上下又疼又臊，連骨頭都沒力氣，嘴裡的低吟終於逸出，刺激章崢嵐的自制力全面癱瘓。

他把她放妥在沙發上，俯身舌尖鑽入她開啟的嘴巴裡，糾纏住她的舌一起共舞，身下慢慢地抽動起來，水光全身都泛起了紅，雙腿掛不住要滑落。他托起她的股部，兩人坐起來，換過的姿勢更深入，他緩了一口氣才由下而上律動著。

「乖，扶住我。」

水光只覺自己像水上的浮草，漂漂蕩蕩，她本能地抱住眼前的人，章崢嵐愛死這樣，啃咬她的裸肩、後頸，他想吃了她，一點一滴都不剩！

周圍的溫度越來越高，歡愛的氣息瀰漫整個空間，燈光打在兩具如斯契合的身體上，折射出點點亮光。

章崢嵐在最後那一刻吞下她到達高潮的呻吟，也讓自己在她體內釋放完全。

許久之後，章崢嵐放水光重新躺下，他側躺在她旁邊，擁著她，吻她汗溼的額頭。水光閉著眼睛，顫抖地吐息，像是溺水的人。章崢嵐滾燙的掌心磨著她的頸側，從額邊吻到下顎，回味剛才極致的餘韻。

兩人都沒有說話，章崢嵐是顯而易見的滿足，膩著她不肯動，直到水光說了一句「我想洗澡」。

他才撐起身說：「我去放洗澡水，妳等等。」說完親了她額頭一下就翻身下沙發，匆匆套上長褲，又拿了一旁貴妃椅上的薄羊絨毛毯蓋在她身上，忍不住又親了親才去二樓放水。

水光等到聽不到腳步聲才睜開眼，盯著天花板上的燈看了好久，最後坐起身套好衣物，起來時有些站不穩，她暗暗咬脣。

章崢嵐剛把水放好，水光就推門進來，正彎腰試水溫的人挺直身子，摸了下臉說：「怎麼自己上來了？」說著要走過來扶她。

水光說：「你先出去吧，我自己來。」

他笑了笑，說了聲好。

章崢嵐出來後，站在關著的門口發了一會兒呆，然後去隔壁的更衣間翻找乾淨的浴袍。那刻水光則躺在浴缸裡，紅著臉慢慢沉沒在水裡。

等水光從浴室出來，看到門邊多了一張椅子，上面放著一套浴袍。章崢嵐聽到聲音從旁邊相連的主臥室走出來，兩人視線相交。章崢嵐見她穿著原來的衣服也沒說什麼，微笑著用手裡的乾毛巾擦她的頭髮。「頭髮怎麼才吹半乾？」

水光偏開頭，章崢嵐的手稍稍一僵，她看著他說：「不用了。」

章崢嵐笑道：「好。」自若的神態有點破功，他以為她要走了，下一秒愣愣地看著她進臥室，然後上床窩進被中。

章崢嵐有點不敢相信，捏了捏自己的手才知道不是作夢，最後火速沖了澡回到床邊，猶豫再三也上了床。

他一隻手隔著被子搭上她的腰，將她攬住。「水光。」

水光沒回話，章崢嵐克制不住揚起嘴角，稜角分明的臉讓他看起來明朗又性感。年輕時意氣風發的章崢嵐甚至覺得全世界都可以是他的，現在發現就算此刻真的擁有全世界，也沒有比擁有她的百分之一好。

之後想到什麼，又轉身去旁邊矮櫃上的抽屜裡拿了東西出來，靠到她耳邊柔聲細語：「這對對戒是今年我生日那天買的，當時不敢給妳。」他拿出那枚女士的白金戒指，擁著她，從被下拉出她的右手戴在她的中指上。水光縮了手，只可惜現在章老大勢不可遏，幫她戴上後又立刻為自己套上那枚男士戒指，對於從不愛戴首飾的章崢嵐來說，這回戴得是死心塌地，甘之如飴。

這一晚一個悶頭睡，一個幾乎沒睡，到早上的時候章崢嵐才稍減亢奮，瞇了眼睛，呼吸聲漸漸安穩，睡得很踏實。

等第二天醒過來已近十點，窗簾的縫隙裡有陽光照入。他往旁邊伸手一探，猛然清醒，床上只有他一個人，坐起身看了看四周，靜悄悄的，沒有她的氣息。

章崢嵐披著睡衣下樓的時候忽然想到兩年前，那時他起來後，也是一個人在空蕩蕩的屋子裡走了一圈。

他去廚房泡了一杯咖啡，心裡有點沒底。兩年前他去學校，卻得知她有男朋友，他坐著待到點的麵冷卻，就跟他當時的心情一樣，可能心情更糟糕吧。

自己的原則是，如果她單身就跟她說，如果她有伴呢？他一直自負地認為即使是那種情況也完全可以瀟灑退出，不強求，臨到頭才發現原來這麼難以接受。

現在呢？又是什麼情況？

灌了口咖啡，咀嚼出來的味道就像是被拋棄般的苦，哪有人在每次親密完的隔天一大早就不見人影？章崢嵐覺得很受傷，自己就這麼沒魅力？

放下杯子要上樓去換衣服，出門逮人，非問清楚不可！剛走兩步，門鈴響起，章崢嵐心說：週末一大早的，誰這麼不識好歹？面色不太好地開門，結果傻在了門口。

水光手上提的顯然是一袋食材，鼻尖凍得有些紅，看到他站在門口不動，皺眉說：

「怎麼了？」東西有點重，外面又冷，水光不曉得他發什麼呆。

「啊？哦，沒事……妳去買菜？」章崢嵐馬上移開身子讓她進來，說話時思緒跳了好幾跳。

水光「唔」了一聲走進來，換上拖鞋向廚房走去。章崢嵐跟在後頭，半天問了句：「怎麼不叫醒我？」

「嗯。」又是一個應付的發聲詞，章崢嵐卻一點都不受影響，反而笑容漸大。「下次要叫醒我，知道嗎？雖然菜市場在附近，但大冬天的，妳一個人出去多不安全。」

水光對他詞不達意、毫無條理的話自動過濾，進了廚房就忙碌起來，章崢嵐捲了浴袍袖子要幫忙，水光說：「你別搗亂了。」

剛剛擔憂的心再度安定下來，此刻簡直是柔軟不已，看到她右手上沒有摘去的戒指，忍不住靠上去又說：「那我老規矩，看妳吧？」

水光側頭，淡淡道：「那麼我也老規矩，你能出去嗎？」

兩秒的停頓，隨即是朗笑出聲，窗外的冬日陽光暖洋洋地照在兩人身上。地面上彼此的身影巧妙地重疊在一起，親密無間，美好得宛如所有熱戀中的情侶，他之後乘其不備，重重親了親她的臉頰。「我去換衣服，等會兒來幫妳的忙，別說不要，哪有……的第二天早上讓女朋友忙的，是吧？」

消音的幾個詞換來女人的一記瞪視，章崢嵐眉開眼笑地走了，還哼著歌。

水光看著那道背影，心裡漸漸地平靜好多，那些恍惚和不安定在他身邊總是會逐漸消逝。她不明白，但開始試著體會，這樣對誰都好，不是嗎？

水光準備簡便的中飯，章崢嵐從旁協助，倒也起點作用，果然是一學就會的菁英人士。

餐點很快弄好，兩人沒有去客廳的大餐桌用餐，直接在廚房的小桌子上圍著吃飯。章崢嵐一身休閒服飾，坐在那，長腿伸著，很有一股慵懶氣質，吃的時候不忘夾菜給對座的人，說話時眉目總帶笑，讓人一看就知道他心情好。

水光心無旁騖地吃東西，只在最後說了句：「我等一下有事要出去，你來收拾吧？」「沒問題。」答應得很快，但馬上想到關鍵。「去哪？今天禮拜六，不能在家裡待著嗎？」到底是有怨言。

水光看他一眼，下了位子才說：「去拍照，跟你公司簽的約。」

章崢嵐終於體會到什麼叫「搬石頭砸自己的腳」。

章崢嵐坐在沙發上，腳架著茶几，手上拿著遙控器漫無目的地轉臺，心上人出門忙碌，他一個大男人窩家裡著實鬱悶，不是他不想跟著去，人家不讓他跟啊！出門前那一句「我認得路」，想想真是心酸，女朋友獨立前行，他自願降格當跟班，她還嫌棄，真是悲哀。

悲哀的章老大甩開遙控器，起身在客廳裡走動。換作平時，週末這時候他還在床上睡，差不多下午才起來，然後不少狐朋狗友發來邀約，他看心情決定去不去。現在心思全在女朋友身上，來電顯示如果不是蕭水光，他都懶得接了。

直到大國的第三通電話響起，章崢嵐才懶洋洋地接起來：「什麼事？」

「老大，你不會忘了吧？今天下午一點，你要參加市科技局的一場大會，你還要上臺演講。」

章崢嵐腦子一轉，倒是想起有這麼回事。「我知道了。」

「對方的主管打兩通電話過來了，你是主講，給點面子，千萬別遲到啊！」

「行了，我有分寸。」

老大你做事全憑興趣，不講分寸的好嗎？大國被掛電話的時候這樣想著。

章崢嵐答得乾脆，主要也是想找點事做，分散注意力。看時間是十二點，準備準備，差不多可以出門了。

水光早就跟人約好時間，所以過去時，工作人員都已經到位，效率可謂不差。章崢嵐公司派來協助形象指導的老陳早就候著了，說真的，老陳看到蕭水光是有點「心理障礙」，主要是上次見她跟自家老大有曖昧，但後來這種猜測被公司裡的同事一致否決。老闆在某些方面還是很有原則，跟工作夥伴的關係弄得最清楚，再者前女友都回來了，破鏡重圓的戲碼似乎更合情合理，所以老陳後來覺得是自己想多了。

水光被帶去化妝間，領她的還是上次那人，路上還說明因為這單子拖得比較久，雖然東家說不急，但他們還是希望快點完成，所以今晚可能要開夜車，問她是否有問題。

水光也想速戰速決，就說可以。

老陳在旁邊心說：我們什麼時候不急了？那款遊戲不是等著片子出來宣傳上市嗎？「不急」這種指令，除了大老闆誰敢下？難道是老大以權謀私？老陳又迷茫了。

水光第二次來這間化妝間，也算熟了，化妝師見到她就招手說：「嘿，美女，等妳好久了。」

人稱阿MO姊的化妝師對水光的臉一直念念不忘，這時主動引她去更衣室。「美女，上次因為穿的衣服簡單，我們先化妝再換衣服，這次穿得比較複雜，所以讓阿琳先幫妳換好衣服，再來化妝。話說美女，妳今天的氣色不錯噢，比上次要好很多。」

水光微微一愣，想到什麼，臉上冒起幾分尷尬。

對方沒注意到，徑直問道：「妳平時用什麼保養品？二十幾歲了，皮膚還能像妳這樣吹彈可破的算是稀有，對了，妳平時會化妝嗎？」

「啊？」水光緩了一拍，隨後搖頭說：「不化。」

阿MO看這女生似乎不大愛講話，本來還有意邀她做自己的長期妝模，她的容貌本身就好，可塑性又非常高，可她好像不怎麼好溝通，對化妝似乎也沒興趣，這可難辦了。

服裝師阿琳和她的助手已經準備好衣服，水光看到那套複雜得不知是仿了什麼朝代的服裝，當即苦了臉。阿琳看出她為難，笑說：「沒辦法，客戶要的是武俠風。」

水光原想自己去隔間換衣服，看到這套衣物就覺得她一個人穿不了，可她身上還有一些曖昧的痕跡，自然不願讓其他人看到，著惱地又想到罪魁禍首，也就是那客戶。

「像上次那種簡單的衣服不行嗎？」水光踟躕。

阿琳笑道：「蕭小姐，妳穿這套衣服的效果絕對比上次那套棒很多倍！」

「……不棒一點也可以。」

「什麼？」阿琳沒聽清，水光嘆了一聲說：「算了，換吧。」勉為其難的口氣讓服裝師很憂傷。

水光的擔心不是沒道理，阿琳在換衣期間看到蕭水光頸項、腰上和內衣上方的肩背上那些明顯吻痕也愣了一大愣。水光就當自己死了，死人是不臉紅的。

阿琳的助理忍不住咳了一聲，心說：這美女的情人一定很熱情，看看這痕跡。

阿MO站得遠，水光又被兩個服裝師圍著，沒看出這情形，等了會兒覺得無聊，拿出寬屏手機看新聞，不久「咦」了一聲：「這不是GIT的章總嗎？上個月新鮮出爐的本市十大青年經濟領袖——他排在第一，GIT果然很賺錢。」

阿琳的助理回頭問：「這人是不是上次來過，在旁邊看我們拍照的？」

阿MO經這女孩一說，抬頭看向水光，那次GIT的老闆顯而易見是來看她的，她當時第一直覺就是兩人是男女朋友，就算後來知道那人是GIT老總，也只是更加印證那句「郎才女貌」。

水光此時悶頭說了句：「冷，可以快點嗎？」

阿琳當即說了聲「sorry」，加快速度，阿MO則在心裡感慨：「這女孩如果真是GIT老總的女友，讓她當妝模真是太異想天開了！不過這章總看起來似乎挺有占有慾的，怎麼捨得讓女友來拍照呢？」

是的，章崢嵐現在後悔死了讓水光拍照，身處人才濟濟的會堂裡，正式的演說部分已經結束，此刻是自由交流時間，不少人過來跟章總交流，章崢嵐應付幾句就頻繁拿出手機看時間。

快兩點了，不知道蕭水光忙得如何了？

章峥嵐權衡一番，跟身邊的人點了點頭，朝大廳門口走去，撥了電話，接聽的人卻不是她。

老陳坐在攝影棚外面，當放在一旁的蕭水光手機響了又響，老陳猶豫著要不要幫忙接。在鈴聲第四次響起時才終於拿起，一看螢幕上顯示「章峥嵐」就有點傻眼，盯著好一會兒才按了通話鍵：「……老闆？」

對面一時沒聲響，隨後才略帶不滿地問道：「老陳，怎麼是你？水光呢？」

「她在忙……手機放在椅子上……」沒等老陳多說什麼，章峥嵐又問：「大概還要拍多久？」

「可能要拍到晚上。」

「我三點過去，你交代一下。」

老陳聽著「嘟嘟」的忙音，深深迷茫了，這樣說兩人沒關係，他死也不信啊！還有老闆你要我交代什麼？跟蕭小姐說你要來？還是跟這邊的公司負責人說老大你又要大駕光臨？

結果老陳揣摩來揣摩去，還是將聖旨揣摩錯了，他跟厲總通電話，說他們章老闆等會兒要來貴公司。厲總週六也在加班，一聽馬上說：好啊，來了就到他辦公室坐，喝喝茶，一起吃晚餐！

章峥嵐到達時已過三點，因為又忙了點事。

停好車，想了想就撥老陳的號碼。他本打算不進去，確定他們收工就跟水光通電話，然後將女友招出來，出去玩也好，回家兩人窩著也罷，總而言之要共同進退，章老大不太想承認他現在有點黏人。

老陳左等右等，在三點半時總算等到自家老闆的電話，忙接起問：「老大，你到了？」

章崢嵐說：「我在外面，你們完工了吧？」

「啊？還沒，老大你進來吧，厲總今天也在，我跟他打過招呼說你要來。」

章崢嵐頓了會兒，慢慢道：「跟他打什麼招呼？」老厲侃侃而談起來沒完沒了，章崢嵐此時完全不想跟他碰頭。

老陳當即聽出老闆的不爽，小心問道：「要不然……我讓蕭小姐來接你，他們這會兒正在休息。」

「接我？」一字一頓，足夠凍死人的聲音竄進老陳耳朵。「你找死嗎？我來接她的。」

那口氣明明白白、清清楚楚袒露著「她才是我上頭人」的意味，老陳哪裡有過這種經驗，自家老闆平時都是倜儻不群、傲睨自若，一向是他命令或鄙視別人，哪有他「紆尊降貴」的時候？

老陳終於在想了一圈後醍醐灌頂：追求？曖昧？這算什麼！蕭小姐就是老闆心尖上的人！老闆是來接心上人的，之前是讓他交代一下早點收工，他老大要帶女友回去了！

「那、那現在怎麼辦……我跟厲總說您要來，然後……蕭小姐剛去拍下一組了，要不然這組完了，我去說今天先到這裡？您先進來坐坐？」

章崢嵐本想罵人，但一想，覺得大庭廣眾之下名正言順似乎更不錯，於是說句「我進去」就掛電話。

老陳馬上跑出去迎接，一見章崢嵐就嘿嘿笑：「老大來了！」

章總徑直朝攝影棚方向走去，路上問了老陳有關拍攝的情況，老陳一一回答，最後章崢嵐問了句：「裡面有多少人？」問的自然是蕭水光在的攝影棚裡。

「七、八個人……老闆你來接蕭小姐出去約會的？」總算提到關鍵。

章崢嵐沒答，倒是看了他一眼。老陳心下一驚，老大的心思向來很難猜，猜錯了被鄙視，猜對了……他要是不爽你，你也會死很慘。

「頭兒我瞎說的，瞎說的。」

章崢嵐步履沒變，手插口袋笑了笑。「沒說錯，找她約會。」

老陳止了步子，呆望著老闆落落大方、心情極好地跨進攝影棚，心裡只有一道聲音：「原來一直是她啊。」

前段時間老闆幾次上班笑容滿面，動不動請吃大餐，要不就是遲到早退，那時臉上表情跟剛才一模一樣，不是懶散地扯扯嘴皮，更不是虛應的笑，是真的心情好的神情。

老陳雖然一直被人叫「老」陳，年紀卻比章崢嵐要小一歲。進ＧＩＴ三年，以前覺得老闆是「智商高，玩得開」，如今他覺得其實老闆非常感性哪！

感性的章崢嵐一進攝影棚就見到想找的人，因為很顯眼。人群中心的蕭水光一身色彩鮮明、層次感十足的襦裙，濃淡適中，修短合度，化了妝，此次還接上飄逸的長髮，燈光打下來，浮光躍動，顏煒含榮，般般入畫。

章崢嵐頭一次腦子裡閃現出那麼多詞彙，暗暗笑自己每見她一回，就多明白一分自己對這人多沒抵抗力。隨後他站在門邊，沒有進去，看著那廂，心有所思。

後腳跟上來的老陳見老闆看得認真，不敢打擾，只中途問了兩聲他老人家是否要坐，他去搬凳子，以及他去泡茶，均被揮退了。

不多時又有人看到章老闆而過來招呼，實在是章崢嵐本身也是發光體，尤其還是像今天這樣衣冠楚楚的。

「章總您好，我是化妝師阿MO，您來看蕭小姐？」

章崢嵐隨意偏頭看了過來說話的人一眼，笑了笑。「妳好。」沒再說其他，又回頭看向水光那邊，不失禮數卻明顯對閒雜人等意興闌珊。老陳一頭汗，頭兒這德行才是司空見慣的，轉向阿MO圓場說道：「阿MO姊，今天辛苦妳了。」

阿MO沒被大老闆的冷淡影響到，笑著說：「還好，盡我所能，而且蕭小姐天生麗質，幫她化妝感覺很棒。」

「是嗎？」發出「是嗎」的卻是冷淡的大老闆。

阿MO說：「是啊，蕭小姐如果要當偶像明星都不成問題的！」

章崢嵐一揚眉，說：「她不用去做什麼明星。」

那語氣顯然帶著寵的，老陳抹汗，心說：老闆打算讓人知道了，表現得那麼明顯！

老陳側頭想看老闆表情，卻瞄到他環在胸前的右手中指上戴著一枚戒指，他回憶起拍照前讓蕭水光摘去的戒指，身為美工人員的老陳瞬間斷定這是對戒！

章崢嵐感覺到老陳的目光，看向他說：「怎麼了？」
「沒沒……老大你這戒指真不錯。」
「呵。」章崢嵐笑了下，微抬手看了戒指一眼。「我也覺得不錯。」
「咳咳，您老真的要結婚了！」
章崢嵐的目光轉向聚光燈下的人，嘴邊露出耐人尋味的笑。「很快吧，我想。」三十歲結婚，剛剛好。
燈光下的人此時剛好望向這邊，蕭水光看到章崢嵐沒有太過驚訝，卻微微紅了臉。章崢嵐笑出聲，親密愛人的臉在燈下泛著淡淡紅暈，讓人看了心癢難耐啊。
難耐的章老大跟老陳說了句：「我上去跟老厲聊聊。這組拍完之後，你讓人收工，然後打電話給我。」
「哦好……」老陳看著他走出去，一旁的阿MO湊上來說：「你們老闆挺酷的。」
老陳笑道：「是啊。」這只是九牛一毛，冰山一角。
阿MO又說了一句：「你們老闆讓老闆娘來拍照，這是情趣嗎？」
老陳又是滿頭汗：「大概吧……」
水光拍完一段下來，看到老陳已經招呼大家收工，然後跟攝影師到旁邊協商，水光不用想也知道是某人授意的。原本想在今天完成工作，如今看來不可能了，因為攝影師已經回頭朝她說：「蕭小姐，妳可以去換衣服卸妝，接下去的部分下次再拍。」
水光忍不住說：「今天拍完吧。」

攝影師搖頭。「哎，蕭小姐妳男友都來接妳了，東家大老闆都不急，妳不用太體貼地為他擔心進度和費用，哈哈！」

水光無言。

至此，攝影棚裡的人都知道美女是GIT老總的女友。

水光心情複雜地幫自己善後，換好衣服後，靠在化妝檯前幫她卸妝的阿MO笑著說：「妳男友好可愛，哦，應該說成熟又可愛。」

蕭水光下意識接了一句：「下流又無賴才是。」

阿MO哈哈大笑：「真的！據說章老闆這人才華橫溢，琴棋書畫樣樣精通。哦，我們厲總辦公室就掛著他寫的一幅草書，確實寫得好看，大氣。不過聽厲總說，你們章老闆好幾年不寫字了，為什麼？太浪費老天爺給的才能了吧。」

「大概只是對書法沒興趣。」

阿MO一聽嘆息不已，有本事的人就是可以這樣造孽，讓擁有一手爛字的人羨慕嫉妒恨。「喜新厭舊啊。」

蕭水光同意地點了點頭。「是的。」

「是什麼？」帶笑的聲音，章崢嵐不知何時靠在化妝間門口，正在八卦的兩人竟沒注意，硬是讓當事人聽了牆根。

阿MO老江湖面不改色地對美女說了聲：「可以了，蕭小姐，妳去洗臉吧。」

說人「壞話」還被當場抓住的蕭水光臉上有點臊，馬上起身去隔壁的洗手間。後一想，明明該她生他氣才對，隔三差五地就搞出事情。

水光洗完出來時，外面只有章崢嵐一人在，正坐在她原先坐的位子上玩手機，見她出來，笑著收了手機站起身，問她是不是可以走了。

水光望著他問：「你怎麼來了？」翻譯後明顯是你來幹麼？

章崢嵐輕風拂山崗，微微笑著：「順道過來的。」然後拿起她的包包遞給她。「接下來我們順道去約會。」

Chapter 18

平安夜耶誕節

當一個男人花了所有心思和時間在一個女人身上，這男人又聰明得很、臉皮厚得很，這女人除了被牽著手走，就是被氣得牽著手走，總之都是被牽著走。

在眾目睽睽之下被牽著走的蕭水光同志，出了大門口時終於惱道：「你幹麼一定要弄得眾所周知？」

「有嗎？」章崢嵐帶著一張笑臉裝無辜。

水光一肚子氣，是這人要她拍照的，完了又來搗亂，要不是蕭水光現在性格扭曲，壓抑成習慣，早就對他使用暴力，不過骨子裡的脾氣總算被他挑起一些。章崢嵐在她「發脾氣」前，先一步從口袋裡拿出一樣東西塞進她手裡，水光一看，哭笑不得，是一塊用鋼筆畫了張簡單笑臉的白巧克力，這完全是哄小孩子的把戲，只能無語地說了聲「幼稚」。

章崢嵐笑著拿過來拆開，說：「幼稚就幼稚吧，這招我一直想用，可惜一直沒對象。」

剝開的巧克力放到她脣邊，可想而知水光是推開的，章崢嵐就笑著扔進自己嘴裡，跟著呢喃了聲：「甜。」然後靠近她說：「真的甜，要不要嘗嘗？」水光用手擋住他的嘴，他笑著拉下她的手，也不耍流氓，說：「走吧，帶妳去一個好地方。」

水光其實想回住處，昨天又一次跟羅智撒謊，發簡訊說住在同學那邊，今天想早點回去彌補心虛，可看著眼前這人，心知又走不掉了。

結果蕭水光怎麼也想不到，他帶她去的是他父母家。

章崢嵐起先沒講什麼，下車後才說：「雖然很想跟妳單獨約會，但想想見父母更關鍵。上次妳見過我媽，這次再見我爸，正式見完家長，妳想跑就沒那麼容易了。」

蕭水光駐足，然後不肯再走一步，她嚇到了：「章崢嵐！」

章崢嵐笑著誘導。「別緊張，他們見到妳肯定喜歡得不得了，我保證！妳看我媽不是被妳征服了嗎，她問過我兩次什麼時候才將妳帶回家吃飯……」

水光瞪他，根本不是這個問題，她不想見他父母，感覺太正式了。

正在僵持之時，身後有人叫了聲：「崢嵐？」

章崢嵐回頭笑道：「爸。」

章父手上提著一袋菜，章崢嵐過去幫忙拿，然後指了指身後的人說：「爸，蕭水光，上次跟你說過的。」

章父笑得很和藹，看著水光點頭說：「哦，好，好，趕緊到屋裡吧，外頭冷。」

水光完全抵抗不了這種情形，只暗中掐了掐又來拉住她的那隻手，章崢嵐文風不動，還偏頭對她眨眼說：「乖，別掐了，要說什麼就直接跟我說。」

走在前面的章父回頭笑呵呵看他們。

那天蕭水光就這樣見了章崢嵐的父母，完全是趕鴨子上架，過程很被動，但章老大的主動化解一切的尷尬和不自然。

準備晚餐的時候水光要幫忙，老太太不允許，叫兒子帶女朋友去外面坐。蕭水光被帶出廚房後，章崢嵐笑著說：「老太太捨不得讓妳做飯，上次她還跟我說，讓我去學廚藝，總不能都讓妳下廚房，我們家有點女權主義的。」說著又嚴肅地補充：「當然，老太太不說，我也要去學。」

水光象徵性地看了他一眼，說：「最好如此。」

章崢嵐忍住大笑，喜愛地帶她進自己的房間。老太太收拾得很乾淨，窗明几淨，水光一眼望到的是擺在書架上的獎盃，不由想到另一個人，他的臥室裡也是如此，滿書架的獎品。

這時章崢嵐忽然伸出手順了順她頭髮，眼裡有笑意。「要看我學生時代的照片嗎？附帶純真孩提照？」

「……不用了。」

「看一下吧。」有人強烈推薦。

水光走開，章崢嵐跟上來繼續遊說：「真的不看嗎？很好看的，保證妳看了還想看，愛不釋手，心動不已。」

「……」水光咬牙道：「你好吵。」

章崢嵐哈哈大笑，坐到床邊，看她拿起書架上最尾端的一只不鏽鋼小圓盤，是一項縣級書法獎，轉身對他說：「我小時候也有一個……相似的。」

「哦？」章崢嵐彎著眉，哄著女朋友說下去：「妳也是得獎得來的？」

水光「呿」了一聲。「你以為就你能得獎嗎？」她雖然沒景嵐聰明，沒景琴能幹，也沒羅智有衝勁，可她也不差啊，只是從小到大一直混在一圈太出色的人堆裡，讓她失去一些光采，而她的那些優秀……好比跟父親學的書法，好比武術，好比沒日沒夜地看書學習，偶爾衝到年級前三名。

章崢嵐走過去從身後攬住她，下巴靠著她肩膀說：「唉，妳說，我們要是同一所學校多好，小學、中學、大學……」

「你比我大五歲。」水光道出事實，大五歲，除了小學能同校一年之外，其他基本不可能。

章崢嵐聞言，說：「那我只能留級，留五級就跟妳同級，像我這種聰明人，這是很簡單的事。」

「……」

當天晚餐時水光羞愧欲死，因為飯前老太太進來喚小倆口吃飯，剛好撞上章崢嵐在偷香，老太太「哎呀」一聲就退出去。水光目瞪口呆，厚顏無恥的男人竟然還很可惜地說了句：「嘖，被打斷了。」

「你……」

「好、好，我錯了，不過妳現在動手，乒乒乓乓的，隔著牆，人家都聽到了。」

水光惱啊，可對眼前這雅痞男人一點辦法都沒有，氣得一張臉通紅。

晚餐時，水光一直低著頭一門心思吃飯。

章崢嵐笑著給她夾菜，這幅畫面引得章父慈祥地點頭。「女孩子胃口不錯，挺好，挺好。」

水光除了在心裡嘆息，還能說什麼？

最終吃得十足飽腹，出章家門時，老太太還幫她打包一大盒自製的紅豆糕點，水光實在為難，下意識求助地看向旁邊的人。

章崢嵐卻是一笑，替她收下，對母親說：「我們回去了，您進去吧。」

「好，路上小心開車。」老太太轉頭笑著對水光說：「以後多來伯母這邊吃飯。」

「……好。」

終於下了樓，水光卻有點恍惚，章崢嵐的聲音從上方傳來。「送妳回去，還是跟我回去？」後一項選擇章崢嵐自知不實際，但還是要問一問。

水光看著他，入冬的月光鋪在他的肩頭、髮尾，彷彿鍍了一層薄薄的銀，那雙眼裡一如既往地含著包容和顯而易見的愛戀，她偏開頭先朝車子走去。章崢嵐跟上，不急不躁，他有足夠的耐力、足夠的手段俘獲她，然後守她一生一世。

章老大最後送水光回了她的住處，車上的音樂渲染著那份微妙的情動。下車時，章崢嵐幫她整理衣服，說道：「今天是平安夜，路上張燈結綵的，原本想帶妳去看電影，但妳說要回來，我只能忍痛放了妳。」

「……」

「明天耶誕節，我來接妳吃飯？」

「明天我有事。」羅智前幾天就跟她說，耶誕節那天要陪他去商場買衣服，節假日的折扣很低。

「一整天都有事？」

「……差不多。」

章崢嵐竟然很大方。「好吧。」耶誕節只是藉口，既然用不到就沒有多說的意義，雖然現在很多情侶喜歡在這種節日裡恩愛，但他要的是天長地久，不差這一天。

「妳後天上班時，早上我來接妳。」

水光本來想說不用，因為不想太麻煩他，她上班坐公車挺方便的，但到嘴邊卻嚥下去，說了句：「再說吧。」

「行。」章崢嵐露出滿意的表情，說道：「我走了。」

水光停了一會兒才跟他說：「你……路上注意安全。」

章崢嵐彎起嘴角。「好。」他俯身吻了下她的額頭，動作點到即止，水光甚至還沒反應過來，他就退開一步。「晚安。」

這一幕讓路過的人看到，都會當成一對親密戀人依依惜別。水光也有些茫然，捏著口袋中的那枚戒指，究竟是誰的戲演得太投入，讓人當真？連她自己都似入了戲，好像……愛的是他，好像他就是她的那個嵐，好像一切回到應該有的軌道，她跟他上了同一所大學，然後戀愛，然後各自找到一份不錯的工作，他們會結婚，會一起變老，就像他們一起長大一樣……

水光看著他進了車子，然後朝她擺下手，他臉上的笑容化成一隻蝶，飛進她眼中，幻作一顆淚。

章崢嵐離開時沒有捕捉到她眼裡的那份憂傷，他回到家，扯開領帶，到沙發上躺了一會兒才起身去洗澡。

第二天，耶誕節上午的時光，章崢嵐同一個光棍友人打球耗掉，他洗完澡出俱樂部時，接到周建明的電話，說：「璐璐想你的心上人，帶出來一起過節吧？」

章崢嵐「嘖」了聲，說：「她沒空。」

老周同志說：「小倆口約會嗎？」

章總笑道：「你說呢？」

「呵呵，行，不打擾。」回頭對女兒說：「阿姨跟叔叔在忙，下回讓你章叔叔帶阿姨出來陪妳玩，乖！」

章總掛斷電話，終於忍不住給某人發簡訊：在幹麼？

對方好久才回：吃飯。

章崢嵐馬上打字：跟誰？

羅智。

吃什麼？

對方沒回了，章總繼續發簡訊：我打球打到現在，餓死了。

水光跟羅智逛完商場，正在頂樓一家中式餐廳裡吃飯，羅智問她兩次要吃什麼都沒回音，不禁抬頭看去，丫頭正對著手機發呆。

水光這才回神。「隨便吧。」

「光兒，想吃什麼？」

發出的消息又一次有去無回，章崢嵐捏眉心，笑著呢喃：「沒良心啊。」

發動車子前，一條簡訊進來，章崢嵐一看，眉眼都舒展了。

水光說：那你去吃飯。

「還真是容易滿足。」章崢嵐一邊笑，一邊開車。

這年的耶誕節，章崢嵐一個人過，卻是頭一次過得那麼舒心愜意。

週一早上七點，精神狀態極其不錯的章崢嵐出門接女友去上班，就是這天，GIT公司裡流傳出一條緋聞：老大跟張宇的偶像是一對，如假包換，千真萬確！

傳出消息的是美工頭頭老陳，不過他一再強調這頭條新聞在內部流傳就好，不能漏到老闆耳朵裡，因為八卦老大是福是禍還不知道。雖然那日看老大的樣子，似乎不介意公開這件事，但留一條後路總不會錯，所以這條爆炸性新聞被暗地裡傳播著、討論著。

對此有還是不相信的，有驚訝的，有心潮澎湃的，何蘭就激動地說：「是她嗎？原來是她嗎？哎呀，其實想想，老闆跟她真的挺配的。」

上次說過章老闆跟水光匹配的某工程師此時忍不住感嘆：「我是神啊！」

張宇是不信者。「真的嗎？老陳，你別將捕風捉影的事都拿出來說。」

親眼目睹老闆溫柔一面的老陳義正詞嚴道：「老大都說很快要跟她結婚，他手上還戴著戒指，你們沒看到嗎？」

結婚？這爆料的威力不言而喻。如果跟前任復合，談及婚姻還不算太突兀，但跟蕭小姐不是剛認識嗎？老闆也……太神速了！

今天送完女友後，很早就到公司的章老闆此刻從辦公室裡出來，章崢嵐一手插在褲子口袋，一手拿著資料夾，看到大夥都圍著，不由問：「開會嗎？」

「沒、沒！」眾人立刻作鳥獸散。

章嶧嵐將手上文件扔給阮旗：「先看看，回頭跟我出去一趟。」

好多人不由自主盯著章老大的手，沒有戒指，等他一回辦公室，有人說：「老陳，你是不是在糊弄咱們？」

「我好端端騙你們幹麼？不是還有一隻手插在口袋裡嗎？」

有人忽然提議：「實在好奇就打電話給那位蕭小姐確認，不就好了？總比跟老闆證實要簡單，也比較沒有生命危險吧？」

張宇不同意。「別給人造成困擾，還有，老陳的話還不一定準。」

一再被懷疑的老陳已經抱著「愛信不信」的態度，反正他是信了。

真的有人不怕死地翻合同撥打電話，除了張宇說「別玩過頭了」，其他人都屬翹首以盼態度。電話通了，免持聽筒下的鈴聲在整間辦公室響起，是一首英文歌曲，眾人竟然都心一跳，緊張起來。不一會兒電話那端傳來一聲「喂」，這幫平日愛出鋒頭的菁英男此刻無人願當先鋒，大眼瞪小眼，示意他人接話，結果就是一片沉默，最後還是何妹妹女中豪傑。

「妳好，蕭小姐，我是GIT的何蘭。」

「……有事嗎？」

何蘭瞟了一圈周圍人，笑著說：「不好意思，蕭小姐，就是想跟妳確認妳合同上的匯款帳號是否有變動，因為我們近期會先匯百分之三十的合約金給妳。」

「哦……沒有變動。」

「好的。」

旁邊有人朝何蘭做口型說「老大老大」，何蘭翻白眼，咳了一聲才說：「蕭小姐，我們老闆……」正要說，何妹妹看到老闆正閒情逸致地站在圍觀人群旁邊。

「呃，老闆！」

眾人跟著轉頭，然後是傻笑、呆愣，悄悄退回到自己位子，裝出一副鞠躬盡瘁、死而後已的樣子。章崢嵐只是一揚眉，走過去接起電話，眾人不由拉長耳朵，卻聽到老闆說：「我用手機打給妳。」

然後章總掛電話，朝閒雜人等丟了句「回頭收拾你們」，撥打手機並且出了公司大門，留下眾人仰屋興嘆。

水光無奈地接聽再次響起的手機，聽他說話。她「嗯」了幾聲，身邊人都在忙，她不能一直聊天，章崢嵐問她要不要一起吃中飯？她說已跟同事一起訂速食。

「那東西不健康。」章老大皺眉頭。「我幫妳外帶一份餐點過去？」

「不要。」水光拒絕，然後說：「你很閒嗎？我很忙的。」很明顯要掛電話了。

章崢嵐站在窗口邊，笑著道：「妳怎麼比我還忙？乾脆到我這邊，妳看妳的專業剛好符合，如果是妳，連面試都不用，直接通過，而且包準妳工作輕鬆又薪水高，好不好？」

水光很想回一句「好個頭」，終究按捺住了。「我掛了。」

「哎等等！」章崢嵐叫住她，像是猶豫一下才問道。「妳哥有沒有發現妳沒回家的那天晚上……」

「嘟……」對方已收線的聲音。

章崢嵐笑出聲。「我只是想問妳哥有沒有發現妳撒謊，我可以幫妳亡羊補牢。」

至於是不是有心想幫忙，只有天知地知章總知了。

水光剛摁斷電話，手機又響了，看也不看來電顯示就接通，對他好像很自然地就能放開自己，沒好氣地說：「你又要幹麼？」

「妳好。」對面的男音冷淡。「蕭小姐，我是梁成飛。」

水光一愣，移開手機看螢幕，自然是眼生的號碼，附到耳朵邊淡淡回了聲：「有事嗎？」

蕭水光對梁成飛有特別記憶，因他在相貌上與于景嵐的些微相似。

梁成飛的聲音再度傳來，一板一眼。「蕭小姐，我想妳還沒有忘記上次妳參與的那起家庭糾紛案吧？現在男當事人告妳惡意恐嚇，麻煩妳來我們局裡一趟，如果妳不配合，我們會派人過去帶妳。但我想妳應該不願意讓周遭的人知道這種事，所以希望妳能合作。」

水光霍然站起，引得旁邊同事望過來，她壓著聲音說：「我沒有恐嚇他。」

這太搞笑了。

反而是那人自從那件事後常在她家門外放些垃圾甚至死老鼠，曾被羅智遇過一次，並警告對方。

「不管有沒有，我們都會查證。妳不用操心，只要過來配合我們的工作。」

水光坐下後，深深呼吸。「我在上班。」

梁成飛笑了笑：「我以為蕭小姐能權衡其中的輕重。」

「我知道。」水光實話實說。「我也知道起訴要有證據，你們單憑那人的一面之詞，沒憑沒據，我沒有義務，你們也沒有權力讓我接受審查。」

梁成飛坐在辦公室裡，對方已經掛了電話。敲門進來交東西的女警員看到他神情不太好，便問他：「梁隊長，你沒事吧？」

梁成飛的性格孤傲冷僻，平時除了談公事不怎麼跟他們多往來或聯誼，多數是一絲不苟地公事公辦。但單位裡迷他的女生挺多，人長得好看，學歷也高，工作好，又克己自律，菸酒色不碰，儼然是女人心目中的出眾男人，只可惜不太好親近，總是拒人於千里之外。

梁成飛此時問道：「那人走了嗎？」

「剛走，小王錄了筆錄，不過梁隊長，這人顯然在誣陷那個女孩子。」想起剛才那男人報案說被人威脅恐嚇，希望員警將那女人趕出社區，她就覺得好笑，家庭暴力還有臉來告勸架的人？本來局裡的人理都不想理，上次一群女同事還一致鄙視過這打老婆的人渣，剛巧梁成飛進來，看到後卻吩咐：「做一下筆錄。」

梁成飛隨意翻了翻女警員遞來的筆錄：「既然有人報案，我們就要受理。」

女警員點頭，卻想著：梁隊長何時對這種糾紛這麼關心？突然憶起上回那起家庭糾紛案，梁隊長甚至還幫忙做筆錄，心中不禁一訝，難不成梁隊長跟其中某個當事人有私人恩怨？誰呢？

女警員沒有研究太久，因為梁成飛已經起身拿了外套，淡漠道：「我出去一趟，有事打電話給我。」

「好的。」女警員跟著他出門，望著那背影走出辦公室，旁邊有同事過來問：「梁隊長要幹麼？」

「不曉得。」

除了出任務，梁成飛向來不會跟他人報告行蹤。

中午是阮旗跟著老大談合作，一臉受寵若驚，去的竟然是蕭小姐所在的公司。

阮旗起初並不知道，進到對方公司門口，在對方主管的歡迎下，無意瞥到辦公間裡一道不算眼熟，但再轉過頭去認出來後絕對足夠震懾人的身影。

原來她在這間公司？

那麼老大前兩天說要跟這家小公司合作，是懷著赤裸裸的目的？阮旗瞥了旁邊的人一眼，很淡然地跟對方老總握手，後者滿面笑容。「章總你怎麼還親自過來了？不是說好讓我去拜會嗎？來來，裡面坐！」

章崢嵐看錶說：「時間也不早了，要不然一起吃中飯，邊吃邊談。」

「也好也好。」

這時章崢嵐的眼光總算轉向蕭水光，之前她看到他們稍微露了一點驚訝，隨即自顧自地垂頭做事。他微微笑著朝她走過去，然後到她面前時親和地問了句：「吃過飯了嗎？帶妳去吃飯？」

水光深深覺得這人是不弄出事就會渾身不舒服的個性，沉默不答，而章崢嵐有心讓越多人知道他們的關係，他不願承認這是小孩子作風，頂多是占有慾有點外顯罷了。

水光公司的老總不是傻瓜。「章總認識小蕭啊？」

章崢嵐含笑說：「是啊，認識。」看水光一眼，接著又說：「她是我學妹。」

那老總聽了哈哈笑：「是嗎？真是巧，小蕭，既然妳跟章老闆是舊識，一起出去吃吧，啊？走走走！」

水光只覺得以後自己在這邊的日子必定沒有以前自在。

一旁目不轉睛看著的阮旗暗暗感嘆：老大就是老大，談戀愛都談得步步為營。

就這樣，GIT兩人，對方公司三人包括老闆、那位楊經理以及蕭水光，出發去外面吃公事餐，一夥人進入電梯時，章總問了句：「想吃什麼？」電梯裡其餘人都沉默，那明顯不是問他們，但被問的人不想搭腔。章崢嵐一笑：「吃西安菜吧，我知道一家做西安私房菜不錯的餐廳。」

水光總算看向他了，章總就候著她。「不要吃西安菜嗎？不然我們吃粵菜，冬天喝點養生湯也挺好的。」

「隨你。」

「這麼給面子？」章崢嵐笑著問其餘人粵菜行嗎？回覆當然是清一色的沒問題。

阮旗拿出手機發簡訊：嫂子跟我們在一起，正要同去吃大餐！

一夥人到了樓下，分坐兩輛車，水光沒多做無用功地去坐公司的車，而是上了章崢嵐的車子，阮旗非常自覺地坐在後座。

車子剛發動，章崢嵐便遞一樣東西過去，水光接過，看到又是一小袋糖果之類的東西，無語道：「你就那麼喜歡吃甜的？」

「還行吧。」章崢嵐笑道：「這是生薑糖，不甜，而且冬天吃這個能驅寒，治感冒。」

「我又沒感冒。」

「上次不是感冒了？乖，拿著，提前預防，防患未然。」

水光覺得這話題很幼稚，也就不接話。後面的阮旗十分唏噓，這是老大嗎？簡直是柔情似水。

章崢嵐明察秋毫，笑著問了後面的人：「小阮，你要薑糖嗎？我辦公室裡還有很多。」

阮旗忙擺手，嘿嘿笑：「不用，謝謝老大！」

水光從後視鏡裡看了後面的人一眼，阮旗正巧轉過頭去，兩人視線相對時，阮旗忙點頭說：「大嫂好！」

水光無語。

章崢嵐咳笑出來，隨後道貌岸然道：「好了，別亂叫，她得生氣了。」

阮旗馬上承認錯誤：「嫂子別氣，我就是對您仰望已久，所以情不自禁……」隨後就是劈里啪啦一堆阿諛奉承。

水光忍了半天，最終說：「別演了。」

章崢嵐大笑出來，阮旗左看右看不知道自己哪裡說錯了，這說辭絕對是真心啊！經過這麼一鬧，車裡氣氛變得融洽很多，這正是章崢嵐所希望的。

章老大帶路去的粵菜館並不遠，在市中心一帶，所以很快就到。裡面裝潢一流，服務生更是服務周全，將他們帶入包廂後，非常識眼色地將菜單先遞給章崢嵐。章總一笑，交給身邊的人，水光也沒丟臉地推來推去，低頭點菜，於是幾個大男人聊天，水光當點菜工，偶爾徵詢那些主管的意見，包括自己公司的老闆，回答都是「都行都行」。

水光不知章崢嵐有多大的本事，讓這些人都那麼討好巴結。實在是在蕭水光眼裡，章崢嵐的形象太過不正經。不過這形象只在蕭水光那裡一再呈現，在別處，章老大就是老大，往那邊一坐，別人都服他，有錢有勢，能力才華手腕樣樣不缺。

但有目共睹的是，跟章崢嵐的GIT合作就能百戰不殆，但跟他結交則要靠機會，這機會可遇不可求。現在他們雲騰求到了，其中是因為什麼太顯而易見，這顯而易見的後果就是造成之後水光被她老闆敬酒……

水光原本安安靜靜吃飯，那些人談「宏圖偉業」，她一個新進小職員自認插不上嘴，就默默填肚子，卻被自家老闆敬了一杯酒，說：「小蕭，來來，別顧著吃，我敬妳一杯！妳來我們公司快一個月了吧，表現很好，很優異！」

水光嗆了一聲，旁邊的人笑著幫她拍背順氣，也抽了一張面紙給她。「妳的主管誇妳表現好，妳就這麼激動，平日裡我誇妳，怎麼從來不給點反應？」

雲騰老闆也是滑頭人，聽了忙說：「章總，內政和外交能一樣嗎？」

然後開始跟章老闆說小蕭在他們公司是怎麼兢兢業業，務實盡職……

水光聽著很汗顏，她是實在人，這類浮誇的話讓她不自在，可也不知道怎麼應對，不由在桌下用腳踢了踢始作俑者。章總咳了一聲，謝過對方對女友的誇獎，也替水光回敬雲騰老闆的酒。

這「學妹」就是「女友」，不用說明，行為舉止已經表現得很明白。章老大得了便宜還賣乖，喝完酒靠到她旁邊低聲說：「幫妳喝酒，怎麼謝我？」得到的回應是腳上又一次受攻擊，章崢嵐「嘶」了一聲，當然這聲完全是下意識，其實不怎麼痛，甚至他還覺得親密，打是情罵是愛，不過倒是引起他人注意，雲騰老闆就問：「章總怎麼了？」

「沒。」章崢嵐笑道。「聽說你們雲騰近來打算開發教育軟體，倒是好的想法。」

雲騰老闆連說想是這麼想，但心有餘而力不足，像他們這種小公司能搶到的市場規模太小，說到最後就是希望章老闆多多提攜。

章崢嵐回道：「提攜談不上，既然我們要合作，講的是雙贏。雲騰我挺看好的，你看我學妹都在你……咳，總之，教育軟體這塊，我也有點興趣，回頭我們可以好好探討。」

「一定一定。」

表面上章老闆是一本正經地跟人說合作意向，只是桌下的手不怎麼乾淨，抓住剛才要動粗的手就不願再放，一點一點不動聲色地吃豆腐。

大庭廣眾之下，水光只能忍辱偷生。這一頓有驚無險的「公事餐」結束之後，雲騰老闆跟楊經理先走了，看得出心情大好，好到走時忘了叫上自家公司的小蕭，水光兀自嘆息社會黑暗，壞人當道。

阮旗奉命去開車，此刻只剩他們兩人，章崢嵐笑著捏她的臉。「生氣了？」

水光瞥他一眼：「你說呢？」

那略帶嗔怪的樣子讓章崢嵐心裡又是一動，想吻她，但最終礙於女友的身手只能作罷，可惜不已。不是對付不了，只是捨不得欺負，而偶爾為之的「欺負」是情調。

梁成飛從局裡出來後就有些心煩，之後不知不覺竟開車到她住的社區，意識過來時覺得自己真是鬼迷心竅！

離開那裡便轉去之前要去的目的地，這幾天偏頭痛頻頻發作，折磨得他又進入長段長段的失眠。從醫院出來，經過兩條街區時，他看到站在街邊的那對情侶，他伸手捏她的臉頰，她推開他的手說了句什麼，男人笑得更開心。梁成飛慢慢將車停入旁邊的車道，隔著一條街看著對面的兩人。

蕭水光……妳不是心有所屬嗎？

第一次見到她是在KTV裡，他那天心裡一直很不痛快。之後那場小車禍，他更是隱忍所有厭煩，送她跟她的朋友去醫院，之前以為她們會訛錢。在他的思想裡，女人多是嫌貧愛富，貪財貪名，而她推開他遞的錢時臉上露出的苦澀，讓他有些恍惚，那種神情他太熟悉，他自己曾經多少次如此展示於人。

他以前一無所有，以為愛情只是愛情，從滿懷期待到自欺欺人到絕望。很多年後的現在，他一夜一夜嘲笑自己的愚蠢，更恨的是時至今日自己依然無法忘懷，他不知道自始至終忘不掉的是那份自卑、傷痛還是愛情？

後來他在整輛車裡翻找項鍊時，在後座找到一張折疊端正的信紙，上面寫著：于景嵐，二十六歲生日快樂。二〇一〇年十月三十日，水光。字體端正漂亮，只是被幾滴水暈得模糊。

他盯著那名字盯了很久。

他不相信世界上有這麼巧的事。

再次遇到她是在超市，她跟一個高大男人在一起，他以為是于景嵐。之後在警察局裡見到她，他有些意外，他站在那裡看著這人微微垂著眉眼，神態安靜，甚至有些安詳，好像沒有什麼能再驚駭到她。他覺得有趣，什麼樣的人能這樣無所畏懼？

事後他鬼使神差地透過局裡的內部網路查了她的資料，一樣是西安人，甚至是一樣的地址，一樣的小學、中學、大學……

他死了，她追來這裡，多專情。

梁成飛看著螢幕，靠到椅背上冷冷地笑了。看到信紙上的「于景嵐」時以為只是同名同姓，原來世界上就是有這麼巧的事，讓你不想相信都不行。

他看著她跟那男人上了一輛車，最終跟上那輛車。到一幢大廈處時，看著她下來，車裡有人叫住她，她回頭，裡面的人說了什麼，她皺眉回了一句就轉身走了。

梁成飛也是不久前才從一份報導上知道那男人，章崢嵐，一個足夠富有的商人。他笑了笑，一抹嘲諷不加掩飾地掛上脣角。

「妳忘了于景嵐了？」

水光收到那條簡訊時，剎那間臉色一僵。她坐在位子上，很久後才去看發信人的號碼，她沒有存下，卻對這號碼有些印象，因為今天上午才接過，是梁成飛。

梁成飛拿著手機倚在冰冷車門上，當鈴聲響起時，他掀起眼瞼按了接聽鍵，慢慢拿到耳邊，聽到那人說：「你怎麼知道于景嵐？」她的聲音透著點嘶啞，但依舊不急不躁。

梁成飛望著那座商業大廈，口氣平靜，仿似還帶著一絲笑。「蕭小姐，現在能出來見一面嗎？」

「你怎麼知道于景嵐？」水光的語氣跟前一次一模一樣，單調地重複：你怎麼知道于景嵐？

梁成飛這次真的笑了，他說：「我還知道他已經死了。」

「……你在哪裡？」

梁成飛走向那座大廈的門口。「剛才妳跟那男人道別的地方。」

蕭水光走到樓下，神情安靜，看不出絲毫異樣情緒，只是臉色有些蒼白，她看到站在大門外的那個人。梁成飛正對著門，所以他一直看著水光走近。「我以為妳還會說『我沒有義務，你也沒有權力讓我走這一趟』。」他的話裡有顯而易見的諷刺。

水光卻沒在意，只是問：「你知道于景嵐……知道他已經死了，還知道什麼？」

梁成飛笑道：「要不要換一個地方談？」

水光看著他，梁成飛起步，她最終跟上去，兩人走到那輛別克車邊。梁成飛先上車，水光上去後搖下車窗，讓冷風吹入，讓自己清醒。

「你怎麼知道于景嵐？」這是水光第四次問，語氣還是不急，好像她有足夠多的時間來等待回答。

梁成飛笑了笑，才說：「他叫我來的，他說妳對他念念不忘，讓他在陰間很為難。」

「梁先生。」水光打斷他。「這樣的玩笑一點都不好笑。」

梁成飛面上不置可否，心裡卻有些後悔這種行為。可這類同情又讓他覺得好笑，他早已經無情無義不是嗎？

「妳想利用那個章崢嵐來忘記心裡的死人，這個玩笑倒是挺好笑的。」

水光聽到「章崢嵐」時，心裡有些微波動。「跟他沒關係，不要扯到他。」

「利用他，跟他沒關係？蕭小姐，妳這算盤打得可真精。哦，或者說，是那男人太愚蠢？自願被妳利用？」

水光扣緊手心，梁成飛笑了一下。「蕭小姐，其實我們可以合作的。」他望向車窗外的冬日瑟景，不疾不徐地說：「我想找一個人來忘記一個人，妳也想找一個人來忘記一個人，兩個可悲的人更適合在一起，妳不覺得嗎？」

水光沉默不語，梁成飛卻倏而一笑。「當然，如果是錢，我可能比那個章崢嵐少，但很多地方我不比他差。」

蕭水光淡淡反駁：「他比你好太多。」章崢嵐雖然無賴，卻一向直白乾脆。而眼前這個人，她看不透他，但隱隱透出來的陰暗讓她很不舒服。

梁成飛譏誚地笑了。「那麼于景嵐呢？他跟于景嵐比，是好太多還是差太多？」

水光的臉上有幾分悲傷劃過，緩緩說：「在我心裡，于景嵐沒人比得過。他死了，我只能憑著記憶裡關於他的一點一滴去懷念他，你既然知道于景嵐，那麼你可以行行好，告訴我一些……我不知道的。」

梁成飛很久後才開口：「我不認識于景嵐。」

水光好像沒有太大驚訝，只是嘆了一聲，但梁成飛後來回憶起這聲嘆息，卻莫名煩擾。

他以為她還會說點什麼，說「是嗎」也行，說他騙她也行，但是什麼都沒有。

梁成飛見她要下車，不由叫住她：「蕭水光，妳可以找章崢嵐，那麼我呢？我們之間……可以互相利用，誰都不會欠誰。」

水光回頭，眉宇間有幾分疲倦。「梁先生，你怎麼跟他比？我會慢慢喜歡他，但我不會嘗試接受你這樣的人，我的利用不是你說的找個人代替……我是利用他來讓我喜歡他。梁先生，希望你以後別再來找我，而于景嵐，如果你不認識他的話，你沒有資格談論他分毫。」

水光下車後沒走幾步，口袋裡的手機響了，她走到大廈門口才拿出來看，是章崢嵐。

水光接通了，對方笑著跟她說，他到公司了，問她在幹麼，水光說：「在忙。」

章崢嵐「嘖」了聲。「好吧，妳是大忙人，比我還忙，那麼我晚上去接妳？」

「嗯。」

「ＯＫ！」

我站在橋上看風景
The view over the Bridge

Chapter 19

誰是誰的祕密

自從章崢嵐跟蕭水光交往後，完全成了居家型男人，應酬是能推則推，一下班就找女朋友約會，跟前跟後，軟磨硬泡，雜七雜八的手段層出不窮。水光有時候被他折騰煩了就說：「你能不能像個男人一點？」

水光的意思是正經點，結果章崢嵐馬上就不正經。「我怎麼不像男人了？哎，妳別含血噴人啊，要不然今天晚上我再強有力地印證一下？」

水光閉嘴了，覺得自己真是沒事找事，但對方哪是她閉嘴就能消停的。「印證一下吧，印證一下唄……」

水光說：「你噁不噁心？」

章崢嵐眉開眼笑。「男歡女愛怎麼能叫噁心？這是順應天命，合乎人心，再說一直憋著容易出問題。」

「……」

章崢嵐覺得這段時間跟女友相處得是和諧到不能再和諧，當然這和諧完全是字面上的意思，他老大也想暗含深意的和諧，可對方不願意，沒辦法。愛女友勝過自己的章老大只能修身養性，當然他也不是那種整天想那什麼的人，就是嘗過甜頭後總是有一點念著，癢癢的勾著心。

這天晚餐過後，聽命送女友回到她住處，幫她解開安全帶時咕噥了句：「聽說妳哥最近出差？」

「……嗯。」

「哦，我住這裡好嗎？」

「不好。」

「車子沒油了。」

「昨天不是剛加？」

「今天開得遠，上午去了趟……郊區看地皮。」

「你要做房地產了？」

「沒，就是隨便看看，風景不錯，等咱們老了可以到那邊安家養老，我今晚住這裡好嗎？」

「……」

章老大見女友沉默，馬上說：「就這麼說定了，出爾反爾的是小狗！」隨即俐落地拔了車鑰匙先下車，水光無語。她壓根還沒說什麼，下來就看到他從後車箱裡拿出一只小行李袋，更無語了，這是早有準備了？

章崢嵐將一小袋東西給她。「拿著，我再去買點東西。」

「什麼？」水光順口一問。

章崢嵐「嘖」了聲，好像還有點不好意思。「反正很快就回來，妳先上去吧，乖。」然後就雷厲風行地走了。

水光搖了搖頭，剛轉身就看到從公寓裡出來的人。對方看到她，臉色當即一沉，嘴裡好像罵了句什麼，但沒有像前幾次那樣，見到她就凶神惡煞地大吼大叫，破口大罵。對方只是擺著臉色從她旁邊走過，當他看到她身後停著的車時，水光聽到他啐了句：

「男人還真多！」

章崢嵐跑出去買的不是什麼兒童不宜的，他是巴不得有孩子，來個先上車後補票；他買的是能增加浪漫情調的、渲染風花雪月之類的，簡言之就是買蠟燭和花。談情說愛的氛圍很重要，不過水光住的社區是老住宅區，哪有店面賣這種東西？有蠟燭，卻是過年用的紅蠟燭。

章崢嵐後悔自己沒考慮周全，自己的住處倒是準備得很妥當，萬事俱備只欠東風，可東風不願意在他那裡停留。自從「那次」之後，水光連去他那裡坐坐都不怎麼願意，某人還有理由，說什麼房子太大，冷颼颼的。冷的話可以開空調啊！章崢嵐想到這裡就想笑，蕭水光是有點怕他了，這可怎麼辦才好？

往回走的時候，章崢嵐不由琢磨著，等會兒怎麼磨得她答應多去他那裡「坐坐」，要不然他搬來跟她住也成，他很好說話，就是這邊還有兄長在，這點比較讓人在意。乾脆讓小羅去住他的房子，他跟女友兩人同居。當然這都只是想想，夢想可以很多，但是否實現是另一回事了。

他現在就在想前戲，不，談情說愛的氛圍該怎麼營造才會好一些？

章崢嵐笑嘆著抬手摸了摸額頭：「這叫如飢似渴嗎？」

章老大沒買到要的東西，雖有些不滿意，但比起跑遠一點去買而浪費難得時間要好。不過回到水光住處時，剛按開門就忍不住跟女友抱怨。「妳這社區周邊怎麼連家正常點的店都沒有？」也沒有花店。

「嗯。」水光敷衍他時不時冒出來不著邊際的問題，開了門就往回走，章崢嵐關上門，一路跟進廚房。「我說，我今晚住這裡了。」

「……隨你。」水光說。「羅智那間房空著。」他最近都住公司。

「睡別人的房間不好。」章崢嵐站她旁邊，撥著手邊的茶葉罐，結果水光直接說：「那你回去吧。」

章崢嵐一愣：「妳是不是人啊？」

水光的目光一點一點移到章崢嵐臉上，章崢嵐一笑。「反正我不走。」換言之就是賴定了，他現在是名正言順，賴得也理直氣壯。「我毛巾牙刷什麼的都拿來了，最多用妳一點牙膏而已，別這麼小氣。」

小氣的蕭水光自己倒杯開水就出去了，章崢嵐獨立自主地泡了杯綠茶，笑著跟至客廳，坐到女友旁邊就問：「好不好嘛？」

水光開了電視，捧著杯子窩進沙發裡，目不斜視看新聞，終於鬆了口：「隨便你。」

章崢嵐也扭頭看電視，心情愉悅自是不必說：「最近房價在下調呢。」好像新聞裡播放的房價下調訊息才是他老大高興的源頭。

「你能不能坐過去一些？」手臂碰手臂的，讓她不自在，又不是沒其他位子坐。章崢嵐收了笑意，嚴肅道：「妳不是怕冷嗎？兩人坐近點暖和。」

水光嘆了聲，沒再說什麼，兩人靠著看了一會兒電視。後來水光放下杯子，彎身輕輕抱住身邊的人，說：「我瞇一會兒。」

這等待遇對於章老大來說簡直是太意料之外了，不由僵了僵身子，隨後嘴角揚起：「妳睡吧，我不動。」

時間緩緩流逝，電視裡的新聞漸漸播至尾聲，懷裡的人一直很安靜。樓下偶有車輛經過，聲音從窗戶傳入，這一切讓章崢嵐覺得是那麼安逸，很久後他聽到她隱約說著什麼。

水光說：「我會慢慢愛上你……忘記對他的掛念，我會記得他，但不會再牽掛他……我會開始只對你好……章崢嵐，你願意等我嗎……」

章崢嵐沒有聽清，只以為她在夢囈，水光的臉被頭髮遮去一些，看起來比平時更為消瘦，他忍不住伸手觸及，她沒有抗拒。他便撩開她的頭髮擱到耳後，俯身親了親她的臉頰。

水光睫毛顫了顫，聲音清晰了些：「你不是說不動嗎？」

章崢嵐悶聲笑，吹著她耳畔的髮絲。「誰讓妳這麼誘人？我看到妳就想親近妳，蕭水光妳是不是在我身上下了什麼符？」

水光坐直身子，章崢嵐笑。「水光，妳要我在妳面前做君子，但風度翩翩、文質彬彬的我做不到，我想妳兩年了。」

這話裡煽情有之，溫柔有之，流氓也有之，他是開誠布公地表明自己在她面前只能做小人。他多喜歡她，這輩子就只喜歡她，再肉麻點是唯一愛上的人就是她，而在心愛之人面前還要裝模作樣，雲淡風輕，他做不到，也不想做。

水光對此的回應是看了他一會兒，然後起身去臥室。章崢嵐看著關上的門，笑出來。「還真容易害羞啊。」

不敢逼得太緊，章老大打算先去洗澡，回頭再接再厲。剛抓起行李袋就聽見有人敲門，不免奇怪，這個時間點有誰來找她？放下袋子過去開門，看到外面的人，老實說章崢嵐一瞬間念頭轉了好幾轉，總結起來就是：媽的！這人怎麼又來這裡？

外面的人不是別人，正是梁成飛。

梁成飛見到章崢嵐，驚訝之後便是皺眉，爾後平淡問：「蕭小姐在嗎？」

章總的手搭在門框上，微低頭盯著眼前的人，身高的優勢讓他看起來有點居高臨下。「她在，不過有什麼事，你可以跟我說。」

「我來還她東西。」梁成飛好像不介意跟他說，將手裡折疊起來的信紙遞過去，章崢嵐瞇了下眼接過，沒有當即打開，而是對跟前人說了句：「還有事嗎？」那口氣顯然是說沒事就可以走了。見過這人對水光的態度，章崢嵐無法好臉色對待，他徇私護短得很。

「沒了。」梁成飛頓了頓，又說：「章老闆，你交往的人是什麼樣的人，你瞭解嗎？她可能只是看中你的錢或名字……」

章崢嵐冷笑著打斷他：「不管她看中我什麼，你都管不著。」

梁成飛愣了幾秒，最後竟然還笑了笑。「章老闆，你如果不信，大可以看看你手上的那張信紙。」

章崢嵐沒有開口，然而眼神冰冷，梁成飛心裡也莫名有些煩躁，本來只是來歸還不屬於他的東西，為什麼臨時弄出這一齣？最後章崢嵐的回覆是將手中紙捏成團，扔進門邊的垃圾桶，說：「我是不信。」

章崢嵐當著人的面甩上門，他回到沙發邊坐了好一會兒，最終抓起包包進浴室，出來時擦著頭髮，又撿起垃圾桶裡的那團紙。

水光不久後出來洗澡，不由多看了站在窗戶邊喝水的人一眼，說了句：「外面溫度是零下，你裸著身子不冷嗎？」

章崢嵐只穿了一條鬆垮的棉料長褲，上身赤裸著，半乾的瀏海搭在額邊，倒是十足性感，他回頭看到她便是一笑。「不冷。」然後走過來碰了碰她的臉頰。「水溫我調好了，去洗吧。如果要幫忙搓澡，我也很樂意效勞。」

「不用。」水光很明確地拒絕，進到浴室還聽到外面人喊了一句：「蕭水光，那我等妳出來為妳效勞！」

「……」

那天水光洗完澡回房間，果然那人已霸占她的床，看到她回來就拍了拍身邊的位子。「過來。」見她不動，坐起身舉了一下手說：「我發誓，純睡覺，不給人惹麻煩。」

水光還沒說什麼，他長腿一跨，一下子就下床，拉她躺到床上，水光嚇了一跳。

「你幹麼？」

「睡覺啊。」低沉的嗓音埋入她的頸間。「真香。」

「章崢嵐……你別鬧了。」

「不鬧。」章老大拉過被子替兩人蓋好。「真的只是睡覺，乖，我就抱著妳，不做其他……」

水光的心軟又一次印證某人的無恥無下限。

章崢嵐這次的無下限不是在不文明的行為，但作為絕對稱不上道德。他磨著水光講她兒時的事情，水光睏，說沒什麼好講的，可那人實在有韌性，抱著她磨磨蹭蹭不得休。

「說說吧，一點點也可以的……要不我先講我小時候，然後妳再說妳小時候？等價交換不吃虧，要知道有多少人想要挖我的生平事蹟還挖不到……」

「我又不要聽。」

「……給點面子，蕭小姐。」

蕭小姐有些頭痛。「你還要不要睡覺了？」

「睡，妳講點妳小時候的事，我就睡了。」

「你那麼大的人還要聽睡前故事？」

章崢嵐笑。「是啊。」

水光磨不過他，又著實想睡，最後說：「我小時候……很單調的，除了每天上下學，就是去老師那裡學武術。後來，要考市裡的重點高中，那半年就天天熬夜看書，那年沒拿到爸爸要的武術獎，甚至連決賽都沒有進，被爸爸罵了好久……」說著水光輕輕一笑。「最後倒是考進那所高中……」

「然後呢？」耳畔的低柔嗓音示意停頓的她再說下去。

水光想了想道：「然後就是讀高中，一年，一年，再一年……」

「嗯，高中那三年，我用了兩年讀完的。」

水光頓了頓。「你想說你很聰明嗎？」

章崢嵐低低一笑。「沒，等價交換嘛，免得妳吃虧。繼續，接下去呢？」

「接下去……接下去我來這裡讀大學。」

「嗯，然後妳在大學裡認識我，畢業後與我交往，從此以後我們過著幸福而快樂的生活，故事結局都是這樣的。」

「那是童話故事。」

「妳不覺得我很像王子嗎？」某人很厚臉皮，水光竟然也不由自主陪著他瞎扯起來。「你像青蛙。」

章崢嵐朗笑出來。「那就是青蛙王子，來，美麗的小姐，請給一個吻來破解那道詛咒，等我變回人形後，我們就回城堡結婚。」

「……」

很久的以後，水光才意識到他講的每一句話都是別有用心的。

很久的以後，水光也都還記得那一句：「從此以後我們過著幸福而快樂的生活。」

蕭水光的世界被章崢嵐逐步滲透後，就像是重新洗牌。那天以後，每天清早章老大都會接她去上班，水光前幾次跟他說明了不用接，後者「嗯嗯」兩聲就問她中午想吃什麼，轉移話題可謂明顯，水光多說無益就隨便他。然後一天三通電話是少不了的。週末心血來潮就拉她開車去旅行，有時候還會開著他那輛電動車載她在他住處附近「兜風」。

最讓蕭水光無言以對的是晚上的歸宿問題，她不想去他那裡留宿，他「退而求其次」說：「我住妳那裡也成，雖然擠了點。」

章崢嵐針對的是水光的大哥，而水光想到的是她那套租來的公寓斷不能跟他的別墅比，就誠心誠意說：「那你別屈就擠過來了。」他又馬上回說：「屈就在妳之下，我很樂意，我喜歡讓妳在上位。」隔了兩天水光才反應過來這話裡有黃色成分。

日子就這樣到了一月下旬，水光被迫接手的那套片子總算拍完，起初還說兩天就能搞定，結果弄了那麼長的時間。那天她從那攝影公司出來，不由鬆口氣，化妝師湊過來問她：「蕭小姐，妳家章老闆這次沒來接妳啊？」畢竟前兩次都是從頭陪到尾，溫言細語，周到體貼，讓他們公司裡的不少女職員豔羨眼紅，紛紛發表感慨說自己的男友如果有章老闆三分貼心就足矣了。

「他出差去了。」這種自然而然的回覆讓水光自己也愣了一下。

此時此刻，林佳佳伸手到吃飯也發愣的水光面前揮了揮。「水光，發什麼呆？我說妳男友怎麼還沒來？不會打算只在最後出場，然後為我們買單就完了吧？我還奉其他兩位小姐的命，要對妳男人深入瞭解，回頭向那兩個大忙人報告呢。」

水光無語，正要拿手機看時間，它就響了。正是章崢嵐來電，一接通，對方就說：「我馬上到了，剛停好車。」

「嗯。」

那人又笑著說：「路上開太快了，差點出意外。」

這回蕭水光皺眉了。「怎麼那麼不小心？」

章總挺無辜。「這不是怕妳等太久嗎？」

林佳佳在對面壓著聲說：「妳男朋友來了？」

水光沒答佳佳，只是對手機說了聲「我掛電話了」。佳佳看到她掛斷電話，不由呵呵笑出來。「水光寶寶，妳男人剛才跟妳說什麼了？看妳緊張成這樣，嘖嘖，眉頭都擰成蝴蝶結了。」

水光認真說：「我怕他不來付錢，我沒帶多少錢。」

「噗！」林佳佳笑噴。

很快章崢嵐就出現在這家港式餐廳，上身一件暗色系風衣，下面配著一條修身牛仔褲，顯得瀟灑極了，在人群中很是出類拔萃。面朝大門口的佳佳馬上就發現新進來的帥哥，一看，不正是水光的男朋友？馬上熱情招手：「這裡！」

章崢嵐偏頭就看到某人轉過來的腦袋，四目相對。他笑著跨步過去，在她身邊的位子落坐，朝對面的林佳佳頷首說：「不好意思，今天公司事情多，來晚了。」

林佳佳忙說：「沒事沒事，能來就行，呵呵，剛才水光還怕你不來付錢呢。」

水光懊悔不已，忘了佳佳的口無遮攔。

章崢嵐咳笑一聲，轉頭去看身側的人。「我帶夠錢了，想吃什麼再點吧。」

「我吃飽了。」

章崢嵐說：「是嗎？我還沒吃呢。」招來服務生又點了幾道菜，等菜的空檔中落落大方地跟對面的林佳佳交談，菜一上齊就拿著水光的碗筷吃將起來，水光說：「服務生不是給你添碗筷了？」

章總含著菜「唔」了聲。「節省資源。」

佳佳朝水光曖昧眨眼，後來佳佳還常跟水光開玩笑說：「妳男人提高我找男朋友的水準。」

水光實在看不出某人的水準高在哪裡，胡攪蠻纏的水準確實挺高的，因為每次都弄得她很沒轍。水光現在偶爾會去他那裡住，自然歸功於某人的胡攪蠻纏水準。

這天跟佳佳吃完飯後，水光直接被帶到他的住處。

隔天水光要早起上班，在書房做了整晚夜工的章崢嵐過來抱著她說：「我四十歲之前一定要退休，我們一起去環遊世界，妳說好不好？」

水光看著他英俊臉上冒出來的新鬍碴，說：「你去洗澡吧，我幫你煮點粥，吃完就睡覺。」

中午章崢嵐去公司開會，眾人都看著這步履矯健、神清氣爽的男人踏步進入會議室，手上拿著一只最近頻繁出鏡的保溫杯，走到主席位坐下，然後抬了下手示意會議可以開始。

坐他旁邊的小何咂舌，簡直是滿面春風啊。

GIT開會向來高效率，會議很快到最後一項，老陳去關燈。

「《天下》二月初正式進入宣傳階段，海報成品全部出來，大家看看。咳，模特兒是蕭水光小姐。」最後那句往常是不加的，這次之所以會「脫口而出」，實在是因因蕭小姐的身分特殊——老闆的女朋友啊！

眾人在看向幻燈片之前，都不由先回頭看了自家老闆一眼。章崢嵐面朝著大螢幕，閒適地靠在椅背上，右手食指一下下敲著桌面。「開始啊。」

「哦好！」老陳翻過那張封面頁，按了自動播放，照片一張張播放，室內一片安靜，在座的不是沒見過美女，只不過……真的驚豔，不知誰說了一句：「美女在民間。」

最先起來的是首座的人，他開了燈，說了：「用第一張和第二張，至於其他的，老陳你等會兒將隨身碟給我，散會。」

會議室裡的眾菁英面面相覷，何蘭捧著資料起身：「知道什麼叫占有慾了吧？」

江裕如對章崢嵐交上女朋友這點雖然早已察覺，甚至確定，但正式被老同學周建明當面告知時，仍然難免有些許失落。她問周建明對方是什麼樣的人，後者說看起來比崢嵐要小幾歲，挺文靜的，挺高。

江裕如從來不知道章崢嵐喜歡小女生，或者說乖乖女。

周建明安慰裕如天涯何處無芳草，她也懂，更何況她還沒喜歡章崢嵐喜歡到非他不可的地步，她只是……有點悵然若失。

這天事前跟章崢嵐通過電話，對方在電話那頭笑著跟她說：「我下午在公司，要過來坐坐嗎？我泡了上好茶，等妳江大小姐光臨。」

裕如笑了一聲，問他：「章總，晚上一起吃飯吧？」

「可以啊，不過，不介意帶家屬吧？」

「當然。」裕如掛斷電話的時候，吐口氣。見見吧，見見究竟是什麼樣的人抓住章崢嵐。

水光一下班就被章總接上車，章崢嵐幫她拉來安全帶繫好，側頭親了下她的臉頰，說：「去吃飯。」

「你抽菸了？」剛剛靠近時聞到一股菸草味，至於偷香行徑，蕭水光習以為常到麻木了。

章崢嵐對她的「盤問」很受用，不過被誣陷就得表明清白。「下班前有客戶過來，在我辦公室裡抽菸，被迫沾到的菸味，我純屬被坑害。」說得自己純良得像是從沒碰過菸。

車子上路後，水光見路不對，不免問：「不是回家吃嗎？」

「不是，乖乖坐好。今天我要把妳賣了，好吃頓大餐。」

水光反駁：「我賣你的可能性更大，我的身手比你好。」惹得章老大哈哈大笑。

窗外的景色飛逝而過，不久後到了江裕如指名的餐廳。水光進去時跟羅智通電話知會行蹤，章崢嵐攬著她的肩一邊聽她講話，一邊找人。而江裕如從兩人相攜進門就看到他們，她是故意選了有點隱祕，卻能一眼望到大門口的位子。

那女人漂亮嗎？不可否認，是好看的，簡單暗沉的裝束卻也掩蓋不了那股出落的氣質。人淡如菊——裕如想到的是這個詞。

她看到章崢嵐俯身在女孩耳邊說了什麼，女孩偏頭看了他一眼，又回去跟電話裡的人講話，章崢嵐笑著摸了摸她的短髮，抬頭時終於發現江裕如，然後朝她揚了下手。江裕如微笑著站起來，等著那兩人走近，她說：「章總，遲到了啊。」

「Sorry，路上有點堵車。」

水光已經掛斷電話，章崢嵐為兩人介紹，江裕如伸手跟水光握了一下，意外發現這女孩子手上的薄繭很多，更意外的是……此刻近距離面對面，才讓江裕如想起自己見過這人。上次去相親，那員警沒聊幾句就起身去另一桌，那會兒江裕如望著那邊的一男一女，還笑自己竟有幸狗血地插足別人的感情戲碼。

江裕如坐下才回神，恢復笑顏道：「章總，今天我看是你請客了，女朋友這麼漂亮，情場得意，理所當然地應該破點財吧？」

「自然。」章崢嵐大方點頭，他在場就不會讓女士買單，說他隨興，其實骨子裡的大男人主義很明顯。服務生過來，章崢嵐讓兩位美女點菜，他上洗手間，去前彎腰對水光說了句：「妳最近兩天晚上盜汗，那些寒性食物就別點了。」

章崢嵐走後，江裕如對水光開玩笑：「章老闆到你這裡就成妻奴，實在是……如果不是親眼所見，真是令人難以想像。」停頓了一下，裕如問道：「不知道蕭小姐還記得我嗎？上回我相親，我那相親對象就是那位員警先生，中途跑去找妳。」

水光經她一說，記起那次在餐廳裡，梁成飛找她幫忙，她拒絕他，江裕如正是坐在位子上朝她微笑的年輕女人。

「沒想到妳是崢嵐的女朋友，我還以為妳跟那梁警官……」

「我跟梁成飛只是有過幾面之緣。」水光說明一下，不想引起不必要的誤會。

裕如笑道：「看來真是我想錯了……介紹梁成飛給我的朋友講過一些他的事，說他很專一，對一個女孩子很痴情；後來那女的據說出意外成了植物人，一直躺在醫院裡。所以我看到他一來就去找妳，還以為是我朋友在騙我，人家的戀人不就在不遠桌吃飯嗎？」

水光有點訕訕然，卻想起梁成飛那天跟她說的那句話：「她跟死了又有什麼差別。」原來是這樣，不知怎麼脫口問出：「那人……怎麼會成植物人的？」

江裕如想了想，才慢慢道：「車禍，他的故事如果是真的，挺傷感和悲哀。」她見水光在聽，就繼續說下去：「那位梁警官跟我同齡，那女孩子好像比他小兩歲，兩人算是青梅竹馬。梁成飛家境一般，那女孩子是富養出來的，看不上剛出社會還一無所成的梁成飛。據說那女孩子進大學後就跟一個高幹子弟交往，那一年她的戀人有事提前趕回老家，她送他去機場，回來路上卻聽到廣播說那架起飛沒多久的飛機意外墜毀。那是二〇〇六年六月，我記得很清楚，因為這場空難算是當年市裡最大的一起新聞。那女孩子聽了廣播，立刻讓計程車司機停車，跑下去，就是這樣巧，或者說不幸，女孩子被後面衝上來的車撞出好幾公尺，之後就成了植物人。」

江裕如說完也長長嘆了一聲，而水光全身冰涼。「二〇〇六年六月」、「空難」，這兩個詞足以讓她心驚膽顫。

章崢嵐回來就注意到她的狀態不對，但有他人在場，他不便旁敲側擊，坐下後在桌下拉住她的手，發現有點涼，就摩挲著讓它慢慢熱起來，然後問裕如剛才聊什麼。江裕如並未察覺水光的變化，但她畢竟是機靈人，不會講「聊你以外的男人」，就說：「隨便聊聊。」

後來吃飯，章崢嵐跟江裕如隨意談話，水光顯得很沉默，裕如偶爾問她一句，她也答得漫不經心。

那天從餐廳出來時，江裕如對章崢嵐說：「我那兩張 blue 的演唱會門票就麻煩您幫忙搞定了。」然後跟他們道了再會。

上車後，章崢嵐終於問身旁的人：「怎麼了？吃飯時就不怎麼吭聲。」

水光說：「回去吧，有點累。」

「吃飽了就睡，小心長成豬。」章崢嵐笑著。「回我那裡，還是妳那裡？」

那天晚上，兩人第三次交頸相纏，有點意外，也彷彿水到渠成。當一波波熱浪湧上來，水光漸漸迷失方向，猶如跌進海浪裡，她抬起手想要抓住什麼，下一秒她的手被人牢牢握住，十指交纏，她聽到有人說：「我在這裡。」

這一場性愛淋漓盡致，到最後水光幾乎失去知覺，兩具汗淋淋的身子黏在一起，章崢嵐愛極這種感覺，宛如身心都融化。

彼此心中存在的問題，又一次被輕巧地隱藏。

Chapter 20

這是我的故鄉

時間很快進入二月分，這年二月三日便是春節。GIT這一年碩果累累，所以章峥嵐早早讓公司裡的那批人放假，蕭水光的公司也在一月的最後一天放年假。

水光二月一日這天要回老家，章峥嵐前一天晚上來幫她整理行李，問她什麼時候回來。

「初十上班，初九回來。」

「那我初九去機場接妳。」

水光看他不幫忙整理東西，跟前跟後盡礙事，將他趕出去跟羅智聊天。可章峥嵐跟其他人哪有多少興致瞎聊，不過他對羅智印象不錯，又見女友實在不要他「幫忙」，就去外面跟看新聞的羅智一起打發時間。

羅智對章老闆挺敬佩的，雖然中間夾著「妹夫」這層關係，但羅大哥一貫大剌剌，所以跟章老闆相處一直算是自然。除了剛開始知道大老闆要追他妹子，並跟他「事前溝通」時驚了一下。

後來羅智想，如果景嵐有章峥嵐一半的果斷，或者直接，可能很多事都會不同。可事實上景嵐已經去世，而水光也應該放下心裡的包袱，她從始至終認定那是她的錯。

景嵐去世後的幾天，她斷斷續續地發高燒，整個人迷迷糊糊的，他陪在她身邊，她抓著他的手說：「羅智，羅智……我打電話給他，在他回來前，我打電話給他……我如果……如果再忍忍……」她說著安靜下來，高燒讓她失去意識，臉上全是淚水。

他抽面紙為這個才十九歲的女孩擦去眼淚，給她蓋好被子。「水光，不是妳的錯。」緣起緣落最終只能總結到一個「命」字，她命裡對他早早傾心，他命裡顧慮重重，這些都是造成這結果的因，但能怪她喜歡上他嗎？

羅智對章崢嵐是感激的，因為他讓難受好幾年的水光又願意重新開始，他也有些好奇自己妹子跟章老闆這樣完全讓人聯想不到的人，怎麼會走到一塊？章崢嵐跟景嵐的性格是那麼不同，相貌也是差別很大，一個是高大英俊，一個是文雅溫潤，唯一相同的……是名字裡都有一個「嵐」字。

水光整理完行李才從房間出來，走到章崢嵐身邊問他什麼時候離開，章崢嵐拉住她的手，不介意有第三人在場，說：「妳房間的床不算太小。」

羅智再粗神經也不免尷尬，起身去廚房找吃的暫避。水光氣紅了臉，見羅智身影沒入廚房後才說：「我今天要早點睡，明天要早起，你趕緊回去吧。」

章崢嵐這次很乾脆，站起來說：「好，走了。」

水光倒是意外，原想他會不會有什麼後續「陰謀」，沒想到真的乖乖走人。水光送他到門口，章老大說：「妳進去吧，外面冷，我走了，明早過來送你們去機場。」

水光目送他下樓，才確定這次章老大沒耍花招。但在年初五那天，水光早上刷牙，目瞪口呆地看著從大院門口走進來的人時，深深覺得讓這人安分是天方夜譚。

當然，這是後話。二月一日那天，章崢嵐送他們去機場。回家時水光的情緒很低落，雖然四年來在外求學，極少回家，理由正大光明，父母又怎麼會不清楚真正的原因？

這次到家的第一天晚上，母親坐在她床邊說了好多話，水光抱著母親問：「媽媽，我是不是很不孝？」
蕭媽媽笑著順她的頭髮。「妳只是愛鑽牛角尖，跟妳爸爸一樣的脾性，固執、倔強。光兒，聽媽媽說，人不能只認定一條路走到死，如果那條路妳走得累了，疲了，妳要試著走別的路，它們會讓妳看到不一樣的風景。」
水光悶著頭「嗯」了一聲，忽然想到章崢嵐。
心打開往往在不經意間，就像豁然開朗總是在走出某一步的時候發生，而她不知道自己是何時打開心門，讓他走了進來。

年初二那天，羅智跟水光去找景琴，于家已經搬出大院，三人在約定的餐廳見面。兩個女孩子一年見一次，總是有很多話要說，她們唯一不會說起的是于景嵐。「于景嵐」三個字已成了兩人，或者說很多人的禁忌，誰也不會輕易觸及。
跟小琴分手後，羅智問她要去哪裡，水光說：「我想去看看他。」
午後郊區的墓園沒有森冷恐怖的氣氛，冬日陽光照著這片安靜墓地，反而顯得很祥和。水光走到墓碑前，照片上的人帶著淺淺的笑，這張是他剛進高中的時候照的，剪著很短的頭髮，青春洋溢。
羅智站在蕭水光身後，聽她慢慢說著這一年發生的事。羅智知道她這幾年做的都是他的夢想，讀的科系、做的工作，所以他不止一次對天空罵過：「于景嵐你乾脆讓她跟你走算了！」
只是這次，羅智聽到水光最後說了一聲：「景嵐，我試著喜歡別人了……」

羅智看著面前人纖細的背影，微微紅了眼睛。

後來有一次羅智大著膽問妹子：「妳看中章老闆哪裡？豪爽性格還是……身材？咳咳，說真的他身材挺好的。」水光的回答是懶得回答。

她看中章崢嵐哪裡？她說不上來，從被糾纏到嘗試到習慣，她都處在被動位置；可水光心裡清楚，如果她真不願意，沒有人能強迫得了她。

當然，這些也是後話了。

當年初五水光在院子裡刷牙，看到他出現時，差點咳出嘴裡的泡沫，匆匆漱完口，跑上前問：「你怎麼來了？」

章崢嵐一笑：「有空就來了。」

章崢嵐「有空」跑來西安，搞得水光手足無措，而大院裡的人見到章崢嵐時更是驚訝。因為據羅智說這人是不得了的大老闆，也是水光正在交往的男友。

蕭家媽媽看著章崢嵐有些難以置信，好半天才問出一句：「你是我女兒的男朋友？」

風度翩翩的章總點頭說：「是。」

簡單、乾脆，沒有一絲一毫猶豫，水光望著他，漸漸鬆了暗中拽住他的手。章崢嵐在西安這兩天住酒店，雖然沒打招呼就跑來見她父母，但沒打算一來就激進地與她父母套關係，這大可慢慢來，他主要是「一日不見如隔三秋」，想念某人而來見見。想，所以過來，從本質上來說，章崢嵐是個極度的浪漫主義者。

蕭水光是習慣一步一腳印的人，所以兩人剛開始相處，她會覺得吃力，對他的行為模式總是又氣惱又無可奈何，而慢慢地竟也習慣這人的任性，好比眼下的不期而至，意外之後也接受了。看著他賴在家裡吃了晚餐，看他跟一向嚴肅的父親談天說地，相處融洽，看著他進了自己房間轉一圈後，說：「終於看到妳從小待的地方，真不錯。」

後來兩天，蕭水光沒去走親戚，而是陪著章崢嵐逛西安。章崢嵐去了幾處名勝後說：還不如去妳從小到大常去的地方，比方妳讀的小學、中學，或者平日愛逛的場所。水光本不想去那些地方，但他一再提，最後不得不帶他去離家不遠的那所小學。

小學裡有教職員工宿舍，所以即使是節假日，對外還是開放，當然大門口的警衛人員見生面孔進去會詢問。當警衛大伯聽水光說她以前在這裡讀書，今天過來看看，便笑著誇了一句：「真有心。」

後來章崢嵐牽著水光的手在裡面閒逛，說：「以後要是有機會，我多陪妳逛逛母校，讓人家多誇誇妳有心。」

「我沒有你那麼無所事事。」

「我哪裡無所事事？頂多就是女友放第一，其他靠邊站。」

水光沉默是金，章崢嵐低下頭笑了一聲，然後轉頭看著她，卻沒有再說什麼。此時此刻，他覺得一切都很好。

水光念的小學校史算得上悠久，環境清幽，古樹很多，但這時節枝椏上都光禿禿了。幸好這幾天天氣晴朗，沒有荒涼感，反倒有種天朗氣清的感覺，挺好。

兩人踩著冬日陽光信步走著，而蕭水光視線多停留的地方，章崢嵐也會多看一眼。當兩人走到學校後方的跑道上，迎面過來的一位中年婦女錯身而過時叫住水光：「妳是蕭……蕭水光是吧？」

水光意外，但還是點頭。

對方一見她點頭，笑容可掬道：「還真的是！我就看著覺得有些眼熟。」看眼前女孩一臉疑惑，便解釋：「我是以前羅智他們班的班主任，趙老師。」

水光「哦」了一聲，叫了聲「趙老師好」。

章崢嵐看著一笑，真是典型的乖學生作風。

趙老師教過那麼多學生，之所以會記得羅智，主要也是當事人是她帶過的最頭痛學生之一。會記住蕭水光，一是這學生年紀小小就得了不少縣、市級甚至國家級武術獎項，讓學校間接沾了不少光，二是常見她跟羅智混在一起，後來知道他們住同一個大院的青梅竹馬。

說起來那大院裡的四個孩子都出色……趙老師這一回憶倒是又想到一個學生，也是她班裡的。她看向水光旁邊的男人，儀表堂堂，一表人才，跟她腦子裡那品學兼優的男孩子能聯想在一起，一時間沒想起于景嵐的名字。

往往老師對文靜的乖學生比對能鬧騰的問題學生要容易忘記：「你是……是叫什麼嵐？」

這話讓水光皺了眉，她下意識看向身邊的人。後者好像沒受影響，甚至學她之前那樣喚了聲「趙老師好」。

趙老師打量他們，感嘆：「唉，轉眼你們都長得那麼大，我們真的老了。」

章崢嵐說：「您看起來一點都不老，最多四十出頭。」

趙老師笑著擺手，「五十多了吶。」然後問兩人在做什麼，章崢嵐回答說ＩＴ。

「ＩＴ好啊，做得好，薪水相當不錯吧？兩人都是做ＩＴ的？」

章崢嵐笑道：「對。」

兩人交談好一會兒，趙老師走前說：「以後多來母校走動走動，來看看我們。」

章崢嵐頷首說一定，等到趙老師走遠，水光開口：「回去吧。」

「怎麼了？」章崢嵐問。

水光走出幾步才回過身望他，眼中有些難過的情緒，她想跟他說：「章崢嵐，你不是他。」

可終究沒有說，不知從何說起。

他似乎沒察覺異樣，上來攬住她，另一隻手揉了揉她的頭髮。「傻瓜，走吧。」

Chapter 21

走在邊緣的愛

章崢嵐來西安來得突然，去得倒是從容。他跟大院裡的人一一道別，彬彬有禮，面面俱到，看向朝西的那處緊閉住宅時，他只是多看一眼，然後朝水光說：「我走了。」

章崢嵐回去了，水光是兩天後跟羅智一同返回的。章崢嵐來接機，神色自若，看起來精神狀態很不錯。

他先送他們去住處放行李，然後一起出去吃中飯。飯後羅智就趕去公司，創業伊始，爭先恐後、勞心勞力都是基本的。等羅智一走，剩下的兩人面對面看了一會兒，水光先轉開頭。

章崢嵐眨眨眼，伸出手到她眼前晃了晃：「蕭水光小姐，我今天還特意打扮一番，好歹給點面子，多看我幾眼吧？」

於是水光又看他兩眼，章崢嵐笑樂了。

時間就這麼不驚不擾，或者說墨守成規地推到四月分，期間章崢嵐公司的那款遊戲上市，成績顯著，導致大街小巷尤其是網咖門口都高高掛起這款大型遊戲的海報。

水光有一次去菜市場買菜，路過一家網咖，走過去又倒回來，看半天說了一句：

「幸好處理得只有三成像了。」

中間還發生一件不大不小的事情，就是水光遇到害她丟了第一份工作的那對男女。

那天她跟章崢嵐出去吃飯，有人來跟章老闆打招呼，隱隱帶著諂媚阿諛。同行裡的人對章崢嵐巴結，水光見識過了，不足為奇；突兀的是來奉承的人正是曾經借公事企圖非禮她，反被她教訓的那名驕傲自大的客戶，後面跟著的是他的女朋友孫芝萍。那兩人也很快認出她，自然是驚訝不已。

蕭水光跟ＧＩＴ的老闆是什麼關係？一開始沒看出，之後還看不明白就是瞎子。ＧＩＴ的老總跟他們客套時，不忘時刻周到地照顧對面的人，這樣的舉措不是男女朋友又是什麼？

孫芝萍看水光時，臉上閃過的嫉妒和仇視被章崢嵐捕捉到，他剛才想這女的他在哪裡見過？稍一回想，記起上次張宇給他看的照片裡，這女的也在其中，水光抓著她的手，兩人明顯起爭執。

「爭執」這概念讓章崢嵐皺起眉頭，清楚女友不會吃虧，可這偏袒情緒一起，都是對方不識抬舉。

所以後來章老闆跟他們說：「好了，我和我女友用餐的時候不喜歡他人打擾，工作上的事聯繫我祕書吧。」態度冷淡不少。

章崢嵐向來不是拐彎抹角的人，或者說他是全憑自我意願做事的人，之前沒成見時，應付一下無所謂，現在有成見是一秒也懶得敷衍。所以有人說，要討好章崢嵐是比較難的，太過恣意隨興，拿不準他的心態。

此時站著的兩人臉色有點難看，客套幾句就匆匆告別。其實那男人該慶幸章崢嵐不知道他輕薄過他心上人，雖然未遂，可這足以讓他死一百遍。

水光看著走開的兩人，真心感嘆一句：「畏強欺弱。」

章老闆接話：「妳也可以仗勢欺人的。」

「……」

兩人的相處越來越「融洽」，蕭水光可能自己沒有察覺，在不知不覺間，她開始有些依賴章崢嵐。她漸漸學會抱著他睡覺，晚上醒來發現他不在身邊，會下意識找他；跟林佳佳出去逛街，看到一些男士用品會想到要不要買給他。也慢慢習慣他的牽手與興之所至的親吻，甚至是肌膚相親。而工作上碰到什麼難題，也會很自然地詢問他，因為問他比自己想要省時太多。

水光臉上不願承認，但心裡倒有那麼點崇拜章老大了。

有人說，愛從信仰開始，就像她年少時喜歡上于景嵐……

章崢嵐最近多出的一項課餘項目就是學烹飪，前幾天祕書何蘭奉命為他報名。何美眉那刻真是無限感嘆世事無常，一向連吃什麼都懶得想的人竟然去學做菜，只能說愛情的力量無窮大，也不禁佩服蕭水光小姐能將風流不羈的章老闆馴服了，而且看老闆的樣子，明顯是心甘情願被套牢。

可有時候又會看到老闆站在窗邊出神，好像心有所想，神情不是全然放鬆，甚至有些……憂鬱。老實說何蘭覺得是自己看錯，跟著章老闆那麼久，憂鬱這種情緒從未出現在他身上，所以此時正處熱戀期的人更加不可能憂鬱。

何蘭再次見到蕭水光是在四月中旬的一天，那次是公司有人提議去老闆家裡吃飯，畢竟有大嫂了嘛，老闆家應該有點「家」的樣子，至少能供飯了吧？老闆也難得是明知道他們醉翁之意不在酒，允許他們過去。

其實不能怪他們太八卦，前兩次見到蕭小姐還不知道她是老闆的女朋友，後來知道了，卻一次都沒見到，倒是能天天見到海報上的美女。可這更讓人想獵奇：美女、俠女，讓老闆重回人間正道的女友！光環簡直堪比偶像！

偶像那天姍姍來遲，當晚吃的是火鍋，所以不用下廚房，老實說他們也不敢讓老大或大嫂煮飯，大逆不道！所以一起出力，洗菜擺碗，最後開了火，一群人圍著大桌也算其樂融融，就是蕭小姐席間話太少，但神態沒有絲毫排斥或介懷跟他們一起用餐的意思，甚至他們敬酒，她都喝了，挺爽快的一個人。

他們走時，老闆送到門口。他攬著蕭小姐，眉眼帶著笑意，那是何蘭第一次真正看到老闆臉上出現「幸福」這種表情。

她那時真的以為老闆會結婚了。

水光再次見到梁成飛是在她收到一封電子郵件後，她主動約他。

她一整天都在胃痛，身上忽冷忽熱，原本想熬到下班去檢查，卻看到那封電子郵件，沒有字，只是幾張照片。

于景嵐的照片。

每一張照片上，他的身邊還有另外一個人，一個陌生女人，至少對她來說是陌生的。

水光慢慢拉下來，她看得很仔細，因為這階段的他，她知道得太少。

她甚至不知道，原來他笑起來可以那麼快樂。

水光很久很久之後看向寄件者。

梁成飛來到電話中說的地方，推門進入，服務生剛走過來，他便說了句：「找人。」

他掃了一圈，找到要找的人便徑直走過去。

梁成飛坐到她對面。「蕭小姐，這次不是我找妳了。」

「你認識于景嵐？」她似乎只在意這點，可梁成飛知道不可能，她難受著，如他一樣。

梁成飛笑了笑。「我說過我不認識他，但我認識他愛的人。」

服務生過來，他點了一杯咖啡，她不再說話，他繼續說下去：「原本不打算告訴妳，後來想想，就我知道『真相』未免太不公平，所以我大方地將收藏那麼多年的照片發給妳，讓妳一起欣賞。蕭小姐，發現原來愛的人從沒有愛過自己，是不是很痛苦？妳是不是要哭了？」

水光的額頭細細冒汗，他勾起嘴角。「現實總是很殘忍的，當妳一層層剝開表象，那些鮮血淋漓的事實擺到眼前，恍然發現原來自己是那麼愚蠢，自己掏心掏肺去愛的人，卻愛著別人。」

水光忘了聽到最後自己說了什麼，她好像說了「是嗎」，又好像是說「我不信」，或者什麼都沒有說。

那天晚上，水光腹痛如刀絞，半夜起來摔在地上。章崢嵐被聲音弄醒，看到倒在地上的人，立刻清醒，跳下床抱起她，看著懷中的人臉色慘白，渾身幾乎被汗溼透，自然嚇得不輕，叫了她好幾聲卻毫無反應，當機立斷抱著人驅車去醫院。

一查，胃部出血，差點胃穿孔，幸虧送醫及時。章崢嵐在旁邊守了一宿，第二天早上才在床沿趴著睡了一會兒，床上的人一動就醒了，章崢嵐見她疲憊地張開眼，湊上來小聲問：「還疼嗎？我去叫醫生，妳再睇一會兒，現在還早。」

水光漸漸清醒，四處看了看，發現在醫院，章崢嵐正擔憂地看著她。

「我怎麼在這裡？」

「昨天不舒服，怎麼不跟我說？差點胃穿孔！」他是真的心有餘悸。

水光想起昨天，微微垂下眼瞼，說：「我沒事。」

章崢嵐看她一會兒，最後「嗯」了一聲，起身去叫醫生。

水光在醫院住了五天，章崢嵐幫她請假，雲騰的老闆當然即刻答應，還說要來慰問，章崢嵐客氣拒絕，掛了電話就繫了圍裙開始煮粥。

水光第一次吃到章崢嵐煮的粥時，說了一句：「還好。」

章崢嵐笑著說：「才『還好』？看來還得再接再厲。」

好像一切又恢復了，五月分的時候，章崢嵐的公司去海南員工旅行。他自然想帶女友，但水光本身不怎麼喜歡旅行，再加上前段時間請過一週假，連番請假不太好，所以拒絕他的好意。章崢嵐是公司老闆，這類集體活動不參加說不過去，去了卻興致缺缺，心有所繫，一到海南就撥電話回來說熱，水光說：「這時節去海南很熱。」

章崢嵐笑道：「公司裡的人投票選出來的，我被逼上梁山，就妳不厚道，不捨命陪君子，讓我獨自在這裡備受煎熬。」

「那你早點回來。」有一半真心，一半告訴自己別再胡思亂想，既然決定走出來，景嵐有沒有喜歡過自己都不重要了，不是嗎？
章崢嵐聽到她說的那句話就笑了：「搞得我現在就想馬上飛回去。」
水光定了心說：「我等你。」
我等你。
話已出口，水光才驚覺這句話是景嵐對她說的最後一句話，他終究還是不想和她在一起的，說「等」，至多只是不願傷她。
她一廂情願地等著于景嵐，章崢嵐又一廂情願地等她。
是不是真的該結束了？景嵐也許從頭至尾都不需要她的等待，而她也累了。有時她照鏡子，看著鏡中的自己都快認不出來，旁邊的人卻說我喜歡妳的眉，如果在古代，我會天天早起為妳執筆畫眉。
也許是真的習慣他在身旁，他的話，他的舉動。她也分不清自己究竟是喜歡多一點，還是習慣多一點？可畢竟是接受了他。
那天晚上，她翻出枕下那張被她用大小合適的透明塑膠袋裝起的紙，上面的字跡依然新如初寫：陌上花開，可緩緩歸矣。
「景嵐，我等不到你……想要跟那個人好好過下去。他跟我當年一樣，一樣會裝傻，卻也一樣真心實意……如果你聽見了，那麼請你祝福我吧。」
不知哪裡飛來的一群鴿子入夜後並沒有歸巢，在窗外迴旋，隱隱有聲音傳來，水光辨不清那是鴿哨還是風聲。

第二天是週末，水光再次撥打梁成飛的電話號碼。不知是不是因為做好決定，所以在她說「我想見見她」的時候，竟是那般心平如鏡。

「為什麼？」梁成飛笑了一下，很短促。

「你不是想讓我見她嗎？」

對方沉默一會兒，最終告訴她地址和時間。

隔天中午，水光在醫院門口等了一會兒，見到梁成飛過來。她與他無多餘的話可說，只淡淡地說了一句：「走吧。」

市人民醫院的二十二樓是重症監護室，走道上冷冷清清。梁成飛先一步走出電梯，水光跟在他後面。當班的護理師端著幾瓶藥劑過來，彷彿熟識般朝梁成飛微微笑了一下。水光與她目光一接，卻抓到她臉上閃過的一絲遺憾。

梁成飛在安全門前停下，沒有要進去的意思，只冷冰冰地說：「2208。」

水光無心在意他的態度。她只是來看她的……了卻自己心裡的結。可真的要過去，水光又起了怯意。她抬起頭看向身邊的男人，她一直想不明白，為什麼兩張如此相似的臉，卻會令人產生天差地別的感覺。

「看什麼？」梁成飛察覺到她的注視，緊了緊眉頭。

「你真的很像他。」水光認真地、不帶情緒地看著梁成飛。「你們這麼像，可我卻那麼討厭你。」

「哦？」梁成飛冷漠嘲諷。「于景嵐如果沒有家世，沒有地位，你們會喜歡他？」

話不投機半句多，才覺得今天的梁成飛有些不同，誰知立刻變回原形。在他眼裡，彷彿世上都是齷齪的勢利鬼，可時時執著金錢、地位的，不正是他自己嗎？

水光進了安全門，裡面的消毒水味比外面濃得多，耳邊是一些機器發出的細微聲響，她一間間走過去，找到2208。她站定，沒有進去，隔著玻璃往裡看，病房裡的時間彷彿是靜止的，病床上躺著的人沉沉酣眠，已經無法讓人聯想起那些照片上的樣子，沒有光采和歡笑，只剩下羸弱和寂靜。

「妳在等景嵐嗎？」水光伸手撫上冰冷的玻璃，心裡有一種說不出的感受，有惆悵，有難受，也有惋惜。

梁成飛依然沒有過來，水光回過頭，透過安全門的半截玻璃看到他背身靜靜站著，無端地生出一股莫大的悲涼。她想，他一定是深愛她的，只是一葉障目，苦了自己，也刺了她。從這一點來講，自己和他何其相像。

水光忽然有點同情他，她曾在網路上抄下一段很美的話：求佛能讓你長在我每天眺望遠方的那扇窗前，靜靜凝視你每天的來來往往每天的喜怒哀樂，直到老死。在陽光下鄭重地開滿花兒，將我前世的今生的來世的期待都寫在花瓣中葉子裡。你可知道，那紛紛揚揚的葉子是我多長、多長的思念；你可知道，那落英繽紛的花瓣是我多久、多久的盼望。

明知道那種盼望沒有希望，卻還在日夜地等。

水光走出安全門，梁成飛轉身對著她。「看完了，有什麼感想？」他的聲音喑啞。

水光看向窗外，看著外面虛空的一點。「要是她醒著，而景嵐還活著，他們怕是已經雙宿雙棲吧……其實，也挺好的。」

梁成飛譏諷：「妳倒是想得開。」

水光淡淡地道：「不然還能怎麼樣？」

這簡簡單單的一句話將梁成飛噎住，是啊，不然還能怎麼樣？可是，他不甘心！

「我不甘心，妳甘心嗎？于景嵐沒愛過妳，妳甘心嗎，蕭水光？」

水光沒有被他挑起情緒。「我不甘心是因為不捨，不是沒有得到。」

梁成飛冷笑出聲。「妳可真偉大！蕭水光，妳告訴我，妳是怎麼做到的，一邊裝深情偉大，一邊移情別戀？」

水光知道他在講章崢嵐，這人總是在利用完景嵐之後，再用章崢嵐來刺激她。她雖然痛，卻從來不希望別人來負擔她的痛；而他，似乎只有看到別人比他更痛，才能稍稍緩解自己的痛。

「你就這麼見不得別人好嗎？」

「不是。」梁成飛扯起嘴角，冷意卻顯而易見地凝在眼底。「我只是見不得妳好。」

水光苦笑。「其實我要謝謝你，讓我知道除了我之外，還有人那樣愛過他，而他至少也愛過了人……」

梁成飛的表情滯了一下，之後再無話。

與梁成飛分別後，水光一直留著疑惑，她隱約在醫院大廳看到章崢嵐，可那熟悉背影一閃就不見了，總讓她有種恍惚的錯覺。但一想他此刻應該在海南，就覺得是自己多心。

漫無目的地閒逛一番，心裡好像清空所有東西，空落落的，卻有一種輕鬆。

等回到家時，暮色已垂地。掏出鑰匙開門進屋，順手開燈，水光驀地一愣，他真的回來了。章崢嵐靠坐在沙發裡，怔怔地看著天花板，直到光線亮起才回過神，見是她就朝她一笑。「回來了？」

水光點點頭，從鞋櫃中拿了拖鞋換上。

章崢嵐沉默片刻，語氣帶點幽怨地說：「妳不關心我，也不問我為什麼提前回來？」他說話的時候，表情卻是沉靜一片的。

去海南前，在她因為胃病出院後的隔天，章崢嵐跟梁成飛見過一面。在一場飯局上，章崢嵐跟與他交情不錯的王副局長聊天時，隨口問起他們單位是不是有位姓梁的員警，他說也叫出來坐坐。

梁成飛由服務生帶進包廂時還有些不解，這裡面不是達官就是貴人，主管無端端找他來幹麼？當他看到跟王副局長聊天的人時有點明白了，心裡也生出一絲嘲諷。

王副局長介紹梁成飛給章崢嵐時，後者沒有多說什麼，只是習慣性地客套兩句。後來在盥洗室裡，兩人碰面，章崢嵐終於開口：「梁警官，我們雖只有幾面之緣，但我對你也算……足夠瞭解，以後還請你別再找我女友的麻煩。」

梁成飛有些意外，但面上不動聲色。「章老闆，我不懂你在說什麼。」

章崢嵐不介意：「不懂沒關係，知道怎麼做就行。」

如果以前梁成飛只覺得這人是一個財大氣粗的商人，現在他算是看出來了，這男人精明得很，或者說表裡不一。
梁成飛笑起來。「章總，我找她都是因為公事，妨礙員警辦公要吃官司，我想章老闆你應該很清楚。」
章峥嵐認真了些。「因為『公事』要聯絡我女友，這無可厚非；但如果是雞毛蒜皮的『公事』，我想，以後你跟我說一聲就可以了。」
梁成飛突然想起上次火氣騰騰跑來投訴蕭水光的那個男人，第二天就來撤訴，此刻聽他一說，幾乎立刻明白，處理的方法也不言而喻。梁成飛不由心生嫌惡，冷著臉說：「你覺得錢能解決一切？」
章峥嵐直言不諱：「至少能解決大部分。」
梁成飛臉上閃過鄙夷和一絲屈辱，他一直厭惡這種高高在上的人：「章老闆，要不要跟我打賭——就算你花再多錢，你在她心裡也照樣一文不值！」
章峥嵐不會拿她跟任何人賭，但這不代表另一方不會。
梁成飛不足為懼，他懼的……從始至終是她的態度。
「蕭水光，妳怎麼不問我為什麼提前回來？」
章峥嵐沒等到她的回答，索性站起身走到她面前直截了當地說出：「明天陪我去杭州吧。」
水光已經習慣他一時風一時雨的做派，不過此時不由重複一遍：「杭州？」她想起自己小時候還想過，長大了要跟心愛的人一起牽手走過斷橋，去看林風眠的小樓，去叩拜靈隱的菩薩，去三生石畔約許來世……

「是啊，有點事要過去，所以提前回來了。」章崢嵐頓了頓。「海南路途遠，妳不高興請假陪我去就罷了，這次妳一定得陪我。事情很快就能辦完，之後我們好好玩一下。」

水光沉吟，章崢嵐沒有再遊說，他在等，等她同意的回答。

水光說好的時候，對章崢嵐來講不啻萬金。

那天晚上回了章崢嵐住處，他看著水光坐在床邊整理兩人的行裝，就像世間任何一對夫妻在做著一件最平常的事情。

他靠躺到床頭，抬手覆住眼睛。

「她跟我在一起，你要不要來見見？」

章崢嵐有點疲倦，入了夢，看到她要走，不顧一切地伸手抓她：「別走。」睜開眼發現在自己房間裡，水光正跪在床邊替他蓋被子，他將人撈起來擁進懷裡，水光說：「東西還沒整理好。」

「明天再整理吧。」

水光不知道他今天的情緒波動是因為什麼，只當他是累了的緣故，剛剛睡著時就在喃喃夢囈。

Chapter 22

但求無怨無悔

五月末的杭城，雨意方歇，豔陽抬頭間，平鋪著一層溽熱。在賓館下榻後，章崢嵐獨自出去辦事，走前叮囑水光別亂走，等他回來。

賓館離西湖頗近，散步就可以到達。水光想，他雖說很快就回來，但洽公的事，一時半刻怕也辦不完，這樣傻傻待著實在悶得慌，就留了字條獨自朝湖邊走去。

本來水光對西湖的熱鬧有所預料，果然，身臨其境時，水光就發現湖光山色只一片，人影婆娑卻無數。她有些無奈地一笑，想了想，隨人流往白堤方向湧去。

到了御碑亭邊駐足良久。前面就是斷橋，這座聽過多少次的橋，水光卻是第一次真真實實地見到。不過年少時聽外婆講了她年輕時跟外公到西湖邊遊玩的經歷，她也曾夢過一回，是跟景嵐撐著描花的紙傘緩步橋上。

水光四周看了看，西邊的行人似乎稀少些，決定先去那邊看看。沿路的梧桐葉大成蔭，湖上的水鳥親切喜人。走了一段路後在幽靜處尋了一張座椅坐下，這一坐竟坐了將近一個多小時，直到手機鈴聲響起，她接起來，對方就問：「妳在哪裡？紙條上說去了斷橋，可我找不到妳。」

「你在斷橋？」

「嗯，妳到底在哪裡？」

水光也說不清自己的具體位置，就道：「我在附近，你不要走，我過去吧。」掛了電話，她起身往斷橋走去，此時太陽已沒入厚重的雲層，涼爽很多。

不過難得體恤人的老天馬上就變臉。雖說江南的夏天是娃娃臉，但突然間毫無徵兆的潑天大雨也著實讓人張皇失措，水光眼看快要到橋邊，身畔都是四處奔走躲雨的人們，高矮肥瘦各種身影晃來晃去，根本無法找到章崢嵐。

此刻的御碑亭被圍得裡三層外三層，就連碑前的大梧桐下也站滿人，水光去無可去，正不知怎麼辦時，卻聽到有人高聲喊她的名字。

她循聲看去，只見慢慢稀疏的人群裡，章崢嵐正冒雨朝她跑過來，身上的衣服已經半溼。他跑上來就攬住她，另一隻手抬起擋在她頭頂。身後的梧桐樹下有人跑開，水光拉著他過去躲雨。旁邊有小販提著塑膠袋過來兜售雨傘，章崢嵐二話不說買了一把，水光卻看得皺起眉，拉了拉他手臂，章崢嵐問：「怎麼？」

「太醜了，還貴。」水光輕聲回應，惹得小販偷偷瞪她一眼。

「哈哈哈！」章崢嵐大笑起來，他最終還是買了一把，撐開來舉過兩人頭頂。

原來，生活就是如此荒謬。夢裡浪漫的把臂同遊，到現在卻是一對落湯雞般的男女，以及一把黃色暗沉的劣質傘。水光看著身邊的人，他的頭髮上還有雨水滴下來，他抬手擦去，偏頭看到她在看他，就是一笑。

今日的果當是來時的因，水光想，最後是她跟他來這邊，來時不管是怎麼一筆糊塗帳，她只求後面的路，他跟她可以明白安然地走下去。

因為淋了雨，兩人沒再多逛，等雨小了就直接叫車回酒店。

章崢嵐進房間時靠著她說：「我們別出去了吧？」他說著就親上來，水光身上溼答答的，就推開他說要洗澡。

「好，先洗澡。」這天章崢嵐有些急切，在浴室纏著水光，得逞後含著她的耳朵，就著在她體內的姿勢將她抱到床上。房間裡窗簾拉著，只有浴室裡的一束燈光照射過來，昏幽曖昧。

水光咬著脣不發出聲音，眼裡是迷濛的霧氣。到床上後，她的腿滑下他的腰身，他的手從她的小腿上一路滑上來，股部、腰身、後背，最後將她扶起，坐實在他腿上。水光終於禁不住叫了聲，他貪婪地咬住她的脣舌，深深地吻，水光一點力氣都沒有，軟得任由他支配。

只是被雨淋了一場，卻像是被淹沒進深不見底的水潭裡，水光腦海裡胡亂地竄出一些畫面，有這場雨，也有那場遙遠的夢，夢漸漸淡去，她笑著輕輕叫了聲：「景嵐。」水光的嘴脣被咬痛一下，她睜開眼痴痴地看著眼前的人，隨即又含糊地笑了一聲，情怯地回吻他。

身前的人緊緊擁住她，聽到他說什麼，可終究分辨不清。

一番小憩後醒來，水光動了動，腰間四肢都有些痠疼。她拉開檯燈看向身邊的人。章崢嵐還在睡，雙眉緊鎖，彷彿有什麼解不開的心結。水光伸手撫上他的眉間，想要撫平那幾道紋印。他似是感受到她的觸碰，不舒服地扭頭躲過去。

章崢嵐醒來的時候，水光已經梳洗完畢，正坐在窗前遠眺。此時已近黃昏，雨也停了。

他看了她一會兒，去洗手間刷牙洗臉完，出來叫她下去三樓吃晚餐。水光不餓，說要不然出去走走？他胃口也不怎麼好，就點頭同意了。

兩人出了門，雨後的城市多了一份清新寧靜，遠處的山被一片朦朧晚霞籠罩，說不出的詩情畫意。

穿過幾條大路，拐進一條小巷裡。水光喜歡鑽老巷子。小時候背書，那句「斜陽草樹，尋常巷陌，人道寄奴曾住」最勾起她無限的遐想。她總覺得，這些道路狹隘、舊居破落的地方會藏著「寶」。再說，杭州的「巷」更是有名，似乎每一條都藏著故事。

這條小巷不曉得叫什麼名字，兩邊的小店特別多，一家挨著一家，賣各種看似不甚乾淨的吃食與粗製濫造的用物。最後兩人光顧一家點心店，店裡的牆上貼著印了菜單的花紙，餛飩、蒸餃、麵條，品項不少。裡面的座位不多，兩人挑了一處靠窗空位坐下，點了一籠蒸餃、兩碗餛飩。

水光不是多話的人，在章崢嵐面前尤其如此。這兩天章崢嵐也有些不同，不像往常那樣說這說那的活躍氣氛，甚至有些神思恍惚。水光不知道緣由，心想或許是生意上的煩心事，也不多問，只是餐點上來後，幫他拿掉筷子上的紙套，又在他前面的小碟子裡倒了醋。

飯後兩人去遊夜西湖，走到斷橋上的時候，水光站了好一會兒，章崢嵐站她身後，沒有打擾。

夜晚，她在他懷裡睡著，他還清醒地看著黑暗裡的一點。

「同床異夢嗎？」

她的夢裡沒有他，他永遠只能站在她夢以外的地方，看著她，卻進不去。

第二天，計畫的主要行程是去靈隱寺。

兩人都不是佛教徒，但水光自從景嵐死後，便對命運以及前世今生之說多了一些說不清道不明的親近。都說進香拜佛要一早去比較好，水光倒不以為意，早點去只是為了不那麼擁擠。

兩人吃完早點就坐車去靈隱。西湖西北面的靈隱山麓，山林掩映間，天光有些昏暗。「咫尺西天」的照壁靜立著，不停有遊人站到前面拍照，兩人一路走過來，到這邊才停下，水光看著照壁上的字，突然有些感傷——咫尺西天，讓她無端地想起景嵐。生死之間不就是咫尺西天的距離嗎？看不破，便只能時時想，日日苦。

章崢嵐在旁邊說了聲：「走了嗎？」水光才回過頭來。「哦，好。」

去靈隱寺會先路過飛來峰，但他們沒有先登飛來峰，而是直接朝寺門而去。遠遠就能看到寺內氤氳的煙氣，以及煙氣薰染出來的莊嚴而溫暖的感覺。因為收票處設在天王殿側面，因此入寺請香之後，進天王殿只能從後門入。這樣一來，香客們第一眼見到的不再是笑臉迎人的彌勒，而是黑口黑臉的韋陀。水光一直不喜歡韋陀——因為那個曇花一現的故事。或者韋陀從來沒有愛過曇花，一切都是曇花的一廂情願。倒是瘦弱的聿明氏，只因為一次偶然的駐足流連，卻讓自己永生靈魂漂泊。

水光朝殿外望了望，章崢嵐已在殿外等她，背靠一棵大樹，煢煢孑立。

之後，是一路的循殿參拜。

這天不知是什麼日子，藥師殿內燃燈昏黃，一場法會初歇。一個戴著眼鏡、體態微胖的大和尚正被一群善男子信女人圍著，祥和地說法。章崢嵐攬著水光站在人群周圍，聽著大和尚的聲音時有時無地傳來。

「……執象而求，咫尺千里。你又怎知無緣不是另一種緣法？情執不斷，永墜娑婆。何如放手，榮枯憑他……」

大概是有人正困於孽海情網，亟待一葦航之。

水光心念百轉，章崢嵐也有所動，他又偏頭看向身側的人。此刻大和尚已雙手南無，對眾人道：「拿得起，也要放得下。留著下次再見的緣分，豈不更好？」

眾人欣然領悟，回以南無，口稱「阿彌陀佛」。

眾人散去，大和尚重新走回殿裡。章崢嵐心下想：如果真能那麼輕易說放就放，世上哪來那麼多為情所苦的人。

在寺內隨便吃了份素齋後，兩人出寺返道去登飛來峰。水光看著指示牌上「一線天」三個字，頗有興趣，章崢嵐就帶她去找。尋了好一會兒也沒見到，然後聽到一群遊客在議論，說前邊有塊方磚壘砌的四方足印，只需要往足印右前方邁一小步，抬頭望向極頂，找好角度，就能發現原本黑暗部分的窟頂微微露出一斑星子樣的光點，這就是隱藏在石頂背後的「一線天」。

水光照著試了試，還是什麼也沒看到。章崢嵐便指著一旁石壁上的四個字告訴她說：知足常樂。

水光笑了笑，不再執著。一圈參觀下來，日頭已慢慢西斜，章崢嵐提議去尋一尋三生石。

水光沉吟：「聽說不好找。」

章崢嵐抬起手，看了看錶。「如果半個小時後還找不到就不找了。」水光見他堅持，便點了頭。走上天竺香市，人明顯少了很多，轉彎處能聽到澗流的淙淙聲。

一路都是上坡，兩邊是店面，有些素食小吃，也賣酒和茶葉。兩人走得很慢，沿路章崢嵐仔細留意各種標示。路過法鏡寺，按照路旁指示沿小路進去，沒走幾步卻再沒有路引。兩人四下尋覓，只見左右都是茶叢。與西湖邊其他地方相比，這裡顯得亂石叢生，有點荒蕪。

章崢嵐正要繼續往上，水光卻拉住他。「別上去了吧，那邊黑漆漆的，都沒什麼人。」

章崢嵐又看了一眼錶。「還有五分鐘。」說完拉住她的手，神情有些執拗，水光也不再說什麼，跟著他繼續拾級而上。

真正見到引起人們無限遐想的三生石時，不過是塊毫不起眼的巨石，上書三個碗口大小的紅色篆字，石頭較光滑的一面還鐫刻一段銘文。年深日久，銘文有點模糊，但這個故事原本也不需要再看。他的意思，她明白。

巨石的旁邊零零落落地掛著一些紅布條和小鎖，這是情人們約定三生的誓言。

章崢嵐緊握著水光的手，在心裡輕聲道：「蕭水光，我們不求三世，就求這一世，妳說好不好？」

水光那刻在心中也默念一句：「不求來生，但求這一世不再難走，無怨無悔。」

兩人都在同一時去企盼感情長久，只是誰也沒有點破。

從杭州回來，各自投入自己的工作。彼此藏匿著心緒，相安無事。可有些東西越是小心謹慎地守著，越是容易破碎。

很快進了六月分，六月對於水光來說是一道坎。

章崢嵐這邊，六月十日是水光的生日，為了這生日，他從月初就開始準備，他生日的時候兩人沒一起享用燭光晚餐，這回她生日一定要盡善盡美。在某間情調餐廳訂好位子，也親自挑選禮物，他計畫好了，等到當天吃完飯、送出禮物，就去聽一場小提琴音樂會，她應該會喜歡，之後開車去郊區的一處山莊，他們會在那裡度過一晚。

第二天他們可以睡到自然醒，因為隔天是週六。

他設想得太好，以至於最後落得一場空時，會覺得那麼失落那麼累。

水光生日這天，章崢嵐打電話給她卻怎麼也打不通，之後打去她公司，說是她今天請了一天假，最後他打給羅智，後者支吾一下，說：「章老闆，今天你別找她……讓她獨自待一天吧，過了這天就好了。」

章崢嵐隱隱察覺到什麼，可他還是無動於衷，至少表面上是，但沒再撥她的電話。他發了一條簡訊給她，告訴她，下班後會在他家裡等她，陪她過生日。

可那天等到夜幕全黑也沒有收到一條簡訊。

他最後將餐桌上的蛋糕盒打開，取出一堆五顏六色的蠟燭，將它們一根根插在蛋糕上，又一根根點燃，然後看著它們一根根淚盡而熄。

出門的時候，隨手穿上昨天褪下的外套。

章崢嵐不知道自己怎麼度過這一天的，彷彿三魂七魄已經離身，只憑行屍走肉殘喘於世。不知不覺中走到音樂廳門口，看到不少人陸續進場，他似乎想起什麼，伸手在外衣口袋中一掏，是兩張簇新的小提琴音樂會門票。他又不死心地摸出手機看了一次，依然沒有一條她的回音，他無聲笑了一下，隨著人流走進去。

VIP的位置特別靠前，章崢嵐覺得腳下臺階彷彿不斷延伸，沒有盡頭。

直到坐下的那一刻，他才陡然鬆懈下來，也才發現自己一直緊捏著手裡的票。

章崢嵐不知道音樂會是何時開場，只聽見弦音如西湖的煙雨縈繞在耳旁，細緻綿長。這使他想起江南的粉牆黛瓦，以及舊牆上觸目滄桑的屋漏痕。想人間這恩愛糾纏的日子便如這屋漏痕，歷歷分明，但總有終點。

在〈愛之喜悅〉的歡樂浪漫中提早退場，出了音樂廳，卻迷了路，這是一種從未有過的體驗，在熟悉的城市裡，他卻找不到方向。如幽魂般遊蕩許久，當他再次抬眼時，卻發現自己竟繞回音樂廳入口。

此時音樂廳門口的燈已全熄，人也散盡。他看著，想：原來，這就是散場了。

之後他去酒吧，一進去就揚手說了一句：「我心情好，今晚全場酒水一律我買單。」五光十色的場所立刻響起歡呼聲，紛紛向這位英俊男士表示感謝。

章崢嵐坐到吧檯上，叫了一杯香檳，調酒師遞酒時笑著說：「香檳是用來慶祝的，章老闆今天要慶祝什麼？還請全場的人陪你一起喝。」

他扯了扯嘴角。「我女友生日。」

調酒師一愣，隨即笑道：「你怎麼不陪她過？」

章崢嵐臉上看不出情緒，他說：「她不需要我陪她。」

調酒師跟章崢嵐相識已久，但僅限插科打諢階段，這樣的話題從來沒涉及過，對方不知道該怎麼接話，章崢嵐也沒想聽對方說什麼，徑直喝起了酒。

他其實喜歡菸，並不愛酒，平時喝酒都是淺嘗輒止，極少喝醉，但這一次卻是真的喝醉了。

水光回了西安，去給景嵐掃墓，以前這一天她從不曾敢來。

今年她來了，是因為已跨出心裡的牢籠，也是來道別……

錯開了與于家去祭拜的時間，傍晚的墓園，紫牽牛纏著野藤蔓，彷彿千古情牽。水光獨自坐在于景嵐墓前的水泥板上，伸出食指摸著墓碑上的名字，慢慢地描摹一遍又一遍，食指的指腹上漸漸地好像有溫度，彷彿是景嵐的回應。

水光莫名地想到蘇東坡的〈江城子〉：「十年生死兩茫茫，不思量，自難忘……縱使相逢應不識，塵滿面，鬢如霜……」她呢喃著：「景嵐，記得那年我十九歲，你二十二歲。現在我二十四歲，你還是二十二歲。」照片上年輕的人用再不會改變的微笑回覆她。

「我是來跟你告別的。」水光輕聲述說：「我來跟你道別……哥哥。」

將手上的盒子放在墓前，打開來撫過裡面的東西，那條琉璃掛墜，那張夜夜陪著她入眠的書籤，那麼多年來寫給他的日記……

風吹落了墓前的牽牛花，水光合上盒子，撿起旁邊那朵紫色花，她起身將它放在墓碑上方。

「我走了。」水光看著那張照片，終於微微地笑了笑。「等到明年再開花的時候，我帶他來見你。」

直到上了飛機，水光才恍然想起自己早上上飛機前關了手機後，再也沒開過機。她來西安沒有知會父母，也沒有知會他，因為這一天她想就這麼留給于景嵐。她此刻才想起來，章崢嵐如果找不到她，會不會著急？一路上，水光握著手機，在兩隻手中間不停地翻來覆去。

下飛機時已過十點，第一時間開機，手機裡劈里啪啦收到十幾條未接來電的提醒，幾乎全是他的，間或有兩條是羅智的。水光有些懊悔，趕緊撥了章崢嵐的號碼，那邊手機鈴聲不停地重播卻沒有人接，她又撥打羅智的號碼。

羅智說：「他找了妳一次，問妳在哪裡……很著急。」

「我知道了。我再打給他吧。」

羅智頓了頓，問道：「水光，妳是不是忘記了？今天是妳生日。」

今天是她的生日，她沒有忘記，只是好多年不過生日，不怎麼在意。或者說這一天她習慣去逃避，去裝鴕鳥，親人包容她的任性，但她忽略這樣的日子，那人會看重。

再次撥打章崢嵐的號碼，這次總算接了，卻不是他本人。那人說他在酒吧裡，喝醉了。

等她趕到酒吧的時候，章崢嵐已經離開，她問了很多人，可沒有人說得清楚請了全場人喝酒的男人去哪裡，最後有人說看到他從後門離開。水光說了「謝謝」就焦急地跑出去，最終在酒吧後面的小巷子中找到他，最糟糕的不是他喝得爛醉如泥，而是他跟人打架！

水光趕到時，眼尖地看到陌生人手上還拿著一把鋼製小刀，她的心倏地漏跳一拍，慌忙跑上去，那刀已經揮下來。想要拉開酒醉的章崢嵐顯然已不可能，水光只來得及伸手格住刀面，但對方力道太大，沒有完全阻止他的動作，刀鋒一偏便割進她的無名指和小指裡，血瞬間從手背滑下。

水光來不及顧及那股椎心的疼痛，用另一隻手將章崢嵐推開，然後一掃腿將那混混踢開。對方狠狠瞪著她，啐了一口，不甘心地再次凶狠衝上來，水光握了握痛得有些離譜的左手，一連串動作正面迎擊，下腰，頂肘，側踢，將人打趴在地。對方這次爬起來後不敢再衝上來，口中罵著髒話，跌跌撞撞跑了。

水光的左手已滿是血，傷口有些深，不過應該沒有傷到骨頭。她跑回章崢嵐身邊，他正靠著牆歪坐著，水光用乾淨的手輕輕拍他的臉。「章崢嵐，醒醒。」

章崢嵐的眼神有些迷茫，他說：「水光……」

水光「嗯」了一聲，以為他清醒了，便問：「能起來嗎？」可他好像只會叫「水光，水光」，別的再不會說。

水光一個人扶不動他，最後去路口叫計程車，多出了一百元讓司機幫忙將人弄進車裡。司機看到她受傷的手，開車前問：「去醫院？」

水光說了章崢嵐住處地址，她想先把人送回去，再去醫院。

只是沒想到之後發生的事情，讓她忘了手上鑽心的疼。

章崢嵐下車的時候有些清醒，不用司機攙扶，水光一人扶著他進屋，將高大的男人弄到沙發上躺著。水光要起身，卻被他拉住衣服，他口中喃喃說著什麼，表情難受，水光最後沒離開，她用家裡的醫藥箱簡單處理自己手上的傷口，便陪在他旁邊照顧一夜。

只不過第二天天還沒全亮，林佳佳打電話給她，說愛德華一早跑出去被一輛轎車撞到，當場死了。佳佳已經哭出聲，水光愣愣聽著，許久才明白過來她說的是什麼。

她出門時，章崢嵐還在睡。她去了林家，看著林父將渾身是血的大狗埋葬，比起佳佳的傷心欲絕，水光的心裡反而一直很平靜。

她不是不難受，只是太突然，還來不及要怎麼反應……真的，太突然。

水光再次回到章崢嵐住處已快中午，精疲力竭，她原本要去醫院，手真的太疼，卻還是先來這裡，想看看他怎麼樣了。

水光進門的時候，章崢嵐正坐在客廳裡安靜地看電視。他聽到聲音抬起頭來，看著她。水光換了鞋子，疲倦地閉了閉眼睛，想問他好點了嗎，卻聽到一句讓她渾身涼透的話。

他說：水光，我們算了吧。

「自欺欺人久了也覺得挺累的，我現在有點累了。水光，妳晚上睡著的時候會叫景嵐，景嵐……我有時候想，要不然我去改名字？」他苦笑。「可後來想想，改了，妳會因此愛上我嗎？妳愛的還是景嵐，不是我。妳自己有沒有發現……妳每次叫我的名字，講到『嵐』字的時候總會停頓一會兒……我總是想，妳在叫誰？我說過我愛妳就夠了，我只要妳在我身邊時覺得快樂……我原以為這樣就夠了。我一直想和妳好，跟妳白頭到老，我想跟妳一步步走下去……我們會生很多孩子，然後一起看著他們慢慢長大，這些我都想過了，可是唯獨忘記……妳可能不需要我設想的這一切……水光，我從沒讓妳真正快樂過，是不是？」

我站在橋上
看風景
The view over the Bridge

Chapter 23

不眠的人夜長

蕭水光慢慢睜開眼，她作了惡夢，卻醒得異常平靜，而醒後再也睡不著，這半年來都是如此。

她還記得半年前接到母親的電話，那一刻她剛走出章崢嵐的住處。

母親的聲音模模糊糊地傳來，她說：「水光……爸爸出事了。」

一向正直嚴肅的父親意外被革去職務，並接受調查，母親擔驚受怕。

好像那一年所有的糟糕事情，都在那兩天發生了。

水光坐在候機室裡等播音員播報她的航班，旁邊被媽媽抱在懷裡的小女孩湊過來輕輕問她：「姊姊，妳為什麼哭啊？」

水光記得自己說了一句：「因為太難過。」

蕭水光起來得早，天還只是濛濛亮，院子裡沒有聲音，除了幾聲錯落的蟲鳴，她刷牙洗臉後，去房間裡換上運動服，然後到外面跑步。一月的西安氣溫已降到零下，呼出的氣馬上結成白霧，她跑到公園的湖邊，碧澄廣闊的湖面上偶爾會有幾隻飛鳥掠水飛起，水光繞著湖跑了兩圈，直到氣喘吁吁，才在一旁的長椅上坐下來。

她看著天邊的白日慢慢升起，看到來湖邊晨跑的人越來越多，才起身離開。

水光到家裡洗了澡換了衣服，煮粥的時候聽到父母房間裡有聲響，是母親起來了。

蕭母出來看到女兒，輕聲問：「怎麼又這麼早就起來？去跑步了？」

「嗯。爸還在睡？」

蕭母點了下頭。「他昨晚又是翻來覆去一宿沒睡……」

父親自從那次事件之後，彷彿一下子蒼老好多，大半時間在家中養花種草，但心情總是不好。

水光陪著母親吃過早餐，幫忙收拾碗筷時手機響起，是景琴的簡訊，讓她今天再幫她照顧寶寶。

「爸媽這兩天剛好報了團去廈門，我跟我老公都臨時接到通知要加班，週六還要加班，這破公司。」景琴在去年七月結婚，另一半是她公司裡的同事，相處一年結婚。

蕭母看女兒回簡訊，就問是誰找她。

水光說：「景琴讓我等會兒去帶思嵐。」

蕭媽媽聽到思嵐便在心底又嘆息一聲，小琴已結婚生子，自己的孩子卻對感情事心灰意冷。沒有過問女兒的心事，不是不掛心她與曾來過的年輕人發生什麼，孩子半年前回來，她全部心思都撲在丈夫身上，沒留意她的情緒。等到丈夫的事情勉強過去，她才注意到一直陪在身旁的孩子臉上那種憔悴和消沉。

那天她坐在女兒床邊，看著她臉下半溼的枕巾，聽到她說：「媽媽，我沒事，我只是……想回家了。」

那麼倔強的孩子，就算景嵐出事的時候也沒這麼軟弱過。

水光出門的時候打電話給景琴，告訴她現在就過去，掛了電話走到巷口叫計程車。但是近年關，計程車極少，水光等著，看著對面的大院門口有人架著梯子掛過年的紅燈籠。

她想到去年過年好像還在眼前，眨眼又是一年，真是快。對面的人認出她，喊著：「水光，要出門啊？」

她微笑著點頭說是。

跟鄰居聊了兩句，一刻鐘後終於等來一輛車，水光跟對面人道別，坐車去景琴那裡。在一處高樓下接過寶寶的推車，小琴將手裡的大袋子遞給她。「裡面是尿布和奶粉，奶粉是三個小時喝一次，沖泡的水溫五十度就差不多……」

水光連連點頭。「我知道了，妳每回講一遍，我早就能背了。」

景琴的老公歐邵華站在旁邊，文質彬彬。「水光，又要麻煩妳了。」

「沒事，反正週末我也沒事做。」

她回來後，母親讓她去考當時正在微人的一個事業單位，一百多人裡選五人，她進去了，好像從小到大只要她花精力的考試結果總不會太差。這份工作薪水不高，但休息日多，一週有兩天半的假期，而她是沒多少娛樂的人。人空著總是容易想心事，能有事做，分散注意力也是她所要的。

景琴夫妻倆走後，水光為寶寶蓋毛毯。孩子剛半歲，卻很乖，不吵不鬧，只是伸著小手張嘴笑，小巧圓潤的臉蛋很像小琴小時候，也有點像景嵐。

水光握住他的手，問他：「思嵐想去哪裡？」

思嵐，思嵐，孩子外婆取的名字。水光看著笑容越來越大的嬰孩，輕聲道：「思嵐，外公、外婆有多想念你的舅舅……」

水光把他的小手放進毛毯裡，推著他走在清淨的小道上，打算先去離社區不遠的報刊亭挑兩本文摘雜誌再回家。付錢時有兩個女孩子經過，其中一人看到水光時，突然驚訝地捂住嘴巴，然後指著她說：「啊，妳、妳跟我玩的那款遊戲海報上的人好像啊！」

旁邊的同伴丟臉地拉住她，對水光說：「對不起對不起，她玩《天下》玩瘋癲了……」

之前那女孩子笑罵：「妳才瘋癲了呢。」

《天下》？水光恍惚一下，之後笑了笑表示不介意，剛才先開口的女生看著水光還不停咕噥著：「我真的覺得有點像嘛。」

臨走時水光還聽到一句：「那遊戲公司好像快推出《天下Ⅱ》了，真期待！」

水光低頭看了推著車子的左手一眼，每次想到他，手指上的痛已不在，卻好像牽連出心口的陣陣刺痛。

思嵐，思嵐，她想起的不是景嵐，而是他。

傍晚的時候，景琴來接孩子，蕭母留他們小夫妻倆吃飯。水光沒什麼胃口，早早吃好就抱著孩子在院子裡散步。蕭母望著外面不由搖了搖頭，小琴看到，為蕭母夾了菜，開口說：「阿姨，妳別太為水光操心了。」

「……唉，妳是不知道，小琴啊，我這孩子，太死心眼了。」

蕭父抿了口酒，淡淡說：「好了，兒孫自有兒孫福。」

歐邵華幫蕭父斟滿酒，岔開話頭。蕭母始終是心裡有事，沒吃兩口就放下筷子，景琴看著暗自嘆了一聲。

飯後景琴讓歐邵華抱走孩子，她搬了張長凳跟水光坐在兒時她們常坐的那棵樹下。

「水光，還記得咱們小時候嗎？吃飽飯都要到這邊來坐坐。」

「記得。」

「唉，忘了，妳的記性最好。」屋內孩子大概不喜歡爸爸抱，扭著身子在咿咿呀呀地叫，景琴看著莞爾不已。「歐邵華抱孩子總能把孩子弄哭，真服了他。」

水光跟著看過去，也微微笑了笑。

兩人談了一會兒，小琴側頭看向身邊的人，輕聲道：「水光，妳跟我說妳好像喜歡上哥以外的人……我當時聽到的時候有些意外，但真心為妳感到高興。」知道她在聽，景琴便一路講下去。「去年過年的時候，妳說他過來了，想帶他來見我，結果我那兩天去走親戚，沒見到妳說的人。後來妳回來，我來見妳，妳抱著我輕輕地哭。這半年我忙著結婚，忙著生孩子，沒跟妳好好聊過……水光，妳跟那人沒有走下去嗎……為什麼？」

水光一直看著地上被月光照下來的樹影，斑斑駁駁。「大概只是不夠愛吧，所以沒走到最後。」她付出得太晚，而他……當所有誓言最後化成一句「算了吧」的時候，就什麼都沒有意義。

「水光，妳恨他嗎？」

水光的聲音很平靜，在這冬日夜晚顯得有些空寂。「沒有恨，只是覺得很難受。」

她一直以為，在那年聽到于景嵐去世，便是她人生中最痛苦的經歷，卻原來不是的。

當他莽撞地闖進她灰色的生活裡，一次次擾亂她原以為不會再波動的心湖，當她漸漸走出那年的泥潭，開始在意于景嵐以外的人，當她以為可以抓住一點幸福，開始去編織一些夢……卻沒有想到幸福會那麼短暫，夢會醒得那麼快。

有那麼一瞬間她想衝上去對他說：章崢嵐，求求你。

然而她到底什麼都沒有做。

景琴聽完，嘴脣動了幾次，最終嘆息一聲。「光兒，妳知道嗎？以前我最喜歡妳說哪句話？妳說『我餓了』。妳總是容易餓，餓了就按著肚子說好餓，想吃什麼什麼。」

她練武運動量很大，一直是他們之中最容易餓的。她聽到小琴說：「哥那時候總會在書包裡放一些零食……有一次被他們班裡的女生翻出彩虹糖，被取笑好幾天。羅智總是惹事，我呢，總想要超過哥哥……如果時間能回到過去該有多好。」

是啊，如果能回到過去，該有多好。

她會晚一點說那句「我喜歡你，于景嵐」，她不會在那天打電話給他。

她也不會認識章崢嵐……

臘月二十三那天，西安下雪了，水光下班回家的時候，地上積了薄薄的一層，中途接到羅智的電話，說他明天就回來了。

羅智一直留在那裡，他的事業越做越好，他最初去她那邊發展，說是那裡前景好，畢竟是全國數一數二的大城市，但說到底，他是因為擔心她才過去。而後來她回來了，羅智沒有問她，只是說：妳在家裡也好。

水光不知道怎麼樣才算好，但她真的欣慰羅智會闖出自己的一番事業，哪裡像她，來來去去，最後一事無成。

水光跟他說這邊下雪了。

羅智笑道：「那我回去剛好可以打雪仗。」然後跟她說，幫他跟他爸媽講一下他什麼時候回去，之前他打電話都沒人接，可能都在打麻將，羅爸、羅媽最大的業餘愛好就是搓麻將。

水光說好，笑著掛電話後，看雪越來越大，她從包包裡拿出傘撐起來。

望著眼前白茫茫的一片，心說：不知這場雪會下多久。

半年的時間有多長？對於章崢嵐來說是無可忍耐的長。

有一次周建明看到他，說了一句：「人生有八苦，生、老、病、死、愛別離、怨長久、求不得、放不下。章崢嵐你知道你現在是什麼樣子嗎？除了死，這八苦裡其他的你都占了。」

他是過得沒方向，可這樣的難受是活該。

臨近新年的一天裡，章崢嵐衣冠楚楚出席一場慈善晚會。主辦方的負責人在上面講完話，他讓何蘭去捐支票，他退到後方靠著牆壁看場內紛紛擾擾的人群。

吵鬧的聲音好像能將他心裡的冷清驅散一些。

片刻後有人過來與他打招呼，一男一女，男的他認識，是本市一家傳媒公司的老闆，對方伸手過來說：「章總，許久不見了。」

章崢嵐回握一下。「好久不見，俞老闆。」那人向他介紹身邊的女士。「這是Legend（傳奇）雜誌中國版的副主編，朱莉，她剛回國不久，卻想採訪你很久了。」

朱莉向章崢嵐笑著頷首。「早就耳聞GIT章總，今日得以一見，我想說，本人比那些照片還要英俊很多。」幾句圓滑的場面話倒也說得真誠。

章崢嵐笑了下，說了句「謝謝」。

三人交談一會兒，有人來找俞老闆，他先走開了，朱莉與章崢嵐繼續聊著。她想做一期國內外IT行業傑出人物的報導，而GIT的章崢嵐無疑是國內首屈一指的IT領軍人物，朱莉自然希望能採訪他，但對方似乎對此沒有一絲興趣，到最後她坦白說開，他也明確拒絕。

朱莉不解：「章總曾接受俞老闆旗下雜誌的採訪，也參與幾次其他雜誌的訪談，甚至受邀參加過一期電視節目的錄製，為什麼如今沒有這方面的意向？」

章崢嵐自始至終以一種懶洋洋的姿態靠在那裡，他聽了之後笑了下，說：「以前是以前，現在是現在，我現在沒心情。」

朱莉第一次遇到這樣的人，他的舉止態度不會讓人覺得失禮，甚至算是彬彬有禮，但他說的話卻很……怎麼說，非常自我而冷漠？章崢嵐有一百八的身高，完美的身材在精良西服襯托下更顯得英姿挺拔，他的五官端正耐看，站在那裡玉樹臨風，但身上隱約透露出一股冷肅。

朱莉收了收心思，心想：名望高的人多少有些難討好。可她不願就此放棄，但這人儼然不會被人輕易左右想法的。

正想著，眼前的男人突然站直身子，臉色也變得有些難看。他摸了一遍自己的西裝褲子口袋，又抬手摸了下西服的內襯袋，臉色越來越沉，她忍不住問了一聲：「怎麼了？什麼東西不見了嗎？」

章崢嵐看了朱莉一眼，他的眼睛很黑，之前裡面淡然無波，現在，朱莉確定她看到一絲驚慌，他沉聲說：「我的戒指掉了。」

隨後章崢嵐便朝一處走去，是他之前停留過的地方。

朱莉看著那高大男人焦急地在自助餐桌處找了一圈，然後拉住經過的服務生說了什麼，服務生連忙幫著找。朱莉望著章崢嵐臉上真真實實的焦躁，她心裡唯一的念頭是：戒指另一端維繫的人在他心裡一定有至關重要的地位。

朱莉正欲上去幫忙，就看到他接了一通電話，然後往出口走，神情已經放鬆，好像珍貴若寶的東西終於尋得。朱莉站在那，心想：是找到戒指了吧？

「戒指我幫你放在餐桌上，還送了湯過來，放在冰箱裡，回來熱一下就能喝，別老是在外面吃些沒營養的。」母親未多說什麼，嘆了一聲便掛上電話。

原來掉在門口。他坐上車後，靠著椅背，一種緊繃過後的疲累讓他閉上眼。

她留在他那裡的東西本來就不多，牙刷毛巾睡衣，她離開後沒有拿回去，大概是覺得不要也罷。而他留在她那裡的東西，衣服書籍筆電，以及他給她的那枚戒指，她讓他兄長一起還給他。

當時羅智對著他說了：「章總，我相信你不會傷害她，沒有人會捨得傷害她。但是……」羅智打下那一拳，他承受了。

他是捨不得，他怎麼捨得，可事實上他確實讓她難受地離開了。

他伸手摸著自己的頸側，後來他將兩枚戒指用鍊子串在一起，掛在頸項，日夜戴著，習慣到沒感覺，以至於掉了都沒有及時發現。

跟何蘭發了條簡訊便發動車子揚長而去，回了家，看到安然擺在餐桌上的兩枚戒指，他慢慢靠坐在玄關的地上，微微地紅了眼眶。

那一次從海南提早趕回來，就因為前天晚上他在天涯海角那兒，盯著那塊大石頭出了好一會兒神，當夜突然很想很想她。原本想當天晚上回來，但已無機票，所以隔天一早買了機票馬不停蹄飛回來，下飛機叫計程車的時候出了點意外，因為匆忙地跑去攔車，被一輛超車的轎車擦撞，人沒倒，但手臂擦傷；沒傷到骨頭，卻破皮流血疼痛難耐。肇事者下車連連道歉，他想罵人，越急越出亂子，最後不得不先去醫院包紮傷口，那刻還想著：不知道某人看到他受傷，會不會有點心疼？

在那家醫院裡，他接到那男人的電話。

「她跟我在一起，你要不要來見一見？她來看她愛人的心上人。章老闆，你說世界上最可悲的是哪種人？不死心的人……說真的，我都有點同情她了。」

他掛了電話。

這麼久以來，他真的什麼都不怕，什麼都可以不顧，他最怕的一直只是她的態度。

原來，她那時就在後一幢住院大樓，跟他隔著一百公尺的距離。

他總以為事情會漸漸順利，結果終究是太過自信了。

章崢嵐苦笑，他站起來望著後面的那幢樓，那刻心底生出一種可笑又悲涼的宿命感。明明離她那麼近，卻讓他覺得像是隔了千峰和萬壑，遠不可及。

疲倦萬分地回到家，他坐在客廳裡等著她回來，他想問她：如果他死了，她會為他傷心嗎？

可這問題實在蠢到家。

帶她去杭州，在沒有人認識他們的地方，兩人的獨處，自欺欺人地以為可以將所有心病揭過，卻只是讓他更清楚地看明白，他比不過那已死多年的人。兩情相悅的奢想終究是奢望。

六月十日，他忙碌地準備她的生日，他想跟她一起好好過兩天，他心裡有太多話想跟她說，最終卻是白忙和空等。

失望到一定地步又做不到死心，就忍不住要自欺欺人，可自欺欺人的事做久了終究會累。

那天是他的忌日吧？

他突然有些恨她，恨她的念念不忘，恨她對自己的無情。

他在酒吧裡一杯杯喝著酒，心裡一遍遍地說：蕭水光，他死了，妳可憐他，無法忘懷？那妳怎麼不可憐可憐我？

他說「算了」的那一刻，覺得這世上真有一種感受叫「生不如死」。

章崢嵐按著額頭，他走到今天這一步是自己選的。

可半年了，他以為能熬過去，但發現不能。

我站在橋上
看風景
The view
over the Bridge

Chapter 24

三生石上的印記

西安的冬天特別陰冷漫長，大雪初霽，積素凝華，剩下的就是一地寒冷。

水光在辦公室裡抱著熱水袋值班，她是年假頭一天就輪到值班。

早上過來，空蕩蕩的大樓裡除了傳達室裡的老大爺，就只剩下她了。

開了電腦看了一上午的新聞，中午出去吃飯時，有人在身後叫她的名字。

水光回身就看見一張眉開眼笑的臉，那人穿著一身大紅呢大衣，長髮飄飄，看著眼熟，但水光一下子沒想起來是誰。直到那人皺起眉，說：「怎麼？不認識我啦老同學？我一眼就認出妳了耶，太不給面子了！」

「……湯茉莉？」

「叫莉莉就行。」對方上下打量她。「五、六年不見，蕭水光妳真是沒怎麼變，依舊青春靚麗，就是又瘦了。」

水光笑了笑。「好久不見了，莉莉。」

「是啊，久到妳都沒認出我來。」湯茉莉的嘴巴還是跟以前一樣不饒人。

兩人就近選了一家餐廳進去敘舊，湯茉莉說她之前是來附近的銀行辦事，取車時看到她，幾乎一眼就認出來。茉莉一點也不生分，滔滔不絕地說了一堆高中同學的消息，最後感慨。「蕭水光，就妳畢業後音信全無，同學聚會打妳家裡電話，都說妳不在家，找妳比當年那誰找賓拉登還難！」

水光說：「這兩年比較忙點。」

「我說妳哪一年不忙啊？妳高中的時候就是每天看書看書看書，好吧，高中那時大家都要考大學，忙點也算是情有可原。可讀大學時，人家都去吃喝嫖賭，妳怎麼還是不見蹤影？我在班級群裡都呼叫妳好幾回了。」

水光聽著，臉上一直有笑容，只是很淡。她看著玻璃外被雪鋪滿的世界，思緒漸漸飄去別處。

吃完飯，兩人互存手機號碼，分開時湯茉莉攬著她的肩還說了一句：「蕭水光啊蕭水光，見到妳，我就像見到七、八點鐘的太陽，唯有妳見證我最美好的青春啊！」

那麼，又是誰見證我最美好的青春？

人往往要等到失去了，才會明白有些東西珍貴。

回不去的總是最可貴的。

水光放假在家的時候，景琴帶著寶寶來串門，這天父母和羅智一家人都出去置辦年貨，水光則留在家裡看家。景琴進門時見她在洗頭髮，不由說：「早上洗頭，容易得偏頭痛的。」

水光道：「沒事。習慣早上洗了。」

于景琴靠著浴室門抱著孩子一邊搖，一邊跟水光有一句沒一句地聊，等水光吹乾頭髮，景琴把趴在她身上快要睡著的孩子交給水光抱，去拿鏡子張嘴看嘴巴。「昨天還好好的……好像真是長口瘡，光兒，妳家裡有西瓜霜嗎？」

水光想了下說沒有。景琴無奈：「我去外面藥店裡買吧，拖下去要越來越嚴重，回頭吃東西都要痛死了。」

景琴出去的時候，孩子已經在打盹，半歲大的孩子最是嗜睡。

水光將他抱到裡屋去睡，她坐在旁邊輕輕哼著曲子。

于景琴快走出巷口的時候，看到迎面而來的一個男人，在冬日的稀薄陽光裡慢慢走過來，他穿著一件深色厚質風衣，身形修長，一手插在褲子口袋裡，微低著頭，有種漫不經心的氣質。等收回視線，對方已從她身邊經過，景琴走出兩公尺，又回頭看了一眼，心說：這麼顯眼的男人，沒在這裡見過。

寶寶很快睡著了，水光聽到院子裡有聲音，心想景琴應該不會那麼快回來，她用手腕上的橡皮筋隨意將已及肩的頭髮在後面紮起來，起身走到門口，原以為是早上叫的送水師傅過來，卻沒想到會是他。

想不到，是因為覺得這輩子不會再與他見面。畢竟是他說「算了」，她離開，她不去見，這一生兩人應該見不到。

水光看著走來的人，院子裡陽光照不到的地方還有些雪融化的溼印子，冷冰冰地印在那裡。他走到離她還剩一公尺的地方停下，然後說：「我……夢到妳……出了事。」

半年的時間，水光竟有種恍如隔世的感覺。她低了低頭，電視裡總會播放一對情侶分手後幾年再相見的場景，有些會轉身走開，有些會矯情地說一聲：好久不見。

可這些她都做不來，他說「我夢到了妳」，她覺得有些好笑，可她笑不出來。最後水光聽到自己說了一句：「我很好。」平平實實，卻讓聽的人有一種鑽心的疼。

章崢嵐站在門檻外，高大的男人身上淡淡地鋪著一層陽光，卻有種說不出來的孤獨味道，他從喉嚨裡發出乾巴巴的聲音：「水光，能讓我進去坐坐嗎？」

蕭水光低著頭，讓人看不清她臉上的表情，她猶豫片刻，最後還是側身讓他進屋子。

他們在一起雖不到一年，但牽絆的東西太多。分開後，即使心中生了太多惆悵，可畢竟沒有多少仇恨。她跟小琴說「不恨」是實話，「太難受」也是實話。可難受是自己的。

章崢嵐跟著她進到屋裡，一直看著那道背影，她說：你坐吧，我去泡杯茶。

他依言坐在椅子上，他沒想過能進來，去年過年時他來過一次，那時他們還好好的。分手是他提的，半年後跑到她面前，她平靜地泡茶給他。章崢嵐閉了閉眼。

水光泡了一杯紅茶放在他旁邊的桌上，裡屋傳來孩子的哭聲，她說不好意思便轉身去房內。他呆了呆，過了好幾秒才站起身，腦中猛然閃現什麼，可馬上又苦澀地搖頭。

章崢嵐猶豫兩秒，走到她房門口。這間不大的房間他曾詳細參觀過，那天跟她說三生有幸，終於如願見到女友從小到大睡覺的地方。

水光看到跟進來的人，沒說什麼。她將孩子抱起來，輕輕拍著他的背安撫起來，等寶寶又閉眼睡去，她將他小心地放到床上，抽了張嬰兒面紙擦乾淨小臉上的口水。

章崢嵐站著看著，心裡說不出的味道。如果，如果他們能走下去，是不是……現在也會有孩子了。

水光起來的時候看到他還站著，一動也不動，她怕交談聲再度將孩子吵醒，走到門邊時才輕聲道：「去外面吧。」

章崢嵐跟出來，水光右手握住左手，之前倒水時，那根無名指又隱隱作痛，差點將茶杯摔碎。兩人坐下後，水光沉默著，她有些走神，想：景琴怎麼還不回來？

「水光，陪我說點話吧……」

她鬆了手，偏頭看那人，他們在一起的時候，她就話少，現在這樣還能說些什麼？水光想不出來。「你想說什麼？」

是啊，說什麼？他只是不喜歡這樣無言以對，她這樣的態度已經超過他的期望太多，他還想奢望什麼？

章崢嵐苦笑，覺得自己是多麼不要臉才又出現在她面前，喝著她泡的茶，希冀她再多看自己一眼……他抬手抹了抹臉，說了聲：「對不起。」

他起身時，水光也起來了，卻悄悄拉開一點彼此的距離。他察覺到了，靜默半刻，又忍不住想用手去按有些發疼的額頭。「對不起……我走了……妳要好好的。」

外面巷子裡傳來小孩子半讀半唱的聲音：「二十四，掃房子；二十五，炸豆腐；二十六，煮白肉；二十七，殺公雞；二十八，把麵發；二十九，蒸饅頭；三十晚上熬一宿；大年初一，扭一扭……」

水光望著那道身影走出院子，她曾經去找過他，曾試圖挽回。既然明白心裡已有他，在父親的事終於告一段落後，她就回去那邊。在他住處門口，看到他被江裕如從車上扶下來，她看了一會兒，終於還是過去，她對江裕如說「謝謝」，扶過酒醉的人，她皺眉問他怎麼樣，難受嗎？

他含含糊糊地說水光，水光，他說水光，我不愛妳了。

景琴回來時，看到水光趴在桌上，她輕聲喚道：「水光，睡著了？」

水光過會兒才抬起頭，只是笑了笑。「沒，怎麼那麼慢？」

說到這，景琴就有點鬱悶地道：「大過年的，藥店都關門了，來的路上都沒注意，白跑兩趟。算了，回家再塗藥吧，家裡應該還有存貨。寶寶睡了？怎麼都沒聲音了？」

「嗯，睡了。」

水光想起年少時看的一本書，說：如果情感和歲月也能輕輕撕碎，扔到海中，那麼，我願意從此就在海底沉默。

她不知道自己是否已沉入海底，只是再也說不出一句話。

隔天的中午，水光陪父母去外婆家吃午餐，舅媽一見她就跟她說對象的事。「之前妳媽媽還擔心妳打算待在外地不回來，現在好了，回這邊工作了。那年輕人比妳長兩歲，工作和長相都不錯，去見見吧，人很好，舅媽不會誆妳。」

水光聽舅媽說完，才勉強道：「我還不想找對象。」

水光這舅媽是比較直來直去的人。「什麼叫還不想找？妳現在二十四了，過了年就二十五，女孩子一旦過了二十五就快沒行情了，現在妳還能挑人，再兩年妳到三十，那是別人挑妳。聽舅媽的話，去見見，啊？如果見了不喜歡也沒關係，往後舅媽還可以給妳介紹別人。妳媽媽是不催妳，可心裡不知道有多著急。」

水光知道母親一直擔心她的「感情」，以前，現在，這麼多年來都為她這女兒憂心。父親雖什麼話都不說，卻也是一樣的。

終究是違逆不了家人的掛心。

吃過飯，她重新去路口坐車回市裡，之前跟對方通了簡訊，約了兩點定在一家茶館見面。水光看時間還早，手機快沒電了，就先回家，到一點半才慢悠悠地出門。

章崢嵐再次過來的時候，剛好看到水光走出巷口，他讓司機停車，看著她攔了輛車上去。他要跟她道別，原本昨天就該走了，待在這裡連自己都覺得站不住腳，可還是在酒店裡住了一晚，第二天去機場的路上又找藉口再來看她一眼，然後他就走。

章崢嵐望著開遠的車子，讓司機跟上去，他告訴自己：不管如何，離開時總要說一聲再見。

水光到那家茶座的時候還不到兩點，她先進去點了茶，等的時候翻看桌上介紹一些新款茶點的單子。兩點半的時候，那人來了，兩人碰頭之後，對方跟她解釋說：「抱歉，家裡來了朋友，聊過頭了。」

水光說：「沒事。」

對方似乎對她印象不錯，之後的聊天中主動談了不少話題，水光配合他，盡量做到不冷場。

他最後說了一句：「蕭小姐，我覺得妳很好，但我這人比較傳統，如果我們真要交往的話，我想先知道……妳是否還是處女？」

水光先是一愣，下一刻有些哭笑不得，她說：「不是。」對面周正的男人皺了皺眉，話明顯少了不少。水光還跟之前一樣客氣地回覆，她的手指沒取茶杯上的溫度，讓指尖不至於太涼。

兩人在門口道別，對方說：「蕭小姐，我們再聯繫吧。」水光只是笑了笑，跟他道了再見，但以後應該不會再見。水光不介意，就是不知道舅媽以及父母那邊該如何交代。

他幫她攔車，水光上去後說：「謝謝。」

車子離去，男人嘴裡低嘆一聲：「現在怎麼就沒有正經點的女孩子？」剛回身要去取車，就被迎面過來的一拳打得一踉蹌差點摔倒在地，男人怒目看向出手的人。「你好端端幹麼打人啊！」

章崢嵐站在那裡，面色凜然，男人下意識後退一步，章崢嵐冷聲說：「滾。」男人心裡一團火，但見對方明顯不好惹，嘴裡罵了一句「神經病」就繞道走了。

章崢嵐恨不得宰了這男的，他寶貝到心坎裡的人，怎麼容許別人欺負半分。可是，他不正是最傷她的人嗎……

章崢嵐望著水光坐的那輛車開遠，終究不敢再跟隨。

大年初一清晨，水光隨母親去香積寺燒香。那天山上人很多，兩人在廟裡拜完佛後，母親去偏廳聽禪學，水光就站在那棵百年老樹下等著，看著人來人往。去年過年時，她曾帶他來過這裡，他說他不信佛，卻跪在佛祖面前合手膜拜，她跪在他旁邊，學他合手。他拉她起來的時候問她求了什麼，她說求了萬事如意，他笑道：妳倒是一勞永逸，我今年只求了一件事，妳猜猜看是什麼？

水光沒猜，但心中有數，她的萬事裡也包括這一件，求一切舊事都隨風而去，求他和她能走到最後……

佛說福是求不來的，是修來的。他們修不來他們的福，是因為叩拜得不夠誠心，還是因為彼此不夠相愛？

好比那一次，在靈隱求的那一句「無怨無悔」……也許從來跟心無關，只是他跟她不是註定，向前一步是貪，後退一步是怨，僅此而已。

風穿過樹枝，沙沙作響，水光聽到母親在喚她。她如夢初醒，過去與母親會合。蕭母說還要去買一些香回家，水光將錢包拿出來給她，站在後面等母親去香火攤處買香，有人突然從身後拍了下她的腰。「算命算好了，美女？」

水光側頭看到一張斯文的臉，對方也是一愣。「對不起，我以為……」

「哥！」旁邊跑來的女孩子身高和髮型跟水光差不多，氣喘吁吁地站定在他們面前，剛要開口就被那斯文男子皺眉批評：「妳不是說要算命嗎？跑哪去了？」他說的時候看了水光一眼，臉上是明顯的歉然。

對於這種失誤，水光無從去介意，看母親買好香，她走開時，聽到後面的女孩問：「哥，她是誰啊？」

男人說的話不響，水光也沒有去聽。

過年這段時間，水光不太安逸，親戚鄰里時不時會有人來找她母親，要介紹對象給她。母親前幾次叫她去，後來也不叫她，別人來做媒也推掉了。她其實不介意相親，只是力不從心。

水光在初五那天收到一條梁成飛的簡訊，他說「她死了」。自此以後再沒有他的消息。

誰說過的，這世上沒有一樣感情不是千瘡百孔的。

短的是生命，長的是磨難。

逢年過節時，江裕如不怎麼喜歡走親戚，反倒是朋友間的聚會去得多。

在那次大學同學的聚會上，很難得遇到章崢嵐。

說難得，是真的很久沒見到他，有時打電話給他都沒人接，偶爾接了沒聊兩句就說忙。他是真的忙，她年前去他公司找過他一次，外表看不出絲毫破綻，還是衣衫整齊，下巴也剃得很光潔，眉宇間卻讓人看到一種說不出的倦累，夜以繼日、心力交瘁。

裕如拍了拍正跟旁人喝酒、玩骰子的章崢嵐。「今天真難得，我都以為章老闆你銷聲匿跡了。」

章崢嵐微抬頭，笑了笑，回頭搖了下骰子，掀開看點數，二二三五，比對方小，他沒說話就喝下酒杯裡的酒。

跟他玩的人哈哈笑：「嵐哥，你今天手氣真差啊。」

章崢嵐不置可否，裕如看了他一眼，坐在他旁邊說：「你喝了多少？」

「三瓶紅酒！」有人替他答了。

江裕如不由皺眉，要去拿他手上的酒杯，被章崢嵐避開，他笑道：「江大才女，別掃興。」旁邊的一圈人也立即起鬨。

江裕如鄙夷地「嘖」了聲，不插手了。後來章崢嵐大概是玩膩了，坐到旁邊玩手機。裕如望過去，不甚明亮的光線下，她看到他側臉上的那顆淚痣。

傳說有淚痣的人，是因為前生死的時候，愛人抱著他哭泣時，淚水滴落在臉上從而形成的印記，以作三生之後重逢之用。

三生石上刻下的印記，連轉世都抹不掉的痕跡，是嗎……

二〇一二年的新年過去了，羅智年初八就去工作。水光上班的頭一天，同科室裡的人看到她都說她胖了點，說這樣好看，之前真的偏瘦。跟水光同一批考進來、比她小一歲的女孩子還半開玩笑說：「水光姊，妳是不是過年在家猛吃啊？」

水光說：「大概是吧。」

笑鬧過後，那女孩子又過來，手上拿著一本雜誌，說：「妳看這人帥不帥？像不像那些電影明星？不過他比那些明星還要有味道，看著讓人很心動！水光姊妳覺得怎麼樣？」

水光垂眸看了一眼，笑了下說：「妳有沒有聽說過一句話？心不動則人不妄動，不動就不會傷，如心動則人妄動，便會傷筋動骨。」

對方想了下，隨後露出驚訝表情。「這種話聽起來好悲傷，感覺好像是那種對什麼都死心的人才會說的吧？」

他們辦公室的主任開口：「好了，小李，別聊天了，上班了。」

剛過完年假還未收心的小李意興索然地「哦」了聲，走回自己的辦公桌。這女孩一時興起拿來的雜誌遺留在桌上，水光打了一會兒文件，最後將那本雜誌拿起來，封面照片的左邊用濃厚的深紅筆觸寫著：GIT掌權人，章崢嵐。

水光從辦公室出來，抬頭看天空灰濛濛的，好像要下雨。她去停車場取車，她過完年剛拿到駕照，車子則是父親那輛半舊半新的富豪，剛坐上車就有人敲了車窗，她按下窗，那人彎著腰朝她說：「嘿。」

水光慢了一拍才認出是誰，是上次在香積寺錯認她的那名男子，意外之餘不知道他這舉動意欲為何。「有事嗎？」

這男人很溫和斯文。「沒想到妳也在這裡上班，我是隔壁農業銀行的。」他說話的時候帶著恰到好處的淺笑。

水光知道自己待的機關和旁邊的農行共用停車場，她奇怪於他過來找她是什麼事情，對方看出她的疑惑，抱歉道：「Sorry，我的車子出了點問題……」他指了指後方。「能否麻煩妳送我去尚朴路的路口，那邊好叫計程車。」

他看了下手錶補充：「我有點急事。」

出去三、四百公尺就是尚朴路，走過去確實需要時間，而自己要經過那裡，拒絕的話說不出口。對方見她點頭，笑著道了聲「謝謝」，然後繞到另一側上車。

水光慢慢地倒車，因為是新手，所以速度一直沒超過六十。車子沒開出多遠，天就漸漸黑下來，隨後一道閃電，伴隨著雷聲轟鳴，下一刻就有豆大的雨點落下。

突如其來的雨驚散路上行人，沒傘的人都匆匆忙忙地找避雨場所，副駕駛座上的人也頗頭痛的樣子。「真是失誤，我沒帶傘。」

車裡靜了一會兒，水光問：「你要去哪裡？」

對方猶豫著報了地點。「實在是不好意思，如果妳有事的話，還是把我放到路口就行了。」

「我路過那裡。」水光簡單地說了一句。

男人不再客套，畢竟這樣的大雨又沒有傘，到路邊叫計程車也不實際。他不由又側頭看了安靜開車的人一眼，最後望向外面的雨幕。

在一家擺滿花籃的酒店門口停車，男人下車前再次跟她說了謝謝，水光微微頷首，等他下車就發動車子離開。與此同時，一直站在門口等的人迎上來。「馮副行長，您總算來了，開張大吉就等您了，來來來，裡面請，裡面請！」

暖鋒過境後，天氣漸漸暖和起來。三月初的一天，水光接到一通電話，那邊的人笑聲傳來：「水光，好久沒聯繫了，最近可好？」

因為顯示的是座機號碼，水光一開始不知道是誰，這時聽出聲音：「阮靜？」阮靜說她要結婚了，在三月中旬，讓她務必參加。離上次兩人見面隔了一年半的時間，水光意外之餘衷心祝福她，並沒有問跟她結婚的是否是曾經讓她傷懷的人，不管是舊人也好，新人也罷，聽得出現在的阮靜是滿足的，那就足夠了。

阮靜再三強調：「錢可以不用包，人一定要來。妳是我最中意的學妹。」水光笑著應下。

馮逸跟下屬去離銀行不遠的那家餐廳用午餐，剛坐下就看到她跟她的同事坐在隔壁桌，她是側對他們的，大概是點的菜還沒上來，所以兩人在聊天。

馮逸讓下屬點菜，他慢慢喝茶。

「水光姊，妳說我們是不是有點失敗啊？這麼大了都還沒男朋友。」

「沒男朋友不是也滿好。」

「哪裡好！回家要自己擠公車，電腦壞了找哥們，哥們還經常見色忘友，週末沒人約等等等等！唉，其實都是因為我們的交際圈太窄小，不是在公司就是宅在家裡，這樣哪能找到對象嘛。」

「慢慢來吧，是妳的終歸是妳的。」

「我怕我的他出現時，我都已經老了。我現在就等著人家介紹對象給我，見得多，機會也大點吧。說起來我有一個堂哥還在單身，挺帥的，工作也不錯，是我們這裡電力局的正職員工，要不要介紹給妳？」

馮逸看到她搖了搖頭。「不用了。」

「為什麼？妳排斥相親嗎？」

「不是。我只是不想再談戀愛了。」

「為什麼啊？」

「太累了。」她微微垂頭，披散到肩的頭髮些許滑落，她拾取一束，半開玩笑說：

「妳看，我都有白頭髮了。」

馮逸望過去，只看到她烏黑頭髮裡果然隱隱夾著幾根白髮，很少，如果不是有心去看也不會注意到。少年白髮，不是先天性的少白頭，就是太過費心力。

Chapter 25

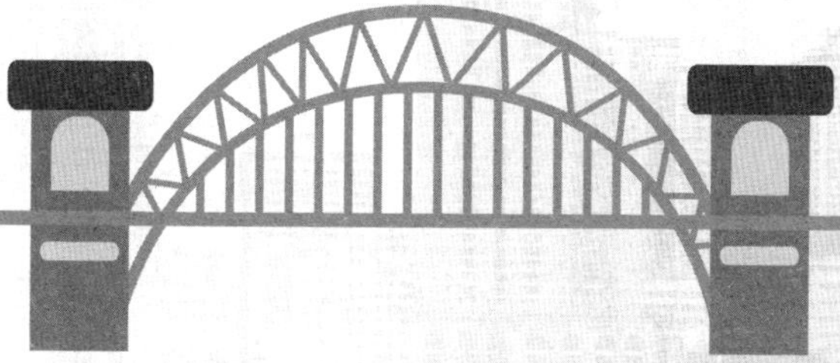

一念天堂，一念地獄

章崢嵐從飯局上提前出來，坐上車後，臉上的笑全然卸下。他靠在椅背上，掏出一盒菸點了一根，煙霧慢慢朦朧了臉。

一支菸過後，他打電話給何蘭。「明天我要出去兩天，公司裡有什麼事情就讓大國去處理。」

那邊記下後，又跟章崢嵐報告些事，因為白天老闆的手機一直打不通，小何最後說：「章總，今天中午有位朱莉小姐來找你，拿了一張請帖過來，說是感謝你上次答應讓她採訪。」

章崢嵐掛斷電話後想：感謝他嗎？他只是突然想起這家雜誌的知名度很高，想知道那樣的知名度，是不是可以讓她也看到？

他按住額頭，輕輕揉著。

「蕭小姐，妳一共談過多少次戀愛？」

「……一次。」

「這樣啊。我沒談過，不過我不介意女方談過戀愛，但是我希望妳已經跟之前的男朋友斷乾淨關係了。」

她沒有說，那相親的男人也沒再追問，等到那男人去廁所時，他聽到她喃喃說了一句：「愛上了又生生掐掉了，痛得徹底之後死心……算斷乾淨了嗎？」

那刻，他站在他們後方隱祕的位置，全身僵硬，他低頭發現自己的手微微抖著。

她說她已愛上了他，可他卻明白得太遲。

一念天堂，一念地獄。

第二天下午，章崢嵐開車到阮靜所在的城市，他到舉辦婚禮的酒店時已有點晚，在禮堂入口處簽名，剛低下頭就看到眼熟心熟的名字——蕭水光，筆畫娟秀而端正。他下意識地就看出神，直到後面有人出聲，他才收斂心神簽下自己的名字。

原本之前想送出禮金，人不來，卻聽到阮靜問，是否還記得她上次帶過去勞他一起請吃飯的女孩子，說她也會來，如果一個人無聊，正好可以和她做個伴。

他過了半晌才回：「我去。」

章崢嵐脫下外套走進大廳裡，婚禮現場布置得很簡單低調，沒有過多的禮花和彩帶，倒是提供夠多的美酒。因為還沒開席，所以賓客都在隨意地走動、聊天。章崢嵐走進去的時候一直在尋找，一圈下來卻沒有找到人。他就近選了一張圓桌坐下，臨近坐著一名年輕女子，看到他坐在旁邊不由含蓄一笑，過了兩秒主動跟他寒暄：「你好。」

章崢嵐偏頭，禮貌地頷首：「妳好。」

「你是阿靜的朋友，還是她家的親戚？」

章崢嵐心不在此，但還是跟對方聊了一會兒，直到有人在後面拍了他的肩膀，他轉頭看到跟前的兩人，正是前年跟阮靜一同參加婚禮的那對夫妻。他起身與他們打招呼，那高瘦男人笑問他：「你什麼時候來的？早知道你也來，我們就搭你的順風車了。」

「我也是剛到。」

男人的太太好奇地問：「章總跟阮靜也認識？」
章崢嵐說：「校友。」
人陸續多了起來，已經有人入席就座，男人的太太大概是看到朋友，跟他們說了聲「我過去一下」就走開了。老婆一走，男人邀請章崢嵐到窗邊抽菸，沒走出兩步就低聲曖昧問道：「剛才坐在你旁邊的是誰啊？女朋友？還不錯啊，挺漂亮的！」
「不是。」章崢嵐淡淡道，他的視線又不經意地掃了一遍宴客廳，還是沒有看到她。走到窗邊就點了菸吸了一口，這半年他又重新染上菸癮，甚至抽得比以前更厲害。

先前水光剛到宴客廳就接到阮靜的電話，阮靜一聽她到了，立刻叫她上樓。酒店的豪華房間裡，化妝師和服裝師正在為新娘子上上下下周全精緻地裝扮，閨密們站在周圍你一語我一語地點評，最後紛紛感慨國外請來的大師就是不一樣。
有人聽到敲門聲就去開門，帶人進來，嘴上喊：「阿靜，妳還有伴娘啊？」
阮靜歪頭看見來人，擺了擺手讓兩位大師先停，她朝水光招手，滿面笑容。「學妹，來了啊？」
水光走進去時，有個女孩感嘆：「阿靜，妳這學妹氣質那麼好，跟白蓮花似的。如果她當伴娘，我可沒臉上場了。」
阮靜道：「別嫉妒人家白，嫌自己黑，等會兒讓化妝師多給妳撲兩層粉。」
「哈哈，是啊，將黑珍珠生生撲成白珍珠。」
那女生捧住臉哇哇大叫：「不許叫我黑珍珠，誰叫我就跟誰吵，新娘子除外！」

水光也不在意別人的玩笑話，走到阮靜跟前由衷地說：「恭喜。」

阮靜笑著欣然接受。「謝謝。」然後對她說：「水光，等一下可能要麻煩妳跟著我喝酒，我記得妳跟我喝過一次酒，酒量好得不得了。我姊喝酒也厲害，不過她……人呢？又出去了啊？她今天特殊情況，感冒發燒，喝不了太多，至於其他這幾位更加不行。」

最後一句話引得房間裡的眾美女不服，說：「學妹莫非是千杯不倒？」

阮靜招化妝師過來繼續上妝，然後對那些美女說：「至少比你們強多了。」

水光確實從未真正喝醉過……除了那次喝了摻有藥物的酒。她坐在床沿看他們忙碌：新娘頭上要不要再加朵花？玫瑰花苞？好俗！多弄幾顆珍珠吧這樣太簡單了啦！我喜歡阿靜的唇色！眼影帶點金色會不會比較搶眼……

水光微微笑了一笑，有人見她進來後不怎麼說話，就過來坐她旁邊陪她聊：「學妹妳是哪裡人啊？」

「西安。」

「哦，好地方，世界四大古都之一！」講到這裡，一夥人又將話題扯到什麼城市有什麼特色什麼小吃……

婚禮在晚上六點準時開始，水光記得自己喝了很多酒，一桌桌過去，紅的，白的，替新娘子擋去幾乎大半的酒，阮靜早就有點醉了，但她不忘靠近水光說：「如果不行就別喝，不勉強。」水光說沒事，她真的覺得喝酒不難，就是胃會有點難受，臉會有些紅。

到後半段，新郎與新娘都有點不勝酒力，賓客還不肯善罷甘休。到阮靜研究所同學那桌時，一群人更是起鬨要新人連喝三杯交杯酒，還不能找人代喝，除非有女生願意跟他們之中的未婚男士喝交杯酒。

章崢嵐和那對夫妻也在這一桌，水光總算看到坐在那裡卻沒有站起來的章崢嵐。

她感覺有點頭暈，不知道是因為酒精終於起作用，還是因為面對他？她隱約聽到新郎說：還請各位高抬貴手，我跟阿靜真的喝不了。又有聲音說：讓那位美女跟我喝吧？

水光聽到阮靜叫她，她轉過頭來，有男士正笑容璀璨地對著她。「美女，新郎新娘喝不了，要不然妳陪我喝？」周圍一圈人怪叫吹口哨。

水光接過後面女孩子遞來的酒，一直沉靜看著她的章崢嵐這時站起身，他手上拿著一酒杯，走到那男人旁邊，淡淡開口：「讓我跟她喝吧。」

章崢嵐身材高大，之前吃飯時幾乎在沉默抽菸，給人的感覺有點距離和派頭，那男人見是他，愣了下就說：「行啊，兄弟你來，多搞點，把他們喝趴下！」

水光看著面前的人，臉上的紅暈已經褪下，在酒店的白燈下顯得有些蒼白。

阮靜說：「章學長，你怎麼也學他們一樣起鬨？你看我這學妹喝得有點多了，看在我面子上就手下留情吧。」

章崢嵐站得筆挺，身板甚至有些僵硬，他一字一句地說：「我為什麼要手下留情？」

水光微微垂下眼瞼，周圍嘈雜的聲音好像漸漸淡下去。

這種場景多熟悉又多陌生，他想對妳好的時候，他可以放低姿態到塵埃裡，讓妳不由得退讓，去想是不是自己退得還不夠？他想冷言冷語，又是那般咄咄逼人。到如今，他還要她退到哪裡？都說人在荊棘裡，不動便不刺，她現在是真的不敢動了，怕疼。

沒有交杯，喝下酒杯裡的酒，水光轉身對阮靜說聲抱歉，阮靜的眼裡有明顯的關切，也隱約有點看明白。「沒事的，水光。」她讓拿房卡的人帶她去樓上休息，水光沒有拒絕，走開的時候也沒有看他一眼。

出了大廳，水光對身邊的人說：「你進去吧，我去外面走走。」對方不放心，水光說：「我沒有喝醉，只是有些難受。」

「妳其實喝得滿多，好吧，去外面吹吹風應該會好受點。」對方還是遞給她一張房卡。「妳先拿著，如果要休息就去上面。」

等到那人走了，水光去了洗手間，她忘了手上還捏著那只空了的酒杯，她把杯子放在大理石臺上，洗了臉，不禁苦笑。她想起自己小時候練武術，腳磨得起血泡，她一步一瘸地走，那時候覺得寸步難移的痛已是最無法忍受的，後來才明白有些痛沒經歷過，永遠不會知道椎心刺骨究竟是什麼感覺。

水光走出酒店的大門，外面已經黑下，路燈和酒店大廳裡的燈光照得路面斑駁錯落。有人走過來站在她旁邊，他手裡拽著外套，骨骼分明的手興許是因為用力，青筋淡淡顯露著，他最終沒有為她披上，低啞的聲音說：「妳還有一些東西留在我那裡。」

水光低頭笑了：「那就扔了吧。」

章崢嵐覺得自己就像站在懸崖上，以前他還可以不要臉地在她身邊糾纏，如今卻是毫無資格。可那人要跟她喝交杯酒，即便是玩笑性質，他也無法接受，所以才會那樣雜亂無章地阻止。

「水光……我們只能這樣了嗎？」

水光好像真的累了。「就這樣了吧。」

他看她要走開，下意識伸手抓住她的手。那根手指抽痛一下，讓水光微微地皺眉，她抬頭看他，他的面色難看。「水光……我們真的……不可以了嗎？」

水光突然想笑，他說的那句話在她心裡重複過太多遍，她輕聲複述：「你忘了嗎？是你說算了的。」人再傻也不會傻到明知道走到那裡會跌一跤，跌到痛得當時不知道該怎麼爬起來，還要再往那裡走一次。

章峥嵐抓著她的那隻手有點抖，想說話卻發現喉嚨口也澀得發疼。水光拉下他的手，她攤開被他捏紅的手心，無名指的指腹上有一道顯眼不過的傷疤，她慢慢說：「我這根手筋斷了，在你跟我說分手的那天……我回來之後去看醫生，他問我，為什麼剛受傷的時候不來？我說，那時候我養了五年的狗死了，我父親被誣陷革去職位，我終於……愛上的人說不愛我了……他說這根手筋拖了太久已經死了，接上也是死的，這根手指沒有用了……可你抓著我的時候，它卻痛得厲害……」

面前的男人久久沒有動靜，滿目悲戚。

以前總想不通為什麼電視裡、書裡曾經那麼相愛的兩人在分開後，可以去傷害對方……原來只要心足夠硬，是做得到的。

她不恨他，卻也殘忍地不想他過得太好。

因為她過得不好。

水光離開了，他還站在那裡，一動也不動。

阮靜婚禮結束後的很長一段時間裡，水光都沒有再見到章崢嵐。

這期間有一日阮靜打電話給她，在短短數語間，水光已聽出她在掛心她，水光說：「阮靜，妳說人總要經歷過才會大徹大悟，如今我算是經歷一些事情……讓我明白了，有些人是等不來的，而有些錯，嘗了一次就不要再嘗試第二次……我現在只想平平淡淡地過。」

四月，西安路邊上的國槐都冒了芽，春意盎然。

水光將車停好，然後進了這間裝潢古樸的飯店，找到包廂，她來得遲，裡面已經在熱鬧聊天。不清楚是哪位主管請他們經濟科的人吃飯，還安排在晚上七點。水光是下班後先回家再出來的，本來之前想推掉，但他們主任說這算是公事餐，話到這分上，水光也不能說其他。六點從家裡出發，原本時間算好，卻沒想到路上堵車，再加上她車技不好，於是比預期晚了將近一刻鐘才到。

水光進去後也沒看清楚是哪些人，點頭說聲抱歉，小李幫她留了位子，她過去坐下。他們主任就開口說：「好了，人都齊了。馮副行長，咱們點菜了？」

水光這才看到圓桌另一頭差不多跟她正對著坐的，正是她曾開車送過一程的男人。

對方與她相視一笑，然後說：「行吧，點菜吧。」

這次吃飯，水光的科室一共是五人，都來了，加上對方銀行三人，一共八人，其中女的只有蕭水光和小李。被稱為馮副行長的人讓兩位女士點菜，小李當仁不讓。「馮副行長，我家就是開餐館的，讓我來點，保證不會讓您失望的。」

對方溫和笑說：「那很好。」

後來水光輕聲問小李，那邊都是什麼人，小李神祕兮兮靠著她耳朵說：「隔壁銀行裡的主辦、營運經理，還有就是他們副行長……嘖嘖，我跟妳說，那副行長才二十九歲，真是年輕有為，據說還沒女朋友，不知道是不是要求高，所以至今單身。」

對這問題，水光自然答不上。這天說是公事餐，但在餐桌上沒談及多少公事，到後半場，桌上的人或多或少都喝了點酒，氣氛好了不少，怪不得有「酒能助興」這一說。去了拘束後，大剌剌的小李左看右看見無人在敬酒，就站起來朝馮逸舉杯子說：「馮副行長，我敬您，我先乾為敬您隨意，然後完了之後，我想問您一個問題不知道可不可以？」

馮逸也客氣地起身，他笑著說：「除了問三圍，都ＯＫ。」

小李呵呵笑，一杯酒下去就端正表情，問：「請問馮副行長，您有交往對象了嗎？」

馮逸莞爾。「沒有。」

「那您覺得我怎麼樣？」

「很好。」馮逸說，頓了一下，神情有點惋惜。「不過，抱歉。」

小李反應過來，沒有特別失望，其實她是一時心血來潮，見對方如此婉轉地拒絕，嘿嘿一笑就轉而說：「馮副行長，如果您手上有好的未嫁男同胞，請多多介紹給我，小女子急於相夫教子。」

這話引得在座的人都笑出來，馮逸點頭說：「一定。」

隔天小李在辦公室裡問：「馮副行長怎麼這麼年輕就能做到行長？」主任回了句：「後臺硬，有能力，不就行了。」有人感慨地說：「這世上功成名就的人不外乎要麼是出身好的，要麼就是自身才華橫溢的，如果兩者兼得，自然更加順風順水。」小李咳聲嘆氣。「這種人真是難遇更難求。」

之後水光倒是經常能碰到馮逸，或是在停車場，或是在辦公室對面的那兩家餐廳。這天水光剛拆了筷子要吃湯麵，對面坐了人，抬頭就看到馮逸。他朝她點頭打招呼，隨後解釋：「那幾個空位都被人預定了，蕭小姐，不介意跟妳併一下桌吧？」

午餐時間本就人多，而他已自行坐下來，水光想：我還能說介意嗎？點了下頭沒說其他。

水光今天穿的是牛仔褲，白色棉襯衣外套了一件深灰色的開襟毛衣，毛衣的袖子偏長，蓋住半隻手背。她吃東西的時候很慢條斯理，好像時間再急也不會擾了她的步驟，抑或說教養。

馮逸突然很想知道，眼前這個人，她的生活背景、經歷都是怎麼樣的。

他記起上一回，也是在這家餐廳裡，她說：談戀愛太累了，我都有白頭髮了。

他看向她散在肩膀上的頭髮，隱約能看到幾絲銀白頭髮夾在烏黑的髮間。

在馮逸點的餐上來時，她剛吃完，放下手裡的筷子，他不知怎麼就開口問了一句：

「蕭小姐，妳相信剎那就是永恆嗎？」

她看了他一眼：「我信世上沒有那麼多的永恆。」

她拿出錢放在桌上，她對他說「你慢用」就走了。

馮逸望向出去的那道背影，高挑卻有些偏瘦。她出了門，外面在下毛毛細雨，她要穿過馬路，站在那裡等車輛過去，她的背很挺，隱隱地透著一種堅韌。

他看著她穿過馬路，進了辦公室所在的大樓。

新聞報導上說，過幾天會有連續降雨天氣，好幾天都將看不見陽光。

水光剛進大樓，拂去頭髮上的雨水，口袋裡的手機就響了，是景琴打來的電話，問她去不去香港購物，水光聽後搖頭：「沒什麼好買的。」

景琴不可思議：「哪有女生不喜歡 shopping 的？」於是水光說：「沒有錢。」

小琴顯然不信：「不說別的，妳那些薪水呢？大門不出二門不邁，賺的鈔票都拿來折紙飛機嗎？」水光淡淡笑說：「看病看光了。」

兩天後的週末，水光沒活動，小李約了她到市區的一家名店吃煲湯，結果到了才知道還有別人。馮逸起身朝她們舉手，小李走過去的時候對水光低語：「是副行長主動約我的，說是要介紹對象給我，我臨時怯場就叫上妳。對不起啊，水光姊，先斬後奏，我罪大惡極，回頭要殺要剮悉聽尊便，但現在請您老人家幫我撐撐場面，做做親友團吧！」

水光想：也只能秋後算帳了。

兩人過去坐下後，馮逸為她們斟了茶水，說他的朋友要過會兒再來，讓她們先點煲，倒是一點都不意外蕭水光也來了。

小李拿著菜單笑咪咪地問：「馮副行長，你那朋友是幹什麼的？」

「他是中學老師，教數學的，人很不錯。」

在兩人聊的時候，水光吃著桌上的花生米。她吃得很細緻，拿一顆然後剝去那層紅衣，再放到嘴裡，剛吃到第五顆，聽到溫和的男聲說：「這層紅衣能補血烏髮的。」

水光抬起頭看過去，馮逸又說：「連皮吃吧，對人體有很多好處，剝掉浪費。」

雖然對這人的言行有些不解，水光還是回了句：「我習慣這麼吃了。」

小李說：「水光姊怪癖多著，馮副行長你就別管她了。」

「哦？有些什麼怪癖？」馮逸好像挺有興趣的樣子。

水光不喜歡這種話題，更不喜歡自己成為話題人物，被拿來談論。「沒什麼。你不打電話催催你的朋友嗎？」

馮逸看手錶。「他差不多應該快到了。」

果然不多時，馮逸的朋友到了，落坐在小李對面，馮逸為他們作了介紹，沒有說及蕭水光。高大的數學老師若有所思地看了馮逸一眼，沒說什麼，喝著茶跟小李聊了起來。

相親的兩人難得地很聊得來，等點的煲湯和幾樣配菜都上齊了，四人邊吃邊說。蕭水光基本是沉默的，吃得也少，但這種沉靜不會讓人覺得她孤僻，或者說內向，就是很……寡淡。

中途水光她們去洗手間時，數學老師才跟馮逸道：「原來你喜歡這種類型的。」

馮逸一笑，他還記得自己之前跟小李說：「妳過來的時候，叫上妳的同事蕭小姐吧，我想跟她多談談。」

這種話說含蓄是很含蓄，說直白又直白不過，小李似乎也明白了，驚訝過後很機靈地說聲OK，沒多餘的話。

當天小李被馮逸的朋友送走後，馮逸叫住要去取車的蕭水光。「蕭小姐，要不要去走走，消化一下？」

水光看了他一會兒，才說：「馮副行長……」話沒講完，對方就說：「妳叫我馮逸就行。」

水光在感情方面雖然傳統而保守，但一向不遲鈍。馮逸對她的態度很曖昧，而這種曖昧是水光現在最抗拒的，她苦笑地搖了搖頭，徑直走去遠處取車。

馮逸沒多想，要拉住她，卻被水光先行避開碰觸。他不禁皺了一下眉宇，復又溫文爾雅地說：「我知道妳現在是單身，為什麼……」

水光冷淡地聽著，不疾不徐接下他的話：「馮先生，我們不可能。」

馮逸有片刻說不出話來，這麼決絕的話讓他有點束手無策，因為他不曾遇過。

她走的時候，他沒有再留，因為沒有理由，甚至連藉口都說不出口。她拒絕一切她不想要碰的人和事，沒有絲毫可以通融的餘地。

Chapter 26

最後的最初

隔天中午的時候，小李在裝了一上午後，終於湊到水光面前好奇地問：「水光姊，那馮副行長……他中意妳啊？昨天晚餐之後，你們有沒有再去別的地方？」

「我跟他沒有什麼。」水光開口，想到她可能還會沒完沒了地問，便直接道：「也不可能。」

小李露出驚訝的表情。「為什麼？妳不喜歡他嗎？水光姊，那個馮副行長那麼出色。」

要是換作往常、其他事情，水光願意回答同事頻繁的為什麼，可是今天她再無耐心多解釋一句。「他出色我就要喜歡他、接受他嗎？小李，以後，如果是這種事就不要再叫我。」

小李愣了愣，她昨天是出於好意。馮逸很出眾，如果他真看中蕭水光，那麼她搭一下線，假如水光也有意思便是一樁喜事，現在卻被這麼一句冷酷的話頂過來，不免有些委屈，最後扔了句「算我多管閒事吧」，轉身出了辦公室。

水光單手撐著額頭靠在桌上，倦怠地閉上眼睛。

電腦螢幕上幽幽靜靜地顯示一條新聞：「……樂壇歌星陳敏君前日與一名男子在一家高級夜店幽會，兩人親密無間。一向極注重隱私，未曾傳出過緋聞的陳敏君此次竟毫不避諱記者鏡頭。之後記者得知這名一身名牌裝束的男子，是一家國內知名電腦資訊企業GIT的經理章崢嵐。章崢嵐於二〇〇五年始創立GIT，這家企業目前市價高達十三點五億元人民幣……」文字最後是照片，昏暗的光線裡是女人依偎著男人的畫面。

佳佳發來網址後驚詫而小心地問她：「水光，這不是妳男朋友嗎？」看著上面的一字一句，好像沒有多少感受，心裡涼到極點就只剩下麻木。

那天她聽到他說：水光，我不愛妳了。看著那人扶著他進去，她坐在屋簷下的石階上，江裕如出來時告訴她：「他睡了，妳……要不要過兩天再來？他這幾天心情不太好。」她心想，以後真的不用來這裡了。

她起身時，江裕如問她：「妳沒事吧？」

她無聲笑了笑：「都已經這樣了，還能更糟糕嗎？」

下班的時候，水光走出辦公大樓，有幾個人向她衝過來，舉著相機按快門。

「請問妳是蕭水光小姐嗎？」

「妳跟GIT老總是情侶關係嗎？」

「蕭小姐妳認識陳敏君嗎？」

「據說蕭小姐妳曾經拍過GIT的遊戲宣傳片？」

水光一時愣怔，等到又有人對她閃了兩下快門，她才用手擋在額前。

她要穿過這些人，可娛樂記者是出名的難甩掉，水光寸步難行，心裡悲涼地想：蕭水光，妳總以為那是最糟糕的，可下一刻現實會來告訴妳，不是的，妳看，還有更糟糕的。

攔在她身前的人影和周圍嘈雜聲音讓她心裡的某樣東西正一點一滴地消磨殆盡，要到何時才能徹底結束這種鬧劇？歸根結柢她不欠他什麼。

有人拽住她的手腕，她下意識地要甩開，卻聽那人低聲說了句：「是我。」馮逸不知何時擠進人群，擋在那些鏡頭前面。水光已經沒有力氣再掙扎，隨他拉著自己的手，又撥開那些人將她往外拉。旁邊的路上停著馮逸的車，他打開門讓她坐進去，關上的車門隔絕外面的蜚短流長。

馮逸坐上駕駛座後發動車子，開出百餘公尺才又開口。「沒想到妳還是名人。」這話有調和氣氛的語氣。

水光卻連一絲敷衍他人的心都沒有，「麻煩你在前面停一下車……謝謝你。」

馮逸看了看她。「上次妳送我到目的地，這次讓我送妳吧。再者妳現在回去開車，那些人恐怕還沒走。」

水光默然不語。

到巷口下車時，她再次說了聲「謝謝」。

一路未多說話的馮逸只是說了一句：「好好休息，一切都會好的。」

一切都會好？水光想，這是人最不可能實現的奢想。

清早，蕭水光從家裡出來，正在下毛毛細雨，她撐著傘，走出院子的時候看見他靠在對面的牆上。章崢嵐等了很久，頭髮上衣服上都已經潮溼，他看到她，站直身子走過來。

他站到她面前，柔聲道：「這麼早。」

無人經過的弄堂裡靜悄悄的，外面街道上傳來清潔工人掃路面的聲音。

一切都是那麼自然而然，他出現在這裡，跟她打招呼，像是天經地義般。

水光垂下眼瞼笑了笑，這種情形好像曾經有過，那時她覺得有點困擾，現在是無比的倦。

「我送妳吧。」

水光看著他，她說不用了。她說得很平淡，但那種不需要是千真萬確的。

章崢嵐眼中偽裝的平靜有些破碎，勉強「嗯」了一聲。「水光，我是來跟妳道歉的……我不知道那些人會來找妳的麻煩，以後不會再發生了。」他的聲音低了幾許。

「我跟她沒有什麼。」

蕭水光聽著，神情漠然，她輕聲說：「章崢嵐，你是我見過最虛情假意的人……」

面前的男人瞬間就白了臉。

他們之間似乎真的走到無法挽回的地步。

她對著他說他虛情假意。是，他章崢嵐是虛情假意，他的真情都給了她。

可是所有言語在她面前都已找不到支撐點。

「對不起。」時至今日，除了這一句，他再說不出其他話。

對不起沒守著妳到最後，對不起讓妳獨自一人面對那些無助，對不起，對不起……

水光沒再開口，她越過他走向巷口，雨大了點，下在傘上劈里啪啦地響。走出弄堂便看到那輛停在路口的車子，車身上鋪滿長途跋涉的痕跡，她只看了一眼，朝不遠的公車站走去。

雨越下越大，雨水飄進眼裡，她沒有伸手撩，任憑生出刺目的痛。

馮逸打著一把黑傘一邊走近她，一邊說：「早。妳昨天沒把車開回來，所以我想妳今早上班可能會有點麻煩……」終於在看到她臉上的淚水時停住了口。

彷彿心有所感地抬頭，望向她的身後，馮逸一眼就看到站在巷口的章崢嵐。

雨幕裡，章崢嵐望著她的背影，那男人伸手搭上她的肩膀，然後將她帶上車。

雨大，馮逸的車速並不快。他微轉頭，看到她正看著後視鏡，看著鏡中人在雨中淋著，慢慢模糊。

拐彎之後，馮逸說：「據說今年這段雨季要持續到五、六月分。」

半掩的車窗外，涼風絲絲地吹在身上，水光抹了下眼睛才微啞著說：「謝謝你。」好像知道她下一句會說下車，馮逸先行道：「讓我再送妳一次，算是有始有終吧。」這話有點表明不會再「追求」她的意思。

水光因為不想再與人有感情牽扯，所以做得很乾脆。可這人並無惡意，又再三幫了自己，到底做不來冷面相對。

「謝謝。」

「蕭小姐，謝別人的時候至少應該笑一下吧？」馮逸斯文的臉上帶著笑。「短短兩天裡，妳對我說了四聲『謝謝』，可沒有一次是帶著笑的。」

水光自然沒有笑，也沒有搭腔，臉上淡淡的。老天爺倒是應景，幾下悶雷，瓢潑的大雨下得越發凶猛。

馮逸看著窗外模糊不清的景色，半晌後開口說了句：「人生有時候總是很諷刺，一轉身可能就是一輩子了。」

「……你想說什麼？」

馮逸輕笑了聲。「其實這話我不想說，但是，如果還放不開，為什麼不回頭？」

車裡安靜片刻，當他以為蕭水光不會回答自己的時候，卻聽到她輕言說道：「因為我不想再掛念誰，不管他是活著還是死了。」

晚上水光回家的時候又看到他，沒有多少驚訝。他從車上下來，冬天的夜黑得早，路上已亮起路燈，將他的臉襯得有些晦暗不明。他沙啞著喉嚨擠出話：「他在追妳嗎？」

「……是。」

他靠在後面的車門上，彷彿十分疲憊地用手覆住眼睛。「……妳呢？要接受他嗎？他對妳好嗎？」

水光看著潮溼地面上自己的倒影，模糊冰冷。「他不錯，至少，他愛我。」

章崢嵐笑了出來，放下手，眼裡是一片通紅：「妳是說我不愛妳嗎……蕭水光，妳說我不愛妳？」

水光一直扣著自己的手心，說一句便扣緊一分：「是不是……已經不關我的事了。」眼前的男人一下子灰敗下來，苦澀地說：「是嗎？」那一刻竟讓人覺得他會倒下。

等到車子開遠，水光才鬆了緊握的手，疼痛漸緩。但手上不疼，心裡卻越發痛起來。都說哀莫大於心死，可心已死了為什麼它還會痛？

「蕭小姐，如果妳考慮好了，確定要打掉這孩子就在這裡簽字……」

「喂妳好？」
「我找章崢嵐……」
「章總不在，妳是蕭小姐吧？我是何蘭，妳還記得我吧？呃，老闆他出去了，手機落在公司了。」
「妳能幫我找到他嗎？」
「這……要不然我打江小姐的電話，之前是江小姐來接他的，妳等等可以嗎？」
「Sorry，崢嵐他現在不想接電話。妳是哪一位？有什麼事情可以跟我說，回頭我幫妳轉達。」
「……不用了，沒事了。」

水光從夢中醒來，已經是五月初的天氣，她卻覺得背後有一絲絲涼意冒上來，寒冷刺骨。

二十四歲，卻在自己身上背了一條生命，自己的骨肉。

當時的痛是身體，現在夜夜回想起，卻是身心彷彿被一刀一刀地割著。這世界上沒有什麼放不下，痛了自然就會放下，包括心裡唯一的一點期盼。

週六的下午，景琴又將孩子交給水光看管，自己和老公看電影，說是最近上映一部美國大片，很精采。水光笑了笑，祝他們約會愉快，送走景琴他們，將思嵐抱進屋裡。

那時候孩子還好好的，水光還陪著他睡午覺。晚餐後，父母去附近的公園散步，寶寶卻開始哭起來，之前泡給他吃的米粉也全吐出來。

水光馬上拿毛巾幫他擦拭，沒想到孩子竟微微抽搐起來，她心急萬分，摸他的額頭竟發現還有點發燒，孩子的狀況是一下子壞起來的。

他推門進去時，水光正慌忙地將孩子裹在小毛毯裡。她抬頭看到他只愣了愣，回頭將孩子抱起，拿起旁邊的溼毛巾，跑到客廳拿了皮包往外跑。

章崢嵐放下手裡的一包東西，這是她的物品，拿來還給她是見她的藉口，也是回去那幾天裡終於想明白，或者說不得不承認她不想再跟他有瓜葛，所以最後一次過來，跟她說一聲以後不再來找她，讓她……放心。

他追出去，弄堂裡著急的腳步聲迴響著，她的背影看起來纖細得有些單薄，他咬了下牙跟上去。

路口剛好停下一輛車，水光伸手叫住，抱著孩子坐上車，旁邊有人也坐進來，她看了一眼，並沒有阻攔，只對司機說：「去醫院，快一點！」

車子裡，水光反覆用手測著孩子額上的溫度。「司機，麻煩你再開快一點。」

「小姐，我這時速都快一百三十了。」

「……水光，放心，會沒事的。」章崢嵐終於開口，和水光的焦急比起來，他顯得冷靜得多，可水光此時無心再注意他分毫。

計程車就這樣匆忙而緊張地開了十來分鐘，突然一聲刺耳的煞車聲從車外傳來，在夜晚寂靜的道路上顯得格外驚心。

原來旁邊一個騎電動車的因為是轉彎，煞車不及，衝到機動車道上。

安全閃過去後，司機放了煞車踩油門，望了望後視鏡，火氣不小地罵了兩句髒話。這時章崢嵐看到車前方的狀況，臉色一變。「小心！」可已來不及，剛剛在司機加速的時候，迎面開來一輛小型貨車，而水光乘坐的這輛計程車因為之前閃車，開在旁邊的逆向車道上。

面對駛來卡車刺眼的強光，司機緊急打了方向盤，只能本能借位讓路，但意外來得實在太快，一記猛烈的衝擊力下，車子被狠狠撞在路邊的樹幹上！

水光當時只記得被人撲在下面，隨即便是一片黑暗。

在醫院醒來時，水光有種不真切的感覺。她愣了一會兒，下一秒便是倉皇地尋找孩子。護理師拉住她，告訴她孩子沒事。可她一定要親眼看到才放心，掙扎著要起身拔點滴。

此時景琴提著水壺進來，她衝過來拉著水光說：「思嵐沒事，妳躺著。」小琴又說，孩子只是身上有些輕微擦傷，之前是患了驚風，醫生都看過了，沒大礙了，歐邵華在兒童病房顧著。

確定思嵐沒事後，水光還是覺得心一抽一抽地疼，還有……他呢？

景琴一向會看人。「水光，那個人……醫生說他的手受點傷，其他沒什麼問題，已經出院了。」

出院了……水光在腦中反覆念著，最終閉上眼靠到床頭，完全鬆怠下來後胸口還有些發悶，才發現之前自己念及他的時候一直屏息著。

他出院卻沒有來看她，也許看過，在她昏迷的時候。水光想，無論如何，只要沒事就好。

小琴又道了句：「開車的司機倒是運氣好，一點事都沒有，都撞在副駕駛座，幸好你們都沒坐在副駕駛座上。」

水光腦海裡隱約想到什麼，又覺得是自己多想。

她跟他都是坐在後座的。

于景琴見她又恍神，幫她拉高被子，柔聲道：「妳才醒來，別想太多。雖然醫生說妳沒什麼大傷，但總是經歷一場大險，應該多休息。」

水光默然地點點頭，心思不定地躺下去。她的傷恢復得很快，沒多久就在家人陪同下辦了手續出院。

之後，一切又回到原有的水靜無波。好像這場車禍只是鏡花水月，發生得那麼突然，結束得又那般模糊，甚至沒有在身上留下什麼明顯疤痕，不去想就彷彿不曾發生過。

水光有時候想，是不是自己又作了夢，夢到他來了，然後又悄無聲息地走了。

之後有一天水光在超市門口遇到馮逸。其實兩人之前也有碰到，或是在工作場合，或是在公司附近的餐館裡，但因為跟各自的同事在一起，所以只是互相點點頭，沒有說過一句話。

馮逸此刻看到她，走來問候她：「好巧，蕭小姐。先前聽說妳出車禍，後來聽妳主管說沒什麼事，就沒去打擾妳。」

馮逸似乎天生就是謙謙君子，不管在什麼場合，不管是退還是進，表現得都是恰如其分，不會讓人感覺到絲毫不舒服。

水光說了聲：「謝謝。」

馮逸聽到這句就不由笑出來。「妳看，妳跟我說得最多的就是謝謝，可我壓根沒幫妳什麼。」他沒有等水光回覆，這種浮於表面的來去，她應該也不知道要怎麼周旋，於是他接著說：「這一大袋東西有點重吧？要不要幫妳拿到車上？」

「不用了。」水光原本又想說謝謝，但停住了。

馮逸笑了下。「好吧。」兩人聊了兩句就自然告別。

馮逸走出兩步才回頭看那背影，他是很會審時度勢的人，更可以說是很有分寸的人。明白自己心動的對象心裡有人，且烙骨入心，於是在用情未深前，提前收回那份心動。

有人說世上有很多事可以求，唯緣分最難求。這話他信，在你遇到誰之前，其他人都入不了你的眼，等終於遇到入了眼的人，她可能已是別人的緣分。那麼她於你來說只是得了緣。有緣無分，又何必耿耿於懷？

確定不可能，也就不強求了。

天氣漸漸熱起來後，水光減少晨跑的強度，她的身體不比幾年前。十幾歲的時候精力好像怎麼也用不完，二十歲過後卻是一年不如一年，年紀、心態都有關係，再後來……拿掉還不到六週的胎兒後生了一場大病，就變得更差。她那時總想，可能是老天懲罰她，懲罰她那麼絕情地扼殺生命。

跑完步洗過澡，水光出門時接到計程車司機的電話。對方表明身分後，說了打電話的用意，是關於車禍理賠的事，他需要先處理她的問題，才能去保險公司拿賠償。水光快忘了這件事，對方提醒她拿好必要的單據，然後約時間去交警隊調解。這起車禍沒什麼糾紛，因此接下來就是例行公事。

再次與那司機見面，水光將自己和思嵐的病歷、診斷證明以及醫院開具的收據一起遞給對方。

中年司機大致翻了一下，不解地問：「蕭小姐，妳和孩子的單據都在，妳先生的呢？他不是傷得最重的嗎？」

水光只覺得腦袋裡轟的一聲，連對方錯誤的說辭也沒有指正，半晌才回過神來：「什麼叫傷得最重？他傷到哪裡了？」

對方這回疑惑了，莫非這不是一家的？可這女子又這麼緊張，他遲疑著開口：「他整隻手臂都被樹枝刺穿了。」

水光發現自己的聲音有些發抖：「我當時昏迷了，不知道發生什麼事……麻煩你說得再詳細一點。」

對方一愣，說：「其實我記得也不是很清楚，當時車子撞到大樹上，右側一下被撞得變形，我只看到有樹枝從副駕駛座上穿透進來，對著妳那位置，他用身體去擋，肩胛被刺穿，不停流血，我都差點以為……」他想說這條手臂要廢了，但見面前的人臉色慘白，漸漸沒了聲音。

司機看她愣愣地立在那裡，有些慌了，他試探地問了一句：「妳還好嗎？」好？她好像已經好久好久沒有好過了……

她只求……若有來生，不要再愛上誰。

窗外的陽光照進來，萬里無雲。飛機慢慢起飛，水光的耳朵聽不到聲音，只能聽到自己微弱而紊亂的心跳聲，一聲一聲，伴著輕微的疼。

抵達時是傍晚時分，這座繁榮的大都市燈火通明。

晚間是交通高峰，計程車停停開開，司機無聊，就問後邊沉默的乘客：「小姐是來我們這邊觀光的嗎？」

「不是。」水光的雙手上下緩緩交疊。「我來找人。」

「哦？找親戚啊？」

車上放著電臺音樂，悠悠揚揚，水光沒有再答，司機見今天交班前最後拉的這位乘客實在沉默，不再自討沒趣地閒扯，開大了點音響。

電臺裡正放著一首情歌，敘述了愛，敘述了離別，敘述了傷痛。

水光沒有在他住處找到人，他的房子裡一片漆黑，以前他買來掛在前院那棵銀杏上的霓虹燈也沒亮。他曾說樹上彩燈只要到了晚上就會亮起來，不管颱風下雨，這樣她回來時就不會找不到路而走丟。

夜風吹上來，水光微微發抖。

再次下車，走進校園，她不確定他會不會在這邊，她只是隨著心尋到這裡。

這裡曾是她追逐景嵐腳步而來的地方，也是她遇到他的地方。因為是暑假，四周很安靜，沒有多少聲響，月光朦朧地照下來，有種孤冷感。在她以前常常坐的那張長椅上看到那人正靜靜坐著，背對著她。她一步步走過去，在離他還有兩公尺的地方停下，他回過頭，見到她。

沒有意外的表情。他的臉瘦了些，稜角分明，他的眼一直是黑不見底。

有風吹落樹梢上的葉子，悠悠緩緩落下，無言地找著歸宿。都說一花一世界，一葉一菩提。水光以前不懂，總覺得世界之大，豈是一花一葉能說盡的。如今看來，一直以來是她太過執拗，才誤把彼岸作迷津，她已在彼岸，卻以為還在渡口，要找船渡過去，一步錯步步錯。

是是非非之後，再相見，有了怨，不想再踏錯一步，卻不知還在錯路上走，執迷不悟，不得解脫。非要多走那些路，才知道不管以前如何兜兜轉轉，跌跌撞撞，最後都要走回這裡。

他起身，走了剩下的兩公尺。彼此的呼吸淺淺的，誰都不忍心打破。

他最後低聲說：「我們走了太多的路，對的，錯的，可好像又只走一步，我們相遇，然後我跟妳說，我叫章崢嵐，妳說妳叫蕭水光。」

水光無聲流下眼淚。

章崢嵐舉起右手，手臂上還纏著紗布，他輕輕道：「我叫章崢嵐。」聲聲入耳，字字銘心。

水光帶著淚，學他抬起手，握住了，她的聲音隨著晚風散去，只有他聽到。

「我叫蕭水光。」

Special Episode 01

陌上花開

于景嵐睜開眼睛，聽到外面有人喊他的名字，不響，卻能輕易將他從夢中叫醒。起了床走到窗邊，就看到她站在那棵槐樹下朝他招手。她笑得明朗，像最純淨的水晶。他最愛的水晶。

他去浴室刷牙洗臉完，換好衣服走到大廳裡。她跑上來站在門檻外面，手扶著門沿問他：「景嵐，羅智說去爬山，你去嗎？」

「難得的寒假第一天，怎麼不多睡會兒？」昨天夜裡開始有點感冒，不然今天也不會睡到這點上，可這女孩，平時去上學總要叫半天，貪睡得很，一到假期反倒不要睡了？

果然她挺鬱悶地說：「哪有不想多睡啊，是我爸，一早就叫我起來去跑步，跑一萬公尺。說假期裡讀書時間少了，訓練要加量。」

他笑出來。「辛苦妳了。」

她沒有笑，伸手過來，要探他的額頭，他心一跳，微微退後一步。「怎麼了？」

她很認真地看著他。「你感冒了吧，于景嵐？」

她叫他全名的時候說明有點生氣。他忍不住摸了摸她的短髮，說：「不礙事，昨晚吃過藥，等會兒再吃。」

她「哦」了一聲，沉默會兒，然後說：「那你不要去爬山了，在家好好休息。」

這一年，她高一，他高三。

半年之後，在那棵槐樹下，她舉杯跟他告白。他習慣了隱忍，克制，考慮周全。感情萌芽得越早就越容易受挫受折，而他們還有很長的路要走。

固然，他也是自私的，他以為他能忍，她也就可以。

那兩年看著她漸漸變得沉靜，他在心裡問過自己很多遍：是否做對了？也許他應該扶著她走，而不是站在遠處，伸著手，等著她步履堅定之後再走過來，他也不用覺得自己在熬日子。

額頭上一陣冰冷，于景嵐緩緩睜開眼，一雙手擋著眼前，正仔細地為他貼退燒貼。

「水光……」他輕聲喃喃。

手移開，手的主人皺眉看著他，輕聲道：「還在作夢啊？」

于景嵐有些頭痛地微側頭看了一眼，他現在身處的地方不是自幼熟悉的老家，而是大學宿舍，身邊的人也不是蕭水光，而是葉梅。「妳怎麼會在這裡？」

「我聽說你今天沒去上課，就過來看看。」葉梅簡潔地回答。

此刻寢室內只有他們兩人，景嵐沉默幾秒，最後用手按了按額頭，有些無力地嘆息。「我跟妳之間的謠言怕是跳黃河也洗不清了……」

「能夠免去那些麻煩，於你我而言都是天大的好事，不是嗎？」身為真正的白富美和高富帥，她和于景嵐在入學之後就不乏追求者，無奈兩人都早已心有所屬，其餘的一概不入眼，偏又糾擾不斷，讓她很是不耐煩。

「妳就不怕他聽信謠言誤會妳？」雖然葉梅說的是事實，于景嵐還是提醒她「有得必有失」的真理。就如他現在一般。

葉梅搖頭，有些苦澀。「梁成飛……我也不知道他是怎麼想的。」

景嵐此刻無心去關心朋友的感情，因為前一刻夢到她，讓他有些……有些不好受。會夢見高中那年的事，除了自己發燒的緣故之外，應該還有些許的愧疚一直縈繞在心底的緣故。

他一直都記得，那年她向他告白被拒之後，眼中模糊的霧氣。

直到現在，她都還在生氣，或者說，尷尬。

她不再站在窗外喚他，不再纏著他，不再直視他，也不再單獨跟他說一句話。

他甚至有些懷疑，她會不會不再……喜歡他？

一想到這裡，于景嵐就有些焦躁。這樣患得患失實在不像自己，明明知道過早過於熱烈的戀愛只會讓這段感情早夭，但他卻是有些後悔了。

是的，他後悔了。

在去年夏天暑假回家偶然遇到來家裡找景琴玩的她時，悔意便在心底扎根，而後糾糾葛葛枝枝蔓蔓地纏滿他的心。

那天他剛到家，才放下行李，他就看到她猝不及防地闖進來。

他知道她是來找景琴的，他也知道自己沒有通知她自己今天會回來，但當他看到她臉上一瞬間的驚慌和不知所措，心剎那間揪得很疼。

他聽到她生疏而慌亂地詢問他有沒有吃飯，彷彿是抗拒與他的會面般，胡亂說了幾句就匆匆走了。

他靜靜地看著她離開的背影。那年暑假，她很忙，忙得他見不到她……

暑假最末一天的清早，他站在院子裡看著那扇窗戶許久，最後緩緩走到石凳前傾身坐下，拿起她昨天放在那裡忘記拿回的書，抽出那一張尚且空白的書籤。

他看著牆邊的葡萄架，只要等到來年這些蔓藤開滿花時……

清晨的露水沾溼了他的睫毛，潤溼了他的頭髮，他也絲毫不覺。

水光，陌上花開，可緩緩歸矣。

于景嵐努力忍下咳嗽，雖然葉梅去買午餐，寢室裡沒了他人，他還是不習慣表露出自己真實的性情。

今天是她和景琴高考結束的日子。

他閉著眼睛穩定一下呼吸，高燒讓他全身無力。費力地起來走到桌邊要拿手機，而在他的手觸到手機的剎那，鈴聲先突兀地響了起來。

顯示的名字讓于景嵐愣了愣，有一瞬間他以為自己是發燒過度而產生幻覺，但隨即傳過來的聲音打斷他的疑惑。

「于景嵐啊，我考完了。」

「嗯，我知道。」

「我……可不可以報你的學校？」

于景嵐閉了閉眼，暗暗地壓抑住因為瞬間的放鬆而衝到喉間的咳嗽，隱忍許久之後，他才聽到自己的聲音。

「我等妳。」

本來是想告訴她不用著急，慢慢來，好好看看沿途的風景，他會一直等著她，不必擔心，不需害怕。

但到最後，他只能說出那三個字。

于景嵐放下手機，臉上透出一抹隱隱的笑，些許自嘲，些許喜悅。

葉梅回來時，就看到于景嵐半坐半靠在床沿。「這麼快就好了？」

「好多了，」景嵐也微微笑了一下。「葉梅，我想回家了。」

因為太突然，所以葉梅有些訝異。「什麼時候？」

「後天。」六月十日。

「是為了你的心上人吧？」葉梅輕笑。「真羨慕。」

葉梅是真的羨慕。第一次見到于景嵐，她只是覺得他跟梁成飛長得像，後來熟悉後發現性格完全不同，她好幾次想，如果他能有于景嵐一半的……一半的自信，他們的路也不會那麼難走。

跟于景嵐的關係是一點同病相憐，是一種君子之交。她出生政治家庭，他的背景跟她有些相似，也就少了一分虛應和攀附，再加上他像梁成飛，所以第一次見面的時候，她便跟他講到他。

「我喜歡的人，我爸媽不喜歡他，不希望我跟他來往。他呢，又自尊心特別強。」下一刻又忍不住驕傲地說：「他的夢想是當軍人當員警，為民除害保家衛國。」

于景嵐當時帶著笑，輕聲說了一句：「我的女孩是要保衛世界和平。」

之後兩人常來往，談的多是心裡的另一半。

于景嵐回去那天，燒是退了些，但感冒還是沒好，於是葉梅堅持送他去機場。

在上機前，景嵐伸手溫柔地理了理她的短髮。「如果不說出來，又如何能怪人家不知道妳的心意呢？」

其實葉梅跟他挺像的，性格都一樣內斂，目光長遠卻總是遺忘眼前，不知道自己的這份沉默帶給對方多大的不安。

他說這話是說給她聽，也是說給自己聽。這次回去要還她心安，還她這些年的不棄，也還自己一份安然。

飛機終於起飛了，一直歸心似箭的思緒也終於沉澱下來，于景嵐單手支頷看向窗外。

雲團散開，朝日初生，昏昏沉沉入了夢，等到夢醒時，應該就可以見到她了吧。

有飛鳥從機窗前掠過，陰影覆住他的臉。

一陣可怕的轟鳴聲和爆炸聲，飛機左側的引擎爆炸了。

于景嵐睜開眼睛，一朵朵豔麗至極的金紅色火花在視野中跳躍，飄搖，吞噬所有一切。

陌上，花開……

水光……

陌上花隨暮雨飛，江山猶似，昔人非。

Special Episode 02

孩子

異地戀，最是相思苦，最是費用高，章崢嵐所在的城市離西安約一千公里，坐飛機一趟兩小時，費用……章崢嵐不在意。他在意的是兩小時，在意的是直線距離也要一千公里。

航班延遲，水光坐在機場裡等了半天，有點睏了，就靠在椅子上打盹。

沒多久，水光察覺到前方有人，睜開眼睛，面前的高大男人淡笑著說：「美女，等人？」

水光站起來，說：「來了。」

男人上前輕擁住她，水光雙手緩緩環到他的腰後。

一對出眾的情侶總是會惹人多看一眼。

男的俊朗，女的清秀，沒有言語的相擁，卻讓人覺出一種雋永。

「餓了嗎？」章崢嵐問，放開她，改而牽了她的手。

水光確實餓了，就說：「很餓。」

章崢嵐笑著側頭親了親她髮頂，淡淡道：「下次航班再誤點，小爺我要去投訴了。」

因為時間不早，已經過了用餐時間，水光打電話回家，說在外面吃完飯再回去。

吃好飯，天已經黑了，不過城市裡就算黑夜也照樣燈光璀璨。

兩人逛了一會兒，章崢嵐轉身彎腰，說：「我背妳。」

「不要了吧。」水光猶豫。

他很堅持，於是蕭水光上前一步趴在他身上。他的背結實而溫暖，沒多久水光靠在上面就有點昏昏欲睡了。「我想睡了。」

「嗯。妳睡吧。」

他的步子走得很穩，在不怎麼熱鬧的這條街上慢慢踱步過去。

他們有過一個孩子，他知道，在她到那所學校找他的那天，而她不知道他已知道。她不說，要一個人把這祕密爛在心裡。他也不問，學她把這祕密慢慢爛在心裡……

他轉頭輕輕吻她的臉頰，她閉著眼說：「累嗎？」

「不累。睡不著？」

她笑了笑。「感覺像在船上，搖來搖去。」過了會兒又問：「崢嵐，明天思嵐生日，我們要送什麼？」

章崢嵐想了想。「玩具槍？汽車模型？要不……電腦？」

「他才一週歲而已。」

兩人一邊走一邊聊，沒有重點，卻安然適從。

思嵐生日過後兩天，章崢嵐搭上午的班機回去，因為公司有點事務，他必須出面處理。

這一別再相見已到國慶，這年的國慶連帶中秋一共八天假期。章崢嵐陪家中父母過完中秋，一日那天來了西安，以前他來住的都是酒店，這次是住在水光那裡。

一日晚上，羅家在大院裡請客吃飯，都是走得近的幾家人。飯後男人們在客廳裡玩牌的時候，在于家客房裡陪孩子玩的景琴叫來水光，問她：「妳跟他還不打算結婚嗎？

不是妳過去就是他過來的，多麻煩。」

水光笑著搖了搖頭。「還早。」

景琴拉她坐床邊。「如果妳真的決定要跟他過，就早點定下來，免得跟我犯同樣的錯誤，我對我這段婚姻最不滿意的就是先上車後補票。」

水光神色滯了滯，沉默幾秒後，緩緩開口道：「小琴，如果……我說，我怕，該怎麼辦？」

「怕什麼？」于景琴迷惑，隨即想到什麼，笑道：「怕結婚？現在都是大批剩女找不到郎；還是妳怕生孩子？生孩子可以剖腹產。」

「不是，我……很怕得到之後再失去，我也不知道我有沒有資格去承擔一條生命，這比想像中沉重太多……妳不知道，我……」

景琴皺眉頭。「唉，妳操心這麼多沒有的事做什麼呢？」

水光已經沒聽見景琴在說什麼，她的腦中只有自己未說出口的那句話：妳不知道，我身上已經背負一條生命了……

佛說：「放下、看破、自在。」她已經放下對于景嵐的思念，已經勘破她和章崢嵐之間的恩怨，卻還是不得自在。

因為，她還有虧欠……

那時的手術完成後，她因為麻醉而昏睡過去，再醒過來時，已經什麼都沒了。

只是這次，全是她的冤孽，無可推託。

那天夜裡，章崢嵐在身後擁著她。「水光，我們結婚……」

水光聽著，慢慢地紅了眼眶，很久之後，她轉過身將額頭輕輕靠在他的肩上。

「我有過孩子。」

「嗯。」

「但是我把孩子打掉了。」

「嗯。」

「我後悔了。」

「嗯。」

「但是孩子回不來了……」

「嗯。」

肩上的溼意越來越重，章崢嵐聽著水光壓抑地啜泣，輕撫她的肩背，微斂眼睫。

章崢嵐抱緊她，在她耳邊輕聲道：「還記得我們上次見面時一起看的那部電影嗎？名字是《I do》，妳說妳記得最清楚的是那句『有些東西失去以後，可能再也回不來了，但它會永遠在心裡隱隱作痛。如果時光能倒流，我願意永遠停在那一刻』。我記得最清楚的是那句『如果有女人願意嫁給你，為你懷孕，再把孩子拿了，這說明她得對你有多麼失望』。」

他稍稍推開蕭水光些許，溫柔而悲傷地看著她。「水光，對不起……是我讓妳失望了。」

淚光模糊蕭水光的視野，她終於失聲痛哭。

「對不起，對不起……」她斷斷續續地念著。

章崢嵐沒有說話，他知道她這一聲聲的「對不起」不是給他，他們的恩怨早已了結然後重新開始，她並沒有欠他什麼。

這句遲來的道歉，是給他們素未謀面的孩子的……

他跟她，其實就像張愛玲筆下的那一句話，他不過是一個自私的男子，她也不過是一個自私的女人。他們相愛，有失去，有得到。

最後，細水長流，碧海無波。

Special Episode 03

許妳一世安然

一、關於年少

章崢嵐從小就很聰明，五、六歲的時候就知道怎麼利用頭腦占小便宜，比如同意小夥伴抄他的作業但是要幫他跑腿買冰棒，或者幹了缺德事之後怎麼讓別人心甘情願為他背黑鍋之類的。

章崢嵐的父母雖然都是知識分子，但八、九〇年代的時候兩人都忙著工作和養家餬口，除了週末能看著兒子練毛筆字妄圖讓他收點心之外，其他時間都沒空管教他。這樣幾乎完全放任式的教育方式讓章崢嵐猶如脫了韁的野馬，越長大越無法無天。從小學到國中，要不是他成績一直名列前茅，老師都不知道要找他父母來學校報到多少次。

升高中後的章崢嵐安分不少，把大部分精力放在當時剛在中國興起的電腦以及踢足球兩件事。他原本就成績優異，長相也出眾，加上足球場上飛揚的身影，讓不少女生對他心生愛慕，有膽子大點的直接寫小紙條向他表白。可章崢嵐雖然從不駁女生的面子，卻也不為所動，該幹麼還是幹麼，踢球、週末跟哥們去遊戲廳打遊戲，然後是研究電腦。那時章崢嵐在女生眼裡是翩翩少年，在男生眼裡是很能玩得來的好兄弟，在老師眼裡則是上課睡覺，作業不做，偏偏成績出奇好的天才學生。

章崢嵐在高中裡混得如魚得水的時候，蕭水光在西安讀國中，小心翼翼地暗戀于景嵐。

章崢嵐這年十九歲，拿到全國創新科技獎，要去北京領獎。他的聰明才智帶給他太多過早的成功，以至於他越來越清高，越來越驕傲。蕭水光那時才十四歲，章崢嵐去領獎的那天，她蹲了半天馬步，練習半天舞拳，直到筋疲力盡，教練還是不准休息。中途去上廁所的時候，水光脫下鞋子一看，腳上磨出好多水泡，鑽心地疼。

章崢嵐二十一歲那年，暑期沒事做，約大學同學出去旅行。從北往南走，北京、石家莊、西安、成都、昆明。本來他們決定不去西安，但章崢嵐突然起了興致說：「去一下吧，應該挺有意思的，畢竟是古都嘛。」

那時蕭水光十六歲，首次拿到全國級武術獎，蕭父很開心，於是這年的暑假沒怎麼逼女兒練習，水光便有時間跟于景琴他們玩。

章崢嵐跟大學同學來西安的那天，水光跟于景嵐、于景琴、羅智約好去博物館，結果小琴跟羅智一起放她鴿子，說什麼要去安馨園看「足協杯」大賽，最後只剩她跟景嵐兩人去博物館。

那天水光一直很緊張，因為她很少有機會跟于景嵐單獨出去，而水光心不在焉地在博物館裡參觀的時候，章崢嵐跟朋友也在那裡逛。那天他們甚至有一次擦肩而過，水光下意識地說了聲「抱歉」，戴著耳機邊走邊聽音樂的章崢嵐只是微微偏了下頭，兩人都沒有看清楚對方，便已背道而馳。

那之後過了五年多，他們相識、相愛、分開，最終又走在一起。

後來又過了很多年，三十好幾歲的成功人士章老大接受一個採訪時，被問到一個有意思的問題：「如果您有一次回到從前的機會，做一件您以前想做但沒有做的事情，請問您想回到幾歲？做什麼？」

章崢嵐想了一下後，笑著說：「上次跟我太太聊天，聊到我們還不認識彼此的時候，曾在同一年的同一天去過同一個地方。所以我挺想回到那年，在那裡找到她，跟她說，以後我們會結婚，妳願不願意現在就跟我在一起？免得晚了，多生波折。」

不可能有所謂的回到過去，但我依然慶幸，因為最後我們終歸沒有錯過彼此，也慶幸，我們年少時曾那麼接近過。

——章崢嵐

二、關於珍惜

週末跟朋友吃完午餐分道揚鑣後章崢嵐去取車，沒走兩步看到一個老人坐在路邊要飯，他走過去從皮夾裡取了幾張錢出來遞給她。滿面汙垢的老太太抬頭看他，連聲說謝謝，章崢嵐說：「回去吧，這麼冷的天。」

老人哆哆嗦嗦地說：「好人有好報，好人有好報。」

章崢嵐走開的時候說了句：「好報給我太太就行了。」

章崢嵐裹緊衣服快步走向自己的車子，現在正是十二月，冷風吹來還真有點吃不消。「這日子沒法過了，我都要凍死了，章太太到底什麼時候過來溫暖我？」心動不如行動，章崢嵐馬上從衣袋裡掏出手機撥過去，對方一接起來，他就說：「我跟妳說，我要凍死了。」

「章大哥，水光在包餃子，我把電話拿給她聽。」對面是于景琴。

章老大汗顏，忙說：「好的。」

剛才景琴在蕭家客廳裡教兒子扶桌椅走路，水光放在桌上的手機響起，景琴一看上面顯示的名字，朝廚房裡喊：「水光，章大哥的電話。」

廚房玻璃門關著，水光回了句什麼，景琴沒聽清楚，她抱起兒子，看鈴聲一直響就接起來，然後一邊聽，一邊朝廚房走去。

廚房裡，蕭媽媽在擀麵皮，水光在放餡包餃子，手上都是麵粉。景琴拿著手機貼到水光耳邊，低聲笑道：「章大哥說他要凍死了。」

水光無奈地「喂」了一聲。

那頭的人已經坐上車，聽到這聲「喂」才哭笑不得地說：「剛才撒嬌撒錯人了。」

「哦。」

「妳什麼時候回來？才新婚就拋下我自己去玩，太不厚道了！我求妳快點回來拯救妳老公我吧，妳不在，我晚上各種孤枕難眠，導致白天委靡不振，工作效率極其低下。」

「崢嵐，我在包餃子，先掛了，晚點打給你。」

章崢嵐鬱悶地拍方向盤。「妳這女人……行吧，妳負責無情無義，我負責無理取鬧。晚點妳要是不打電話給我，我就連夜飛西安。掛了。」

水光聽著聽筒裡傳來的嘟嘟聲，忍不住搖了搖頭，景琴在一旁聽了個大概，收起手機取笑道：「趕緊回去吧，否則章大哥真的要飛來抓妳了。」

蕭母也說：「是啊，丫頭，差不多就回去吧。」

被趕的水光不由感慨，嫁出去的女兒果然如同潑出去的水啊。

水光抵達章崢嵐這邊的那天，也就是包餃子隔天，下飛機就發現這裡下雪了。她穿上大衣往機場大門口走，然後摸出手機打電話，結果沒人接，不免有些奇怪。再打過去的時候對方倒是接了，章崢嵐在那頭氣惱地說：「堵車了！水光妳先別出來，外面冷，在裡面等我，最多一刻鐘。」

「哦，那你慢慢來吧，不急。」

「我急啊。」章崢嵐笑出來。「裡面有星巴克，妳先買杯熱飲喝，我馬上到。」

「好。」掛斷電話，水光去找星巴克，轉了半天沒找到，進了旁邊的書店找書看。看書時間總是過得快，沒一會兒手機響了。水光覺得「沒一會兒」，殊不知離之前那通電話已過去二十多分鐘，有人找不到人已經急了。「美女，妳在哪裡？」

「在書店。」

「哪兒？」

「等等。」她退出去看書店名字，然後報過去。「你在哪裡？」

「星巴克啊，行了，妳在那裡待著別動，我買兩杯咖啡就過去。」

「我不要喝咖啡。」

「還挺挑，妳要喝什麼？」那邊笑著問。

「隨便吧，別是咖啡就行。」

「知道了。」

之後水光繼續翻手上的那本遊記，直到有人從身後攬住她的腰。「看這麼入迷，我走近的時候妳一點反應都沒有，要是我是壞人，妳不就被人占便宜了？」

水光拿著那本書走向結帳臺，說：「我知道是你。」

「真的假的？」章崢嵐將手上那杯熱巧克力遞給她，拿過她手裡的書，付完書錢，摟著她出來的時候還在問：「莫非是心有靈犀一點通？」

「是你走路的聲音。」

「我走路怎麼了？胡說，我剛才躡著腳走，哪裡有聲音？肯定是心有靈犀一點通。」

「哈哈。」水光乾笑兩聲，不想說什麼。

兩人走到大門口，章崢嵐幫她拉上大衣拉鍊。「在這裡等一下，我去開車過來。」

雪比之前下得更大，水光看著他跑出去，她手上的熱飲還冒著熱氣，她望著那道背影，心裡無比寧靜。她真的不求上蒼給她多少好，如今她只求他這一份好，然後，回他一世安然。

他說「結婚吧」的那晚，她哭了，為了很多事情。

那麼多年來，她的快樂太少，悲傷太多，她就像是一直踩在荊棘上走路，而他終究將她拉到平路上。他說：水光，我們都需要幸福。

幸福其實很簡單，人活著時，好的比壞的多一點，這樣就可以了。她真的不貪心。

三、**關於蜜月**

兩人的蜜月是章崢嵐安排的。元旦過後，歐洲義、瑞、法三國十日遊，跟團。

這段蜜月之行，事後用水光的話來說就是「勞心勞力」。

去義大利之前，導遊便告誡他們，要小心自己的貴重物品，錢包一定要看好，那些小偷最喜歡對中國人下手，因為國人出去旅行太愛隨身帶大把現金了。

不過對於水光來說倒是沒有這方面的困擾，她感官敏銳，身手又好，加上本身做事仔細，不是丟三落四、粗心馬虎的人，所以被偷東西這種事不太會發生在她身上。所以，沒有意外的……財大氣粗、大剌剌的章老大被偷錢包。

水光很無語。「之前是誰說『會被偷的可能是沒帶腦子出門』……是你吧？」

章崢嵐更是極度鬱悶，蜜月期間本該是他在老婆面前好好炫耀各種「能力」的時候，一開始就被小偷削面子。

導遊還在旁邊火上澆油。「我都再三提醒大家注意，怎麼還能丟啊？章先生，你只丟了錢包嗎？錢包裡有什麼？」

章崢嵐沉著臉說：「錢、幾張金融卡、身分證，還有一張我老婆的照片。」聽這越來越咬牙切齒的語氣，看來最不爽的應該是老婆照片被扒走這件事。

導遊繼續雪上加霜。「趕緊打電話回國將那幾張金融卡掛失吧。我跟你們說，這義大利的小偷可厲害了，幾秒鐘就能將密碼破解。」

水光一聽驚呆了。「這麼厲害？」轉頭馬上跟身邊的章崢嵐說：「那我們快點打電話去掛失吧？」

章老大這時倒是笑了。「要是那些小偷能有這種水準，還幹什麼小偷小摸的事？蕭水光同學，虧妳是學IT的。」說完很輕視地看了那位不懂裝懂、推波助瀾的導遊一眼。

導遊大哥尷尬一笑。「我也是聽我的同事們說的。」

「但丟了東西是不爭的事實，無論如何總要掛失吧？還有你的身分證，回頭補起來更麻煩。幸好護照是導遊保管，不然你都回不了國。」水光皺眉。「趕緊去打電話。」

章老大再聰明能幹，面對老婆時也是沒轍。「哦」了聲便乖乖去打電話——對了，面對小偷時他也沒轍。

結果章崢嵐剛辦完掛失，同隊的一位阿姨拿著一只皮夾跑過來問水光：「小妹妹，這是不是妳？」

皮夾裡的照片不就是她嗎？這皮夾不就是章崢嵐的嗎？

原來那小偷將可用的歐元拿出來後，隨手把皮夾塞進同隊一名成員背包裡。

導遊大哥感嘆：「國外的小偷水準還挺高的嘛。」其他人紛紛附和。

水光無語。

章老大想罵人，從小偷罵到導遊，再到晚發現錢包的同隊大姊，只除了他家親親老婆，因為老婆說啥都是對的。

義大利之行結束，他們團轉去瑞士，自由活動的時候，水光要寄明信片給于景琴、羅智他們。

好不容易找到郵局，水光卻發現寄明信片也不簡單。首先要取號排隊，可取號機器上都是外文，看不懂，水光求助身邊的男人，章老大微微一笑，道：「放心，老婆，交給我吧。」

水光本以為他下一秒會很迅捷地取號，結果他拉住旁邊經過的一位外國老爺爺，指了指那機器說道：「Number.」老大爺竟然一下就明白，很友善地幫他取號。章老大說：「Thank you very much.」

然後章崢嵐笑著將號碼牌遞給水光。「我厲害吧？」其實章老大英語還是很好的，但他一貫擅長用最簡單的方法達到最終效果的人，簡言之——懶。

「……」

之後寫地址，水光又頭痛了，她看著手機上的于景琴家地址和羅智公司的地址，萬分惆悵，這些用英文怎麼寫啊？工科生傷不起。

旁邊的章老大又微笑地湊過來。「我幫妳啊。」

水光懷疑地看著他。

章崢嵐拿過明信片和筆，只見他寫上英文：To China，然後後面的地址全部是中文。

水光覺得不可思議，更不可思議的是，這樣寫真的能寄到！

然後，在瑞士第二天爬少女峰，章老大的高山症發作了，於是水光不得不帶著他先行下山。

「對不起，老婆，讓妳少看了一道風景。」

水光忍不住笑他。「你這體質怎麼那麼差？回家後好好鍛鍊身體吧。」

章老大皺眉，體質差？這是含沙射影說他那方面也不怎麼強大嗎？

之後在法國的那三天，是水光最不想提及的三天。

導遊在回程路上還好奇地問他們：「在法國那三天，你們夫妻提出要自由行，都去哪裡逛了？我看蕭小姐的精神不太好，看來這幾天逛得挺累的。」

精神大好的章崢嵐只是笑：「去了很多美得意想不到的地方。」

水光睜開眼看了身邊的人一眼，然後閉眼繼續休息。蜜月什麼的，真心一回就夠了。

章崢嵐剛好回頭捕捉到水光那一眼，老婆在想什麼一目了然，心道：一回怎麼夠？有生之年他要帶她看遍這世間所有的美景。她看風景，他看她。

四、關於工作

水光畢業至今一共做過三份工作，每一份工作她都盡心盡力，卻都做不長，最後那份在別人眼裡看起來很不錯的事業單位好飯碗，也因為結婚遠嫁而不得不辭職。結婚後，章崢嵐一直勸說她在家當全職太太。

但水光覺得她完全不是當全職太太的料。

所以蜜月回來沒兩天，水光提出「等明年一開年，我想去找工作」。

剛蜜月回來，龍心大悅的章老大心情不由有了一絲龜裂，但嘴上還是波瀾不驚地說：「我提醒妳啊，我們住的地方離市區有點遠，妳去工作，八點得打卡上班吧？早上得幾點起來？六點？七點？冬天的時候天都還沒亮。要是去那些小公司，搞不好還會死命剝削妳，要妳加班還不給加班費。哦，還會叫妳出差，妳睡得慣外面的床嗎？」

水光反駁。「我又不是沒工作過。」

章崢嵐退而求其次。「ＯＫ，如果妳一定要上班，可以。我建議妳到ＧＩＴ，其他的地方，我不建議。」

水光無語了。「我們本來就生活在一起，工作要是也在一起，抬頭不見低頭見，很容易生厭吧？」

「怎麼會？」章崢嵐笑嘻嘻道。「我愛妳還來不及。」

水光搖頭。「與其去你那兒，我寧願去羅智那邊。」

「妳是什麼意思？」章老大齜牙，接著不顧臉面地說：「別忘了小羅那公司，我也有股份，呵，妳到頭來還不是照樣落我手裡。」

「……」

後來，蕭水光同學考進市地稅局，做了一名主要工作之一是跟商人收稅的公務員。

商人章老大：「……」

五、關於心願

又到一年新春時，水光回娘家，蕭母一見到女兒就誇了句「氣色看起來不錯」，章老闆接話：「媽，我跟妳說，她這段時間特別能吃。」

旁邊的于景琴一聽這話，忍俊不禁地說：「章大哥，水光有沒有跟你講過，她最多的時候能吃多少？」

「沒，說來聽聽？」

于景琴開始滔滔不絕地說起蕭同學兒時的丟臉事，水光沒有阻止。

那段最無憂無慮的年少時光隨著景琴描述，在她腦海裡呈現。那段時光裡有她，有景琴，有羅智，有景嵐，他們總是在一起，或是在上下學的路上，或是在街邊的小吃店，或是在操場上。這些伴著歡聲笑語的過去，如今都成了遙遠的回憶，被珍藏在心底。

晚上，崢嵐對水光說：「學生時代蹺課去吃東西，哥表示理解，但是妳吃飯糰？吃三個飯糰？好歹吃點肉吧？啊！不行了，太心疼了！」

水光淡定地說：「零用錢不夠。」

「妳跟哥拿啊，哎唷，真是越聽越疼。」

「那時候我還不認識你。」

「現在終於知道什麼叫『相見恨晚』了吧？」

水光只是笑了笑，對此不予置評。誰能決定在自己的人生旅途中先遇上誰，愛上誰？只有到了當下才知道，最後是他同她看四季輪迴。

春暖花開的時候，章崢嵐帶水光重遊杭州。兩人是下午到的，在酒店裡休息一會兒後便去西湖邊散步。

心境不同了，即便看的是同樣風景，水光的感覺也完全不同。上次看西湖，水光覺得是「湖氣冷如冰，月光淡於雪」，現在自然是「水光瀲灩晴方好，山色空濛雨亦奇」。

章崢嵐攬著水光的肩，沿著湖邊一路走過去。人挺多，來來往往的，一些老人在運動，一對對情侶在約會，有孩子嘻嘻哈哈地跑過，後面的父母在叫：「慢點，慢點。」

章崢嵐搖頭說：「以後咱們的孩子要是這麼皮，得罰蹲馬步。」

水光微微一愣，隨後低頭笑了下。「孩子如果像你，大概要天天紮馬步。」

「嘿。」章崢嵐笑出來。「如果像我，那妳教嘛，肯定特別聽妳的話。」

夕陽下，兩人倒映在石板路上的身影慢慢拉長，走上一座小橋時，兩人駐足。他們的影子在水中慢慢重疊在一起，難分難捨。

「水光，我們明天去寺裡上炷香吧？」

「你不是不信佛？」

「誰說的，我最信佛了，我信善有善報。」

從杭州回來後，水光吃啥都沒食慾。

這天在章崢嵐父母那裡吃完晚餐回到家，一進家門就衝進廁所裡吐。章崢嵐等她刷完牙，二話不說帶她去醫院。

當醫生說「恭喜，你太太懷孕了」時，章崢嵐愣了很久，之後才道聲謝，拉著水光出來。

他一路深呼吸，等走到車邊才側身抱住她。「我剛掐了自己好幾下，我以為……是在作夢。」

水光靠在他肩膀上，緩緩說：「崢嵐，我習慣事先將最壞的結局設想好，那樣，最終不管怎麼樣，即使依然傷心難過，至少也不會失望到無法接受。但這一刻，我想讓上天允許我貪心一次，讓我想一下，最好的將來是什麼樣的。」

章崢嵐緊緊抱著她，聲音有點嘶啞：「我們的將來會很好的，再好不過。」

如果真有輪迴這種事，我希望下輩子可以再早點遇到她，就算折自己幾年壽，也要讓她少受些苦，少受些累。

——章崢嵐

【後記】這一段漫長旅程

寫完《我站在橋上看風景》那天，心裡長舒了一口氣，是如釋重負，也是欣喜滿足。這個故事，我從二〇〇七年便開始構思，觸發點是在家中翻看兒時的照片，在我六歲前後，有一度是住在西安的四合院裡，當時院裡一共住著兩戶人家，我記得院子裡有棵樹，但忘記是什麼樹了，也忘記了它的形狀。於是看著照片，我就想，那必定是一棵不太高的老樹，伸展開了許多的枝椏，夏天的時候鬱鬱蔥蔥。樹下坐著年少的他和她，他們依偎著，相視而笑……這便是風景的源頭了。

後來寫大綱，遇到了很多問題，大多數是情緒問題，好比于景嵐，是我所能想到的，最乾淨溫柔的少年，怎麼捨得讓他死？容易被小說人物帶動，這是我寫作的硬傷。

再後來寫完整的故事，寫水光，寫西安，寫細節，西安雖是我童年時期待過的地方，但也沒待得太久，記憶實在太單薄，便跑去問母親，母親說了一些，我聽著，有做筆錄，但母親也說太久了，記得不多了。我按著母親的述說，自己的零星記憶，開始了《風景》的旅程。但當時只寫了開頭，寫完于景嵐死後我就有點無以為繼了，怎麼寫怎麼不對，於是文檔就這樣存入電腦裡塵封了幾年。二〇一一年的時候我重新拾起《風景》，因為始終對這故事念念不忘。也是覺得自己可以將這醞釀了太久的故事寫出來，並寫好它了。當然，期間的困難也是不少的，寫得不好各種改，寫得不順於是心情各種不好，停停寫寫，可以說這部小說是我寫作時間跨度最長的一部了。最終寫完的時候，只覺得，我需要休息，很長時間的休息。自然，那一刻心裡的圓滿也是無法言喻的。

關於寫作，家人和周圍的朋友給了我很多支持，是他們的關心和鼓勵讓我堅持寫作至今。

另外還要感謝幾個特別的人。

首先是亦師亦友、與我一見如故的何亞娟。亞娟姊姊是我遇過最負責任也是最懂我的圖書策劃人，我可以完全安心地將自己的作品交由她打理，寫完之後便無後顧之憂。

也感謝我的中國編輯張昕把簡體版的書包裝得如此精美，封面圖也好內文設計也好，一直很費心。

還要感謝辛夷塢師姊。總覺得跟辛大很有緣，好幾年前有人問過我喜歡的作家都有誰，我就有說過辛大乃其中之一。她的作品觸動過我太多次，這次辛大給《風景》寫序，感動之餘，只覺得再找不到比她更適合給《風景》寫序的人了。

當然，更加要感謝的是喜愛《風景》的可愛的女孩們，或者也有帥氣的小夥子吧，笑，謝謝大家喜歡《風景》。你們的愛情，會比這裡面寫的更美好。

二〇一三年五月十六日

我站在橋上看風景

作　　者／顧西爵
發 行 人／黃鎮隆
副總經理／陳君平
總 編 輯／洪琇菁
執行編輯／陳昭燕
美術監製／沙雲佩
美術編輯／方品舒
國際版權／黃令歡
企劃宣傳／邱小祐、劉宜蓉
文字校對／許淑婷、施亞蒨
內文排版／謝青秀

國家圖書館出版品預行編目資料

我站在橋上看風景 / 顧西爵作. -- 初版. --
臺北市：尖端, 2018. 3
面；　公分
ISBN 978-957-10-8076-5（平裝）

857.7　　107001654

出版／城邦文化事業股份有限公司　尖端出版
台北市 104 中山區民生東路二段 141 號 10 樓
電話：（02）2500-7600　傳真：（02）2500-2683
讀者服務信箱：7novels@mail2.spp.com.tw
發行／英屬蓋曼群島商家庭傳媒股份有限公司城邦分公司　尖端出版
台北市 104 中山區民生東路二段 141 號 10 樓
電話：（02）2500-7600　傳真：（02）2500-1979
劃撥專線：（03）312-4212
戶名：英屬蓋曼群島商家庭傳媒（股）公司城邦分公司
劃撥帳號：50003021
※ 劃撥金額未滿 500 元，請加付掛號郵資 50 元
法律顧問／王子文律師　元禾法律事務所　台北市羅斯福路三段三十七號十五樓

台灣地區總經銷／中彰投以北（含宜花東）　楨彥有限公司
電話：（02）8919-3369　　傳真：（02）8914-5524
雲嘉以南　威信圖書有限公司
（嘉義公司）電話：0800-028-028　　傳真：（05）233-3863
（高雄公司）電話：0800-028-028　　傳真：（07）373-0087
馬新地區總經銷／城邦（馬新）出版集團 Cite（M）Sdn Bhd
電話：603-9057-8822　　傳真：603-9057-6622
E-mail：cite@cite.com.my
香港地區總經銷／城邦（香港）出版集團 Cite（H.K.）Publishing Group Limited
電話：852-2508-6231　　傳真：852-2578-9337
E-mail：hkcite@biznetvigator.com

版　次／ 2018 年 3 月 1 版 1 刷　Printed in Taiwan

Designed by Photoroyalty / Freepik